Markus Heitz, né en 1971, est devenu l'un des auteurs allemands les plus populaires avec la parution des *Nains*, formidable best-seller en cours d'adaptation cinématographique, le plus grand succès de Fantasy dans son pays depuis *Orcs*. En Allemagne, Tungdil est devenu plus célèbre que Gimli, le nain du *Seigneur des Anneaux*.

Du même auteur, aux éditions Bragelonne,
en grand format :

Les Nains – L'Intégrale

La Guerre des Nains – L'Intégrale

La Revanche des Nains – L'Intégrale

Le Destin des Nains – L'Intégrale

Chez Milady, en poche

Les Nains
1. *Le Passage de pierre*

Markus Heitz

Le Passage de pierre

Les Nains – 1

Traduit de l'allemand par Yannick Van Belleghem

Milady

Milady est un label des éditions Bragelonne

Cet ouvrage a été originellement publié en France par Bragelonne

Titre original : *Die Zwerge*

Cartes :
Alain Janolle

ISBN : 978-2-8112-1713-6

Bragelonne – Milady
60-62, rue d'Hauteville – 75010 Paris

E-mail : info@milady.fr
Site Internet : www.milady.fr

« Les apparences sont faites pour être ignorées, car même dans la plus petite et la plus étrange des créatures peut battre le plus grand des cœurs. Quiconque ferme les yeux par présomption ne verra point ce suprême Bien. Ni en lui, ni en autrui. »

Tiré du *Livre des Maximes d'un Mort inconnu*, in *Recueils et lettres philosophiques*, conservés au Temple-aux-Cent-Piliers de Palandiell à Zamina, Royaume de Rân Ribastur.

« Nains et Montagnes ont ceci en commun : on ne peut les vaincre qu'avec un lourd marteau et une infinie endurance. »

Maxime populaire de la Marche des Brumes, nord-est du Royaume d'Idoslân.

« Il faut jambbes alertes si veulx échapper à Nain en furye. Et garde en souvenance : fuyr toujours plus vitte que sa hache lancée tu devras. Sitôt hors de son atteynte, changer d'apparance il te faut, tant mortelle leur rancunne. Ainsy peult arriver que mesme après vingt cycles solayres, un hanap se fraccasse sur ta teste, et que mauvays rire de Nain éclatte en ton oreille. »

Tiré des *Nottes sur les peuples du Pays Sûr, les partycularytez et byzzareries de ceulx-ci*, Archives centrales de Viransiénsis, Royaume de Tabaîn, rédigées par M. A. Het, *magister folkloricum*, en l'année du 4299e cycle solaire.

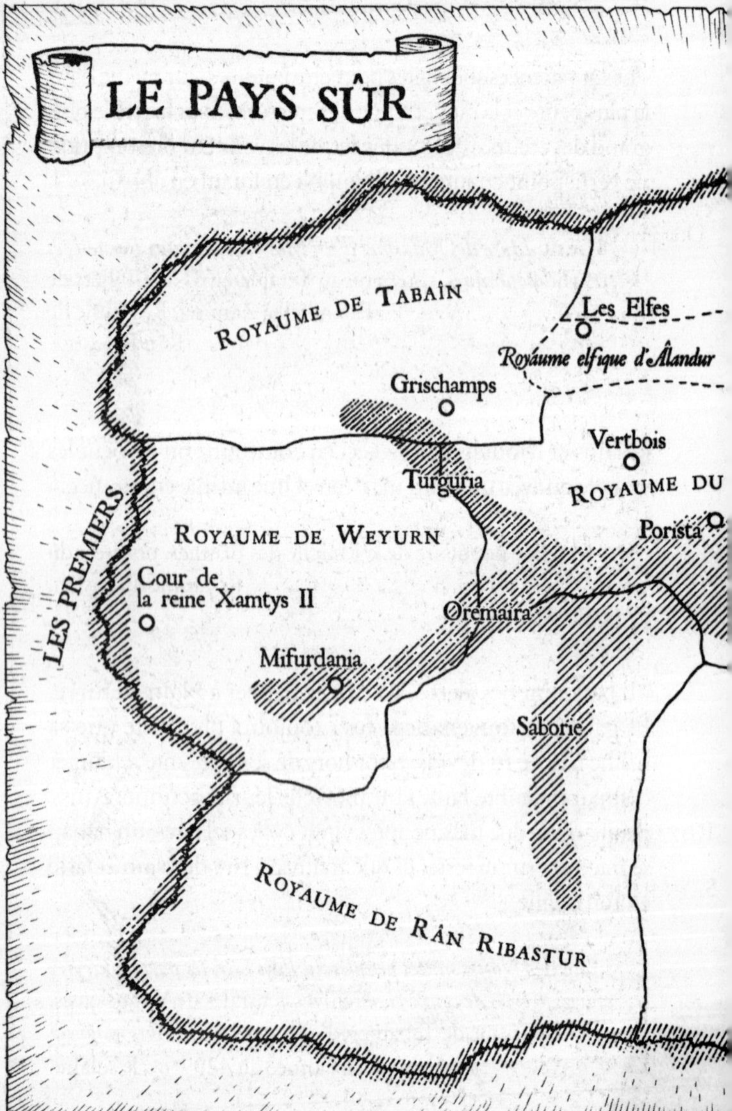
LE PAYS SÛR
Royaume de Tabaîn
Les Elfes
Royaume elfique d'Âlandur
Grischamps
Vertbois
Turguria
Royaume du
Porista
Les Premiers
Royaume de Weyurn
Cour de
la reine Xamtys II
Oremaira
Mifurdania
Saborie
Royaume de Rân Ribastur

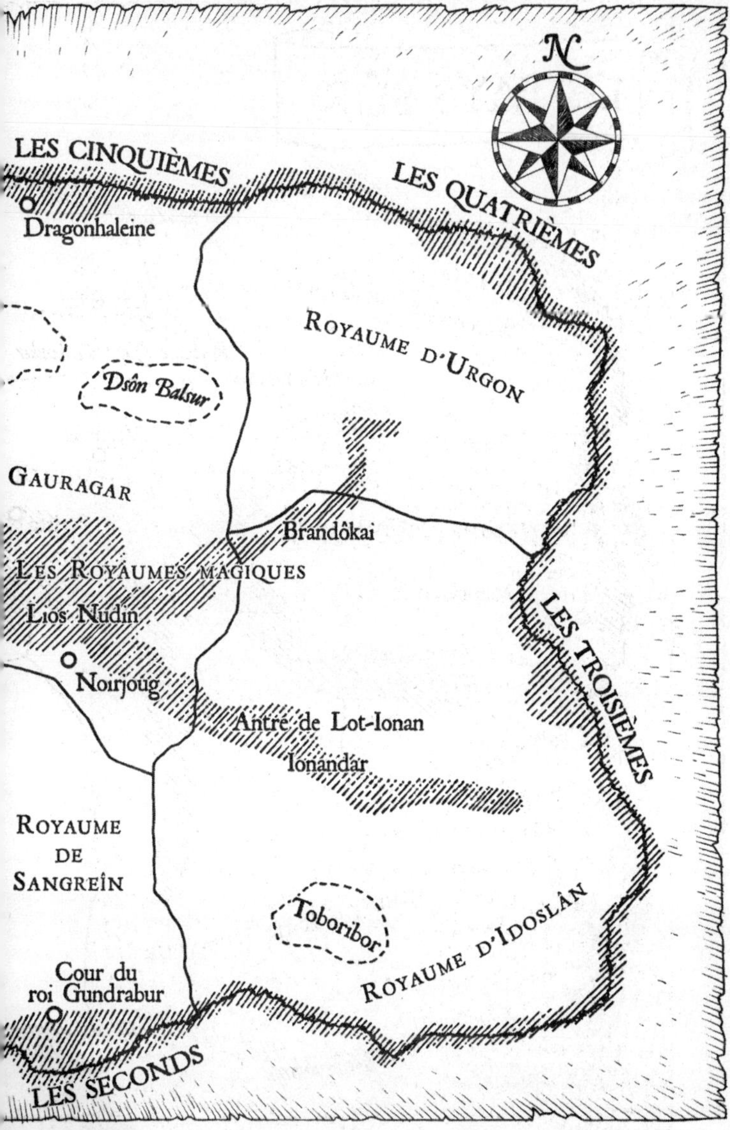
LES CINQUIÈMES
LES QUATRIÈMES
Dragonhaleine
Royaume d'Urgon
Dsôn Balsur
Gauragar
Brandôkai
Les Royaumes magiques
Lios Nudin
Noirjoug
Les Troisièmes
Antre de Lot-Ionan
Ionandar
Royaume de Sangreîn
Toboribor
Royaume d'Idoslân
Cour du roi Gundrabur
LES SECONDS

Remerciements

Le « cycle d'Ulldart » terminé, un autre projet m'attendait, auquel je m'attelai non sans une certaine appréhension et avec une sensation bizarre au niveau de l'estomac : les Nains. Or, s'attaquer, en tant qu'auteur, à un sujet souvent associé à des représentations bien précises parmi les lecteurs et lectrices de Fantasy, c'est courir le risque de les décevoir dans leurs attentes, ou de tomber dans l'arbitraire, ou encore dans la complaisance.

C'est ainsi que j'ai décidé de créer « mes » Nains. Je les ai répartis en tribus et en clans, je leur ai attribué diverses aptitudes, sans perdre de vue le Nain classique, mais en conférant au passage à son peuple et à sa personnalité de nouvelles facettes et de nouveaux aspects. Puis il y eut l'idée de faire des Nains les héros de l'histoire, plutôt que de les ramener au rang de faire-valoir, ou de simples donneurs de répliques aux Elfes et aux Humains. Ce sont eux les premiers rôles, eux les protecteurs du Pays Sûr, et ils s'acquittent de cette tâche même si elle doit leur coûter la vie.

Faire vivre toutes ces aventures à Tungdil et à ses compagnons a été une grande source de plaisir pour moi. Altruisme, amour, opiniâtreté, humour, combats et mort, tels sont les ingrédients que vous, chers lecteurs et lectrices, allez retrouver au fil des pages qui vont suivre, et j'espère que vous éprouverez autant de plaisir à les lire que j'ai eu à les écrire.

Cette fois-ci, j'aimerais remercier d'abord ceux qui m'ont aidé à améliorer cet ouvrage, et à le rendre plus intéressant encore. Parmi les premières personnes à l'avoir lu, j'aimerais mentionner tout particulièrement Nicole Schuhmacher, Sonja Rüther, Meike Sewering et M. Patrick Müller, qui m'ont une fois de plus apporté un soutien précieux grâce à leurs remarques rigoureuses et à leurs indications précises.
Mes remerciements vont également à ceux qui m'ont confié le sort de ces Nains, et qui ont donné à ce petit peuple la chance qu'il attendait.

Markus Heitz, juin 2004

Dramatis personae

Les Tribus naines

Les Premiers

Xamtys II Frontdur du clan des Frontdurs, de la tribu du Premier Père, *Borengar*, dite également « des Premiers », reine
Balindys Doigts-de-Fer du clan des Doigts-de-Fer, forgeronne

Les Seconds

Gundrabur Blanc-Chef du clan des Pierres-dures, de la tribu du Second Père, *Beroïn*, dite également « des Seconds », Grand-Roi des Nains
Balendilín Unbras du clan des Forts-Doigts, conseiller du Grand-Roi des Nains
Bavragor Poing-Marteau du clan des Poings-Marteaux, tailleur de pierre
Boïndil Deux-Lames, surnommé **Furibard**, et **Boëndal Cloue-de-la-Main** du clan des Haches-brandies, guerriers et jumeaux

Les Troisièmes

–

Les Quatrièmes

Gandogar Barbe-d'Argent du clan des Barbes-d'Argent, de la tribu du Quatrième Père, *Goïmdil*, dont les membres sont également appelés « les Quatrièmes », roi des Quatrièmes
Bislipur Coupsûr du clan des Larges-Poings, conseiller de Gandogar
Tungdil Bolofar, futur Tungdil Main-d'Or, fils adoptif de Lot-Ionan
Goïmgar Barbe-brillante du clan des Barbes-brillantes, lapidaire

Les Cinquièmes

Giselbart Œil-de-Fer, fondateur de la tribu du Cinquième et du clan des Yeux-de-Fer
Glandallin Coup-de-Marteau du clan des Coups-de-Marteau, de la tribu du Cinquième, *Giselbart*, également appelée « les Cinquièmes ».

Les Humains

Lot-Ionan le Patient, Mage et souverain du royaume magique d'Ionandar
Maira la Gardienne, Mage et souveraine du royaume magique d'Oremaira
Andôkai l'Impétueuse, Mage et souveraine du royaume magique de Brandôkai
Djerûn, garde du corps d'Andôkai

Turgur le Beau, Mage et souverain du royaume magique de Turguria
Sabora la Réservée, Mage et souveraine du royaume magique de Saborie
Nudin le Curieux, Mage et souverain du royaume magique de Lios Nudin

Gorén, ancien *famulus* de Lot-Ionan
Frala, servante au sein de l'antre de Lot-Ionan, et ses filles, **Sunja** et **Ikana**
Jolosin, apprenti Mage, élève de Lot-Ionan
Eiden, valet d'écurie de Lot-Ionan
Rantja, apprentie Mage, élève de Nudin

L'Incroyable **Rodario**, comédien
Furgas, *magister technicus*
Narmora, compagne de Furgas et comédienne

Hîl et **Kerolus**, marchands ambulants
Vrabor et **Friedegard**, émissaires du Conseil des Mages

Le prince **Mallen d'Ido** de la dynastie des Ido, héritier du trône d'Idoslân en exil

Le roi **Lothaire**, souverain du Royaume d'Urgon
Le roi **Tilogorn**, souverain de l'Idoslân
Le roi **Nate**, souverain du Royaume de Tabaîn
Le roi **Bruron**, souverain du Royaume de Gauragar
La reine **Umilante**, souveraine du Royaume de Sangreîn
La reine **Wey IV**, souveraine du Royaume de Weyurn
La reine **Isika**, souveraine du Royaume de Rân Ribastur

Les autres

Sinthoras et **Caphalor**, Albes de Dsôn Balsur, le royaume des Albes
Liútasil, prince des Elfes d'Âlandur
Bashkugg, Kragnarr et **Ushnotz**, princes orcs du royaume orc de Toboribor
Swerd, Gnome, et sbire de Bislipur

Première partie

Prologue

Le passage de Pierre au col du Septentrion,
Royaume du Cinquième,
Giselbart, en la fin de l'été du 5199e cycle solaire

Un blanc brouillard emplissait les gorges et les vallées des Montagnes Grises. Les sommets de la Grande Lame, de la Langue-du-Dragon et des autres monts s'obstinaient à se dresser hors de la brume et s'étiraient en direction du soleil couchant.

Hésitant, comme s'il craignait ces rochers abrupts et escarpés, l'astre descendait, éclairant de sa faiblissante lumière rouge le col du Septentrion.

Glandallin du clan des Coups-de-Marteau s'appuya, haletant, contre la paroi grossièrement taillée de la tour de guet et mit sa main droite au-dessus de ses sourcils noirs broussailleux afin de protéger ses yeux de cette clarté à laquelle il n'était pas habitué. L'ascension avait mis le Nain hors d'haleine, et le poids de la dense cotte de mailles, des deux haches et du bouclier se faisait lourdement sentir sur ses jambes déjà chargées d'années.

Il était inutile d'espérer confier cette tâche à un plus jeune que lui. Car c'était lui le plus jeune, désormais.

La bataille qu'avaient dû livrer ensemble les neuf clans de la Cinquième Maison quelques jours auparavant avait coûté de nombreuses vies. La Mort s'était surtout emparée des jeunes, des inexpérimentés. Mais leur sacrifice n'avait pas été vain : le nouvel ennemi avait été anéanti.

Et pourtant, ses amis continuaient de mourir : une maladie pernicieuse se propageait, dont personne ne savait l'origine. Elle affaiblissait les Nains, leur donnait la fièvre, dérobait leurs forces, brouillait leur vue et rendait leurs mains moins sûres. Et c'est ainsi qu'il s'était engagé à veiller cette nuit-là sur le passage de Pierre.

Depuis ce point de vue surélevé, le chemin menait à travers les Montagnes Grises et, plus loin, au Pays Sûr, où Humains, Elfes et Mages vivaient dans leurs royaumes respectifs. C'était sa propre tribu qui assurait la paix du Pays dans le Nord.

Deux gigantesques portails du plus dur granit interdisaient le passage. Vraccas, le dieu des Nains et leur créateur, avait autrefois taillé ces immenses battants de pierre et les avait pourvus de cinq verrous que seules des paroles secrètes pouvaient manœuvrer. Les seuls à connaître le mot de passe étaient les gardiens du chemin, et encore leur fallait-il le formuler correctement, faute de quoi la Porte restait fermement verrouillée.

Au pied des puissantes portes gisaient les ossements blanchis et les armures fracassées de ceux qu'un tel obstacle n'avait pas réussi à décourager. Orcs, Ogres et autres monstres avaient subi là défaite après défaite, et avaient pu constater de sanglante manière que les haches des Nains, même après des milliers de cycles, étaient toujours aussi aiguisées.

Le gardien solitaire prit l'outre de cuir à sa ceinture et but de son eau fraîche soulageant sa gorge sèche. Quelques gouttes s'échappèrent des commissures des lèvres pour s'infiltrer dans sa barbe noire. Il avait fallu des heures et des heures de travail pour tresser le poil de son visage en nattes aussi élaborées, qui pendillaient à présent comme de minces cordes sur sa poitrine.

Glandallin reposa l'outre et tira les armes de sa ceinture pour les poser sur le parapet de la tour taillée à même la montagne. Les têtes des deux haches cliquetèrent mélodieusement au contact de la roche.

Un rayon de soleil rouge orangé parcourut les motifs polis, éclairant les runes et les symboles qui ornaient les deux armes, et dont on disait qu'ils conféraient à leur porteur protection, précision et endurance.

C'était Borengar Blanche-Forge lui-même, maître forgeron des Nains et fondateur de la Première Maison naine qui avait forgé ces lames et qui lui en avait fait cadeau, à lui qui était sorti victorieux d'innombrables batailles livrées devant le passage de Pierre. Nulle épée d'Orc, nulle massue de Troll, nul épieu d'Ogre n'était capable de trancher le fil de sa vie, déjà long de trois cent vingt-sept cycles, même s'il s'était trouvé suffisamment de sinistres créatures pour essayer, comme en attestaient les cicatrices sur son corps trapu. Il devait cette longévité au pouvoir des runes et à son armure.

Aussi loin que le Nain portât son regard, le massif montagneux se détachait tel un morceau de plomb du pays vallonné du Gauragar, colonisé par les Humains. Semblable à une épine dorsale, il s'élevait vers le ciel et décourageait le marcheur de ses à-pics, ses sentiers peu sûrs et son climat changeant, de sorte qu'il arrivait rarement qu'un habitant du Gauragar s'aventure dans cette région, malgré les richesses que recelaient les Montagnes Grises.

Aucun autre peuple ne vivait à l'ombre de ces sommets crevassés. Les Nains de la tribu du Cinquième, Giselbart Œil-de-Fer, avaient creusé leur royaume souterrain dans la dure chair des hauts plateaux du Nord. Ils avaient creusé des puits, des galeries, aménagé de magnifiques cavernes, allumé les feux les plus ardents et creusé des salles entières dans la roche afin de consacrer leur vie à l'extraction de trésors et à la forge, loin du soleil et des intempéries de la surface.

Glandallin observa les invincibles sommets, qui au loin ne formaient plus qu'un large ruban sombre. C'était cela, sa patrie bien-aimée : un lieu tout de beauté souterraine qu'il n'aurait échangé contre aucun autre.

Vraccas, le dieu forgeron, avait ceint l'ensemble du Pays Sûr de ces montagnes protectrices afin de protéger ses habitants des créatures du dieu Tion. Il incombait ainsi aux Elfes, Nains, Humains et autres créatures de vivre en paix les uns avec les autres.

Il se tourna vers le nord et suivit des yeux ce col large de trente pas qu'ils appelaient le passage de Pierre et qui menait à l'Outre-Pays, à des régions inexplorées. Les rois des Humains avaient bien envoyé autrefois des expéditions dans toutes les directions où soufflait le vent, mais seul un tout petit nombre en était revenu, et ceux-là avaient involontairement amené les Orcs à découvrir le chemin de la Porte. Avec les Orcs vinrent les autres monstres que Tion avait créés par malice, pour leur rendre la vie dure.

Il scruta l'accès d'un œil inquisiteur. À aucun moment la vigilance d'un gardien ne devait faiblir. Les créatures en question ne tiraient aucun enseignement de leurs défaites. Tion les avait dotées d'une raison, maligne et ténébreuse, qui les poussait à repartir sans cesse à l'assaut des portails afin de pénétrer dans le Pays Sûr. Ce qu'elles voulaient, c'était détruire tout ce qu'elles trouveraient sur leur chemin. Elles n'étaient en effet bonnes à rien d'autre, ainsi que l'avait voulu leur créateur.

Il s'écoulait tantôt plusieurs cycles solaires, tantôt seulement quelques lunes avant qu'elles entreprennent un nouveau raid. Jusqu'alors, il n'était pas venu à l'idée de ces hordes de mener leurs attaques en bon ordre et de recourir à la ruse. Dès lors, leur stratégie se bornait à des assauts furieux, qui systématiquement se terminaient en bains de sang pour les assaillants. Ces bêtes déchaînées et vociférantes n'étaient jamais parvenues plus loin que les créneaux des chemins de ronde où les attendaient, mortel comité d'accueil, les haches des Nains, qui tranchaient les chairs, les os et les armures de ces monstres du lever au coucher du soleil. Ces jours-là, on pouvait patauger jusqu'aux chevilles dans leurs fluides corporels noirs, vert sombre et brun jaunâtre au pied des indestructibles portes de granit contre lesquelles béliers et projectiles de catapultes s'écrasaient bruyamment.

Les enfants de Vraccas eux aussi subissaient des pertes, étaient estropiés ou blessés, mais aucun ne s'en prenait au destin. Après tout, ils appartenaient au peuple des Nains, le plus résistant du monde connu et le protecteur du Pays Sûr !

Et pourtant, ils nous ont pris au dépourvu. Glandallin pensait à ces mystérieuses créatures rencontrées dans les galeries, et qui avaient fait tant de victimes parmi les membres de sa tribu. Elles étaient apparues soudainement. Physiquement, elles ressemblaient aux Elfes : de haute stature, élancées voire graciles dans leurs mouvements, mais plus cruelles et plus sournoises au combat.

— Sont-ils des Elfes, ou des bêtes que je ne connais pas ? se demanda-t-il à mi-voix avant de trancher en faveur de la deuxième idée. *Tion le Vil les aura enterrées il y a fort longtemps et les aura oubliées. Ce sont nos propres mineurs qui ont dû les tirer de leur sommeil et les libérer de la roche,* se dit-il en guise d'explication.

Glandallin était quasiment certain qu'il ne pouvait s'agir d'Elfes du Pays Sûr. Les Nains et les Oreilles-pointues se vouaient une haine mutuelle. Ainsi en avaient décidé Vraccas et Sitalia, la créatrice des Elfes, au moment de leur insuffler la vie. Cette aversion réciproque fut à l'origine de bien des querelles insurmontables et de bien des escarmouches parfois mortelles, mais jamais d'une guerre.

Et si c'étaient quand même eux ? La haine aurait-elle crû au point que nous soyons entrés en guerre ? pensa-t-il. *Ou bien veulent-ils une guerre pour s'emparer de nos trésors ? Seraient-ils jaloux de notre or ?* Autant de questions auxquelles Glandallin, qui se força à recouvrer sa vigilance, ne sut apporter de réponse. Le souvenir de la violence des combats livrés dans les sombres galeries contre ces sinistres guerriers, Elfes ou non, distrayait son regard, émoussait sa vue.

Son regard glissa sur le paysage sans vraiment voir les montagnes et le passage de Pierre.

Soudain, il fronça les sourcils : le vent du Nord, cinglant et glacial à cette altitude, sifflait autour des mèches de sa barbe, lui apportant une odeur qu'il abhorrait du plus profond de son âme. Des Orcs.

Ceux-ci empestaient le sang coagulé, les excréments et la crasse, auxquels se mêlait l'arôme rance de leurs armures graissées. Ils croyaient cette fois-ci que le tranchant des haches des Nains allait glisser sur le suif, occasionnant ainsi moins de dégâts au métal.

Cette graisse ne vous sera d'aucune utilité contre nous. Glandallin n'attendit ni de voir apparaître les bannières en lambeaux et les fers de lance rouillés par-dessus la dernière élévation du passage de Pierre, ni de percevoir le cliquetis de leurs cottes de mailles. Il fit un pas de côté et se mit sur la pointe des pieds. Il posa ses mains calleuses autour des poignées de bois rêches de deux soufflets. Ces poumons artificiels s'emplirent d'air, qu'un puissant mouvement de rabat de la part du Nain leur fit expirer.

L'air passa dans le large conduit vers les profondeurs, redonnant vie à la corne d'alarme souterraine. Une sorte de barrissement sourd parcourut les galeries et les allées des Cinquièmes.

Le Nain actionna les soufflets en alternance pour ne pas interrompre le flux d'air. Le barrissement s'intensifia pour se muer en un son régulier et strident qui fit bondir de leurs couches même les Nains les plus profondément endormis. Une fois de plus, la corne appelait au noble devoir de défendre le Pays Sûr.

En sueur, Glandallin jeta un coup d'œil par-dessus son épaule pour juger de la progression des assaillants.

Ils arrivaient. Par centaines.

Les créatures du dieu Tion avançaient lentement en direction du passage de Pierre, en un large front. Elles n'avaient jamais été si nombreuses. À la vue de ces monstres, le cœur d'un Humain aurait cessé de battre, et les Elfes auraient couru se mettre à l'abri dans leurs forêts. Mais il en fallait davantage pour effrayer un Nain !

Si cette attaque du Passage ne surprenait pas Glandallin, le moment choisi l'inquiétait. Ses amis et ses parents avaient encore besoin de repos pour se remettre entièrement de la fatigue des derniers combats et de cette insidieuse maladie. La bataille qui s'annonçait allait certainement exiger plus d'énergie qu'à l'accoutumée. *Plus d'énergie et plus de vies.*

Les défenseurs se dispersèrent le long des chemins de ronde et autour de la Porte de manière plutôt hésitante. Certains d'entre eux titubaient plus qu'ils marchaient, et leurs doigts agrippaient mollement les manches de leurs haches. La troupe qui se mettait lentement en formation de défense comptait tout juste cent braves âmes. Il en aurait fallu mille.

Glandallin mit fin à son tour de garde, car on avait un besoin plus urgent de lui ailleurs.

— Que Vraccas nous vienne en aide ! Nous sommes trop peu, chuchota-t-il.

Il était incapable de détourner son regard de la route sur laquelle se déversait le large flot puant d'Orcs. Grognant et hurlant, ceux-ci avançaient tel un rouleau compresseur, se dirigeant droit vers le portail. Les versants dénudés des montagnes alentour renvoyaient leurs cris animaux, l'écho amplifiant encore davantage les beuglements de ces créatures, certaines de leur victoire.

Ces sons déformés le touchèrent profondément, et il lui sembla tout à coup que les bêtes avaient changé. La masse déchaînée et bruyante exhalait une telle assurance de vaincre qu'il pouvait littéralement la saisir.

Involontairement, le Nain fit un pas en arrière. Pour la première fois, il éprouvait de la peur face à ces créatures.

Une peur grandissante.

Alors qu'il parcourait du regard l'armée des assaillants afin de l'évaluer, le même regard balaya également le petit groupe d'inébranlables sapins des cimes, qui avaient toujours résisté à l'adversité. Il les connaissait depuis qu'ils étaient tout jeunes, il les avait vus pousser, grandir et se développer.

Mais à présent, leurs branches étaient courbées, leurs aiguilles tombaient sur le sol pierreux, disparaissant entre les rochers. Ils étaient gravement malades. Ils mouraient, même.

Il en va des sapins comme de nous. Glandallin pensait à ses amis souffrants. *Quelles forces sont ici à l'œuvre, Vraccas? Protège ton peuple!* pria-t-il avant de reprendre ses haches.

Avec angoisse, il embrassa les runes.

— Je vous en prie, ne m'abandonnez pas, leur dit-il à voix basse avant de se retourner et de descendre les marches quatre à quatre pour prêter main-forte à la poignée de défenseurs.

Il les rejoignit au moment où la première vague d'assaut s'écrasait contre les murailles. Des nuées de flèches s'abattaient en sifflant sur les Nains. Les Orcs installaient des dizaines d'échelles de siège et en gravissaient les échelons branlants sans l'ombre d'une hésitation. D'autres assemblaient des catapultes portatives afin d'appuyer leurs congénères qui montaient à l'assaut des créneaux à coups de projectiles incendiaires. Remplies à ras bord, les outres de cuir en flammes sifflaient dans les airs et éclataient sitôt qu'elles rencontraient de la résistance, arrosant de pétrole et enflammant tout ce qui se trouvait dans les environs immédiats.

Les premières salves furent tirées trop bas. Le fait que les sections d'Orcs les plus avancées étaient tombées sous l'orage de feu de leurs propres frères ne semblait pas déranger cette noire engeance. Ni la grêle de pierres ni le mâchefer brûlant qui s'abattaient sur eux ne semblaient freiner leur zèle et leur désir d'en découdre. Pour chaque bête qui tombait, cinq nouvelles se pressaient sur les marches. Cette fois-ci, elles voulaient passer la Porte, cette fois-ci, le passage de Pierre devait tomber.

— Attention !

Glandallin prêta assistance à un défenseur qu'une flèche avait atteint à l'épaule droite. Une des créatures de Tion, un spécimen plus faible que la moyenne aux larges défenses et au nez aplati, mit à profit cet instant d'inattention. Elle prit appui sur la muraille et s'élança entre les créneaux pour atterrir sur le chemin de ronde.

Le Nain et l'Orc se dévisagèrent. Le temps semblait avoir suspendu sa course. Les cris, le sifflement des flèches et le cliquetis des haches s'atténuèrent tout d'un coup.

Glandallin, lui, entendait la lourde respiration de son adversaire. Les globes oculaires veinés de rouge et profondément enchâssés dans le crâne de la créature roulaient de droite à gauche, déconcertés. Le Nain vit clairement ce qui inquiétait la bête. Elle était la première des attaquants à être parvenue jusqu'au premier rempart de défense, et elle prenait à peine conscience de sa chance.

Glandallin sentit l'odeur du suif qui enduisait d'une épaisse couche grisâtre l'armure de plates, et la puanteur de la graisse rance ramena tous ses sens à la bataille.

Il se jeta sur l'Orc en poussant un cri. Le rebord de son bouclier fit un mouvement brusque vers le sol, disloquant le pied de la créature. Dans le même temps, il frappa par-dessus sa garde. Le tranchant de sa hache se logea en grinçant dans une partie non protégée sous l'aisselle. Le bras tomba sur la pierre, tranché net. Du sang vert foncé jaillit à grands jets de la plaie ouverte.

L'Orc poussa des couinements stridents, et reçut l'instant d'après un coup furieux en travers de la gorge.

— Bien le bonjour à tes semblables, et dis-leur que je les attends !

Glandallin refoula l'Orc agonisant et le fit basculer, lui et l'assaillant qui le suivait, par-dessus le parapet. Ils furent engloutis par la masse qui s'agglutinait au pied du rempart. Le Nain espéra qu'en s'écrasant au sol, ceux-ci entraîneraient une demi-douzaine des leurs dans la mort.

À compter de ce moment, il n'eut plus un seul instant de répit. Il dut parcourir en tous sens le parapet, fendre casques et crânes et se mettre à l'abri des flèches et des projectiles incendiaires, pour se jeter aussitôt sur l'Orc suivant.

L'obscurité qui tombait progressivement sur le passage de Pierre n'était pas un problème pour lui ; son peuple était capable de voir même au cœur de la plus noire des nuits. En revanche, ses bras, ses épaules, ses jambes se faisaient à chaque coup et à chaque pas plus pesants.

— Vraccas, accorde-nous un répit afin que nous puissions reprendre des forces, haleta-t-il tandis qu'il essuyait le sang d'Orc de ses yeux avec les tresses de sa barbe.

Et le dieu des forgerons lui prêta oreille.

Des cors et des buccins signifièrent aux créatures de Tion d'abandonner les créneaux. Les Orcs, obéissants, battirent en retraite.

Glandallin expédia un dernier ennemi dans l'au-delà avant de s'affaler sur le sol et de tendre le bras vers son outre. Il retira son casque et versa de l'eau sur ses cheveux trempés de sueur. Le liquide coula sur son visage, rafraîchissant, réveillant sa flamme de vie.

Combien sommes-nous encore ? Il se hissa pour compter les défenseurs du chemin de ronde. De cent, ceux-ci étaient passés à soixante-dix. Parmi eux, il aperçut la silhouette, reconnaissable entre toutes, de Giselbart Œil-de-Fer, leur patriarche.

L'aîné de tous les Cinquièmes se tenait là où le plus grand nombre d'Orcs avait été abattu. Son armure polie faite de l'acier le plus dur jamais forgé par des Nains brillait avec éclat, et les diamants qui ornaient ses fourreaux de ceinturon scintillaient à la lueur des flaques de pétrole enflammé. Giselbart grimpa sur une saillie afin d'être vu de tous.

— Restez à vos postes ! (Sa voix ferme retentit par-delà les créneaux.) Soyez inébranlables tel le granit dont nous sommes faits. Rien ne peut nous briser, aucun Orc, aucun Ogre, aucune des créatures que nous envoie Tion. Nous allons les écraser comme nous le faisons déjà depuis des milliers de cycles ! Vraccas est avec nous !

Des cris de joie et d'approbation retentirent, bien que faibles. Ils retrouvaient de l'assurance. Leur fierté et leur détermination auraient raison de l'assaillant.

Les guerriers épuisés se ravitaillèrent en nourriture et en bière brune, chaque bouchée, chaque gorgée leur permettant de se sentir plus vivants, plus frais. Les blessures les plus graves reçurent des soins de fortune. Les plaies béantes furent recousues sans autre forme de procès avec de la ficelle fine.

Glandallin s'assit à côté de son ami Glamdolin Fort-Bras. Tout en mangeant, ils contemplaient l'immense horde d'Orcs qui s'était retirée à quelque cent pas de la Porte. C'était comme s'ils voulaient former un bélier vivant et prendre de l'élan pour enfoncer la porte par la force de leurs corps.

— Jamais encore je n'avais vu notre pire ennemi se montrer aussi tenace, aussi terriblement hardi qu'en cette nuit, dit-il doucement. Quelque chose a changé.

Il repensa en frissonnant aux arbres mourants.

Une hache tomba en tintant sur le dallage de pierre à sa gauche. Le Nain se tourna vers son compagnon d'armes juste à temps pour le voir s'effondrer.

— Glamdolin !

Il le retint d'un geste pour l'examiner et fut pris d'un accès de frayeur. Le front brûlant de son ami était couvert de fines perles de sueur qui coulaient sur son visage puis dans sa barbe, et ses yeux rougis regardaient fixement dans le vide.

Glandallin comprit immédiatement que la mystérieuse maladie avait fait une nouvelle victime et mit son ami à genoux. Ce mal insidieux s'était chargé d'accomplir ce que ces démons n'avaient pas réussi à faire.

— Repose-toi. Ça va s'arranger.

Il adossa Glamdolin, qui laissa échapper un râle, contre le mur et le coucha consciencieusement. Il ne nourrissait plus guère l'espoir cependant que son état s'améliore.

L'attente démoralisait les Nains comme les Orcs. La fatigue, ennemie de tout guerrier, se répandait. Glandallin s'assoupit à plusieurs reprises, alors même qu'il était debout. Puis le son mat de son casque heurtant le parapet le fit se redresser et regarder autour de lui d'un air effrayé. D'autres Nains avaient été saisis par la maladie entre-temps et avaient dû quitter les rangs des défenseurs. La situation était de plus en plus critique pour les enfants du dieu forgeron.

Un cri d'alarme perçant fit palpiter son cœur : les assaillants recevaient des renforts.

À la froide lueur du clair de lune, le Nain aperçut les impressionnantes silhouettes d'énormes monstruosités, quatre fois plus grandes que les Orcs. Il en compta quarante. Leurs corps repoussants étaient engoncés dans des armures mal forgées, leurs mains, semblables à des battoirs, brandissaient de jeunes sapins grossièrement taillés en guise de massues.

Des Ogres.

S'ils parvenaient à franchir les créneaux, les Nains devraient abandonner la ligne de défense. Les chaudrons de mâchefer bouillant étaient vides, les réserves de pierres provisoirement épuisées. Mais l'hésitation de Glandallin ne dura qu'un instant. Un regard en direction de la silhouette de Giselbart suffit à lui redonner foi en un nouveau triomphe sur les créatures des ténèbres.

La masse des Orcs se remit en mouvement, tandis que les Ogres qui les rejoignaient étaient accueillis par des cris de joie.

Ces gigantesques créatures, plus laides et plus rudes encore que les Orcs, prirent la tête de l'armée d'un pas lourd. Là, ils apprêtèrent de grands grappins de fer dont chaque crochet avait la taille d'un Humain adulte. Puis ils passèrent de longues chaînes dans les œillets qui se trouvaient aux extrémités supérieures des grappins.

Ces engins ne sont pas faits pour escalader les remparts, se dit Glandallin. *Les Ogres vont probablement s'en servir pour abattre les murs du chemin de ronde. Et à en juger par l'aspect de ces créatures, elles pourraient bien y parvenir.*

Les grappins tournoyèrent dans les airs et s'accrochèrent à une trentaine de points de la massive barbacane. Sur un ordre hurlé, les Orcs en attente aidèrent les Ogres à tirer sur les chaînes. Les maillons se tendirent en cliquetant, on entendit des fouets claquer en contrebas.

Le Nain perçut un léger grincement. Le bastion, construit par son peuple et inébranlable depuis de nombreux cycles solaires, résistait désespérément à la force brute de ces monstres.

— Vite, évacuez les blessés ! s'écria-t-il. Des Nains, qui quelques instants auparavant servaient encore aux chaudrons, accoururent pour emmener Glamdolin et tous les autres Nains mis hors de combat.

L'un des créneaux céda, la griffe de fer et les gravats furent précipités au pied du rempart, tuant deux des Ogres et dix Orcs. Mais les bêtes ne renoncèrent pas. Après quelques instants seulement, le même grappin fendit l'air en sifflant et trouva une autre prise.

Cette fois, les Nains se retirèrent. Ils quittèrent le chemin de ronde juste à temps pour prendre position un peu plus haut, sur les ailes du portail de pierre. Des années auparavant, les forgerons y avaient installé des retranchements d'acier derrière lesquels les défenseurs étaient maintenant tapis.

Glandallin put entendre la balustrade se détacher et s'abattre avec fracas sur le Passage. La terre trembla sous le choc, et les hurlements de joie de l'ennemi furent indescriptibles.

Ma foi, si ces bêtes veulent se fracasser le crâne contre les murs, qu'elles le fassent. Le Nain s'efforçait de garder son calme. Jamais la porte ne tomberait, car il fallait plus que quelques grappins pour démolir les fortifications.

Il jeta un coup d'œil prudent par-dessus le rebord de sa couverture d'acier. D'autres ennemis des Nains s'approchaient. Montés sur de majestueux chevaux noirs comme la nuit, ils gagnèrent la tête de l'armée d'Orcs et d'Ogres. Glandallin reconnut immédiatement ces créatures élancées aux oreilles pointues. C'étaient elles qui avaient attaqué les Nains dans les tunnels et qui avaient été repoussées au prix de nombreuses pertes.

Les yeux de leurs chevaux brillaient d'une lueur rouge sombre et leurs sabots produisaient à chaque pas des étincelles blanchâtres. Deux cavaliers se précipitèrent au-devant de la porte et donnèrent des ordres aux Orcs et aux Ogres, que ceux-ci exécutèrent sans protester. Les monstres se mirent à déblayer le Passage, préparant le terrain pour un nouvel assaut.

Les Elfes firent demi-tour et se retirèrent afin d'observer à bonne distance les monstres au travail. L'un des deux cavaliers saisit un arc démesuré et encocha une flèche. Les doigts protégés par des gants étaient calmement posés sur la corde tressée. Le tireur attendait pour intervenir.

Les Nains apportèrent en hâte des pierres pour les jeter sur les bêtes. Certaines tentèrent d'éviter les projectiles. Mais quand trois Orcs firent mine de prendre la fuite, l'Elfe banda brusquement son arc. Glandallin n'eut même pas le temps de voir son premier projectile, d'une longueur inhabituelle, frapper l'un de ces monstres qui s'écroula.

L'Orc tombait toujours quand l'Elfe décocha la flèche suivante ; le second fuyard mourut en poussant un couinement, le troisième le suivit dans l'intervalle d'un battement de cœur. Les autres monstres comprirent ce cruel avertissement et se remirent à leur tâche. Aucun n'osa protester contre le meurtre de leurs compagnons ; même les officiers subalternes et autres petits chefs ne bronchèrent pas de peur d'être eux-mêmes mortellement rappelés à l'ordre.

Il fallut attendre l'aube pour que le Passage soit déblayé.

Les Nains de la Cinquième Maison assistèrent alors à un étrange spectacle. Alors que le ciel à l'est reprenait peu à peu des couleurs claires, annonçant le lever imminent du soleil, une vaste nappe de brouillard monta au nord. En son cœur, on pouvait apercevoir des reflets noirs, argentés et rouges. Ces couleurs se mêlaient, et leur intensité variait continuellement.

Elle passa au-dessus des monstres, planant en direction de la porte malgré un vent contraire. Les Orcs, d'ordinaire si bruyants, se blottirent les uns contre les autres, se gardant bien d'entrer en contact avec cette brume vivante. Les Ogres reculèrent eux aussi. Les Elfes, eux, baissèrent humblement la tête et saluèrent le nuage comme on présente ses respects à un souverain. Le brouillard luisant approcha des cavaliers, descendit jusqu'au niveau du sol et s'immobilisa.

C'est alors que l'incroyable se produisit : une secousse parcourut le portail, la pierre trembla, et le premier des cinq verrous s'ouvrit. Quelqu'un avait dû prononcer la formule magique en vue de livrer le Pays Sûr à ces hordes !

— Impossible ! s'écria Glandallin horrifié avant de regarder de l'autre côté du portail pour découvrir qui était le coupable. Comment est-ce que…

Il s'agissait de Glamdolin Fort-Bras. Ce dernier se tenait seul devant la porte, les mains tendues en un geste d'invocation et il prononçait à haute voix la formule qui devait ouvrir le deuxième verrou.

— Tais-toi, pauvre fou ! cria-t-il à son ami. Qu'est-ce que tu fais ?!

Mais le Nain ne l'écoutait pas. Déjà les runes du deuxième verrou rougeoyaient, et celui-ci s'ouvrit dans un grincement.

— C'est sûrement de la maudite Magie à l'œuvre contre nous ! supposa Glandallin. Le brouillard ! Il l'aura ensorcelé !

Le troisième verrou céda, libérant les bâcles de fer du portail.

L'agitation gagna les rangs des défenseurs. Les premiers d'entre eux se levèrent d'un bond et dévalèrent les escaliers pour faire taire Glamdolin. Mais le quatrième verrou coulissait déjà hors de son logement. Il ne restait plus qu'un seul verrou, et toujours pas de Nain en vue pour empêcher le traître d'agir.

— Nous n'y arriverons jamais à temps, constata Glandallin avec rage. Que Vraccas me pardonne, mais il n'y a pas d'autre solution.

Il saisit sa hache et la lança furieusement de toutes ses forces vers l'ami avec lequel il avait combattu côte à côte quelques heures auparavant.

La lame fendit l'air en sifflant. Le Nain ayant correctement estimé la distance, l'arme trouva sa cible.

Glamdolin poussa un gémissement lorsque le tranchant s'enfonça dans son épaule gauche. Un flot de sang jaillit de la plaie béante, et il s'écroula. Soulagé, Glandallin fut reconnaissant à son dieu d'avoir accepté de guider sa hache.

Mais il était déjà trop tard : le traître avait atteint son terrible objectif. La dernière barrière tomba.

Les gigantesques battants s'ouvrirent lentement. Ceux-ci semblèrent se rabattre par à-coups, comme à contrecœur, comme si le granit sentait qu'il ne s'ouvrait pas pour le bon camp.

La roche frotta contre la roche. L'étroit interstice s'élargit progressivement pour devenir un véritable passage. Au bout d'un moment qui sembla une éternité, la Porte s'ouvrit complètement dans un dernier grincement : pour la première fois depuis la création du monde, la voie vers le Pays Sûr était libre.

Non ! C'est impossible ! Glandallin surmonta sa paralysie et suivit Giselbart et ses derniers guerriers qui descendaient les marches pour défendre la porte.

Il arriva le dernier devant la large ouverture. Ses compagnons étaient déjà en position, le bouclier en garde, l'autre main sur la hache, l'arme tant redoutée des Nains.

Leur rang serré formait un mince rempart face à la surpuissante marée d'Orcs, d'Ogres, de Trolls et d'Elfes. Quarante contre quarante mille.

Leurs adversaires n'osèrent pas avancer, craignant un guet-apens, et pour cause : jamais auparavant le passage ne s'était ouvert pour eux.

Glandallin parcourut du regard la première rangée de leurs repoussants ennemis, derrière laquelle se pressait une deuxième, une troisième, puis une autre, puis encore une autre, et de nombreuses autres encore. Il fronça ses sourcils broussailleux, faisant naître une profonde ride au-dessus de son nez. Son opiniâtreté, sa haine de ce mal qui était à portée de main et sa foi inébranlable en son devoir le confortaient.

Giselbart avait prononcé la formule pour refermer le portail. Les portes commencèrent à se refermer docilement certes, mais lentement, bien trop lentement. Il parcourut par-derrière la rangée de Nains, posant la main sur l'épaule de chacun d'entre eux.

Ce contact les calma et les encouragea à la fois, fortifiant et réconfortant les derniers défenseurs du Pays Sûr.

Les Elfes donnèrent des ordres, des buccins sonnèrent. Orcs et Ogres hurlèrent pour se donner du courage, brandirent leurs armes puis se mirent en branle dans un bruit de tonnerre. L'assaut débutait.

— Ils ne peuvent avancer que sur une seule ligne. Donnez-leur de notre bon acier à manger ! s'écria Glandallin à la cantonade pour donner du courage à ses compagnons. Vraccas est avec nous ! Nous sommes les Enfants du Forgeron !

— Nous sommes les Enfants du Forgeron ! crièrent ses frères, les pieds solidement plantés au sol.

Giselbart détacha quatre Nains afin qu'ils constituent une ultime ligne de défense. Puis il jeta son bouclier, dégaina ses deux haches et donna le signal de contre-attaquer. Les derniers membres de la tribu du Cinquième se précipitèrent sur leurs adversaires pour les anéantir.

Le choc des armées inégales eut lieu à dix pas du porche. Les gardiens du Passage se frayèrent un chemin, tels des taupes dans les rangs des Orcs, sapés dans leur attaque.

Glandallin brandit la hache qui lui restait et trancha un jarret après l'autre. Il ne s'attardait pas à tuer ces bêtes ; les déséquilibrer pour qu'elles fassent obstacle à celles qui suivaient lui suffisait.

— Vous ne passerez jamais ! leur cria-t-il.

Il fut bientôt recouvert de sang, qui dégouttait de son armure et de son casque en lui brûlant les yeux. Lorsque ses forces menacèrent de faillir, il agrippa sa hache à deux mains.

— Jamais !

Et les os de se briser, les liquides tièdes de se répandre sur lui ; une épée et un épieu le blessèrent légèrement, mais il continuait d'en découdre.

Sa vie importait peu. Glandallin voulait seulement que la Porte se referme à temps et que le Pays Sûr ne coure plus aucun danger. En outre, il se disait que lorsque les malades se seraient remis de leur fièvre, ils se chargeraient de nouveau de la défense. *Rien n'est encore perdu !*

Or, il sembla que les runes de Borengar le maître forgeron, qui avaient accompli de véritables prodiges jusqu'alors, avaient définitivement épuisé leurs réserves de pouvoir protecteur. Du coin de l'œil, Glandallin vit un de ses compagnons s'écrouler, le crâne fendu par l'épée à deux mains d'un Orc.

Mû par une haine violente doublée de la volonté d'abattre le meurtrier, il se fendit deux fois puis planta sa hache dans la panse du monstre à la peau noire, l'éventrant de haut en bas.

Il vit trop tard l'ombre qui tombait sur lui et tenta en vain d'éviter la massue d'Ogre qui s'abattait, mais la lourde extrémité l'atteignit de plein fouet et ses jambes furent écrasées. Poussant un cri, il tomba sur l'Orc suivant, et réussit en pleine chute à lui trancher la moitié de la cuisse. Puis il atterrit tête la première au milieu d'une forêt de jambes, et distribua des coups autour de lui en grognant jusqu'à ce que plus aucun adversaire ne se trouvât à sa portée.

— Amenez-vous ! dit-il en rage, exigeant de nouveaux ennemis.

Ceux-ci le traitèrent avec indifférence. Trop désireux de pénétrer dans le Pays Sûr, ils prenaient soin de le contourner en courant. Que leur importait de manger de la chair de Nain coriace quand de bien meilleurs mets les attendaient là-bas ? Semblables à de simples animaux, ils s'amassaient et poussaient à l'entrée du portail pour le franchir. Ils ne se souciaient plus de ce Nain à terre et vaincu.

Non sans souffrances, Glandallin se redressa pour regarder en direction des battants de granit. Il espérait voir la dernière rangée de Nains résister et contenir la poussée ennemie.

Mais cet espoir était vain. Il était le dernier survivant, les autres Nains gisaient morts et atrocement mutilés, cernés par les innombrables cadavres des ennemis qu'ils avaient abattus. Les diamants de la ceinture de Giselbart scintillaient toujours autant, indiquant l'endroit où le chef de leur tribu était tombé face à trois Ogres. Cette vision emplit Glandallin d'une insupportable tristesse et d'une fierté obstinée à la fois.

Entre-temps, le portail s'était presque complètement refermé. Huit Ogres s'arc-boutaient désespérément contre les portes pour les empêcher de se verrouiller de nouveau. Mais les plantes de leurs pieds cornés dérapaient sur le sol rocailleux. Même leur force hors du commun ne pouvait rien contre la Magie du dieu Vraccas. Les quelques monstres qui avaient réussi à pénétrer dans le Pays Sûr ne représentaient certainement pas un bien grand danger pour les Humains, les Elfes, les Mages et toutes les autres créatures qui y vivaient.

Le soleil du matin monta au-dessus de la crête des montagnes qui dominaient le passage de Pierre, aveuglant Glandallin. Celui-ci mit sa main en visière au-dessus de ses yeux sensibles pour s'assurer que la Porte était bel et bien close.

Nous avons réussi, Vraccas, pensa-t-il, soulagé, lorsqu'une violente douleur lui vrilla le dos. Une fine pointe de lame dépassa de sa poitrine le temps de quelques battements de cils avant d'être retirée. Il en eut le souffle coupé.

— Qui… ?

Son perfide agresseur le contourna avant de s'accroupir devant lui. Le Nain entrevit un visage d'Elfe aux traits fins, les rayons du soleil nimbant ses cheveux blonds qui brillaient comme autant de fils d'or. Cette beauté souffrait cela dit d'une effrayante tare : à la place des yeux, le Nain vit deux impénétrables trous noirs en amande.

L'Oreille-pointue portait une armure de plates rutilante en acier noir qui lui arrivait jusqu'au-dessus du genou. Ses jambes étaient couvertes d'un pantalon de cuir, ses bottes brun foncé montant jusqu'au-dessous du genou. Des gants rouge foncé protégeaient ses doigts de la souillure, et sa main droite tenait un épieu pourvu d'une mince pointe de fer humectée de sang, celle qui avait percé le maillage serré de la cotte de Gandallin.

L'Elfe étrange s'adressa au Nain.

Glandallin eut beau ne pas le comprendre, le ton lugubre de ses paroles fit courir un frisson glacial le long de son échine.

— Mon ami a dit : regarde-moi. Ta mort a pour nom Sinthoras, traduisit quelqu'un derrière lui. Moi, je t'ôte la vie, et notre Pays ôtera ton âme.

Glandallin toussa du sang presque brun, qui s'échappa des commissures de ses lèvres pour s'infiltrer dans sa barbe.

— Hors de ma vue, misérable Oreille-pointue ! J'essaie de voir la porte qui se referme, exigea-t-il d'un ton cassant.

Il tenta de chasser son vis-à-vis d'un coup de hache. Celle-ci faillit lui échapper tant ses forces déclinaient.

— Va-t'en, ou je te coupe en deux comme un fétu de paille, traître d'Elfe, tonna-t-il sans se démonter.

Sinthoras eut un sourire froid. Il leva son épieu et l'enfila dans une étroite fente entre deux anneaux de cotte de mailles.

— Tu fais erreur. Nous sommes les Albes. Nous sommes venus anéantir les Elfes, dit la voix dans son dos avec douceur. La porte peut bien se fermer. Quand tu te relèveras d'entre les morts par le pouvoir de notre Pays, tu seras un des nôtres et tu l'ouvriras. Tu connais la formule.

— Jamais ! s'écria le Nain. Mon âme ira rejoindre Vraccas…

— Non, car ton âme appartient désormais à notre Pays, et ainsi, tu lui appartiens pour l'éternité, l'interrompit la voix de velours. Maintenant meurs, reviens et livre-nous le Pays Sûr.

L'extrémité polie pénétra dans la chair du Nain affaibli et sans défense. La douleur le réduisit au silence.

D'une légère pression, Sinthoras enfonça une seconde fois la lame dans le corps du supplicié. On aurait presque pu croire qu'il le faisait avec recueillement, tendresse, félicité. Puis il attendit la mort. Il observa minutieusement les traits de Glandallin déformés par l'agonie, absorbant avidement les sensations que celui-ci éprouvait.

Il ne se releva que lorsqu'il eut acquis la certitude que toute vie avait bien déserté le dernier gardien du passage de Pierre.

Chapitre premier

Le Pays Sûr, Royaume magique d'Ionandar,
au printemps du 6234e cycle solaire

Le marteau de forge dansait çà et là sur le fer rouge, accompagné de tintements sonores. Coup après coup, le fer prenait forme, ployant sous la force et l'habileté combinées.

Soudainement, le concert s'interrompit. Un grommellement de mécontentement se fit entendre tandis que les mâchoires d'acier d'une pince se refermaient, s'emparant du morceau de fer pour le rejeter dans le foyer. Le forgeron n'était pas satisfait du résultat de son travail.

— Tungdil, qu'est-ce que tu fabriques ? demanda Eiden, le valet d'écurie du Mage Lot-Ionan, piaffant d'impatience et caressant les naseaux du quadrupède, qui patientait toujours. Il va attendre encore cent sept ans, notre canasson ? Je dois encore aller au champ, moi.

Le Nain à la barbe brune taillée court plongea les mains dans un seau d'eau et mit cette petite interruption à profit pour se décrasser. Son torse, trapu, n'était recouvert que d'un tablier de cuir. Il portait une culotte de peau. Il passa ses puissants doigts dans ses longs cheveux bruns pour en retirer la sueur et se rafraîchir quelque peu.

— Le fer n'était pas à la bonne taille pour ce cheval, déclara-t-il laconiquement.

Tungdil actionna le soufflet, dont le feulement, à ses oreilles, évoquait le souffle d'un géant des premiers âges. L'air frais ranima la flamme de vie des charbons ardents.

— J'arrive.

Le forgeron recommença la procédure et appliqua sur le sabot la nouvelle chaussure de fer. Lorsque la corne grésilla, Tungdil disparut dans un nuage blanc jaunâtre et malodorant. Puis il s'empressa de refroidir le fer dans un seau d'eau, de planter les clous dans les trous prévus à cet effet, et il reposa prudemment la patte arrière au sol. Il se hâta de s'éloigner de ce cheval puissant et large, dont la taille lui inspirait quelque défiance.

Eiden rit et caressa l'animal.

— Eh ben, le court-sur-pattes s'en est encore bien tiré, sur ce coup-là, hein ?! dit-il au cheval blanc. Allez, viens, et fais attention de ne pas te le prendre dans les pattes.

Tous deux sortirent de la forge pour retourner au champ au plus vite.

Le Nain s'étira, puis secoua ses bras musculeux tandis qu'il revenait devant le foyer. Les quolibets du valet ne le touchaient pas. Les moqueries, blessantes ou affectueuses, n'avaient plus de prise sur lui. Elles faisaient sans doute partie de son destin, celui d'être le seul Nain à vivre parmi les Humains.

Au Pays Sûr, les membres de son peuple étaient aussi rares que les pièces d'or sur le bord d'un chemin, et la réputation des derniers Nains ambulants, qui faisaient profession de forgerons ou d'outilleurs itinérants, n'était pas des meilleures. Ceux-ci passaient pour des originaux, extrêmement renfermés, pour qui seuls comptaient les pièces de monnaie et les bons prix.

Quand même, j'aimerais bien en rencontrer un, pensa-t-il. Il parcourut du regard son atelier bien rangé, ses multiples pinces et marteaux, tous bien accrochés à leur place. *Il aurait sûrement des tas de choses à me raconter, sur les cinq tribus naines*. Tungdil adorait la pénombre qui régnait dans la forge : elle faisait ressortir la beauté des charbons ardents.

De nouveau, il actionna le soufflet ; le flux d'air attisa les flammes et fit jaillir des étincelles jusque dans la cheminée. Un large rictus illumina brièvement son visage. Le Nain imaginait que des points lumineux rouges sortaient en dansant du conduit et montaient jusqu'aux étoiles, avant de devenir des astres à leur tour. Cette pensée lui était tout aussi agréable que de laisser rebondir son marteau à la verticale sur le fer rouge. *Mais peut-être qu'ils ne battent pas le fer comme je le fais ?*

— Pourquoi il fait toujours si noir, dans ta forge ? demanda, comme surgie du néant, Sunja, la fille de Frala la servante, une enfant éveillée de huit ans à qui l'apparence de Tungdil ne faisait ni chaud ni froid.

Le Nain ricana à s'en plisser le visage, qu'il avait sympathique. Il s'étonna de la rapidité à laquelle grandissaient les petits d'Humains. Encore un peu et Sunja aurait la même taille que lui.

— Les jeunes enfants, c'est comme les chats, on ne les entend jamais venir. (Il jeta un morceau de fer dans le foyer.) Viens, on va le faire rougir, et je t'expliquerai.

Pleine d'enthousiasme, la fillette blonde aida à actionner le soufflet, et comme chaque fois Tungdil lui fit croire qu'elle parvenait seule à faire sortir l'air des joues de cuir rebondies de l'engin. Bientôt, le métal rougeoya.

— Tu vois ? (Il le saisit avec la pince et le posa sur l'enclume.) S'il y a si peu de lumière, chez moi, c'est pour une bonne raison. Ce n'est que de cette façon qu'un forgeron peut voir si l'acier a atteint la bonne température. Si j'attends trop longtemps, le fer brûle et il est perdu, mais si je le retire trop tôt de son lit de charbons ardents, impossible de le battre, car il risque de casser.

Tungdil fut heureux de voir le hochement de tête sérieux de la petite, qui était tout le portrait de sa mère.

— Maman, elle dit que tu es un maître forgeron.

Le Nain rit.

— Un maître, peut-être pas. Mais je connais mon métier, ça, c'est sûr.

Il lui adressa un clin d'œil, auquel elle répondit par un rire chaleureux.

D'autant que personne ne lui avait jamais montré comment faire. Il s'était juste contenté d'observer l'ancien forgeron de Lot-Ionan. Chaque fois que l'Humain en question s'éloignait de l'enclume, Tungdil profitait de l'occasion pour s'exercer. Il ne lui avait pas fallu longtemps pour maîtriser les rudiments. C'était il y a plus de trente cycles. À présent, il ne craignait plus aucun travail de forge.

Absorbés, Tungdil et Sunja observaient le jeu des couleurs qui se succédaient. Orange, jaune, rouge, blanc, bleu… Les charbons rougeoyaient, craquaient et crépitaient.

Il s'apprêtait à lui demander ce qu'il y avait au dîner lorsque la silhouette d'un Humain apparut en contre-jour à l'entrée.

— Tungdil, viens à la cuisine. On a besoin de toi, lui lança Jolosin, un disciple de quatrième niveau, sur un ton impérieux.

— Et la politesse ? répondit-il. (Il s'adressa à Sunja :) Toi, tu ne touches à rien. Promets-le.

Il cacha rapidement un petit objet qu'il avait forgé avant de suivre l'apprenti magicien dans le réseau de galeries souterraines qui accueillait l'école du Patient.

Quelque deux cents Humains sélectionnés, jeunes et moins jeunes, apprenaient les arcanes de la Magie sous l'égide de Lot-Ionan. La Magie, volatile et capricieuse, n'était pas le fort de Tungdil. Son royaume à lui, c'était la forge, une activité où il pouvait se dépenser sans compter. Il préférait le travail manuel, ainsi qu'un bon livre de temps à autre. C'était le Mage qui lui avait donné le goût de la lecture.

La robe bleu foncé richement ornée de Jolosin ondoyait, et ses cheveux soignés se soulevaient à chacun de ses pas. Tungdil rit sous cape. *Quel fat.* Ils bifurquèrent pour déboucher dans la grande pièce où flottait une bonne odeur de nourriture. Des chaudrons bouillonnants et gargouillants étaient suspendus au-dessus de deux grands foyers.

Tungdil sut tout de suite pour quel motif le jeune homme l'avait mandé. Une des chaînes qui servait à mouvoir les récipients via un palan avait quitté son support, de sorte que le chaudron qui y était suspendu reposait à même le feu.

Une femme n'aurait pas pu le soulever, et quant aux élèves du Mage, ils se croyaient au-dessus du lot jusque dans la corvée de cuisine ; aucun d'entre eux n'avait daigné entreprendre quoi que ce soit. On risquait de se brûler, pis : de se salir. Il s'agissait bien d'un travail pour un forgeron.

La cuisinière, une femme plantureuse qui avait quelques livres en trop sur les hanches, allait et venait dans la pièce.

— Vite, sinon mon goulasch va brûler ! le pressa-t-elle sans cesser de tripoter son filet, qui menaçait de glisser de sa tête.

— Ce serait dommage. C'est que j'ai faim, moi.

Sans hésiter, le Nain s'approcha à grands pas de la cheminée, posa rapidement la main sur la chaîne pour voir si elle n'était pas trop chaude, puis en saisit les maillons noircis par la suie. Après toutes ces années passées devant l'enclume, il avait gagné en muscles ; même le plus lourd marteau ne pesait plus rien pour lui. Soulever un chaudron grâce à un palan ne devait dès lors pas être d'une très grande difficulté.

— Tiens ça, dit-il à Jolosin en lui tendant la chaîne toute sale, il faut que je répare l'attache.

Le jeune homme hésita.

— Ce n'est pas trop lourd ? risqua-t-il prudemment.

— Non. Et si ça l'est quand même, eh bien tu n'as qu'à lancer un sort pour que ce soit plus léger, puisque tu es si malin, lui conseilla Tungdil en ricanant. Puis il lui fourra la chaîne dans les mains et lâcha prise.

Le disciple poussa un juron et ploya sous le poids du chaudron.

— Elle est brûlante, gémit-il.

— Ne t'avise surtout pas de gâcher mon goulasch, mon garçon, le menaça la cuisinière d'un air sombre. Elle renonça à lutter contre ses cheveux brun foncé, qui tombaient à présent devant son visage replet. Tiens bon, sinon même le Mage ne pourra te protéger de mon rouleau à pâtisserie !

Elle le menaça de ses imposants avant-bras.

Tungdil trouva la cause de la rupture de l'attache, mais il prit volontairement plus de temps pour réparer, histoire de lui apprendre, à ce disciple, à mépriser les tâches ingrates.

— Oh, ça ne va pas être de la tarte, dit-il à voix haute en prenant un air soucieux.

Frala, la servante aux cheveux noirs et aux jolis yeux verts, remarqua son petit jeu et gloussa tout en continuant d'éplucher les pommes de terre.

En quelques mouvements habiles, le Nain prit la chaîne et la réarrima au crochet. Le récipient tint bon, le goulasch était sauvé.

— Tu peux lâcher.

Jolosin s'exécuta, puis jeta un coup d'œil à ses mains sales ; la précieuse robe bleu foncé elle aussi avait été souillée. Inquiet, il regarda en direction de Frala, qui riait maintenant à gorge déployée, et il rougit.

— Tu l'as fait exprès, espèce de misérable avorton ! gronda-t-il à l'adresse de Tungdil.

Il s'approcha de lui d'un pas menaçant et voulut le frapper, mais il se ravisa face à la supériorité physique du forgeron et s'enfuit en courant, furieux.

Le Nain ricana et s'essuya les mains sur son tablier.

— Cela ne m'aurait pas dérangé de me battre avec lui. Dommage qu'il se soit dégonflé.

Frala lui lança une pomme qu'elle avait pêchée dans le panier à côté d'elle.

— Pauvre Jolosin, rit-elle. Sa belle robe est toute sale, maintenant.

— Qu'est-ce que j'y peux, moi, s'il s'est sali ? dit Tungdil en haussant les épaules, et il se tourna vers la servante qui, comme lui, effectuait les menus travaux et services à l'école de Magie de Lot-Ionan.

— Mais c'est bien fait pour lui quand même, ajouta-t-il, creusant davantage les plis de joie qui se dessinaient autour de ses yeux pleins de chaleur.

— Vous vous cherchiez, vous vous êtes trouvés, soupira Frala. Un de ces jours, avec vos disputes, vous finirez par blesser quelqu'un.

Une pomme de terre épluchée plongea dans un baquet rempli d'eau.

— Qui sème le vent récolte la tempête. (Tungdil caressa les poils courts et raides de son menton.) Depuis qu'il m'a teint la barbe avec je ne sais quel tour de magicien, il est devenu mon pire ennemi. J'ai même dû la raser !

— Et moi qui ai toujours cru que les pires ennemis des Nains étaient les Orcs ! fit-elle remarquer avec un clin d'œil.

— Lui, c'est une exception. La barbe d'un Nain, c'est sacré, et un vrai Nain l'aurait probablement occis. Il a de la chance que je sois une bonne pâte. (Il mordit vigoureusement dans la pomme, ouvrit une petite bourse attachée à sa ceinture, puis glissa son petit cadeau dans la main de Frala.) Tiens. Pour toi.

Elle écarta les doigts et découvrit trois clous à ferrer que le Nain avait forgés avec une minutie extrême pour façonner un symbole de protection. Émue, la femme lui caressa la joue.

— C'est gentil à toi. Merci.

Elle se leva, prit un morceau de gros fil et enfila le pendentif. Elle fit rapidement un nœud, et le cadeau de Tungdil tomba bientôt sur son décolleté.

— Est-ce qu'il me va ? demanda-t-elle avec coquetterie.

— Comme s'il avait été fait uniquement pour toi, répondit-il, heureux que son simple bijou plût à la servante comme s'il s'agissait de la plus précieuse parure du Pays Sûr.

Elle et lui étaient liés, mais d'une manière tout à fait particulière. Tungdil connaissait Frala depuis qu'elle était bébé, il l'avait vue grandir, mûrir et devenir une jeune femme dont la vue faisait tourner la tête aux élèves magiciens. Entre-temps, elle avait eu deux enfants, Sunja et une petite fille âgée maintenant d'un an, du nom d'Ikana.

Frala ne tirait aucune vanité de son apparence et se montrait toujours très affable avec les habitants du domaine souterrain du Mage, le Nain y compris. La vue de celui-ci lui était familière et aussi anodine que celle d'un Humain, attitude dont avait hérité son aînée.

Le Nain, pour sa part, avait conscience de la différence. Les femmes et les hommes qui venaient au Royaume d'Ionandar trouver Lot-Ionan pour qu'il leur enseigne le grand art de la Magie le considéraient d'habitude comme une bête curieuse, que l'on ne rencontrait que dans une forge ambulante, et encore, avec beaucoup de chance. La servante, en revanche, lui parlait comme elle parlait aux valets ou à la cuisinière, lui donnant le sentiment d'être accepté, apprécié.

Tungdil lui avait autrefois moulé de petits sujets en étain avec lesquels elle avait joué sans retenue, et il lui avait fait visiter son atelier, où elle avait eu le droit d'actionner le soufflet. Le « Souffle de Dragon », comme elle disait, la faisait rire. Elle était ravie de voir s'élever les étincelles. Frala n'avait pas oublié la façon dont il s'était occupé d'elle, puis de sa fille.

Elle versa les pommes de terre restantes dans un baquet où elle remit de l'eau, puis se tourna vers lui, le toisant de ses yeux verts.

— C'est quand même étrange, dit-elle en souriant. J'étais justement en train de me dire que pour moi, même après toutes ces années, tu n'as pas du tout changé.

Tout en mâchant sa pomme, qu'il avait déjà à moitié engloutie, le Nain s'assit sur le tabouret.

— Et moi, j'étais justement en train de me dire à quel point nous nous entendons à merveille, répliqua-t-il avec honnêteté.

— Frala ! Viens remuer mon goulasch ! ordonna la cuisinière. Il faut que j'aille chercher encore quelques herbes. (La cuiller en bois, qui, avec son long manche, était presque aussi grande que Tungdil, changea de propriétaire.) Ne le laisse pas attacher au fond, hein ? lui rappela-t-elle avec une nuance d'avertissement avant de sortir.

La servante se mit devant le chaudron et remua énergiquement le contenu au fumet agréable.

— J'ai vu les gens vieillir, même l'honorable Mage, poursuivit-elle, mais toi, durant ces vingt-trois cycles, tu es toujours resté le même. Je me demande si tu auras toujours la même apparence, durant les vingt-trois prochains cycles ?

La jeune femme abordait un sujet sur lequel il n'aimait guère s'exprimer. Si ce qu'il avait lu sur l'espérance de vie des Nains était vrai, il avait encore trois cents cycles et davantage à vivre. La certitude de voir un jour mourir l'adorable Frala lui causait d'ores et déjà de la peine.

Pensif, il engouffra le trognon et le mâcha.

— Tu verras bien, Frala, dit-il en essayant de chasser ces idées qui l'attristaient.

Or la servante semblait capable de lire dans ses pensées, ce jour-là.

— Tu me promets une chose, Tungdil ? (Il hocha la tête en signe d'assentiment.) Est-ce que tu t'occuperas de ma fille quand je ne serai plus là ?

Il avala les pépins amers qui irritèrent sa gorge.

— On a encore bien le temps. Tu es bien partie pour vivre (Tungdil la regarda), eh bien, pour vivre cent cycles, au moins. Je demanderai à ce vieux hibou de magicien qu'il te donne la vie éternelle. Et à Ikana et Sunja aussi, par la même occasion, marmonna-t-il.

La jeune femme rit.

— Ne t'inquiète pas, je n'ai pas l'intention de paraître devant Palandiell de sitôt. (Elle remua soigneusement le contenu du chaudron ; la sueur perlait sur son front et coulait sur son visage.) C'est juste que… c'est bon de savoir qu'il y a quelqu'un pour s'occuper des enfants. (Elle haussa les épaules, sans trop y croire.) Je t'en prie, sois leur parrain.

D'ici à ce que tu sois rappelée auprès de ta déesse, les enfants seront suffisamment grands pour se débrouiller tout seuls, se dit-il, mais lorsqu'il comprit que Frala était tout à fait sérieuse, il fit la promesse de veiller sur Ikana et Sunja.

— Ce sera un honneur pour moi d'être leur parrain. (Le Nain glissa de son siège.) Si le crochet devait encore céder, envoie Jolosin, dit-il en prenant congé.

Il reçut d'elle en prime une petite écuelle de goulasch pour le retour.

Dans la forge, Sunja et de nouveaux travaux, apportés par le valet d'écurie, l'attendaient. Les cercles de deux barriques s'étant rompus, il se mit à l'ouvrage pour les ravoir. Puis ce fut un élément de la charrue qu'il fallut réparer en vitesse.

Tungdil se réjouit de ces tâches. Les efforts qu'il lui fallut fournir et la chaleur du feu le mirent en nage ; les gouttes perlaient sur ses bras et tombaient dans le foyer avec un grésillement. La fille aînée de Frala l'observait, fascinée, lui tendait les outils les moins lourds et se donnait toute la peine du monde pour actionner le soufflet.

Le fer porté au rouge se rendit à ses coups et prit la forme attendue. C'était dans des moments pareils qu'il avait le sentiment d'être un véritable Nain et non un enfant trouvé, élevé par des Humains pratiquant la Magie.

Ses pensées vagabondèrent. En soixante-trois cycles que comptait sa vie, il n'avait jamais rencontré le moindre Nain, d'où sa joie chaque fois que Lot-Ionan l'envoyait faire des commissions, ce qui arrivait bien trop rarement. De tout cœur, il espérait croiser un jour un membre de sa race qui lui en apprendrait davantage sur elle. Or les Nains ambulants se faisaient rares.

Ionandar était exclusivement terre d'Humains. Les Gnomes et les Kobolds avaient pour ainsi dire disparu ; les rares individus à y vivre encore habitaient des lieux souterrains oubliés et n'en sortaient que lorsqu'ils pouvaient voler Humains, Nains ou Elfes. C'était du moins ce que lui avait dit Frala. Les derniers Elfes vivaient en Âlandur, dans les bois de l'Éternelle Forêt, tandis que les Nains s'étaient établis dans les cinq massifs montagneux qui entouraient le Pays Sûr ; Tungdil avait presque abandonné l'espoir de se rendre un jour dans l'un des Royaumes nains pour en apprendre davantage sur lui-même.

Les connaissances qu'il avait de ses semblables provenaient de la bibliothèque du Mage, et encore était-ce là un savoir livresque, une lecture fort peu captivante. Certains auteurs se moquaient des « Troglodytes », d'autres leur attribuaient même la responsabilité de l'entrée dans le Pays Sûr de la Terreur sans Nom, ce que Tungdil ne pouvait imaginer, même avec la meilleure volonté du monde.

Ce genre d'ouvrages lui expliquait pourquoi il y avait aussi peu de Nains en dehors de leurs Royaumes. Les « Troglodytes », sûrement offensés par de telles accusations, préférèrent tourner le dos aux Humains.

Tungdil venait tout juste de réparer le premier cercle de la barrique lorsque Jolosin réapparut, et avec une nouvelle robe, remarqua le Nain avec une joie maligne.

— Viens vite ! haleta-t-il tout excité, luttant pour reprendre son souffle.

— Encore ce chaudron de goulasch ? Vas-y, cours le retenir. J'arrive tout de suite, ironisa-t-il.

— Au laboratoire… (La voix de Jolosin s'éteignit, et celui-ci dut se contenter de s'exprimer par signes.) La cheminée, dit-il enfin en soufflant bruyamment, avant de repartir en hâte.

Il n'a vraiment pas l'air de plaisanter. Inquiet, le Nain reposa son marteau et s'essuya les mains sur son tablier. Après avoir renvoyé Sunja à la cuisine voir sa mère, il suivit le disciple le long des couloirs creusés dans la pierre.

Le Pays Sûr, en bordure du Royaume nain du Second Père, Beroïn, en l'hiver du 6233ᵉ cycle solaire

Par centaines, les minuscules grains de sable venaient crépiter contre les casques, les armures et chaque pouce de chair non couverte. Un fort vent chaud d'ouest chassait devant lui la terre meuble qu'il avait arrachée aux dunes.

Pris en pleine tempête, le courageux groupe de Nains, montés sur des poneys, luttait pour progresser. Les étoffes placées devant les visages étaient bien censées les protéger de cette force naturelle, mais la fine poussière du désert se frayait quand même un chemin à travers le tissu. Il n'y avait pas une bouche où elle ne crissât, pas une barbe d'où elle ne s'écoulât.

— Maudit vent ! jura le roi Gandogar Barbe-d'Argent du clan des Barbes-d'Argent, souverain de la Quatrième Maison et de ses douze clans, en rajustant son foulard pour protéger son nez du sable.

Du haut de ses deux cent quatre-vingt-dix-huit ans, ce Nain passait pour un souverain expérimenté et un combattant hors pair. Il mesurait un peu plus de cinq pieds, avait de puissants bras et refusait de déposer son armure, lourde et richement travaillée, même en de telles circonstances. De son casque paré de diamants dépassaient des cheveux brun foncé, sa barbe était de même couleur. Imperturbable, celui-ci entraînait sa suite à travers les dunes et les éboulis.

— Ce qu'il y a de pire, c'est le sable. Ce genre de choses n'arriverait pas dans les montagnes, dit Bislipur, son mentor et ami qui chevauchait à son côté.

Celui-ci dépassait le souverain en taille et en corpulence, et portait presque autant de précieuses bagues et d'anneaux d'or que son seigneur. Tout dans son attitude trahissait le combattant qu'il était, et sa cotte de mailles portait les marques de nombreuses batailles passées, la dernière en date ayant eu lieu à peine cinq lunes auparavant, contre des Orcs.

— Un simple grain de sable ne fait pas mal, et d'habitude je ne m'en plains pas, grommela Bislipur.

Mais le nombre de grains, et la violence avec laquelle ceux-ci les harcelaient, lui et le reste de la légation, faisaient pousser des gémissements même au plus endurci des Nains.

— Nous ne sommes pas un peuple du désert. Vraccas savait bien ce qu'il faisait en nous créant à partir de la pierre et non du sable, dit-il, exprimant l'opinion de la petite troupe.

Les poneys avec lesquels ils s'étaient mis en route pour le Second Royaume Nain hennissaient et s'ébrouaient, renâclaient, irrités, pour chasser la substance poudreuse de leurs naseaux, ne faisant malheureusement qu'aspirer davantage cet impitoyable sable.

— Il n'y a pas d'autre itinéraire, regretta Gandogar. Mais pour notre consolation à tous, nous sommes bientôt arrivés.

La troupe de trente Nains se trouvait dans le Sangreîn, le pays désertique de la reine humaine Umilante, où l'on ne voyait rien d'autre que des steppes arides, qui alternaient avec des contrées plus inhospitalières encore, offrant un paysage si désolé que les voyageurs préféraient encore porter leurs regards sur les pointes de leurs bottes ou les crinières ébouriffées de leurs montures.

Depuis leur départ des Montagnes Brunes pour le sud, ils avaient tout d'abord traversé les vallées tranquilles et les gorges escarpées du Royaume montagneux d'Urgon du roi Lothaire. Puis ils avaient parcouru l'Idoslân, beaucoup moins accidenté, du roi Tilogorn, où l'on appelait montagnes de simples collines et où les grasses plaines succédaient aux forêts ombragées.

À présent, Gandogar guidait sa suite à travers la partie la plus difficile du Sangreîn, la ceinture de sable extrêmement fin de quarante milles de large qui entourait telle une barrière, comme si elle voulait interdire toute visite, le massif montagneux qui constituait le but de leur périple.

Occasionnellement, lorsque le mugissement du vent faiblissait et que le rideau de sable se déchirait, ils pouvaient voir se dresser ces immenses hauteurs, véritables mirages d'origine magique. Les sommets enneigés des Montagnes Bleues les invitaient à retrouver air et eau frais, ainsi que la compagnie de leurs semblables.

Bislipur rajusta le foulard qu'il avait devant la bouche et le nez et passa sa main en maugréant dans sa barbe gris-brun.

— Je ne suis certainement pas un ami de la Magie, mais à l'heure actuelle, un Mage pourrait nous être bien utile.

— Comment ça ?

— Il pourrait contraindre ce maudit vent à se calmer.

Une dernière rafale enveloppa la délégation, avant de faiblir brusquement. La chaîne de montagnes ne s'élevait plus qu'à cinq milles devant eux d'ouest en est.

— Je ne savais pas que tu étais devenu magicien, dit Gandogar dans un soupir de soulagement.

Il n'avait jamais pu supporter outre mesure le monde hors de son propre Royaume. Tout cela lui fit jurer qu'il s'agissait de son premier et dernier long voyage.

— Voyez ! Nous y serons bientôt !

Les versants montagneux projetaient des ombres allongées qui rendaient la forteresse d'Ogremort encore plus impressionnante de noirceur. Celle-ci épousait les contreforts de la montagne : ses créateurs l'avaient en partie laissée dans la pierre, le reste consistait en fortifications avancées qui ménageaient quatre terrasses de défense superposées, réputées imprenables.

L'entrée du royaume souterrain, de huit pas de large et dix pas de haut, se trouvait sur le plateau le plus élevé, taillée à même la paroi rocheuse. *On dirait une gigantesque bouche qui bâille à s'en décrocher la mâchoire*, pensa le roi.

Au fur et à mesure que la légation s'approchait de la forteresse, les deux battants de la porte s'ouvrirent, les invitant à entrer. Au-dessus des tours, les dix-sept bannières des clans de leur hôte flottaient fièrement.

— Nous avons traversé le Pays Sûr d'un bout à l'autre à dos de poney, et voilà que nous sommes enfin arrivés, dit Gandogar en riant, soulagé.

Les autres Nains firent chorus. Ceux-ci constituaient la suite, armée jusqu'aux dents, qui avait accompagné son seigneur sain et sauf au Royaume de Beroïn. On y retrouvait les chefs, les meilleurs guerriers ainsi que les meilleurs artisans de l'ensemble des douze clans de la Quatrième Maison, tous sachant parfaitement manier qui le couperet, qui la hache, qui l'outil. Ils n'avaient pas rencontré un seul bandit en chemin. Ces derniers avaient sans doute été effrayés par la combativité légendaire des Nains. Et pourtant, la quantité d'or qu'ils transportaient aurait tout à fait justifié une embuscade.

Bislipur fit un geste autoritaire qui fut immédiatement suivi d'effet.

Une petite créature d'au plus trois pieds de haut glissa avec difficulté de son poney pour se hâter de slalomer sur le sable blanc entre les cavaliers. Son pantalon ample était retenu par une large ceinture. Bien que d'apparence noueuse, elle était cependant pourvue d'un ventre rebondi. Elle portait une veste rouge par-dessus sa chemise de jute jaunâtre, et son bonnet bleu d'où dépassaient des oreilles pointues était bien enfoncé sur sa tête. À chaque pas, ses chaussures à boucles soulevaient des pelletées de sable, tandis que son cou était orné d'une collerette couleur argent.

Elle fit un ostensible détour pour adresser une révérence à Bislipur.

— Swerd, à votre service, grommela-t-elle, de mauvaise humeur. Et pas de son plein gré, comme toujours.

— Silence, Gnome, tonna Bislipur avant de brandir son large poing. (Swerd se tassa.) Passe devant pour nous annoncer. Ensuite, attends que nous soyons tous arrivés, et ne touche à rien.

— J'ai entendu et j'obéirai, sans y prendre plaisir.

Le Gnome s'inclina profondément et courut rejoindre sa petite monture. Peu après, il caracolait sur celle-ci, passant devant les Nains et filant en direction de la forteresse.

Même de loin, on pouvait voir qu'il ne savait pas monter à cheval. Il rebondissait sur sa selle à contretemps des mouvements du poney tout en maintenant de ses doigts griffus son bonnet sur ses cheveux, laissant à l'animal le soin de trouver le chemin du rempart le plus avancé.

— S'il galope encore plus vite, il va se désarçonner tout seul, estima Gandogar. Quand vas-tu l'affranchir ? demanda-t-il à son mentor.

— Quand il aura suffisamment expié ce qu'il a fait, répliqua Bislipur laconiquement. Reprenons notre route.

Il talonna les flancs souples de son poney qui se mit à trotter, obéissant.

Ils s'approchèrent de la forteresse d'Ogremort, qu'ils ne connaissaient que grâce à des récits et des illustrations.

Il s'était peut-être écoulé des siècles depuis que le dernier Nain de la Maison de Goïmdil avait entrepris le voyage jusqu'à l'autre bout du Pays Sûr. Autrefois, leur peuple se retrouvait à intervalles réguliers pour donner une fête en l'honneur de leur dieu Vraccas, afin de remercier le Forgeron de les avoir créés. Mais depuis la chute du passage de Pierre face aux Orcs, aux Ogres et aux Albes et l'anéantissement des clans de la Cinquième Maison, cette cohésion était brisée.

— Il était plus que temps.

Gandogar se souleva légèrement sur sa selle. La chair de son séant était tout endolorie de cet interminable ballottement.

Aucun d'entre eux ne savait particulièrement bien monter à cheval. C'était à contrecœur que les délégués avaient accepté de voyager à dos de poney ; ils auraient été encore moins en confiance sur de grands chevaux, en véritables Nains qu'ils étaient, sans compter le ridicule qu'il y avait à devoir utiliser un escabeau pour y monter.

Il s'agissait d'un rejet viscéral. Deux des membres de la délégation avaient même refusé catégoriquement de monter, et avaient fabriqué de petits chars de guerre maniables qui roulaient en fin de colonne.

— Nous nous réjouissons tous que le voyage s'achève, dit laconiquement Bislipur avant de recracher du sable.

La vue des impressionnants remparts les dédommagea quelque peu de leurs efforts. Gandogar parcourut du regard les fresques et les bas-reliefs raffinés qui ornaient les murailles et les tours. Il fut ébahi rien qu'à la vue des figures, motifs, socles et colonnes du premier bastion. *Nous sommes peut-être les meilleurs lapidaires, mais ce sont certainement eux les meilleurs tailleurs de pierre.*

La porte d'entrée s'ouvrit, autorisant la suite à pénétrer dans la cour de la première terrasse. Swerd se tenait debout à côté de son poney et attendait avec obéissance que Bislipur l'envoie d'un geste fermer la marche.

Un Nain vint à leur rencontre. Il devait être âgé de plus de trois cents cycles et faisait bien son âge.

— Salut au roi Gandogar Barbe-d'Argent de la Quatrième Maison et à sa suite. Je suis Balendilín Unbras, du clan des Forts-Doigts, conseiller de notre Grand-Roi Gundrabur Blanc-Chef, de la Seconde Maison. Soyez les bienvenus.

Son corps trapu était contenu dans une cotte de mailles ; le ceinturon où était glissée sa hache de guerre se fermait par une boucle en pierre finement ciselée. Il portait plusieurs barrettes décoratives du même matériau dans sa barbe poivre et sel, intégrées à ses tresses. Une longue natte lui tombait dans le dos.

Il releva la tête.

— Suivez-moi, chers frères. Je vais vous conduire.

Il tourna les talons et gravit la pente qui menait à l'entrée de la montagne. Tout le monde put voir à ce moment qu'il n'avait plus son bras gauche.

Le roi supposa qu'il l'avait perdu au combat contre les monstres. Balendilín était doté d'une imposante stature, qu'il avait certainement dû acquérir à force de travailler avec de lourdes pierres. La main calleuse qu'il lui restait ressemblait presque à une patte d'ours, tandis que chacun de ses cinq doigts évoquait la puissance, ce qui faisait tout à fait honneur à son clan.

Après avoir passé plusieurs portes et atteint le quatrième niveau, Balendilín s'arrêta. Les invités purent alors constater à quel point les fortifications avaient été bien conçues. Le Nain désigna l'entrée du massif montagneux.

— Descendez, à présent, et confiez vos poneys à nos soins. Ils seront bien traités. Nous allons nous rendre tout de suite à la Salle du Conseil, où vous êtes attendus avec impatience.

Balendilín prit la tête du cortège, les conduisant dans des galeries où un dragon de grande taille aurait aisément pu passer. La qualité du travail des tailleurs de pierre manqua de couper le souffle aux visiteurs. Des colonnes grises de dix pas de circonférence et davantage se dressaient, tels des arbres pétrifiés. Le volume des salles était tel que le plafond restait invisible. Les colonnes semblaient s'élever vers le néant. *Ou alors, si elles vont quelque part, c'est jusqu'au sommet de la montagne, pour le soutenir*, pensa Gandogar avec respect.

Entre les piliers étaient tendus des arcs de pierre richement décorés sur lesquels étaient gravés sentences et versets de la Genèse du peuple Nain.

Ils virent devant eux une gigantesque réplique en pierre du Second Père. Un Beroïn couleur granit était assis sur un trône de marbre blanc, la main droite en position de salut, la gauche posée sur le manche de sa hache. Ses pieds étaient aussi hauts qu'un Nain et aussi longs que cinq poneys.

Et ce n'était pas tout.

Les parois, qui autrefois avaient été brutes et non taillées, étaient désormais polies à la perfection. Les héritiers de Beroïn y avaient gravé d'autres maximes et motifs, à l'éclat terne. Ceux-ci étaient si beaux et si précis que Gandogar ralentit involontairement le pas pour les examiner plus avant.

La tribu du Quatrième avait elle aussi creusé des salles entières dans le roc, bien sûr, mais la maîtrise et l'exécution des Seconds surpassait les siennes, et de très loin.

Le roi tendit la main et effleura respectueusement le marbre anthracite. Jamais il n'aurait cru qu'une telle magnificence fût possible.

— Par Vraccas ! s'exclama-t-il dans un accès d'admiration et de fierté mêlées. On ne saurait trouver plus grande maîtrise. Vous êtes les meilleurs tailleurs de pierre de notre peuple.

Le conseiller du Grand-Roi fit une révérence.

— Je te remercie de tes éloges. C'est avec plaisir que je les transmettrai à nos artistes.

Après être passés entre les jambes du géant de pierre impassible, ils se retrouvèrent dans un couloir plus petit. L'air se rafraîchit sensiblement. Peu après, ils arrivèrent devant la porte de la Salle du Conseil.

Balendilín adressa un sourire à Gandogar.

— Es-tu prêt à défendre ton droit au titre ?

— Bien sûr qu'il l'est, répondit Bislipur sur un ton acerbe avant que le roi ait pu prendre la parole.

Balendilín fronça les sourcils, mais préféra se taire. Il se contenta de leur ouvrir la porte et de les précéder afin d'annoncer les nouveaux arrivants, attendus depuis longtemps.

La Salle surpassait tout ce qu'ils avaient pu voir jusqu'alors : des colonnes rondes se dressaient à une hauteur vertigineuse, et sur les parois figuraient des scènes de combat tirées de l'histoire du peuple Nain, gravées dans la pierre en souvenir des glorieuses victoires et des hauts faits d'armes des cycles passés. Des braseros et des chandeliers dispensaient une lumière chaleureuse, tandis qu'une agréable fraîcheur dédommageait les voyageurs de la canicule qu'ils avaient endurée dans le pays d'Umilante.

Alors que Balendilín les présentait dans l'ordre, Gandogar jeta un regard réprobateur à son mentor.

— C'était impoli. Tu aurais fait donner la bastonnade à Swerd pour cela, le réprimanda-t-il tout bas.

Bislipur parla dans sa barbe.

— J'irai présenter mes excuses au conseiller.

Ils se tournèrent vers l'assemblée. Les places destinées aux rois des cinq tribus Naines étaient disposées en demi-cercle autour d'une table ; les chefs de clan avaient pour leur part à leur disposition des tribunes de pierre taillées avec art, disposées, elles, derrière la table afin qu'ils puissent suivre les séances et exposer leurs points de vue.

L'un des sièges et les rangées derrière lui restaient inoccupés, rappelant douloureusement l'extermination des Cinquièmes. Le souverain, ainsi que les délégués de chaque clan de la Première Maison manquaient encore à l'appel. En revanche, les Nains des dix-sept clans de la Seconde Maison étaient à leurs places.

Sur la table étaient étalées diverses cartes du Pays Sûr. Avant l'arrivée des Quatrièmes, les Nains avaient échangé leurs impressions sur les événements dans le Nord, mais à présent ils portaient leur attention sur Gandogar.

Le roi était de plus en plus nerveux. Pour la première fois depuis plus de quatre cents cycles, les plus puissants et les membres les plus éminents de toutes les tribus Naines étaient de nouveau réunis. Il rencontrait pour la première fois tous ces parents éloignés et leurs chefs. Il mettait à présent des visages sur des noms qu'il avait sans cesse lus ou entendus, et son cœur palpitait de joie.

Les autres Nains se levèrent pour le saluer, lui et sa suite, d'une ferme poignée de main. Gandogar sentit à quel point les différentes paumes et poignes étaient variées : tantôt calleuses, tantôt couvertes de cicatrices, les unes musclées, les autres presque frêles. Cet accueil joyeux l'émut, même s'il put lire dans bien des regards de la suspicion et de la méfiance à son égard.

Puis ce fut le moment pour lui de se présenter devant Gundrabur Blanc-Chef, roi des Seconds et Grand-Roi, souverain de toutes les tribus et de tous les clans.

Il dut lutter pour éviter de laisser transparaître son effroi.

Le Grand-Roi avait dû être autrefois un digne Enfant du Forgeron, mais après plus de cinq cents cycles solaires, sa flamme de vie était si faible qu'il semblait que le moindre souffle de vent suffirait à l'éteindre. Ses yeux brun jaunâtre troublés brillaient d'une lueur vacillante. Incapable de se fixer, le regard de Gundrabur passait à travers lui sans le voir.

En raison de son âge, il avait renoncé à porter une lourde armure. Son corps fatigué était ceint d'une robe brun foncé richement brodée ; sa barbe argentée et sa chevelure atteignaient le sol. Même la couronne posée sur ses genoux, insigne de sa dignité de Grand-Roi, était devenue une charge pour son corps.

À côté du trône se trouvait le marteau de forge cérémoniel, à la tête gravée de runes. Des gemmes et un damasquinage fait des métaux précieux les plus divers renvoyaient la lumière des braseros et des chandeliers. Ce fragile chef des Nains semblait même incapable de soulever ne serait-ce que le manche du lourd outil.

Gandogar s'éclaircit la voix le temps de surmonter son appréhension.

— Me voici devant toi, parce que tu m'as appelé pour te succéder sur le trône, mon roi, dit-il, prononçant d'anciennes paroles.

Gundrabur opina du chef et voulut répondre, mais sa voix le trahit.

— Il se réjouit que tu aies répondu à son appel et que tu aies entrepris ce long voyage, répondit Balendilín à sa place. Bientôt, lorsque le Conseil se prononcera en ta faveur, tu porteras la couronne.

Il lui indiqua une place libre à la table, et le roi des Quatrièmes s'assit. Bislipur approcha pour se tenir derrière lui.

— En qualité de représentant de Gundrabur, je siégerai à la place du roi des Seconds.

Gandogar inspecta les cartes et s'aperçut que certains des délégués le toisaient, s'attendant sans doute qu'il étaie verbalement ses prétentions à la fonction de Grand-Roi. Mais Bislipur l'avait mis en garde de ne pas élever la voix trop tôt. Il convenait d'abord de discuter de la situation dans le Nord du Pays Sûr, et il était très impatient de savoir si ses frères allaient le suivre dans son projet.

— Où sont les neuf clans de Borengar ? demanda-t-il en désignant les sièges vides des Premiers. Ne sont-ils pas encore arrivés ?

Balendilín secoua la tête.

— Nous n'avons reçu aucune nouvelle de leur part. Nous n'en recevons plus depuis plus de deux cents cycles, du reste.

Il s'empara de sa hache et en pointa l'extrémité sur la carte. À l'extrême ouest, les Nains de Borengar, le Premier Père, gardaient le col d'Argent de la Montagne Rouge et le défendaient contre les intrus. Leur royaume était à présent enchâssé dans celui de la reine humaine Wey IV.

— Mais ils sont toujours vivants. Des marchands du Pays de Weyurn ont rapporté que la porte du col d'Argent était toujours fermement verrouillée. (Il posa sa hache devant lui sur la table.) Nous devrons procéder au vote sans eux. S'ils ne sont pas venus, c'est leur affaire.

Un murmure d'approbation parcourut l'assemblée.

— Avant que tu sois élu à la succession du Grand-Roi, écoute quels défis t'attendent. Le Pays Mort continue non seulement de ramper, mais il ne cesse également de gagner du terrain. La sinistre force invisible s'est emparée de chaque pouce de pays que les démons de Tion ont conquis ; la nature y devient malfaisante, les plantes, à partir d'une certaine taille, tentent d'attaquer et de tuer tout ce qui vit et passe à leur portée. Quiconque y perd la vie, ainsi que se le racontent les Humains, revient privé d'âme et de volonté propre. Esclave des puissances des ténèbres, il se range aux côtés des Orcs pour reprendre le combat contre son propre peuple.

— Il continue d'avancer ?!

Gandogar inspira brusquement. Selon toute apparence, le pouvoir des Mages était incapable d'endiguer l'avance du Pays Mort.

— Je m'en doutais ! La Magie des longs-sur-pattes, si spectaculaire, ne vaut rien ! explosa-t-il. Nudin, Lot-Ionan, Andôkai ou quels que soient les noms de ces fins érudits, tous ceux-là et leurs disciples n'ont fait que se terrer dans leurs laboratoires, leurs châteaux et leurs forteresses pour parfaire leur art. Tout ce qu'ils cherchent, c'est à acquérir l'immortalité des Elfes pour continuer de griffonner leurs formules et poursuivre leurs recherches sans plus d'entraves. On en voit maintenant le résultat ! Il est devenu impossible de contenir plus longtemps le Pays Mort, qui s'installe telle la rouille sur le fer non entretenu.

Les Nains manifestèrent bruyamment leur approbation à d'aussi franches paroles.

— Mais il n'y a pas que des aspects négatifs. Les Elfes ont bien failli être exterminés.

Le cœur de Gandogar exultait, car la chute finale et définitive de cette race hautaine était proche. Alors, il serait présent avec ses troupes, pour leur donner le coup de grâce. Son père et son frère avaient été tués de main d'Elfe, mais l'heure de sa vengeance allait bientôt sonner. *Toutes ces escarmouches, toute cette sempiternelle hostilité prendront bientôt fin, pour toujours.* Il lui tardait de mettre les autres au courant de son projet.

— Failli ? Il semble que tu aies quelque chose à dire à ce sujet, fit Balendilín en fronçant les sourcils.

— Écoutez-moi, champions et chefs de clans, dit Gandogar en élevant la voix. (Ses joues étaient brûlantes et ses yeux brillaient d'enthousiasme.) Vraccas nous a donné l'occasion d'en finir avec la création de Sitalia ! (Il indiqua le petit coin de la carte qui représentait ce qui restait du royaume elfique.) C'est là que se sont rassemblés les derniers d'entre eux. Je vous le dis : levons une puissante armée, marchons sur l'Âlandur et châtions les Elfes une bonne fois pour tous leurs crimes impunis des cycles passés !

Les Nains rassemblés le regardaient fixement ; il avait produit son petit effet.

— Gandogar, nous sommes ici réunis pour t'élire à la succession du Grand-Roi, l'avertit Balendilín d'une voix calme, s'efforçant de faire retomber l'excitation, et non pour former des projets guerriers. Telle n'est pas la fonction de cette assemblée. (Il comprit cependant, aux murmures autour de lui, que l'intervention du Quatrième avait trouvé un écho favorable.) Nous avons été faits pour défendre les peuples du Pays Sûr, non pour les combattre ! Rappelez-vous la tâche que Vraccas nous a confiée ! adjura-t-il.

Gandogar regarda autour de lui. Ses frères étaient partagés.

— Il ne s'agit pas seulement de cela ! Je suis en possession d'anciens écrits de notre peuple, que Bislipur a trouvés et m'a remis. Écoutez par vous-mêmes et décidez de ce qu'il convient de faire.

Il inspira profondément, sortit un parchemin de son armure et cita solennellement :

Et les Elfes envièrent les trésors des Nains.

Ils attaquèrent la tribu du Cinquième Père, Giselbart.

Le combat s'engagea dans les galeries et au passage de Pierre.

Giselbart enferma quelques-uns de ces fourbes Elfes en un sombre labyrinthe d'où ils ne ressortirent plus.

Or les Elfes usèrent de leur Magie pour affecter et affaiblir les Enfants du Forgeron.

Puis ils massacrèrent la tribu des Cinquièmes, à l'exception de quelques rares survivants.

Le silence tomba dans la Salle. La voix pleine de solennité du roi y retentissait, imposant le respect et donnant vie aux anciens écrits.

> *Lorsque Trolls et Orcs sentirent le sang des blessés et des tués, ils se mirent en route et apparurent au pied de la Porte qui menait au Pays Sûr.*
>
> *Les Elfes s'enfuirent lâchement, abandonnant le passage de Pierre à son sort.*
>
> *Par leur ruse cependant, le portail s'ouvrit. Giselbart et ses derniers fidèles se battirent comme seuls des Nains en sont capables.*
>
> *Mais les Cinquièmes, affaiblis, ne purent contenir les hordes déferlantes. Depuis lors, le Mal rôde dans le Pays.*

Il s'interrompit pour observer les mines affectées au sein de l'assistance. Encore quelques efforts et il les aurait dans son camp. Seul le manchot désapprouvait en secouant lentement la tête :

— Je doute que ces écrits soient authentiques, ô roi. Comment se fait-il que notre peuple n'en ait pas eu vent durant tout ce temps ? N'est-il pas étrange que ce texte à propos de la culpabilité des Elfes surgisse à cet instant précis ? À un moment si parfaitement en adéquation avec ton projet ?

— Elles avaient été dissimulées à dessein, peut-être par des Nains hésitants comme toi pour empêcher une guerre, répliqua Gandogar d'un ton moqueur en brandissant sa hache pour en enfoncer la pointe à l'endroit où figurait l'Âlandur sur la carte. Vous avez entendu mes paroles : c'est là que se cachent les coupables ! Et ils doivent payer pour leurs crimes et pour nos morts !

— Et après ? demanda Balendilín d'un ton tranchant. Oui, et ensuite, roi Gandogar ? À qui rendrais tu service en agissant ainsi ? À nul autre qu'au Pays Mort, mais certainement pas à nous ou aux Humains. À t'entendre, nous devrions nous allier aux Albes pour anéantir les Elfes, poursuivit-il, l'entraînant sur un terrain glissant. N'oublie pas qui sont nos ennemis, roi Gandogar ! Jamais Vraccas ne nous a dit d'attaquer les peuples du Pays Sûr. Aucun d'entre nous ne supporte les Elfes, les dieux en ont voulu autrement. Il y a eu des conflits, il y a eu des morts, c'est certain. (Il posa sa main droite sur son moignon.) J'ai donné une partie de mon corps pour tuer quatre Orcs, mais jamais je ne lèverais ma lame contre un Elfe en temps de guerre, je préférerais encore me trancher l'autre bras. Ce sont nos protégés, malgré nos différends, et nous les avons toujours considérés comme tels. C'est la loi de Vraccas !

Les yeux de Gandogar lançaient de furieux éclairs en direction du manchot. Les mots lui manquaient. Balendilín était en train de réduire sa vision à néant. Il entendait les dents de Bislipur qui grinçaient.

— Je ne me considère pas comme un suppôt des Albes, reprit-il, retentant sa chance. Il s'agit de mettre à profit un moment propice. Ensuite, je mènerai en tant que

Grand-Roi notre peuple à la bataille contre les hordes du Pays Mort. Et je mettrai un terme à toute cette horreur qui infeste les royaumes depuis bien trop longtemps. Là où les Humains ont failli, notre peuple ne faiblira pas !

— J'ai du mal à te reconnaître, roi Gandogar, s'étonna ouvertement Balendilín tandis que son visage, marqué par l'âge et l'expérience, affichait une moue d'incompréhension. Ta haine des Elfes t'a-t-elle à ce point troublé l'esprit que tu persistes à ignorer les préceptes de notre dieu ? (Il regarda Bislipur avec suspicion.) Ou bien serais-tu mal conseillé ?

Ce fut au tour des délégués des clans de s'agiter sur leurs sièges ; un Nain du clan des Mains-larges de la tribu du Second se leva.

— Moi, je trouve que sa proposition mérite réflexion, dit-il d'une voix ferme. Gandogar pourrait bien avoir raison. Qui a trahi, trahira encore. Et si les Elfes se retiraient de l'Âlandur moribond et attaquaient l'un des royaumes des Humains pour se l'octroyer ? Pouvons-nous laisser faire une telle chose ?

— Et s'ils livraient à l'ennemi un autre Royaume nain ? renchérit avec ardeur un Second du même clan avant de bondir sur ses pieds. Les Oreilles-pointues sont capables de tout ! Qu'ils aient ou non trahi les Cinquièmes, ils doivent payer. (Il se leva et vint au côté de Gandogar pour afficher sa conviction.) Même si nous ne sommes pas de la même Maison, je suis avec lui.

Plusieurs membres de clan dans l'assemblée clamèrent leur approbation avec enthousiasme. Leurs voix fortes et graves emplissaient la salle, se mêlant pour former un brouhaha incompréhensible, mais d'où le mot « guerre » ressortit clairement. Les appels au silence de Balendilín furent couverts par le bruit.

Gandogar s'assit sur son siège et échangea un regard satisfait avec son mentor. *Les Oreilles-pointues auront bientôt complètement disparu du Pays Sûr*, pensa-t-il.

Un véritable coup de tonnerre fit trembler la salle.

— Taisez-vous ! Tous ! exigea quelqu'un d'un ton impérieux.

Une voix sévère avait surmonté le vacarme.

L'assistance se retourna, ébahie.

Le Grand-Roi était debout devant son trône, la couronne posée sur ses cheveux blancs. D'une main, Gundrabur tenait le manche du marteau de forge qu'il avait abattu, de rage, contre son siège ; le marbre présentait de larges fissures.

Son regard, devenu soudainement très vif, toisait les représentants des tribus et les chefs de clan ; on n'y lisait que des reproches. Nul dans la salle n'avait l'air plus noble et plus majestueux que lui. La faiblesse et l'âge semblaient s'être littéralement envolés, comme chassés de son corps par la colère.

La longue barbe blanche ondoya doucement lorsqu'il releva la tête.

— Aveugles que vous êtes ! Il en va de la survie du Pays Sûr, bien plus que d'une occasion d'anéantir nos anciens ennemis. Tout ce qui offre de la résistance au Pays Mort et à ses créatures est bienvenu ! Plus les Elfes résisteront aux forces des ténèbres, mieux cela sera. (Ses yeux se tournèrent vers Gandogar.) Tu es jeune et impétueux, roi des Quatrièmes. Tu as perdu deux parents consanguins à cause des Elfes, aussi te pardonné-je cette proposition de guerre insensée. Mais les autres, ceux qui ont si volontiers hurlé avec les loups, ceux-là sont des sots. C'est tout le contraire de ce que l'on attendait de vous. (Gundrabur les regarda l'un après l'autre.) Il nous faut enterrer cette vieille inimitié. Une alliance, voilà ce qu'il nous faut et ce que je veux ! C'est tous ensemble, les derniers Elfes d'Âlandur, les sept Royaumes des Humains, les six Mages et nous autres Nains, que nous devons nous opposer au Pays Mort. Réfléchissez…

Le manche du marteau glissa de sa main et s'écrasa sur le dallage, faisant éclater la pierre à l'endroit de l'impact. Gundrabur vacilla et retomba en gémissant sur son siège. Sa respiration se fit difficile.

Balendilín renvoya les Nains dans leurs appartements jusqu'à nouvel ordre.

— Sitôt que le Grand-Roi se sera remis de son malaise, nous reprendrons les délibérations, annonça-t-il.

Les représentants des nombreux clans quittèrent la salle en silence, réfléchissant aux paroles de leur souverain.

Bislipur observa Gundrabur qui haletait.

— Il n'en a plus pour longtemps, dit-il à voix basse à son protégé tandis qu'ils sortaient. Si sa voix se tarit pour toujours, tu n'auras pas de difficultés à mettre les autres clans dans ton camp. Ils t'auraient d'ores et déjà suivi, s'il n'avait été là.

L'héritier désigné du trône ne lui répondit pas.

Le Pays Sûr, Royaume magique d'Ionandar,
au printemps du 6234e cycle solaire

Jolosin parcourait les galeries à toute allure, et Tungdil le suivait autant que le lui permettaient ses jambes. Ils passèrent de nombreuses portes en chêne, derrière lesquelles les *famuli* recevaient l'enseignement prodigué par des élèves plus avancés. Lot-Ionan n'enseignait personnellement qu'à quatre *famuli*, et seul un d'entre eux hériterait un jour de son école, de son antre et de son royaume.

Le *famulus* resta planté un instant devant le laboratoire, puis en ouvrit brusquement la porte. De petits nuages d'une épaisse fumée blanche, formant comme une nappe de brouillard, les accueillirent.

— Tu ne pourrais pas te dépêcher un peu ? lança-t-il au Nain, qui approchait seulement de l'entrée.

Tungdil entra dans la pièce en soufflant bruyamment. La fumée y était aussi dense que de la brume.

— Reste poli, Jolosin, si tu ne veux pas régler le problème tout seul, haleta-t-il.

— Grimpe dans la cheminée, ordonna le *famulus* en poussant sans ménagement le Nain dans la pièce. Il y a quelque chose qui bouche le conduit.

Comme surgie du néant, la cavité réservée au foyer apparut, avec à côté un baquet de petite taille d'où s'élevaient des volutes.

— Et pourquoi ne jetterais-tu pas un sort, grand *famulus* ? Es-tu l'un des meilleurs, oui ou non ?

— J'ai besoin de toi pour ce cas-là, refusa-t-il catégoriquement. Tu n'as aucune idée de ce qu'est la Magie, Nain. Allez, vas-y, mes élèves attendent d'y voir plus clair.

Tungdil entendait de temps à autre des toussotements et des raclements de gorge.

— Et le mot magique ?

— Hein ?

— Ne fais pas l'innocent, grand *famulus*. Tu connais toutes les formules, y compris celles de politesse.

Le visage de Jolosin fit la moue.

— S'il te plaît.

— Eh bien voilà !

En ricanant, le Nain s'empara du tisonnier, l'accrocha à sa ceinture et entra dans le passage, où des braises luisaient faiblement. Il jeta un coup d'œil vers le haut, mais la fumée était aussi épaisse et opaque qu'un mur.

Il entreprit d'escalader le conduit avec agilité. Ses doigts puissants trouvèrent sans peine des prises entre les briques saillantes. Même la suie grasse ne présentait aucune difficulté pour lui. Tungdil progressa lentement, mais sûrement, jusqu'à se retrouver trois pieds au-dessus du sol, qu'il ne distinguait cependant plus du tout à cause de l'épais nuage de fumée.

Ses doigts tâtonnants rencontrèrent de la résistance.

— On dirait un nid qui serait tombé dans le conduit, cria-t-il vers le bas.

— Alors sors-le de là !

— Bien sûr, qu'est-ce que tu crois ? Que je vais en construire un autre ? !

Il se cala contre la paroi et secoua d'une main le nid, qui n'avait pas sa place dans cette cheminée.

Celui-ci céda.

Tungdil eut alors une vilaine surprise. Un liquide puant se répandit sur lui ; immédiatement, sa peau se mit à lui démanger et ses yeux à larmoyer. Puis de fines plumes lui tombèrent dessus en une légère pluie, lui chatouillant le nez et l'ensemble du visage. Il ne put s'empêcher d'éternuer, glissant alors de la paroi de briques contre laquelle il se tenait fermement, et chuta.

Si Tungdil réussit à ne pas s'éplucher la peau des os sur les briques qui dépassaient, néanmoins, en rebondissant contre la paroi de la cheminée, il récolta quelques vilaines contusions sur les côtes. Sa chute libre s'acheva sur son arrière-train, ainsi que sur les restes incandescents du nid, et souleva un nuage de cendres qui le recouvrit d'une couche grise. Il bondit précipitamment hors du foyer pour éviter de se brûler, mais les braises avaient déjà fait un trou dans son pantalon.

En entendant le chœur d'éclats de rire qui l'accueillit, il comprit qu'il avait été victime d'une mauvaise plaisanterie.

Le nuage de fumée avait été dissipé par Magie du laboratoire, donnant à voir aux vingt *famuli* rassemblés dans la pièce un Nain humilié et couvert de saletés. Au premier rang se tenait bien entendu Jolosin, qui se tordait de rire et se tapait les cuisses, en proie à joie maligne.

— Regardez ! cria-t-il d'un ton faussement effrayé. L'abominable bonhomme fumé sort du four !

— Et il a même trouvé l'élixir de putois qui était dans le nid, brailla un second apprenti magicien.

— Vu son odeur habituelle, ça ne fait aucune différence, de toute façon, dit Jolosin en riant avant de se retourner vers le Nain. Bon, espèce de court-sur-pattes. On est quittes, maintenant. Tu peux repartir.

Tungdil s'essuya le visage avec sa manche, baissant lentement sa tête couverte de plumes et de cendres. Ses yeux lançaient des éclairs.

— Ah, c'était pour rire ?! Mais je n'ai pas fini de rigoler, moi ! répliqua-t-il en grommelant, et il s'empara du baquet qui se trouvait à côté de la cheminée.

Son contenu avait refroidi, aussi n'ébouillanterait-il pas l'élève du Mage. Sans hésiter, il prit son élan pour l'envoyer au visage de Jolosin, qui venait de se retourner vers ses amis.

Quelqu'un lui cria de faire attention. Le *famulus* tourna la tête et eut juste le temps de voir la menace. Il eut la présence d'esprit de tendre les mains et de jeter un sort de défense contre l'eau qui volait dans sa direction. Celle-ci se transforma immédiatement en petits morceaux de glace qui ricochèrent sur lui sans le mouiller ; sa robe, changée de frais, ne fut pas salie.

Même si l'idée était bonne, le sort possédait néanmoins un défaut, ainsi que les élèves purent s'en rendre compte en entendant le verre tinter derrière eux. Plusieurs glaçons l'avaient manqué et étaient passés au-dessus de lui en formant un large arc de cercle, pour finalement heurter les flacons très soigneusement alignés contenant les élixirs, les baumes, les extraits et les essences que l'on conservait pour les expérimentations les plus diverses.

Les premières substances s'échappèrent de leurs flacons et de leurs fioles brisés et se mélangèrent. Il y eut une pétarade, et des sifflements retentirent.

— Espèce d'imbécile ! s'écria Jolosin vert de peur à l'adresse de Tungdil, qui ne semblait pas se rendre compte de sa faute.

— Quoi ? C'est toi, l'imbécile ! C'est bien toi qui as changé l'eau en glace ! riposta-t-il, se rebellant derechef.

Une étagère s'effondra. Des étincelles jaillirent dans un bourdonnement en direction du plafond, pour déflagrer dans un éclair rougeâtre. Quelque chose se préparait dans le laboratoire qui n'avait rien de naturel. Les premiers élèves sortirent en courant. La situation sentait un peu trop le roussi à leur goût. Jolosin les suivit.

— C'est toi le responsable ! Lot-Ionan te punira, Nain. Je veillerai à ce que tu disparaisses, fils adoptif ou pas, cria le *famulus* en colère avant de claquer la porte de l'extérieur.

— Laisse-moi sortir ! Ou je te jure que je te colle sur mon enclume et que je te transforme en fer à cheval avec un marteau chauffé à blanc !

Tungdil cogna contre la porte, en vain. L'aspirant Mage avait probablement jeté un sort sur la porte pour l'empêcher de s'enfuir et pouvoir ainsi l'accuser.

Il me paiera ça, pensa Tungdil, puis il rentra la tête dans ses épaules lorsqu'un grand bruit retentit. Il regarda fébrilement autour de lui pour trouver un endroit à l'abri des explosions où il pourrait attendre qu'on vienne le délivrer.

Le Pays Sûr, en bordure du Royaume nain du Second Père, Beroïn, en l'hiver du 6233ᵉ cycle solaire

Soucieux, Balendilín observa les Nains qui venaient de quitter la salle. Il n'avait pas pensé que la réunion se déroulerait ainsi ! Même le projet du Grand-Roi d'initier une alliance entre tous les peuples du Pays Sûr était maintenant en balance.

Maudit Gandogar, se fâcha-t-il. *Vraccas, je t'en prie, fais-lui entendre raison.*

Lorsqu'ils furent seuls, Gundrabur tâtonna le long de l'accoudoir, puis posa sa main sur le bras de Balendilín.

— Notre plan va échouer, dit le Grand-Roi faiblement. Ce jeune Nain de la lignée de Goïmdil manque d'expérience. (Il esquissa un sourire et tapota les doigts de Balendilín.) Ou bien d'un conseiller avisé, mon fidèle ami.

Il se releva avec peine en s'appuyant sur son trône et retira la couronne scintillante de sa tête. Sa main droite, qui quelques instants auparavant avait brandi le marteau de forge, tremblait sous le poids pourtant réduit de la couronne.

— Une guerre…, murmura-t-il, désespéré. Une guerre contre les Elfes ! À quoi peut donc bien penser Gandogar en proposant cela ?

— À rien, fit son conseiller avec amertume. C'est bien là le problème. Et son mentor Bislipur semble tout aussi borné. Nous allons vérifier ces textes étranges, car je ne crois pas à leur authenticité. C'est un prétexte pour récolter plus de voix en faveur de la guerre. Une mystification…

— Mais ils ont été lus et entendus, objecta Gundrabur. Il est trop tard. Tu as vu toi-même que certains de nos clans ne demandaient qu'à faire campagne contre les Elfes quel qu'en soit le motif. Tu sais que les chefs de clan sont des têtes de mule.

— Mais j'ai vu aussi que d'autres clans de la Quatrième Maison sont restés muets. L'affaire n'est pas encore dans le sac pour Gandogar, d'autant que le scrutin reste libre ; chaque clan peut voter comme il le souhaite. Nous devons les gagner à notre cause.

Les deux Nains se turent. Tôt ou tard, il leur faudrait trouver une solution, car dès que le roi des Quatrièmes serait sur le trône suprême, il relancerait son projet et trouverait cette fois des oreilles disposées à l'écouter.

Ni Gundrabur ni Balendilín n'avaient peur des Elfes. Mais leurs partisans étaient minoritaires. Les escarmouches et les sanglants combats contre les Albes les avaient décimés, tandis que leurs adversaires avaient reçu du renfort depuis les montagnes du col du Septentrion. Or une guerre, même victorieuse, comptait toujours son lot de pertes, y compris parmi les enfants du dieu forgeron, affaiblissant ainsi la garde aux portes du Pays Sûr.

Le Grand-Roi laissa errer son regard à travers la salle de réunion vide.

— Cette salle a connu des jours meilleurs. Des jours de concorde et d'unité. (Il baissa la tête.) Mais c'est terminé. Terminé, les bons jours, et c'en est fait de la grande alliance que nous voulions forger, mon fidèle ami.

La grande alliance, pensa Balendilín en regardant les cinq stèles qui s'élevaient au pied du trône et sur lesquelles étaient gravés les textes sacrés de son peuple. Ceux-ci évoquaient le nom de ceux dont jamais aucune tribu Naine n'avait voulu se rapprocher : les Nains du Troisième Père, Lorimbur, qui vivaient à l'est.

— J'aurais dû passer outre ma réticence et faire porter un message aux Troisièmes afin d'engager des pourparlers entre leur tribu et la nôtre, soupira le Grand-Roi. En période d'extrême urgence, seules nos racines doivent prévaloir.

— Depuis l'appel de Gandogar, je doute que les autres Nains tiennent encore beaucoup à une réconciliation, dit son conseiller à voix basse. Et pourtant, le Pays a besoin de chaque hache capable de fendre un crâne d'Orc.

— Soit. Ma vision d'une armée Naine unie et irréductible a beau perdre de sa netteté, il convient au minimum d'empêcher une guerre contre les Elfes. Nous avons besoin de temps, Balendilín, acheva le Grand-Roi, exténué. Il faut que je dissuade les clans des différentes tribus d'attaquer l'Âlandur.

— Cela dépend entièrement de toi, dit doucement son ami. Seule ta santé permettra de dire si et quand le changement aura lieu.

— Non. Il doit y avoir davantage que l'étincelle de vie d'un vieux Nain. (Gundrabur passa ses doigts dans sa barbe pour la réarranger.) Les lois de notre peuple, voilà ce qu'il nous faut pour retenir les va-t-en-guerre et les faire taire.

Il se hissa hors de son trône et se dirigea vers les tables de la loi à petits pas circonspects. Les marches constituaient autant d'obstacles qu'il convenait de franchir avec une grande prudence, mais il y parvint. Balendilín se hâta de le rattraper pour le soutenir.

Des rayons de soleil dorés tombèrent sur les runes depuis les ouvertures creusées dans le plafond de la salle. Gundrabur parcourut rapidement du regard les symboles, gravés avec art et précision.

— Si je me souviens bien, il reste un moyen de retarder l'élection de Gandogar au titre de Grand-Roi. Nous mettrons à profit ce temps gagné pour entamer des discussions avec les clans, qui auront pour but la paix et une alliance avec les Elfes, expliqua-t-il d'un air absent.

Sa vue s'était tellement affaiblie depuis quelques cycles qu'il devait approcher de la pierre à tel point qu'il la touchait presque avec le bout de son nez. Il était écrit que la tribu de Goïmdil devait succéder à celle de Beroïn, aucune objection ne serait tolérée. D'après une ancienne coutume, le roi de la tribu suivante revendiquait la charge de Grand-Roi pour lui-même, et les clans des différentes tribus élisaient le nouveau chef à ce titre si aucune raison valable ne s'y opposait.

— Où était-ce donc ? murmura-t-il à mi-voix tandis qu'il effleurait les tables du bout des doigts.

Ses efforts furent récompensés. Avec un soupir de soulagement, Gundrabur baissa la tête, ferma les paupières et pressa son front contre la froide stèle de marbre qui était encore plus vieille que lui.

— Cette journée ne se termine pas aussi mal qu'elle a commencé, dit-il, soudain libéré d'un grand poids. C'est là. (Il se redressa, et souligna de l'index recourbé de sa main droite les paroles les plus importantes.) « Si plusieurs candidats de la même Maison se présentent, les clans de cette Maison doivent d'abord s'entendre pour désigner au Conseil des Nains le candidat le plus apte », lut-il avec satisfaction.

Son conseiller survola les lignes suivantes ; il jouait avec les barrettes décoratives de sa barbe poivre et sel. Nulle part il n'était écrit qu'il fallait être roi pour accéder au titre de Grand Roi.

— « Un simple Nain peut coiffer la couronne du jour au lendemain, car tout ce dont il a besoin, c'est du soutien de son clan et de ses amis. »

Balendilín comprit quel était le plan du Grand-Roi.

— Mais nous n'avons pas d'autres concurrents à présenter face à Gandogar, objecta-t-il. Les clans du Quatrième sont quasiment unanimes ; ceux qui doutent de leur roi sont peu nombreux, et… (Le visage ridé, illuminé, de son seigneur le déconcerta.) Nous aurions un candidat ? demanda-t-il prudemment.

— Pas encore, répliqua Gundrabur avec un large sourire qu'il tentait de réprimer. (Il venait de se souvenir, juste à temps, de la lettre qui lui était parvenue quelques lunes auparavant.) Pas encore. Mais bientôt. Il y en a justement un auquel je viens de penser.

Le Pays Sûr, Royaume magique d'Ionandar,
au printemps du 6234e cycle solaire

Les flammes des bougies presque entièrement consumées posées sur la table de travail en chêne de Lot-Ionan vacillaient. La cire indiquait clairement que le

Mage avait passé de longues heures dans son bureau, même s'il avait l'impression de n'y être resté que quelques instants.

Il se pencha en poussant un gémissement afin de lire le parchemin couvert de runes. Il avait travaillé à cette formule magique des jours, des nuits, des cycles durant. Il ne manquait qu'un seul et dernier signe pour la compléter.

Il sourit. Le commun des mortels, rarement en contact avec des forces de cette nature, éprouvait de la crainte à l'égard de tout ce qui avait un rapport avec la Magie. Pour les esprits simples, il n'était pas aisé de comprendre les imbrications complexes qui régissaient l'ordre des éléments. Là où un paysan apeuré parlait de « prodige » et de « sorcellerie », pour Lot-Ionan, il ne s'agissait que du résultat d'un enchaînement de paroles et de gestes compliqués.

Et c'était bien l'ordre de cet enchaînement qui importait. La réussite ou l'échec dépendaient entièrement de celui-ci. Une syllabe incorrecte, une accentuation insuffisante, un geste de la main imparfaitement exécuté ou un mouvement de baguette trop rapide, voire des cercles magiques mal dessinés et c'en était fini du sort, quand cela ne déclenchait pas une catastrophe.

Lot-Ionan pouvait citer plus d'un exemple d'élèves imprudents qui s'étaient infligé les plus graves blessures ou qui avaient involontairement invoqué des créatures cauchemardesques et qui étaient ensuite venus le trouver, penauds, pour qu'il limite les dégâts.

Lot-Ionan était patient avec eux. Après tout, il avait débuté exactement comme eux, deux cent quatre-vingt-sept cycles auparavant. Et à présent, il portait le titre de Mage, c'est-à-dire de maître ès Magie.

Deux cent quatre-vingt-sept cycles. Sa main constellée de taches de vieillesse se figea en plein mouvement. Ses yeux clairs, d'un bleu vif cherchèrent un miroir parmi le dédale d'armoires, d'étagères et de rayonnages de grimoires, pour ne trouver que la surface réfléchissante d'un vase.

Il examina ses traits ridés, ses cheveux blanc grisâtre, sa barbe grise dans laquelle on pouvait distinguer d'innombrables taches d'encre. *J'ai gagné en âge. Ai-je aussi gagné en sagesse ?* se demanda-t-il.

Son habit beige clair était rapiécé en maints endroits, mais il ne souhaitait pas se séparer de cette pièce de vêtement confortable. Contrairement à bon nombre de ses confrères et consœurs, il ne prêtait pas particulièrement attention à son apparence. Le confort était la seule chose qu'il exigeât de sa garde-robe.

Le vieil érudit rejoignait le menu peuple sur un point : la Magie était quelque chose d'on ne peut plus dangereux. C'était d'ailleurs la raison pour laquelle il s'était retiré dans un repaire souterrain : lorsqu'une expérience échouait réellement, il ne nuisait ainsi à aucun de ses sujets.

Pourtant le Mage ne s'était pas enterré uniquement par altruisme. Sous terre, il était au calme, loin des Humains et de leurs préoccupations quotidiennes, laissant à des représentants sélectionnés, les fameux Magistrats, le soin de régler les affaires et les litiges sur son territoire.

Son Royaume d'Ionandar empiétait sur une partie du Gauragar et de l'Idoslân et correspondait à l'endroit où s'étendait le champ de Magie situé le plus au sud-est des six que comptait au total le Pays Sûr. C'étaient les tout premiers magiciens qui avaient décelé le potentiel magique de ces régions, potentiel qu'ils surent s'approprier dans une certaine mesure. Lorsque le potentiel qu'ils avaient capté était épuisé, ceux-ci parcouraient les champs en question pour se recharger en énergie. Puis ils avaient réquisitionné cette précieuse région, avant de la diviser en six Royaumes et de la défendre contre le pouvoir temporel d'alors, qui n'avait rien trouvé à opposer à la puissance des magiciens. Génération après génération, les rois des différentes contrées alentour s'étaient accoutumés au fait que des portions de leurs royaumes appartinssent à d'autres.

Ces champs de Magie procuraient aux Mages leur puissance. La compréhension et le savoir-faire des Mages avaient crû au fil du temps, jusqu'à ce qu'ils fussent en mesure, grâce à des formules, des runes et des sorts, d'en maîtriser les effets les plus beaux, les plus terribles, mais aussi les plus salutaires.

Concentre-toi sur la formule, pensa-t-il pour se rappeler à l'ordre. Consciencieusement, il égoutta la pointe de sa plume d'oie au bord de son encrier, puis dessina prudemment le symbole de l'élément Feu sur la feuille. Chaque trait de plume comptait, la moindre inattention pouvait réduire tout son travail à néant.

Mais ce ne fut pas le cas. Satisfait, il se redressa.

— Il semble que tu y sois arrivé, mon vieux, murmura-t-il, soulagé.

La formule était correcte et complète. Si celle-ci fonctionnait de la manière dont l'agencement des runes le laissait espérer, il serait en mesure de détecter la Magie où qu'elle fût, dans des objets, des animaux ou des personnes.

Mais avant de passer de la théorie à la pratique, il souhaitait s'octroyer une récompense.

Lot-Ionan traîna des pieds jusqu'à la plus ancienne de ses armoires à instruments, prit le flacon frappé d'une tête de mort posé sur la troisième étagère et s'en offrit une bonne rasade.

L'emblème dissuasif était en fait un leurre. C'était sa façon à lui de protéger sa bonne et forte eau-de-vie des gosiers trop avides. Précaution qui n'était pas inutile. En effet, c'étaient justement ses élèves les plus avancés qui répugnaient le moins à s'en verser une petite goutte. Il était tout à fait disposé à partager son savoir, mais pas son précieux alcool. Les tonneaux d'origine de ce millésime étant vides depuis belle lurette, il était d'autant plus nécessaire de mettre le flacon à l'abri.

Soudain, une énorme explosion fit trembler le repaire souterrain jusque dans ses fondations. De petits morceaux de pierre se détachèrent du plafond, salissant la table, et les innombrables récipients tremblèrent sur leurs étagères au point que les couvercles cliquetèrent. Tout dans cette pièce comble en fut secoué.

Le Grand Mage fut comme pétrifié d'horreur. L'encrier tangua, bascula légèrement, puis se renversa. Le sort pour enrayer ce malheur lui vint trop tard à l'esprit, de sorte que tout le contenu se répandit sur le précieux parchemin. Les inscriptions, si consciencieusement dessinées, disparurent sous une marée d'encre noire.

Lot-Ionan resta figé, stupéfait.

— Par Palandiell la créatrice ! s'écria-t-il, et son visage, d'ordinaire affable, s'assombrit, car il venait de deviner l'origine du séisme.

Lot-Ionan descendit le restant d'eau-de-vie et se précipita vers la porte.

Il vola littéralement à travers les galeries obscures, filant le long des pièces et des couloirs de son repaire. Il avait de plus en plus de mal à contenir sa fureur, tant il enrageait de constater que tous ses efforts avaient été réduits à néant.

Vibrant de colère, il atteignit la porte de la salle d'expérimentation, derrière laquelle on entendait les bruits étranges. Une demi-douzaine de ses *famuli* étaient regroupés là, faisant des messes basses. Personne n'osait regarder à l'intérieur.

— Honorable Mage, le salua respectueusement Jolosin. Nous sommes arrivés trop tard ! J'ai vu le Nain entrer dans le laboratoire lorsque…

— Hors de ma vue ! ordonna Lot-Ionan furieux en déverrouillant la porte.

Le coûteux laboratoire ressemblait à un champ de bataille dans lequel des alchimistes déments auraient donné libre cours à leur délire. De petits objets flottaient librement dans l'air, des feux couvaient çà et là. De précieux élixirs s'échappaient de leurs flacons réduits en miettes, gouttant des étagères pour former un brouet nauséabond sur le sol.

Le coupable était tapi dans un coin de la salle, il avait posé devant lui un chaudron retourné en guise de bouclier. Il se bouchait les oreilles et gardait les yeux fermés.

Malgré les cheveux roussis et la barbe rase fumante, le Mage reconnut Tungdil Bolofar.

Une autre détonation retentit. Des étincelles bleues jaillirent dans la salle, manquant le Mage de justesse.

— Que se passe-t-il ici ?! hurla Lot-Ionan fou de rage. (Le Nain, manifestement incapable de l'entendre, restait sans réaction.) Tungdil Bolofar, c'est à toi que je m'adresse ! cria le Mage aussi fort qu'il put.

Surpris, le Nain regarda autour de lui et entrevit la silhouette chétive du magicien, qui avait adopté une posture menaçante. Il quitta son abri, non sans difficulté.

— Honorable Mage, ce n'est pas moi, protesta-t-il ; ses yeux lancèrent des éclairs quand il aperçut Jolosin.

Celui-ci se tenait sur le pas de la porte avec les autres élèves et feignait la surprise.

Lot-Ionan se tourna vers son apprenti.

— Moi ? répliqua le *famulus* avec emphase. C'est impossible ! La porte était verrouillée. Vous l'avez constaté par vous-même.

— Taisez-vous ! Tous les deux ! cria Lot-Ionan.

Vu ce qu'allait coûter ce désastre, celui-ci menaçait de perdre jusqu'à son dernier brin de contenance, ce qui ne s'était pas vu depuis au moins dix cycles.

— J'en ai assez de vos querelles dans mon antre ! s'écria-t-il, furieux, en faisant ondoyer sa barbe parsemée de taches d'encre.

Le Nain n'avait aucune intention de faire profil bas et se campa fermement sur ses jambes.

— Moi, je n'ai rien fait, répéta-t-il avec entêtement.

Le magicien s'efforça de retrouver le calme et la patience pour lesquels il était si célèbre, et s'assit sur un coffre ferré les bras croisés sur la poitrine.

— Écoutez-moi bien, vous deux. Cela m'est égal de savoir qui a provoqué cette catastrophe. Si j'ai horreur d'être interrompu dans mon travail, je supporte encore moins ce genre d'explosions, qui m'a gâché le travail de plusieurs lunes, pour ne pas dire d'un cycle entier. Je vais donc veiller à ce que le calme revienne.

— Vénérable Mage, vous n'allez tout de même pas bannir de ces lieux le court-sur-pattes ? dit Jolosin, simulant la compassion.

— Tais-toi, disciple ! Nous reparlerons de ta responsabilité dans tout ce chantier, mais d'abord je veux que le calme règne dans ma maison. Le plus tôt sera le mieux. (Il regarda la Nain.) Il se trouve que je dois rendre quelques affaires à un vieil ami. (Tungdil eut un mauvais pressentiment.) Et c'est toi, mon cher domestique, qui vas te charger de cette petite mission pour moi. Tu as une heure pour faire ton paquetage et te préparer à quitter les lieux. Ensuite, tu viendras me trouver pour que je te donne les affaires en question. Prépare-toi pour une longue randonnée, Tungdil.

Le Nain s'inclina poliment et s'empressa de quitter la salle. Il ne s'attendait pas à un tel retournement de situation. Un peu de marche à pied, cela ne représentait pas une véritable punition : ses puissantes jambes l'emmèneraient sans problème le long de n'importe quel chemin ou sentier. *Peut-être même que je rencontrerai des Nains. J'en veux bien, moi, des punitions comme celle-là !*

Le Mage suivit du regard son commis trapu et attendit qu'il ait disparu, puis il se tourna vers Jolosin.

— Tu as voulu jouer un tour à Tungdil, disciple. Je te connais trop bien, lui dit-il. Tant que vous êtes tous les deux au même endroit au même moment, impossible pour moi d'avoir le calme. Mais cela va changer. Durant l'absence de Tungdil, tu méditeras sur ta méchanceté en épluchant les patates, et prie Palandiell qu'il revienne vite.

Le jeune homme ouvrit la bouche pour protester.

— Maintenant, si j'entends ne serait-ce qu'une seule plainte de ta part ou dans les prochains jours de la part de la cuisinière ou de Frala à ton sujet, tu pourras emballer tes affaires et disparaître, Jolosin.

Les mâchoires du *famulus* se refermèrent aussitôt.

— Ah oui, et avant que tu prennes ton service à la cuisine (le Mage désigna le désordre indescriptible qui avait autrefois été le laboratoire), range-moi tout ça.

D'un geste énergique, il congédia les autres élèves puis se redressa, prit un balai dans un coin et le mit dans la main de son apprenti.

— Bien sûr, tu feras cela tout seul et tu ne pourras sortir que lorsque ce sera propre et bien rangé, dit-il avant de se diriger vers la sortie. Et que ça brille !

La porte se referma brutalement, et le verrou coulissa bruyamment dans la serrure.

Chapitre 2

**Le Pays Sûr, Royaume nain du Second Père, Beroïn,
en l'hiver du 6233e cycle solaire**

Ne souhaitant pas faire plus longtemps mystère de ses intentions, Gundrabur tendit la lettre à son conseiller.

— Tiens. Je l'ai reçue de Lot-Ionan le Patient, comme l'appellent les habitants de son royaume, l'Ionandar.

Balendilín connaissait ce nom. Le Mage vivait dans la partie moyen-orientale du Pays Sûr et avait la réputation d'être un Humain épris de solitude. Il passait la plupart de son temps dans une des galeries de son repaire souterrain à mettre au point de nouvelles formules et de nouveaux sorts, à l'abri de toute perturbation.

— Il y a dans son entourage un élément très inattendu : un Nain. Un Nain isolé, déclara le Grand-Roi. Dans sa missive, Lot-Ionan explique qu'il l'a trouvé il y a de nombreux cycles dans d'étranges circonstances et qu'il l'a adopté. Il désirerait à présent savoir si ce Nain manque à l'une ou l'autre des tribus. Il voudrait retrouver sa famille.

Balendilín parcourut la lettre.

— Savons-nous quelque chose sur ce Nain ?

— Cette affaire est à la fois mystérieuse et captivante, dit Gundrabur. Ces deux cents derniers cycles, pas une seule fois je n'ai entendu dire qu'un enfant de notre clan aurait disparu.

— Et maintenant, tu voudrais faire passer le pupille du magicien pour un prétendant au trône ? présuma Balendilín, dubitatif, en posant la lettre sur la table du conseil. Comment y parviendrais-tu ? S'il a grandi parmi les longs-sur-pattes, il n'a pas le moindre soupçon de ce que signifie être un Enfant du Forgeron. Il n'y aura sûrement personne pour le soutenir parmi les clans de la Quatrième Maison, et nous n'avons pas de preuves qu'il soit véritablement un des leurs.

Le Grand-Roi se rendit lentement à la table des délibérations et prit place sur le siège réservé au roi de sa Maison avant que ses jambes se dérobent sous lui.

— Peut-être, répliqua-t-il avec effort. Peut-être bien, mon ami, mais tant qu'il n'est pas ici et que l'affaire n'est pas tirée au clair, ils ne pourront pas occuper le trône. Même si je meurs, ils seront obligés de patienter. (Il adressa un regard grave à son conseiller.) Si le marteau de Vraccas me terrasse avant que ce Nain arrive, c'est à toi qu'il incombera d'empêcher une guerre et d'empêcher notre peuple de se nuire à lui-même.

Balendilín pinça les lèvres.

— Tu ne quitteras pas ce monde de sitôt. Je suis sûr que ta flamme de vie brûle encore de toutes ses braises.

— Tu mens très mal, comme tous les Nains, rit Gundrabur en posant la main sur son épaule. Pourtant, il va dorénavant nous falloir parler faux, afin de préserver notre peuple de cette guerre insensée qui pourrait bien signifier notre perte. Nous allons mentir comme des Kobolds, Balendilín. Pour une fois, nous allons mettre à profit la désunion des clans, jura-t-il à l'oreille de son confident. Et maintenant viens. Je vais avoir besoin de ton esprit vif. Il faut tresser un solide filet de contrevérités dans lequel Gandogar et Bislipur s'empêtreront en voulant s'emparer de mon trône, histoire de leur faire passer l'envie de faire la guerre.

Balendilín aida le roi à se relever. Il avait beau ne pas croire un instant à la réussite de ce plan, il garda néanmoins le silence.

Lorsque Gandogar se réveilla le lendemain matin et qu'il fut, comme tous les autres membres des délégations, appelé à poursuivre les délibérations dans la Salle, il se hâta de s'y rendre, de bonne humeur. Il escomptait bien que Gundrabur le recommande au Conseil comme son successeur. Le comité procéderait ensuite au vote, de sorte qu'il pourrait bientôt s'asseoir sur le trône.

Le discours pacifiste du Grand-Roi l'avait irrité, mais il ne nourrissait à présent plus aucune rancune. Ce vieux Nain, qui durant toutes ces années n'avait rien fait pour se mettre quelque peu en valeur dans les chroniques naines, allait retourner à l'insignifiance dans un futur proche. Alors à quoi bon continuer d'en vouloir à un vieillard moribond.

Gandogar pénétra dans la Salle et prit place, Bislipur se tenant derrière lui. Les rangées de sièges furent rapidement occupées par les membres des autres délégations.

Certains d'entre eux lui lancèrent des regards d'encouragement tout en tapotant les têtes de leur hache.

Non pas pour le menacer, mais pour signifier ouvertement leur soutien à ses projets de guerre.

Un membre de clan de la Seconde Maison portait une chaîne autour du cou à laquelle était accroché un pendentif d'un goût douteux. Le roi observa plus avant ce bijou racorni. Il s'agissait d'une oreille d'Elfe coupée, trophée dont il voulait tirer fierté, mais qu'il se hâta de dissimuler sous son armure à l'annonce de l'arrivée du Grand-Roi. Il était encore trop tôt pour faire étalage au grand jour de sa haine envers ces protégés-là.

Gundrabur apparut, faisant mentir les rumeurs sur son décès imminent. Gandogar, en son for intérieur, éprouva de la déception à voir le Grand-Roi en aussi bonne forme. C'est alors qu'un accès de culpabilité l'envahit. Ce n'était pas qu'il souhaitât vraiment à ce vieillard de mourir, mais son opposition à ses projets de représailles suscitait en lui des pensées qui ne lui ressemblaient pas.

Lorsque les Nains présents mirent le genou droit en terre, on entendit les armures cliqueter. Puis ils tendirent leurs haches en direction du Grand-Roi. Ce geste symbolisait leur loyauté indéfectible et signifiait qu'il pouvait disposer de leur force et de leur vie comme il l'entendait.

Gundrabur répondit en brandissant le marteau de forge et en le laissant heurter le sol de façon audible. Ils pouvaient dès lors se relever, et les armes et armures tintèrent et cliquetèrent de nouveau.

Balendilín s'avança, tourna vers Gandogar un regard empli de gravité et répéta les paroles cérémonielles par lesquelles il avait déjà souhaité la bienvenue au Nain.

— Es-tu prêt à défendre tes prétentions au trône de Grand-Roi, roi des Quatrièmes de la Maison de Goïmdil, du clan des Barbes-d'Argent ?

Gandogar se leva, tira son arme de son ceinturon et la posa sur la table de pierre.

— Dur comme la roche avec laquelle Vraccas nous a créés, et destructeur comme ma hache, j'irai à l'encontre des ennemis de notre peuple, répondit-il solennellement.

Il était si tendu et si concentré qu'il ne remarqua pas dans un premier temps que c'était le conseiller qui lui avait adressé la parole, et non le Grand-Roi. Il ne s'en aperçut que lorsque Balendilín l'empêcha de poursuivre.

— Tu t'es déclaré prêt, roi Gandogar, et nous l'avons tous entendu. Mais tu attendras que le second prétendant de ta tribu arrive. Vous devrez parvenir tous les deux à un accord, expliqua le manchot. D'ici là, la succession reste en suspens.

— Quoi ?! s'écria le roi tandis que le sang lui montait à la tête. (Il se retourna pour regarder les gens de sa suite, qui n'étaient pas moins surpris que lui.) Lequel d'entre vous a osé me trahir ? gronda-t-il. Quel que soit ton clan, avance ! dit-il, sa main s'égarant du côté du manche de sa hache.

— Ne sois pas injuste envers tes compagnons, le retint Balendilín. Ce n'est pas l'un d'entre eux. (Il déplia une lettre et la tendit, bien en évidence.) Un jeune Nain, séparé de sa tribu par un étrange hasard il y a de nombreux cycles, s'est souvenu de ses origines et a annoncé sa venue. Il vit en Ionandar et se prépare en ce moment même au départ.

— En Ionandar ? répéta Gandogar, incrédule. Le royaume magique ? Par Vraccas, quel est donc cet avorton ?

(Il se redressa.) Tu ne dis pas cela sérieusement ! Un Nain venu d'on ne sait où envoie une missive à laquelle tu es seul à prêter foi et tu suspends la cérémonie ? Quel est donc le nom de ce prétendant ?

— Son nom n'a aucune importance. Il porte un nom d'Humain parce qu'il a été adopté et élevé par eux, rétorqua sèchement le conseiller. Mais les objets que l'on a trouvés sur lui à l'époque prouvent que c'est un membre de ta tribu.

— Je n'en crois rien ! s'écria Gandogar, en colère. C'est une ruse !

— Alors tes écrits selon lesquels les Elfes auraient trahi les Cinquièmes en sont une autre, répliqua Balendilín, intransigeant, la main posée nonchalamment sur la boucle de son ceinturon.

— Assez ! (Gundrabur se leva de son siège de souverain.) Tu oses taxer mon ami de menteur, roi Gandogar ?

Ses paroles résonnèrent dans la haute salle, et la colère de l'âge conférait force et dignité à cet accès d'indignation. En comparaison, les protestations du Quatrième faisaient l'effet d'un ronchonnement de commère.

— Tu accepteras ma décision. Sitôt que ce Nain sera arrivé à la forteresse, les clans de ta tribu décideront qui de vous deux est le meilleur successeur.

Gandogar désigna ses gens.

— À quoi bon attendre ? Il n'y a qu'à interroger les clans maintenant ! Jamais ils ne changeront d'avis ! Pourquoi est-ce qu'un inconnu…

Le Grand-Roi leva une main, tordue par l'âge.

— Non. (Il désigna les stèles runiques.) Nous obéirons aux lois de nos ancêtres. Nous les suivrons telles qu'elles ont été gravées.

Le silence qui s'ensuivit dans la gigantesque salle était de qualité diverse. Dans son écrasante majorité, il s'agissait de surprise, le reste tenait de la rage impuissante : il ne leur restait plus d'autre choix en effet que d'attendre l'arrivée de ce candidat qui avait l'audace de se présenter.

Gandogar s'affaissa sur sa chaise et tira sa hache vers lui ; le tranchant de celle-ci laissa une profonde griffure blanche sur la table de pierre polie, réduisant à néant la perfection à laquelle les tailleurs de pierre avaient si longtemps travaillé.

— Je m'incline, lâcha-t-il froidement.

Il n'osa pas en dire davantage de peur que le désespoir parle à sa place et lui fasse commettre une erreur. Découragé, il regarda derrière lui. Bislipur gardait une excellente contenance, mais il connaissait trop bien cette expression sur son visage. Son esprit était déjà occupé à chercher une solution rapide à cette situation nouvelle. Il savait qu'il pouvait se fier à son ami, d'ordinaire très inventif.

— Il faut de nombreuses semaines de voyage pour venir d'Ionandar jusqu'ici. Qu'allons-nous faire tout ce temps ? voulut savoir Gandogar tandis qu'il contemplait son armure incrustée de paillettes de diamant scintillantes. Et comment savoir s'il nous trouvera, cet avorton qui voudrait devenir Grand-Roi ?

— Ou s'il arrivera en vie, ajouta Bislipur.

— Nous allons délibérer, répondit Balendilín. Nous n'avons pas abordé certains sujets, des sujets qui seront bientôt d'une plus grande importance pour les différentes

Maisons et leurs clans. (Il sourit.) Il est bon d'entendre que vous vous faites du souci pour lui, mais nous lui avons dépêché une escorte qui nous l'amènera sain et sauf.

— Tiens donc ? Eh bien nous allons lui en envoyer une nous aussi, insista Bislipur avec une affabilité affectée. Après tout, il est de notre tribu. Dis-nous où nous devons envoyer nos guerriers.

— Cette proposition t'honore, mais ce ne sera pas nécessaire. Parce qu'il est l'hôte du Grand-Roi, c'est Gundrabur qui enverra nos gens, déclina Balendilín avec diplomatie. Après ce début de cérémonie agité, je propose que nous nous offrions un peu de détente autour d'une bonne bière brune. Cela refroidira les esprits échauffés.

Il frappa deux fois la table du plat de sa hache. Le tintement sonore emplit la salle et se fit entendre au travers des portes.

On apporta aussitôt des tonneaux de cervoise. Peu après, les hanaps et les cornes des délégués furent remplis, et l'on but à la santé du souverain régnant et à celle du futur Grand-Roi. Seul un petit nombre doutait que celui-ci aurait pour nom Gandogar.

Bislipur administra une claque sur l'épaule de son protégé.

— Il va te falloir patienter un petit peu. Honorons les ancêtres et remplissons toutes les conditions pour ton élection, ce n'est qu'ainsi que l'on évitera toute mise en doute éventuelle de ta légitimité. (Il trinqua avec le roi et but un long trait. La bière avait un goût malté, lourd et douceâtre à la fois.) Il n'y a que des Nains pour brasser comme cela ! rit-il en essuyant la mousse de sa barbe.

Tandis que les délégués devenaient plus gais et plus pétulants, Bislipur se retira, puis disparut de la salle. Il se dissimula dans un couloir secondaire à peine fréquenté, puis convoqua Swerd pour lui confier une tâche d'un genre très particulier.

Le Pays Sûr, Royaume magique d'Ionandar, au printemps du 6234e cycle solaire

Tungdil était agenouillé au pied de son armoire et entassait en sifflant ce qu'il voulait emporter dans son volumineux sac de cuir : une boîte à amadou et une pierre à feu au cas où il devrait dormir à la belle étoile, ainsi qu'une couverture, des hameçons et des couverts. Puis il attacha sa pèlerine enroulée à son sac à l'aide d'une courroie de cuir, mit sa cotte de mailles et l'ajusta avec des gestes sûrs.

Il se sentait bien, ainsi harnaché. Le treillis d'anneaux de fer lui procurait un sentiment de sécurité et lui était familier à la fois. C'était une sensation qui venait du plus profond de son être et qu'il ne pouvait s'expliquer.

Il éprouvait la même chose quand il était devant sa forge en train d'exécuter de menus travaux. Former des fers à cheval, façonner des clous, rectifier des ferrures pour des portes, affûter des couteaux et battre des outils, tout cela, il savait le faire facilement. Il avait probablement hérité ce savoir-faire de ses ancêtres.

Il mit son sac sur les épaules, accrocha à son ceinturon la hache d'armes que le Mage lui avait offerte et se rendit au cabinet de travail de son père adoptif, un bureau qu'il aurait su retrouver les yeux fermés. Tungdil en effet n'avait quasiment besoin d'aucun éclairage pour s'y retrouver, et sous la surface, son sens de l'orientation ne lui avait jamais fait défaut. Il reconnaissait chaque tunnel dans lequel il était passé au moins une fois, ses yeux étant capables de percevoir les plus petites différences dans les parois. Cela dit, dès qu'il s'agissait pour lui de s'aventurer en plein air, il s'égarait lamentablement, et sans carte, il était perdu.

Après avoir frappé, il ouvrit la porte sans attendre de réponse. Lot-Ionan portait la robe beige qu'il affectionnait et était assis à son bureau. Il tendit une feuille de papier gorgée d'encre d'un air accusateur lorsque le Nain entra.

— Tu vois cela, Tungdil ? C'est toi qui en es la cause. (Il la rejeta sur sa pile.) Plus d'aucune utilité. Un travail qui m'a pris des lunes et des lunes, réduit à néant en l'espace de quelques battements de cils.

— Je n'ai pas voulu cela, répliqua le Nain, sincèrement contrit mais toujours aussi entêté.

Cette obstination marquée était un autre trait de personnalité qu'il avait hérité de sa race.

— Je le sais bien. (Le visage du Mage arbora une expression débonnaire.) Que s'est-il réellement passé ?

Tungdil baissa la tête.

— Votre disciple Jolosin m'a encore joué un tour. J'ai voulu me venger en lui jetant un seau d'eau, expliqua-t-il d'une voix hésitante. Il a transformé l'eau en glace, mais les glaçons ont brisé les fioles. Ensuite, il m'a enfermé pour que vous pensiez que j'étais le coupable.

Il leva les yeux vers son père adoptif.

Le Mage soupira.

— Je me disais bien que vous étiez tous les deux responsables. Je regrette d'avoir élevé la voix. (Il désigna le parchemin.) Pour moi, cela signifie que je vais devoir passer les prochaines lunes à redessiner des runes. Tu savais, pourtant, que tu n'avais rien à faire dans le laboratoire. Vous autres, les Nains, vous n'êtes pas faits pour maîtriser les subtilités de la Magie, ni pour manipuler des élixirs.

— C'était un…

— Tu aurais pu me rapporter cette mauvaise plaisanterie de Jolosin, et j'aurais imaginé une punition pour lui. Maintenant, tu vois où tout cela nous a menés. Pour te faire pardonner, tu vas partir en voyage, et pas un court voyage, cette fois, Tungdil. Et je serais très content si tu me revenais sain et sauf. Crois-moi, Jolosin s'en tire à moins bon compte que toi, avec sa corvée de patates. (Il ricana.) Il va devoir éplucher jusqu'à ce que tu reviennes, et s'il te venait à l'idée de faire un détour…

Lot-Ionan se contenta de cette allusion malicieuse.

— Es-tu prêt ?!

— Oui, vénérable Mage, répondit le Nain, soulagé de voir que son père adoptif ne croyait plus qu'il était l'unique responsable. Que dois-je faire pour vous ?

L'atmosphère de cette pièce encombrée d'appareils, de grimoires et de rayonnages était calme et détendue, tout le contraire de l'ambiance qui régnait dans le laboratoire une heure auparavant. Le feu crépitait doucement dans la cheminée, et la chouette apprivoisée du magicien ne voulait plus rouvrir ses grands yeux.

— Tout doux, jeune Nain.

Lot-Ionan se leva pour saisir sa timbale fumante et se laissa tomber sur le fauteuil à oreilles qui se trouvait devant le foyer. Il étendit ses chaussons de feutre à proximité des flammes pour les réchauffer.

— On va y aller tranquillement. Jolosin doit avoir suffisamment à faire… Il y a une chose que j'aimerais te confier pour ton voyage, à laquelle j'aimerais que tu réfléchisses pendant que tu mettras un pied devant l'autre.

Il désigna la chaise à côté de lui.

Tungdil déposa son sac et s'assit. Le Mage semblait vouloir l'entretenir d'un sujet bien particulier.

— J'ai réfléchi. (Le Mage s'éclaircit la gorge.) Sur tes soixante-trois ans, cela en fait soixante-deux que tu es sous ma protection.

Le Nain savait ce qu'il allait dire. Dans des moments de sentimentalisme comme celui-ci, quand le Mage allait vraiment bien, qu'il avait bu un peu de grog et que la cheminée lui réchauffait les pieds, il tendait à voyager dans le temps et à se rappeler des événements qui remontaient à plus d'une vie humaine. Tungdil aimait bien ces causeries.

— C'était un soir d'orage, en hiver. Une bande de Kobolds se présenta chez moi, traînant un baluchon. (Il regarda son pupille dans les yeux.) Ce baluchon, c'était toi, rit-il doucement. Tu n'avais pas encore de barbe, mon cher. On aurait très bien pu te prendre pour un enfant d'Humain. Ils me proposèrent de te racheter, faute de quoi ils te jetaient dans la première rivière venue. Je n'ai pas pu faire autrement que de donner à ces longs-nez ce qu'ils demandaient et de t'accueillir chez moi.

— Ce dont je vous serai reconnaissant toute ma vie, Lot-Ionan, dit doucement Tungdil.

— Toute ta vie, reprit-il doucement. (Le Mage se tut un moment.) J'ai pensé que tu pourrais peut-être t'affranchir de ta dette plus tôt que tu crois, dit-il au bout d'un moment en passant sa main dans les cheveux fournis du Nain. J'ai déjà vécu trop longtemps, et tu m'as déjà rendu tant de services que l'on pourrait dire que tu t'es d'ores et déjà acquitté de ta dette, si tant est qu'il y en ait jamais eu une. Si mes tentatives de retarder le vieillissement ne sont pas bientôt couronnées d'un succès durable, mon âme s'en ira sous peu rejoindre Palandiell.

Il était toujours douloureux pour le Nain de se voir rappeler la vitesse à laquelle les Humains vieillissaient, vitesse à laquelle même les magiciens ne pouvaient s'opposer.

— Je suis sûr que vous y parviendrez, murmura-t-il d'une voix enrouée. Mais… vous vouliez me raconter quelque chose.

Le magicien, qui avait deviné que Tungdil essayait de le distraire, sourit tristement.

— Au début, je t'avais dit que ta famille t'avait confié à moi pour que je fasse de toi un grand Mage nain, mais tu as vite découvert que c'était impossible. Dès que tu as appris à lire et que tu en as su davantage sur ton peuple.

— Et notamment que celui-ci n'aimait pas spécialement la Magie. Et que la Magie le lui rendait bien, je sais, répondit Tungdil qui ne put réprimer un rictus.

Ses mains étaient faites pour tenir un marteau de forge, et parfois un livre issu de l'immense bibliothèque du Mage, mais rien de plus.

— Vraccas nous a fait don de tant de savoir artisanal qu'il n'y a plus place dans nos crânes pour la Magie.

— Exactement, dit le Mage en riant, se souvenant de tous les petits malheurs qui s'étaient produits toutes les fois où son fils adoptif et la force invisible s'étaient rencontrés fortuitement. Mais ne sois pas trop modeste. Tu as assimilé quelques connaissances. Tu es même presque un érudit. Tu en sais davantage sur le Pays Sûr et ses habitants que plus d'un *famulus*.

— Vous m'avez beaucoup appris, Lot-Ionan, même la rhétorique.

— Oh oui, c'était un défi sur lequel j'ai bien failli me casser les dents. L'entêtement des Nains fait parfois un peu trop obstacle à ta langue. (Il retrouva son sérieux.) Je n'ai pas demandé aux Kobolds à ce moment-là comment ils étaient entrés en ta possession, ce que je regrette beaucoup aujourd'hui. J'aurais pu au moins te dire où trouver ta famille, ton clan, ta tribu.

Il tendit le bras et chercha une carte du Pays Sûr dans une pile de rouleaux à côté de son fauteuil. Il la déroula prudemment, et posa le bout de son index sur le Second Royaume Nain.

— J'ai envoyé un messager à la tribu de Beroïn pour demander s'ils avaient eu vent d'un Nain disparu. J'aimerais savoir qui sont tes parents, Tungdil. Vu l'âge que vous, Nains, atteignez couramment, ils devraient être encore en vie. Qu'en dis-tu ?

Son pupille était ému. Son vœu le plus cher était en voie d'être exaucé.

—J'en dis que c'est… très généreux de votre part! s'écria-t-il, tout excité. Avez-vous déjà reçu des nouvelles?

Lot-Ionan se réjouit de la réaction de Tungdil.

—Non, pas encore. Mais je suis confiant. Je pense que la curiosité des Nains du Second Père sera suffisamment attisée pour qu'ils daignent s'intéresser à un fils perdu de leur peuple. Cela dit, ce n'est qu'un début, n'en attends pas trop.

—Merci encore, dit le Nain sur un ton plus solennel. (Il ne trouvait pas les mots pour exprimer ses sentiments.)

—Maintenant que j'ai la carte sur les genoux, autant te montrer tout de suite où tu dois te rendre, poursuivit le Mage, qui désigna d'abord le repaire où ils se trouvaient, puis une élévation du nom de Noirjoug.

Celle-ci était située dans le Gauragar, en dehors de l'Ionandar, à la limite du pays de Lios Nudin, la zone d'influence du Mage Nudin, celui que l'on appelait le Curieux.

—Ce qui fait trois cents milles à parcourir en direction du nord-ouest. Les chemins sont faciles à trouver et la carte t'aidera à t'orienter. Tu passeras par un grand nombre de villages où tu pourras demander ta route. (Il roula le parchemin.) Passons à présent aux petites choses que tu dois rapporter à mon ami Gorén. Ouvre l'armoire d'ébène et prends le sac de cuir au cordon vert. Il contient des objets que j'avais empruntés il y a longtemps pour une expérience et dont je n'ai plus besoin maintenant. Tu trouveras sur la table quelques pièces de monnaie que tu pourras dépenser en chemin.

Tandis que Tungdil suivait les instructions de son maître, le Mage prit un grimoire qu'il fit mine de lire. Le Nain ouvrit l'armoire pour prendre la sacoche.

— Voilà, c'est fait, déclara-t-il finalement.

— Alors va, Tungdil, et pense à ce que je t'ai dit. Si nous retrouvons ta famille, je te laisserai libre de choisir : tu pourras rester auprès de moi ou partir, dit-il pour congédier le Nain, sans lever les yeux de son grimoire.

Tungdil se dirigea vers la sortie.

— Et encore une chose : sois prudent ! Fais attention à la sacoche et ne la perds pas, son contenu est trop précieux, recommanda-t-il. (Puis il leva les yeux et sourit.) Mieux vaut ne pas toucher au cordon si tu ne tiens pas à provoquer des catastrophes. Que Palandiell soit avec toi. Et ton Vraccas aussi, bien sûr.

— Vous pouvez me faire confiance, Lot-Ionan.

— Je n'en doute pas, Tungdil. Reviens-nous en bonne santé et fais un bon voyage.

Le Nain quitta la pièce et se dirigea vers la cuisine pour trouver Frala. Elle lui donnerait des provisions tandis qu'il lui ferait part de la nouvelle au sujet de ses origines.

Il la trouva qui s'affairait devant le grand pétrin. La sueur coulait sur son visage, car le travail était très éprouvant et l'épaisse masse de farine, d'eau et de levure était difficile à pétrir.

— J'ai besoin de provisions, annonça-t-il, rayonnant.

— Ah. Le Mage t'envoie en mission ? dit-elle en souriant et en portant un dernier coup à la pâte. Eh bien on va regarder ce qu'il y a dans le garde-manger pour le courrier du Maître.

Frala frappa dans ses mains pour en chasser la farine et entra avec Tungdil dans la pièce où toute souris aimerait bien venir au monde.

La servante mit de la viande séchée, du fromage et du saucisson sec, ainsi qu'une miche de pain noir dans le sac de Tungdil.

— Cela devrait suffire.

— Pour trois cents milles ?

— Trois cents milles ?! s'étonna-t-elle. Tungdil, ce n'est plus une simple commission, alors, c'est un véritable voyage. Non, là, bien sûr, il va en falloir plus. (Elle ajouta deux saucissons et un peu de jambon.) Mais la cuisinière ne doit rien savoir, dit-elle en refermant à la hâte le rabat du sac.

Ils revinrent dans la cuisine.

— Et alors ? Où va-t-elle te conduire, cette longue randonnée ? s'enquit Frala, curieuse.

— Je vais au Noirjoug, lui révéla-t-il. Je dois rapporter quelques affaires à un ancien disciple du Mage.

— Jamais entendu parler de cette montagne, dit Frala en réfléchissant. Ce doit être très long, comme voyage, ça, trois cents milles... Tu vas passer par quels royaumes ?

Tungdil rit.

— Je t'emmènerais bien avec moi, mais Lot-Ionan ne serait sûrement pas d'accord. Ton mari et tes filles non plus.

Il lui montra la carte du Pays et suivit le parcours du doigt.

— L'Idoslân et le Gauragar ! Et Lios Nudin qui est juste à côté ! Tu n'es pas nerveux ?

— Bah, c'est tranquille, chez Nudin, dit-il en secouant la tête. Tout ce qu'il fait, c'est accumuler des connaissances. Chez Turgur le Beau, là, il y aurait certainement des choses à voir.

— Pourquoi cela ?

— Ce Mage est à la recherche de la beauté éternelle pour tous. Il souhaite que le paysan aux jambes les plus arquées qui soient et la fille de ferme la plus contrefaite puissent échanger leurs défauts contre une beauté elfique, expliqua-t-il à la servante. Cela dit, ses recherches ne progressent guère, à en croire Lot-Ionan. Il paraît que dans le pays de Turgur vivent de nombreux Humains qu'il aurait affligés de telles difformités à la suite de ses expériences que ces derniers se cachent de peur d'être vus. Peut-être qu'il vaut mieux que je reste loin de Turgur si je ne veux pas qu'il me jette un sort pour me rendre plus grand.

— C'est affreux, s'écria Frala, désolée. (Elle s'accroupit et serra le Nain dans ses bras.) Que Palandiell et ton dieu Vraccas te bénissent, et te protègent de tout danger durant ton voyage. (Elle défit son foulard et l'attacha autour du ceinturon du Nain.) Tiens, un talisman pour toi. Chaque fois que tu le regarderas, tu penseras à moi. (Elle lui fit un clin d'œil malicieux.) Et aussi à me rapporter un joli souvenir.

Tungdil plongea le regard dans ses yeux vert vif et soupira. Il lui était si profondément attaché qu'il avait du mal à imaginer vivre sans elle chez les Nains, dans sa famille, d'autant qu'il était maintenant le parrain de Sunja et d'Ikana. Il n'éprouvait pas de désir pour Frala, de telles pensées lui étaient étrangères, mais il la connaissait depuis qu'elle était toute petite et il avait le sentiment d'être comme un frère pour elle.

— Lot-Ionan a fait parvenir un message aux Nains de Beroïn, leur demandant de lancer des recherches sur mes origines, lui dit-il. Si les miens vivent là-bas, j'aimerais me rendre dans les montagnes pour les rencontrer, et peut-être même vivre avec eux. Le Mage m'a donné le choix.

La servante le prit encore une fois dans ses bras et lui fit part de sa joie d'entendre ces bonnes nouvelles.

— C'est comme si un rêve allait bientôt se réaliser. (Elle esquissa un sourire narquois.) Jolosin va bondir de joie si tu nous quittes.

— Ce serait une bonne raison de rester, répliqua Tungdil en souriant d'un air entendu, avant de remarquer que son expression encore joyeuse l'instant d'avant s'était assombrie.

— Tu viendras nous rendre visite de temps en temps pour nous raconter comment vivent les Nains du Sud ? demanda-t-elle.

Un soupçon de mélancolie pointait dans sa voix, même si elle se réjouissait de tout son cœur pour son meilleur ami.

— Tu verras bien, Frala. Si ça se trouve, je ne manque à personne là-bas, parce que je suis né spontanément de la pierre, comme ça, dit Tungdil pour dédramatiser. Je vais rendre à Gorén ce qui lui appartient, et on en reparlera ensuite.

Les cris d'un petit enfant retentirent depuis un coin de la cuisine. Frala accourut et se pencha sur le berceau de sa fille Ikana qu'elle avait placé à proximité du fourneau, bien au chaud. Elle la prit dans ses bras.

— Regarde, petit vermisseau, c'est ton parrain, dit-elle à la petite fille. Plus tard, c'est lui qui veillera sur toi, comme il l'a fait pour moi pendant de longues années.

À peine le Nain eut-il pointé son index que la petite d'Humain le saisit pour le tirer vers elle. Tungdil crut même entendre un léger rire.

— Elle se moque de moi.

— Mais non. Tu la fais rire. Tu vois ? Elle t'aime bien, répliqua Frala.

— Je vous rapporterai aussi quelque chose, à toi et à ta sœur, promit-il à Ikana avant de retirer prudemment son doigt calleux de la petite main rose.

Mais il avait surmonté sa crainte face à cette enfant d'apparence fragile, et ne pouvait à présent plus la quitter. Ikana s'accrocha, attrapant une mèche de ses cheveux bruns. Avec une grande délicatesse, il la lui retira des mains.

— Tu veux que je reste, c'est ça, hein ?

Ils se rendirent ensemble à la porte Nord en parcourant un repaire plongé dans la pénombre. La vive lumière du jour perçait à travers l'entrebâillement. La servante embrassa Tungdil sur le front.

— Fais attention à toi, lui dit-elle en guise d'au revoir. Et reviens-nous sain et sauf.

Un disciple actionna les câbles du mécanisme d'ouverture, et les portails de chêne à ferrures s'ouvrirent dans un grincement.

Le soleil brillait sur les douces collines verdoyantes, les fleurs épanouies et les forêts de feuillus en fleur. Le vent apporta une fragrance de terre chaude dans le tunnel, les oiseaux chantaient pour célébrer le printemps.

— Tu entends ça, Tungdil ? Le Pays Sûr t'a réservé un accueil amical, dit Frala en inspirant profondément. Un temps magnifique ! Ce sera un beau voyage.

Le Nain se tenait à l'ombre, dans le couloir, et hésitait à sortir. Il était habitué à un plafond de pierre au-dessus de sa tête et les parois autour de lui le rassuraient. Dehors, il y avait un peu trop d'espace à son goût, et il devait s'y accoutumer à chacune de ses sorties pour le compte du Mage.

Mais comme il ne voulait pas passer pour un Gnome et un lâche aux yeux de Frala, il prit une profonde inspiration, foula du pied la surface ensoleillée de l'Ionandar et se mit en marche.

— À bientôt, Tungdil ! s'écria la servante.

Il se retourna et lui fit signe jusqu'à ce que l'accès au repaire souterrain de Lot-Ionan fût refermé, puis il poursuivit sa route. Pas très longtemps cela dit. Il n'avait pas fait plus de quelques pas qu'il plissait déjà les yeux, complètement ébloui. Le temps passé sous terre à l'abri des rayons du puissant astre l'avait rendu si sensible qu'il chercha immédiatement à se protéger de la clarté du jour à l'ombre d'un chêne majestueux. Le sac de provisions et la sacoche qui contenait les artefacts finirent à côté de lui, sur l'herbe.

Ce voyage promet d'être agréable, pensa-t-il. Il s'accroupit et cligna des yeux pour observer les environs. La voûte feuillue le protégeait à peine de l'implacable luminosité.

Tungdil se souvint qu'il éprouvait le même malaise chaque fois qu'il mettait un pied dehors. Au moins, le paysage riant et le sentier sommairement aménagé faciliteraient sa progression.

Il prit la carte pour l'examiner de plus près, puis la tint au-dessus de sa tête, s'en servant comme d'un parasol. Si le cartographe ne se trompait pas, le paysage changeait à proximité du Noirjoug. Cette élévation était cernée par une dense forêt de sapins que ne traversait visiblement aucune piste.

Pas grave. Tungdil passa un pouce sur le fil de sa hache pour s'assurer de son tranchant. *Les arbres sauront ce qu'il en coûte de se mettre en travers de mon chemin.*

Le soleil poursuivit sa course.

Le Nain s'accoutuma peu à peu à la luminosité, qui faiblissait déjà, passant à des nuances dorées. Le crépuscule qui flattait ses yeux allait bientôt tomber et il voulait parcourir encore quelques milles d'ici là. Peut-être passerait-il devant une ferme où on lui offrirait un abri pour la nuit ?

Il se releva, décidé, remit son sac et la sacoche du magicien sur son dos, passa la hache dans son ceinturon et repartit à grands pas. Durant un long moment, il pesta contre le soleil. Ce qui ne le fit pas avancer plus vite, mais lui fit un bien fou.

* * *

Lorsque Tungdil quitta la forêt au cinquième jour de son voyage jusque-là sans histoire, et qu'il aperçut les palissades qui entouraient un bourg fortifié, le soleil venait juste de disparaître derrière une colline.

Au-dessus de la porte s'élevait un mirador en bois que deux Humains occupaient par intermittence. Ils ne virent pas immédiatement sa silhouette trapue, puis l'un des gardes l'aperçut. À en croire leur attitude, ils ne considéraient pas le Nain comme une menace pour leur localité.

Tungdil se réjouit. Après quatre nuits fraîches passées en compagnie des écureuils, des renards, au milieu de trop de verdure, de la bonne bière, un repas chaud et un lit douillet l'attendaient sûrement de l'autre côté des fortifications. Son ventre gargouillait.

Lorsqu'il arriva devant la porte, le passage ne s'ouvrit pas. Les gardes étaient penchés par-dessus le parapet pour observer le Nain.

— Bien le bonsoir ! Laissez-moi entrer, je ne tiens pas à passer une autre nuit à la belle étoile, dit-il d'une voix forte en regardant fixement les deux hommes.

Leurs armures de plates avaient l'air de bonne facture et bien entretenues. Celui qui les avait forgées devait connaître son affaire, jugea Tungdil d'après ce qu'il pouvait en voir à cette distance. Cela signifiait aussi que ces hommes étaient affectés à la défense du bourg et ne portaient pas ces armures uniquement pour l'apparat. Il ne s'agissait pas de villageois, en tout cas.

Il fit ensuite une autre découverte. Ce qu'il avait pris, à la lueur des torches, pour des décorations étaient en fait de véritables crânes. Les habitants du village avaient hérissé leurs palissades de trois douzaines de têtes d'Orcs coupées !

Tungdil doutait que ce fût une bonne idée d'humilier ces monstres de cette façon. Les têtes empalées de leurs congénères n'empêcheraient pas plus les Orcs d'attaquer que des corneilles de piller un champ. Au contraire, ils prendraient cette sorte d'exposition comme une provocation et ils voudraient faire payer cette insulte aux Humains.

Le Nain en déduisit qu'il se trouvait en Idoslân, et que les Humains engagés par les villageois pour combattre les Orcs manquaient particulièrement de bon sens. Il supposa que les mercenaires devaient être payés au nombre de têtes coupées, ce qui expliquerait cette attitude de défi. Les soldats utilisaient sans doute ces têtes pour appâter la prochaine horde d'Orcs.

— Eh bien, que se passe-t-il ? demanda-t-il, agacé. Pourquoi ne me laissez-vous pas entrer ?

— Tu es aux portes de Bonsprés dans le bel Idoslân. As-tu vu des Orcs en venant, Troglodyte ?

— Non, aucun, répliqua-t-il en s'efforçant de rester poli. (Il interpréta le sobriquet de « troglodyte » comme plutôt péjoratif.) Et je suis un Nain, si cela ne vous fait rien, tout comme vous êtes des Humains, et non des « culs-terreux » !

Les Humains rirent. L'un d'entre eux fit un signe de la main et un des battants de la porte s'ouvrit en grinçant, autorisant Tungdil à entrer. Deux autres mercenaires lourdement armés l'accueillirent en le toisant d'un air suspicieux.

— De fait, c'est bien un Nain, murmura l'un d'entre eux, fasciné. Ils sont loin d'être aussi petits que ce que l'on raconte.

L'humeur de Tungdil se dégradait. Il n'aimait pas qu'on le regarde comme une bête curieuse. Il avait oublié que les Humains ne voyaient des Nains qu'en de très rares occasions.

— Ça va, vous avez bien regardé ? Pouvez-vous me dire où je pourrais trouver un gîte pour la nuit ?

Les gardes lui expliquèrent où se situait l'auberge la plus proche. Tungdil flâna le long de la rue poussiéreuse et ne tarda pas à trouver l'auberge en question. Une écuelle en bois marquée par les intempéries, clouée sur la traverse de la porte avec une cruche non moins esquintée ne promettaient pas forcément un régal au visiteur, mais au moins un repas consistant et une gorgée de bière.

Tungdil s'efforça d'entrer discrètement. Lorsqu'il souleva le verrou de bois et poussa le panneau, les gonds rouillés de la porte grincèrent. C'était encore la manière la plus simple et la plus efficace de se protéger contre les intrus. Ce bruit de métal qu'on maltraite n'avait dû échapper à personne. Le Nain hésita, puis pénétra dans la salle à manger de l'auberge.

Dix villageois étaient assis devant les tables grossières à boire de l'hydromel et de la bière ; le tabac, les senteurs de cuisine et les odeurs corporelles composaient un fumet inhabituel. Les vêtements des clients étaient simples : ils se protégeaient de la fraîcheur des soirs de printemps avec des chemises de jute ou des étoffes de coton non teintes et leurs pieds étaient enveloppés dans de grosses chaussettes et des chaussures à lacets.

Deux villageois lui adressèrent un signe de tête hésitant, les autres se contentèrent de le dévisager.

Je m'en doutais. Le Nain leur rendit leur salut et se dirigea vers une table libre. Comme toujours, les meubles étaient trop grands pour lui mais cela ne le dérangeait pas. Il commanda un repas chaud et un grand hanap de bière. On lui apporta peu après un plat de bouillie de céréales fumante et de viande émincée, ainsi qu'une cruche de ce qui semblait être de la bière.

Affamé, il se jeta sur la nourriture. Celle-ci était consistante, légèrement brûlée et un peu fade, mais elle était chaude. La bière, blonde, claire et insipide, ne correspondait pas à ses critères de Nain, mais il la but tout de même. Il ne voulait pas chercher querelle avant de demander un lit pour la nuit.

L'un des Humains l'observait avec une telle insistance qu'il pouvait littéralement sentir le poids de son regard. Tungdil lui jeta un regard interrogateur.

— Je me demande ce qu'un Troglodyte peut bien nous vouloir, surtout à cette heure, dit le villageois si fort que même le plus dur d'oreille l'entendit, avant de souffler la fumée de sa pipe vers le plafond noir de suie.

— Un lit.

Le Nain mâcha plus lentement, plongea la cuiller dans le brouet poisseux et essuya sa barbe. Un Humain qui cherche les ennuis ; il ne lui manquait plus que ça. Le ton sur lequel il lui avait parlé était sans équivoque. *Mais moi, je ne mange pas de ce pain-là.*

— Je n'aspire à aucun différend avec vous, affirma-t-il. J'ai passé les dernières nuits dans les bois et suis reconnaissant à Vraccas d'avoir trouvé une couche qui ne consiste pas en feuillage et en branchages, dit-il pour leur tenir tête.

Les autres clients ricanèrent. Certains s'inclinèrent exagérément devant le fumeur de pipe, lui lançant des « Vôtre Grâce » ou « Vot' Grandeur » ; quelqu'un le couronna même d'un hanap vide. Ils se gaussaient de ce que le Nain employât un langage aussi soutenu pour s'adresser à un simple villageois.

— Oh, mais c'est qu'il a fait des études, le Nain. Ou est-ce qu'on veut faire son distingué ? (L'Humain fit voler le hanap de sa tête d'un geste rageur et se tourna vers ses compagnons.) Ouais, rigolez bien, bande d'idiots ! J'ai de bonnes raisons de me méfier. Si les Orcs l'ont envoyé pour nous espionner et s'il leur ouvre la porte cette nuit, vos rires vous resteront en travers de la gorge !

L'hilarité générale cessa aussitôt.

Tungdil comprit que la situation pouvait tourner au vinaigre s'il n'était plus prudent. Il devait surtout cesser de parler comme un érudit, la vue d'un Nain étant déjà suffisamment inhabituelle.

— Le peuple des Nains et les Orcs sont des ennemis héréditaires, répliqua-t-il gravement. Jamais un Nain ne ferait cause commune avec eux. (Il tendit la main à l'Humain.) Tenez, vous avez ma parole, ma parole d'honneur que je ne projette aucune traîtrise. Je le jure par Vraccas, créateur des Nains.

Le fumeur de pipe examina ces mains puissantes et réfléchit. Finalement, il topa, avant de tourner le dos à Tungdil.

L'aubergiste apporta une bière fraîche au Nain soulagé.

— Il ne faut pas lui en vouloir. Nous sommes tous un peu tendus, ici, s'empressa-t-il de lui expliquer. Cela fait déjà pas mal de lunes que les Orcs parcourent les hauteurs de l'ouest de l'Idoslân pour piller les villages.

— D'où les mercenaires ?

— Oui. Nous avons engagé ces guerriers pour qu'ils protègent notre village jusqu'à ce que les soldats du roi Tilogorn arrivent et qu'ils massacrent ces hordes.

Il allait s'éloigner.

— Attends !

Tungdil posa la main sur sa manche tachée. Un vague espoir naquit en lui.

— Y a-t-il des Nains dans son armée ? J'ai entendu dire qu'il avait quelques Nains à sa solde.

L'aubergiste haussa les épaules.

— Je ne sais pas, petit Humain. Mais ce ne serait pas impensable.

— Quand arriveront-ils ? demanda-t-il, tout excité.

Son voyage pour le Noirjoug pouvait bien souffrir un léger retard si l'occasion lui était donnée de voir enfin des membres de son peuple. *Jolosin n'aura qu'à continuer d'éplucher.*

— Ils comptaient arriver il y a trois lunes, répondit l'aubergiste, qui fit un signe d'excuse vers le comptoir où des assoiffés réclamaient leur bière.

Tungdil le laissa filer et continua son repas tout en méditant sur le pays dans lequel il se trouvait.

L'Idoslân devait son nom à ce que maintes batailles y avaient autrefois été disputées, et ce toujours en vue de s'emparer du trône. Les Ido avaient été une grande dynastie de souverains qui avait toujours lutté et guerroyé pour le pouvoir. Les membres de cette famille s'entre-déchiraient continuellement, mais au final c'étaient leurs sujets qui souffraient le plus de leurs querelles. Le royaume était morcelé, chaque parcelle était dirigée par un membre différent de la famille. Un jour, les petites gens en eurent assez, et ils massacrèrent les membres de la dynastie l'un après l'autre. D'où le nom d'Idoslân en langue locale.

Un villageois éméché se leva et brandit sa chope.

— Vive Mallen ! Qu'il chasse du trône cet usurpateur de Tilogorn !

Comme personne ne se joignit à son toast, il se rassit en grommelant.

Si les souvenirs de Tungdil étaient exacts, il faisait référence au prince Mallen d'Ido, dernier descendant de sa dynastie. Celui-ci vivait plus au nord, dans le royaume d'Urgon, d'où il intriguait afin de revenir un jour au pays en tant que souverain légitime.

Une vieille carte jaunie et enfumée de l'Idoslân était accrochée au mur de l'auberge. Le royaume lui-même consistait en une succession variée de montagnes peu élevées, de forêts et de plaines. Il aurait pu être un paradis, s'il n'y avait pas eu les Orcs.

— Joli, pas vrai ? dit un des clients qui avait remarqué le regard du Nain.

— Si l'on excepte Toboribor, oui, dit Tungdil en désignant la tache noire ajoutée sur la carte en plein milieu de l'Idoslân, à l'endroit précis où se trouvaient les terres les plus fertiles. (Il prit son hanap et passa à la table voisine.) Qu'est-ce qui a empêché les Orcs de progresser ?

— Ils n'ont pas besoin d'étendre leur domaine. C'est l'ennui qui les pousse à en sortir, pour semer la peur et le malheur. On en a même vu à quelques milles d'ici à peine. Ils ont mis le feu aux champs et aux vergers. Saletés de créatures ! Tuer, piller et se battre, c'est tout ce qu'ils savent faire.

— Mais ils le font bien, ajouta un autre, avec des yeux un peu fous.

— Ça y est, c'est reparti, gémit l'aubergiste avant de resservir de la bière.

— C'est ça, toujours la même vieille histoire, dit l'intervenant à demi offensé, sans que cela suffise à le faire taire. Un jour, je me suis retrouvé devant toute une horde de ces bestioles, des spécimens particulièrement grands, quand je servais encore dans l'armée de Tilogorn…

— … et qu'il n'avait pas de temps à consacrer à raconter des histoires qui font peur aux petits enfants…

— Bon, maintenant, tu la fermes, l'aubergiste ! C'est moi qui me suis battu contre eux, pas toi ! Imagine, le Nain, ceux-là dépassent un Humain ordinaire d'une bonne tête. Leurs gueules aux nez épatés et aux dents qui sortent sont tout bonnement repoussantes. Leurs yeux horribles et leurs hurlements ont de quoi donner la chair de poule à un combattant inexpérimenté.

— C'est ce que j'ai lu aussi, laissa échapper Tungdil, mais heureusement personne n'entendit sa remarque.

Il se gratta la tête. Sa peau n'était pas encore habituée à une exposition permanente aux rayons du soleil, et encore n'était-ce pas l'été. Sinon, il aurait attrapé depuis longtemps un coup de soleil.

— À l'époque, il nous a fallu la moitié d'une lune pour en venir à bout, tant ils étaient coriaces. Ah, si j'étais encore soldat, nous aurions vaincu nous-mêmes les Orcs qui rôdent autour de notre village. Nous n'aurions pas eu besoin d'engager des mercenaires pour notre protection. L'armée n'est plus ce qu'elle était, se plaignit-il, nostalgique de sa jeunesse.

Son regard tomba sur la hache du Nain. Il observa la lame, qui avait souffert de son utilisation dans la forêt : des traces de résine séchée et de petits copeaux y étaient encore collés.

— Une si bonne arme, et tu t'en sers pour couper du bois ? s'étonna-t-il.

— Il a fallu que je me fraie un passage à travers les fourrés.

Tungdil rougit, et pria que personne ne lui demande de faire une démonstration de l'art de la guerre nain, tant vanté. Il en aurait été incapable.

En qualité de Mage, Lot-Ionan n'avait que faire des armes, du combat à l'épée et du métier de guerrier en général. Si bien que Tungdil n'avait jamais trouvé de professeur pour lui enseigner comment manier la hache contre un adversaire. Il y avait bien les domestiques, qui utilisaient des couperets ou des hachettes pour couper du bois ou pour tuer un rat. Mais c'était tout, et ses tentatives de manier la redoutable arme naine n'avaient jamais dépassé ce stade, ce qui était plutôt inconvenant pour un membre de son peuple. Si d'aventure il devait se trouver face à un adversaire – ce qui ne paraissait pas si aberrant, à en croire ces histoires d'Orcs –, il se contenterait de lui sauter dessus et de le frapper, en espérant que cela le fasse fuir…

— J'ai déjà beaucoup entendu parler des Nains et de leur aptitude au combat. Avez-vous cela dans le sang, ou est-ce qu'on vous l'enseigne ? lui demanda sans transition son interlocuteur. Un seul d'entre vous suffit pour tuer dix Orcs, dit-on. Est-ce vrai ?

Au milieu de tous ces Humains, Tungdil comprit comme jamais auparavant qu'il était en fait loin, très loin d'être un véritable Nain, que son peuple se moquerait de lui s'il le voyait, et il ne souhaita soudainement plus rencontrer ses semblables. Même l'idée de l'amour avec une Naine perdit tout attrait.

— C'est vrai, répondit-il faiblement, en espérant qu'il en était vraiment ainsi.

Puis il bâilla bien fort et s'étira. Il était temps qu'il sombre dans un lit pour oublier un moment ces idées et ces curieux.

— Faites excuse, mais j'aimerais me reposer, maintenant.

À présent qu'ils avaient surmonté leur réserve initiale, c'est à contrecœur qu'ils le laissèrent quitter leur cercle. L'aubergiste lui indiqua une couche au deuxième étage de la maison à colombages, un dortoir spacieux où personne d'autre ne passerait la nuit.

Il se servit de la cuvette pour rafraîchir ses pieds échauffés, qu'il extrayait pour la première fois de leurs bottes depuis le début de son voyage. Tout en s'octroyant rapidement une troisième bière, il regarda par la fenêtre de la pièce et laissa son regard vagabonder sur les toits de tuiles de Bonsprés.

Cette colonie était de belle taille et devait rassembler quelque mille habitations. Ses habitants vivaient probablement des récoltes de céréales et de légumes ainsi que des arbres fruitiers. Maigres richesses, à présent menacées par ces maraudeurs d'Orcs. L'armée réclamée auprès de Tilogorn ferait bien de se hâter si elle voulait sauver quelque chose.

Tungdil essuya ses pieds maltraités, posa ses vêtements sur la chaise et disparut sous l'épais édredon.

Un rayon de lumière argenté tomba sur la sacoche qu'il devait rendre à Gorén, mettant sa curiosité à rude épreuve.

Ne l'ouvre pas, se dit-il. *Tu ne dois pas t'occuper de savoir ce qu'il y a dedans.*

Avant de s'endormir, il pensa au Mage, puis à sa grande sœur Frala, au talisman qu'il portait à sa ceinture. Son rire lui manquait. Le lendemain, il demanderait à l'aubergiste le chemin pour le Noirjoug et il s'y rendrait directement, sans se laisser distraire par quoi que ce soit.

Des bruits étouffés le tirèrent de son demi-sommeil.

Deux Humains se donnaient beaucoup de peine pour installer leur couche dans le dortoir aussi silencieusement que possible. Dehors, une tempête faisait rage et menaçait Bonsprés.

Le Nain crut entendre prononcer le nom de son père adoptif. Avec prudence, il ouvrit les yeux et regarda les nouveaux arrivants. Il s'agissait d'un Humain chétif, mais bien vêtu et d'un autre plus grand, bien bâti, qui portait une armure de cuir brun foncé renforcée de petites plates de métal.

Un marchand et son garde du corps ? conjectura Tungdil. Leur équipement valait sûrement très cher. C'est alors qu'il aperçut un bijou, de facture simple mais néanmoins singulier.

Il était agrafé au revers du plus grand des deux Humains et figurait le sceau du Conseil des Mages.

Des émissaires !

— Vous cherchez Lot-Ionan ? demanda Tungdil, cessant de feindre le sommeil.

La curiosité l'avait emporté sur la prudence. Le plus grand fronça les sourcils.

— Qu'est-ce qui te fait dire ça ?

— La broche à votre revers, expliqua-t-il aux Humains étonnés. Vous êtes des messagers du Conseil des Mages.

Ils échangèrent un bref regard.

— Qui es-tu ? s'enquit le propriétaire de la broche. (Le Nain se présenta.) Eh bien, dans ce cas, tu peux sûrement nous dire comment se porte ton maître ? Va-t-il bien ?

— Bien sûr. Si vous pouviez vous présenter également…, répliqua Tungdil poliment.

Ce qu'ils firent : Friedegard, apprenti Mage de premier niveau de l'école de Turgur le Beau, et Vrabor, mercenaire au service du Conseil.

— Lot-Ionan va bien, dit-il en réponse à leur question. Vous le constaterez par vous-mêmes. (Mais sa curiosité n'était toujours pas assouvie.) Et pour quelle raison… (Il s'interrompit et passa à un registre plus familier.) Qu'est-ce que vous lui voulez ?

— Je ne pense pas que je devrais discuter de pareille affaire avec l'homme à tout faire du Mage, répondit Vrabor d'un ton bourru en portant la main aux boucles de son armure, pour l'ouvrir. Il faudrait alors que je porte le titre de crieur public, et non celui de messager.

La tempête se fit tout d'un coup deux fois plus menaçante ; une rafale siffla à travers les fissures, produisant un son étrange : un gémissement criard, inhumain, suivi d'un sifflement strident et polyphonique.

Les messagers tressaillirent et portèrent la main à la garde de leurs épées.

Ce ne sera pas une bonne nuit, finalement, pensa Tungdil en regardant dehors. Des nuages effilochés éclairés par la lune filaient dans le ciel nocturne.

Soudain, un visage fin et gracieux surgit devant la fenêtre ; ses yeux gris-vert regardèrent Tungdil, l'hypnotisant presque. Cette apparition inattendue le fascina plus qu'elle l'effraya. De longs cheveux noirs fouettaient son visage, quelques mèches restaient collées sur sa peau mouillée, presque blanche, comme autant de fissures sur les traits d'un Elfe sculpté avec art dans le marbre le plus noble.

Le Nain était incapable de détourner le regard, tant ces yeux le subjuguaient. En dépit de sa beauté, Tungdil éprouva pour ce visage une aversion viscérale. Cette créature était trop belle pour être honnête. Il émanait d'elle une indéfinissable cruauté.

— Là…, bredouilla-t-il.

Il n'en fallut pas davantage pour attirer l'attention des deux Humains, qui levèrent les yeux et se mirent immédiatement à couvert.

La vitre épaisse vola en éclats. Une longue flèche à l'empennage noir fendit l'air en sifflant et se planta dans le mur.

— Chasse-les ! lança Vrabor à son compagnon. Puis il poussa la table massive et la cala contre l'embrasure de la fenêtre.

Il se hâta ensuite de consolider ce bouclier de fortune et le bloqua avec une poutre.

Friedegard, lui, gardait les yeux fermés et remuait les lèvres, tandis qu'il faisait suivre d'étranges trajectoires à un cristal incrusté d'or, de la taille d'une pépite.

Tungdil bondit hors de son lit et saisit sa hache, qui lui procura un sentiment de sécurité.

— Que se passe-t-il ?

Les Humains ne répondirent pas, se contentant de tendre l'oreille. Les rafales cessèrent, mais la pluie battit de plus belle. Ils eurent beau écouter, ils n'entendirent plus aucun bruit de la part de leur agresseur. Celui-ci semblait être parti avec la tempête.

— L'Elfe est encore là ? demanda le Nain.

— Je ne sais pas, avoua le mercenaire. Peut-être. (Il plaça son épée à la verticale et s'assit sur son lit, les mains posées sur la garde.) Peut-être qu'ils attendent une meilleure occasion.

— Ils ?

— Les Albes, pas les Elfes. Ils sont deux, et nous suivent depuis notre départ de Porista.

— Des Albes !

Ennemis mortels des Elfes, les Albes étaient plus cruels que n'importe quel monstre du Pays Sûr. Ils haïssaient la pureté de leurs cousins, parce qu'elle leur était refusée. C'était la seule et unique raison pour laquelle ils avaient franchi le passage de Pierre, disait-on.

— Est-ce à dire que Lot-Ionan est en danger ?

— Il ne peut rien lui arriver, à lui, répondit Vrabor, fatigué. Les Albes savent qu'ils sont impuissants face à un Mage. Tout ce qu'ils veulent, c'est savoir ce que Friedegard et moi transportons. Ils nous filent depuis que nous avons quitté la capitale de Lios Nudin, mais maintenant qu'ils ont deviné le but de notre voyage, ils sont passés à l'attaque. (Il remarqua le regard interrogateur de Tungdil.) Non, Troglodyte, tu es peut-être son homme de main, et ta vigilance nous a sans doute sauvés, mais je ne peux toujours pas te dire ce que le Conseil des Mages veut de ton maître. Demande-le-lui toi-même, quand tu seras rentré chez lui.

— Je suis un Nain, pas un Troglodyte.

Pendant un moment, Tungdil caressa l'idée de partir le lendemain matin avec les deux messagers pour retourner chez Lot-Ionan, afin de lui raconter ces derniers événements. Mais il trouva finalement que c'était une idée stupide. Il devait d'abord accomplir sa mission. Il se rassit donc, la hache posée en travers des cuisses.

Ils veillèrent toute la nuit sans parler. Aucun d'entre eux n'aurait pu dormir, de toute façon : la peur les maintint éveillés, même si leurs mystérieux agresseurs ne donnèrent plus signe de vie. Le sort de protection lancé par Friedegard avait manifestement fonctionné. La tension disparut avec les premières et douces lueurs du jour, et le Nain s'endormit enfin.

Chapitre 3

Le Pays Sûr, Royaume magique d'Ionandar,
au début de l'été du 6234e cycle solaire

Lot-Ionan était assis dans le vieux fauteuil à oreilles, dans un coin de son cabinet d'étude, les jambes surélevées, et feuilletait, content, l'un de ses nombreux recueils de formules. Il portait sa confortable robe beige sur lui, et ses pantoufles encore plus confortables. Sur la petite desserte à côté de lui étaient disposés une pipe et du tabac, prêts à l'emploi. Son verre de tisane fumante se trouvait juste à côté. Le Mage appréciait grandement ce silence.

— Tu entends cela, Nula ?! demanda-t-il à la chouette effraie qui s'était perchée à son aise sur le dossier du fauteuil et semblait lire par-dessus l'épaule de son maître. (Il inclina son grimoire et soupira d'aise.) Le silence. Aucun bruit, aucune explosion. Même si ce n'était pas facile pour moi d'envoyer Tungdil en expédition, j'ai pris la bonne décision.

La chouette cligna des yeux en signe d'assentiment et poussa un léger « ouhou-hou ». Même si Nula ne comprenait pas ce qu'il disait, il aimait bien lui parler. Cela l'aidait à mettre de l'ordre dans ses idées.

— J'admets que ce n'était pas très gentil de ma part. Vu que cela fait déjà quelques cycles que Gorén n'habite plus cette montagne, déclara-t-il avec contrition. Mon ancien *famulus* a succombé aux charmes physiques et intellectuels d'une Elfe et a quitté le Noirjoug. (La chouette cligna des yeux.) Comment je le sais ? Gorén m'a envoyé une lettre enthousiaste au sujet de son nouveau foyer, dans laquelle il me dépeint dans les détails les innombrables charmes de la gent féminine elfique.

Lot-Ionan se souvint alors que lui-même n'était plus tout jeune. Cela faisait longtemps qu'il n'accordait plus d'attention aux plaisirs charnels et sensuels, préférant se consacrer à des sujets bien plus importants à ses yeux.

— Je suppose que Tungdil ne mettra pas longtemps à découvrir dans quel coin du Pays Gorén est allé se cacher. Et tel que je le connais, je sais qu'il ne reviendra pas avant de lui avoir remis le sac.

Le magicien sirota un peu de sa tisane. C'était encore la meilleure façon pour lui de supporter la fraîcheur qui régnait dans son repaire, mais il ne souhaitait pas pour autant qu'il y fasse plus chaud. La température ambiante l'aidait en effet à garder l'esprit vif.

Nula battit des paupières, d'un air réprobateur, cette fois.

— Que veux-tu, j'aime beaucoup Tungdil. Là n'est d'ailleurs pas la question, dit-il pour se justifier. Mais je ne tiens pas à revivre un désastre semblable à celui que Jolosin et lui ont provoqué il y a quelques lunes, désastre qui m'a définitivement gâché ma formule. D'où ce long voyage.

L'oiseau demeurait insatisfait.

— Cela lui fera du bien. Il découvrira le Pays Sûr par lui-même, plutôt que par ses seules lectures. Tungdil reviendra de son périple tout content d'avoir mené sa mission à bien, Jolosin s'écorchera les doigts à force d'éplucher dans la cuisine, haïra les patates jusqu'à la fin de sa vie et ne lui jouera plus jamais de vilains tours. Nous sommes donc tous gagnants, dans cette affaire. (Son regard tomba sur le calendrier des cycles solaires.) Oh, mais que vois-je ?! Nous allons accueillir un invité de marque, Nula.

Les marqueurs sur le calendrier lui annonçaient pour le jour même la venue de Nudin le Curieux. Pas en personne, bien entendu. Comme ils vivaient à environ cinq cents milles l'un de l'autre, les magiciens préféraient communiquer grâce à la Magie, par le biais d'un rituel complexe, que l'on ne pouvait effectuer qu'à certaines phases de la lune.

Pareille distance arrangeait bien Lot-Ionan. En effet, si Nudin était peu à peu devenu un Mage hors pair, il était aussi devenu l'un des personnages les plus antipathiques que Lot-Ionan eût jamais connu. À croire que plus il était odieux, plus ses facultés augmentaient.

S'il vient un temps où chacun finit par trouver sa manière d'explorer les arcanes de la Magie, celle de Nudin consistait manifestement à se montrer de plus en plus grognon, revêche, bourru… et à engraisser.

— Je te le dis, Nula, cet Humain maîtrise des formules et des invocations que d'autres n'osent même pas aborder.

Il passa la main en dessous de la petite desserte et en sortit un verre ainsi qu'une carafe d'eau claire. Il frotta brièvement le verre sur le revers de sa robe et l'examina à la lumière des bougies.

Ce faisant, il repensa à l'affirmation de Nudin selon laquelle ce n'était pas par l'étude et la recherche que son pouvoir s'était accru. Selon certaines langues bien pendues, il s'était jeté un sort sur lui-même pour que la Magie habitât son corps en permanence. Bien que Lot-Ionan trouvât l'idée absurde, il devait bien reconnaître que Nudin avait changé. Au moral comme au physique.

Tout à coup, la pièce se refroidit. Un brusque coup de vent balaya la salle, faisant vaciller les flammes des bougies. Au centre de la pièce apparut un léger scintillement bleuâtre qui prit progressivement la forme d'un Humain. Quelques battements de cils plus tard, l'impressionnante silhouette de Nudin se tenait devant Lot-Ionan.

Ce dernier examina son invité vêtu de sombre. Celui-ci paraissait avoir encore gagné en taille et en corpulence. Son corps semblait plus massif qu'auparavant, et c'était sans doute pour dissimuler cet embonpoint qu'il portait une robe couleur malachite aussi ample.

Ses cheveux châtain clair mi-longs arrivaient aux lobes de ses oreilles mais étaient plutôt ternes, et le vert de ses yeux, pétillants en temps normal, était comme voilé. Il s'agissait en fait de la réplique exacte du véritable Mage, lequel se tenait en réalité dans sa résidence, au milieu d'un cercle rituel.

L'illusion était parfaite. Lot-Ionan n'en avait encore jamais vu de si parfaite en deux cent quatre-vingt-sept cycles. D'ordinaire, les doubles créés magiquement n'étaient pas tout à fait opaques, tremblaient ou présentaient d'autres défauts mineurs. Pas celui-ci.

Nudin tenait dans sa main gauche son bâton de marche en érable sculpté avec art, à l'extrémité duquel était enchâssé un gros onyx, et chassait d'un geste plutôt nonchalant les dernières étincelles bleues qui dansaient sur sa robe ornée avec goût. Lot-Ionan se sentait un peu ridicule avec sa robe tout élimée.

— Qu'il est bon de te revoir, Lot-Ionan. Cela fait sûrement une petite éternité que nous ne nous sommes pas réellement vus, dit-il en souriant.

Sa voix était rauque, éraillée.

— Prends un siège, je t'en prie.

Lot-Ionan lui désigna un fauteuil, dans lequel son hôte s'installa gracieusement. Une convention voulait que les doubles magiques soient traités au même titre que les originaux, en signe de politesse et d'estime.

— Tu prendras bien une petite gorgée de tisane, Nudin ? Peut-être préférerais-tu autre chose ?

Il ne s'agissait pas d'une simple formule de politesse. Un Mage était tout à fait capable de percevoir le goût d'une boisson par l'intermédiaire de son double, même à plus de cinq cents milles de distance.

Nudin déclina son offre d'un signe de la main.

— Non, merci bien, mon ami. L'affaire est urgente et ne souffre aucun délai. Il faut que tu viennes immédiatement en Lios Nudin. Le Pays Mort est de nouveau en marche.

Les lèvres de Lot-Ionan se changèrent en minces traits. Pareille entrée en matière le surprit.

— Quand cela a-t-il commencé ?

— Il y a soixante lunes, environ. Je m'en suis aperçu lors d'une visite à la frontière, dit le Mage, inquiet.

Nos barrières de protection se sont affaiblies et sont devenues perméables. Je ne saurais réparer seul les dégâts. J'ai besoin de la puissance des Six. Les quatre autres sont déjà ici. Nous n'attendons plus que toi.

Il s'interrompit.

— Autre chose ? demanda Lot-Ionan, l'invitant amicalement à poursuivre son récit, au risque d'apprendre d'autres mauvaises nouvelles.

— Les Albes…, commença Nudin. Ils ont été vus dans le sud du Gauragar, loin de Dsôn Balsur. Et le roi Tilogorn est à la poursuite d'une puissante horde d'Orcs qui parcourt l'Idoslân en pillant et détruisant tout sur son passage. (Il regarda son hôte d'un air inquiet.) Cela ne présage rien de bon, Lot-Ionan.

— Penses-tu que cela ait un rapport avec le Pays Mort ?

— Je t'avouerais que ce n'est pas impossible, répondit évasivement Nudin. Pourquoi n'as-tu pas donné suite à la convocation du Conseil des Mages ?

— Pardon ? s'étonna Lot-Ionan. Je n'ai reçu aucun message.

— Nous t'avions pourtant dépêché les meilleurs messagers du Conseil. Friedegard et Vrabor, tu les connais.

— Bien sûr que je les connais. Mais ils ne sont jamais arrivés, dit le Mage, surpris et très inquiet pour eux. (Il ne put s'empêcher de penser aux Albes.) Tu as bien fait de venir aux nouvelles par précaution, reconnut-il. Je vais me mettre en route immédiatement. Je serai en Lios Nudin dans quelques jours.

Lot-Ionan s'attendait que le double magique du Curieux se dissipât, mais ce ne fut pas le cas.

— Je dois encore te demander un petit service, lui avoua le Mage. Une vétille, comparée à l'avancée du Pays Mort. Les ustensiles que je t'avais prêtés… En as-tu encore besoin ? J'aimerais les récupérer, aussi pourrais-tu me les rapporter par la même occasion.

— Ah oui, je m'en souviens.

Très longtemps auparavant, Lot-Ionan avait emprunté à Nudin plusieurs objets pour Gorén : un petit miroir à main, deux morceaux de bois de sigurdacia longs d'une bonne coudée chacun, et deux carafes de verre aux étranges gravures argentées. Gorén était tombé sur des passages concernant ces objets dans un de ses compendiums et avait souhaité les étudier. En revanche, le Mage n'arrivait plus à se souvenir du résultat, sans doute pas très important, des recherches de son *famulus*. Il était également incapable de dire, à brûle-pourpoint, où il avait rangé ces objets. Il espérait qu'ils ne se trouvaient pas dans le laboratoire que Tungdil avait ravagé.

— D'accord, j'y penserai, dit-il au magicien.

Mais Nudin n'était pas satisfait de cette réponse.

— Tu les as encore, n'est-ce pas, Lot-Ionan ? (Le Mage hocha la tête, espérant que Nudin ne remarquerait pas sa manœuvre dilatoire.) Hâte-toi, mon vieil ami. Il faut d'urgence réunir la puissance des Six si l'on veut épargner au Pays Sûr une nouvelle vague de terreur.

La réplique de l'Humain avança au centre de la pièce et frappa fermement le sol de son bâton. L'illusion se désintégra dans un éclat de lumière. Une poussière scintillante se répandit sur le sol, substance pulvérulente qui se dissipa progressivement. L'entretien s'était achevé de manière aussi spectaculaire qu'il avait commencé.

Lot-Ionan ne bougea pas de son fauteuil. *Si les Orcs de Toboribor et les Albes de Dsôn Balsur font cause commune, de nombreux Humains sont en danger.*

Il se dit qu'il profiterait de ce voyage pour rendre visite au roi Tilogorn et lui offrir son soutien. Une bonne moitié de l'Ionandar empiétant sur le territoire de l'Idoslân, il n'était que justice qu'il utilise sa Magie contre la sombre engeance du dieu Tion. Le Mage se leva. *Nudin a raison, le temps presse.*

Il rassembla ses *famuli* pour leur désigner les bagages dont il avait besoin et celui d'entre eux qui commanderait en son absence. Puis il échangea à contrecœur sa confortable robe beige contre sa tenue de voyage, cousue dans du lourd tissu beige et à laquelle il ne s'était toujours pas habitué. Il revêtit en outre une cape de cuir bleu foncé.

Ses serviteurs sellèrent Furo, son étalon alezan. Le peu de bagages qu'il emportait tenait dans les fontes. Il ne lui faudrait en effet sûrement pas plus de dix jours pour parcourir les cinq cents milles qui le séparaient du Conseil des Mages.

Lot-Ionan se mit en selle sans grande souplesse. Furo trépignait de joie. Le magicien se pencha en avant et caressa sa longue crinière en murmurant une formule magique à son oreille.

L'étalon poussa un puissant hennissement et piaffa avant de se mettre au trot, longeant les galeries et franchissant la porte. Dès qu'il fut à l'air libre et reconnut le chemin, il accéléra la cadence, passant du trot au grand galop.

Le corps de l'alezan filait à toute allure, faisant fi des obstacles et de la route caillouteuse, parcourant à chaque enjambée une longueur équivalente à plusieurs pas. Les pouvoirs du Mage lui permettaient de courir plus vite que n'importe quel autre quadrupède, et il en profitait pleinement.

Furo traversa ainsi tout l'Ionandar, permettant à son maître, qui avait toutes les peines du monde à se maintenir en selle, d'atteindre Lios Nudin sans encombre.

Le Pays Sûr, Royaume du Gauragar,
au début de l'été du 6234e cycle solaire

— Je ne connais aucun Noirjoug à cet endroit.

La journée ne pouvait guère commencer plus mal que par de telles paroles. L'aubergiste posa le petit déjeuner de Tungdil sur la table, à côté de la carte.

Le soleil éclairait la salle à manger à travers les vitres épaisses, de la poussière voletait dans les larges rais de lumière. Tungdil constata avec joie qu'il n'était plus obligé de plisser les yeux. Il s'était habitué à la clarté.

Personne en Idoslân ne semblait connaître le Noirjoug, qui n'était d'ailleurs pas indiqué sur la vieille carte affichée au mur.

— Connais-tu quelqu'un qui pourrait m'aider ? demanda-t-il. Y a-t-il ici un greffier, ou un autre fonctionnaire de Tilogorn ?

L'aubergiste répondit par la négative, et regretta beaucoup de décevoir son visiteur. Le Nain tournait et retournait sa bouillie de céréales. Elle était bonne, mais la réponse de l'aubergiste lui avait coupé l'appétit.

Tungdil espérait que si les villageois étaient incapables de le renseigner, c'était parce qu'ils ne savaient pas lire une carte. Même l'aubergiste n'avait sans doute jamais quitté Bonsprés de plus de dix ou vingt milles de toute sa vie.

Malheureusement pour lui, cette colonie ne figurait pas non plus sur son plan. Avec un peu de chance, l'un des mercenaires saurait lui dire où elle se trouvait sur sa carte et où se situait cette maudite montagne.

Les messagers du Conseil des Mages auraient sûrement pu l'aider, mais ils étaient partis depuis un moment déjà lorsqu'il s'était réveillé. Ils avaient donné à l'aubergiste quelques pièces d'or pour rembourser les dégâts avant de se remettre précipitamment en route en direction du repaire de Lot-Ionan. Ils avaient également emporté la flèche. Tungdil s'était suffisamment attardé.

— Vraccas soit avec toi, dit-il pour saluer l'aubergiste.

Puis il jeta son bagage et le sac aux artefacts sur son dos et quitta l'auberge.

Les gardes de la porte avaient été relevés. Ces visages rudes et mal rasés lui étaient inconnus, mais son intuition ne l'avait pas trompé : les mercenaires avaient entendu parler de son lieu de destination et, surtout, ils étaient capables de situer le village sur une carte. Peu après midi, il se remit en marche, suivant l'étroite route qui menait au nord comme le lui avaient conseillé les mercenaires.

— Et si tu rencontres des Orcs, dis-leur que les crânes de leurs copains sont ici, lui lança l'un des Humains depuis les palissades en tapant de son épée sur la tête en décomposition de l'un des monstres, autour de laquelle volaient des mouches.

Les rires des mercenaires l'accompagnèrent encore un instant, le temps pour lui de longer les champs qu'il avait aperçus au loin l'autre soir.

Bonsprés portait bien son nom. Tungdil n'eut aucune difficulté à imaginer les épis se balancer au gré du vent en été, les pommiers chargés de fruits mûrs et les Humains qui récoltaient les noix en automne. L'Idoslân lui plaisait, même si celui-ci ne se trouvait pas sous terre, où il se serait senti nettement mieux.

Et encore, j'ai un chemin sous les pieds. L'idée qu'il allait certainement devoir aussi passer à travers champs le mettait mal à l'aise. *Mais comment font les Oreilles-pointues pour ne pas se perdre dans toute cette verdure ?* D'après ses lectures, si les Elfes s'étaient établis au plus profond des forêts et des bois d'Âlandur, c'était pour vivre en harmonie avec la nature, l'art et la beauté. Leur quête d'accomplissement spirituel n'avait toutefois pas empêché ces hautaines créatures de recevoir la visite des Albes, leurs cruels cousins.

En tout cas, l'Albe d'hier soir ressemblait bien à l'idée que je me fais d'un Elfe, se dit Tungdil, repensant à sa rencontre nocturne.

Lesinteïl, le royaume des Elfes du Nord, était tombé depuis longtemps déjà. Les deux tiers de l'Âlandur elfique faisaient dorénavant partie du Pays Mort, et les Oreilles-pointues de la Plaine d'Or appartenaient déjà à l'histoire ancienne. Le pays de ces derniers répondait à présent au nom de Dsôn Balsur, une contrée qui servait de base de départ aux éclaireurs Albes pour sillonner le Gauragar environnant.

Bruron, le roi local, ne disposait d'aucun moyen pour les arrêter. Les Albes surpassaient le soldat ordinaire en tout point, et au combat singulier, leur adversaire mourait avant même de se rendre compte de ce qu'il avait devant lui.

Tungdil suivit du doigt la distance qui séparait le repaire de Lot-Ionan de la pointe sud-est de Dsôn Balsur et calcula qu'il y avait quatre cents milles, une distance plus qu'audacieuse, même pour des Albes.

À moins que le Pays Mort soit parvenu à progresser sans se faire remarquer ces derniers mois, et que les Albes aient suivi le mouvement. Ce qui signifiait que le Royaume magique de Nudin le Curieux était en danger, et le Nain comprenait mieux pourquoi les émissaires du Conseil des Mages avaient pris la route pour aller trouver Lot-Ionan.

Tout en marchant, Tungdil n'arrêtait pas de jeter des coups d'œil autour de lui, craignant de tomber sur une horde d'Orcs. Il était particulièrement attentif lorsque les méandres du chemin ne lui permettaient pas de voir suffisamment loin, les oreilles à l'affût du cliquetis des cottes de mailles et des armes, ou encore des couinements stridents de ces monstres. Mais il n'eut ni à combattre ni à fuir un adversaire supérieur en nombre. Quatre heures après la tombée de la nuit, il atteignit les poteaux bariolés qui indiquaient la frontière entre l'Idoslân et le Gauragar.

Comme ses pieds lui brûlaient, il décida d'arrêter là pour la journée. Tungdil se dirigea vers un grand chêne et en escalada le tronc. Il hissa ensuite son bagage avec la corde qu'il s'était procurée à Bonsprés.

Il tenait tant à sa vie qu'il préférait encore dormir comme un oiseau sur les branches d'un arbre plutôt que d'être vu. Et puis, si des monstres devaient quand même le repérer, il aurait bien le temps d'aviser. Après s'être arrimé au chêne en enroulant la corde à double tour autour de son ventre et du tronc pour prévenir une chute, il ferma les yeux…

… et fit un rêve.

Tungdil vit le col du Septentrion. Il sentit le vent frais, glacial même, qui soufflait sur le sommet de la Grande Lame et de la Langue-du-Dragon ; il survolait, tel un aigle, les majestueuses Montagnes Grises.

Cette harmonie fut brusquement troublée lorsque d'horribles hurlements retentirent depuis ces vénérables montagnes millénaires.

Il observa la gigantesque porte du passage de Pierre en contrebas et vit la bataille au cours de laquelle Giselbart devait finalement succomber, et avec lui les clans des Cinquièmes. Les haches fracassaient les cuirasses de métal avant d'être retirées hâtivement de leurs écrins d'os et d'acier pour être enfoncées peu après dans une nouvelle cible.

Mais le torrent d'ennemis ne tarissait pas.

Le Nain fut saisi d'effroi en voyant le flot d'assaillants s'étendre presque à perte de vue, flot ininterrompu qui se déversait sur les fortifications. Il sentit l'odeur écœurante du sang vert des Orcs, qui rendait glissant le sol de pierre du chemin de ronde, et il eut sur la langue le goût de graisse rance dont ils avaient enduit leurs armures. Ce goût amer s'intensifia jusqu'à devenir insupportable, à tel point qu'il eut la nausée et fut tiré de son rêve.

Tungdil ouvrit les yeux et s'étonna qu'il fît si clair en pleine nuit. *Qu'est-ce que… ?*

Cette clarté provenait d'une douzaine de feux de camp allumés autour du chêne. Des éclats de rire gutturaux montèrent jusqu'à lui, mêlés à des grognements graves, des reniflements irrités et des jurons retentissants.

Son sang ne fit qu'un tour. La horde d'Orcs que les mercenaires attendaient avec impatience avait installé son campement de nuit autour de l'arbre. Il était pris au piège. *Voilà pourquoi* il avait vu la bataille du col du Septentrion en songe ! Il avait entendu ces créatures, il les avait senties, et son esprit avait fait le reste.

Pétrifié, le Nain resta assis sur sa branche, souhaitant ne faire plus qu'un avec l'arbre.

Une chose était sûre : la poignée de mercenaires cantonnée à Bonsprés ne suffirait jamais à arrêter une telle horde.

Les flammes rouges des foyers étaient aussi hautes que plusieurs lances, prévenant le promeneur nocturne de ne pas s'approcher du campement. Mais cet avertissement venait trop tard pour les Nains perchés dans les arbres.

Après avoir compté rapidement ces créatures, il parvint à un total de cent. Des Orcs forts, puissants, tout en muscles, qui n'étaient pas du genre à se laisser décourager par de simples palissades en bois derrière lesquelles les attendait un bon butin.

En voulant regarder de plus près, Tungdil dut de nouveau lutter contre l'envie de vomir. Ce que la plupart de ces bêtes faisaient cuire au-dessus des feux et dégustaient avec délectation avait la forme de parties de corps humains.

Au-dessus de deux feux dressés spécialement tournaient, embrochés comme des poulets, des torses d'Humains.

Le Nain sut se retenir. Ces créatures auraient été certainement surprises de voir de la bouillie digérée se répandre des branches d'un chêne.

Les lambeaux de tissu dans lesquels les quelques Orcs blessés avaient enveloppé leurs plaies arboraient les couleurs du régiment du roi Tilogorn. Les gens de Bonsprés pouvaient attendre les renforts encore longtemps. Selon toute apparence, les soldats d'Idoslân avaient sous-estimé la valeur militaire de cette horde et devraient payer cette erreur de leur vie avant de finir dans les ventres d'Orcs affamés.

Mais qu'ai-je donc pu faire aux dieux, rumina Tungdil, *pour qu'ils mettent autant d'obstacles sur ma route ?*

Comme personne à Bonsprés ne se doutait du péril à peau verte et noire qui menaçait, il lui revenait de prévenir la bourgade. Mais il ne pouvait pas le faire aussi longtemps que ces bêtes restaient accroupies autour de lui. Il devait donc attendre en silence une occasion de descendre discrètement du chêne et de se faufiler à travers leurs lignes.

C'est alors qu'une autre idée lui vint. S'il parvenait à s'approcher des feux de camp, quitte à ramper, peut-être pourrait-il entendre ce que les Orcs avaient l'intention de faire. Après tout, il maîtrisait leur dialecte. En tout cas, il se sentait capable de mettre à profit ce qu'il avait appris dans les livres. Grandir auprès d'un Mage doté d'une riche bibliothèque n'était pas un désavantage. En outre, la lecture et l'étude étaient, avec la forge, son passe-temps favori.

Il était difficile de croire que leurs beuglements, leurs grognements et leurs hurlements constituaient en fait un système permettant de tenir de véritables conversations. Les érudits étaient parvenus, grâce aux révélations d'Orcs prisonniers, à percer les secrets d'une langue qui recelait des quantités énormes de menaces et d'injures.

Le cœur du Nain battait la chamade à l'idée de s'introduire furtivement dans les rangs de ces monstruosités puantes. Si jamais elles le surprenaient, c'en serait fait de lui. Mais un Nain devait tenter l'impossible pour sauver les Humains de l'anéantissement par les créatures de Tion. Telle était la tâche que Vraccas le Forgeron avait assignée à son peuple, et donc à lui aussi.

Sa décision était prise. Tungdil observa le tronc du chêne et repéra une possibilité d'en descendre en silence. Il arrimait son bagage à la verticale dans les branchages lorsqu'un mouvement parcourut la troupe d'Orcs. Ceux-ci se levèrent les uns après les autres autour des feux de camp, et le volume de leurs conversations et de leurs cris augmenta. Des invités arrivaient.

La cohorte s'attroupa près du chêne. Le Nain avança aussi loin que possible sur la branche qui le soutenait. En tendant l'oreille au maximum, il comprendrait ce que se disaient ces monstres. Le fait que les chefs hurlaient pour se faire entendre de tous était à son avantage.

Avec précaution, il écarta les rameaux encore verts. Les Orcs formaient un grand cercle dans lequel se tenaient trois chefs de clan à l'allure intimidante, dotés de gigantesques défenses peintes et taillées en pointe. C'est alors que les hurlements s'évanouirent, presque instantanément.

Tungdil entendit les claquements de sabots. Deux cavaliers, montés sur des moreaux, passaient au trot dans les rangs Orcs. Des yeux de leurs chevaux noirs émanait une lueur couleur amarante, et chacun de leurs pas produisait de brèves étincelles blanc bleuâtre. La souplesse avec laquelle se déplaçaient ces animaux évoquait celle de grands félins et n'avait rien de commun avec le pas d'un cheval ordinaire.

Les cavaliers, élancés et de grande taille, guidèrent leurs moreaux jusqu'à l'intérieur du cercle et mirent pied à terre. Le Nain fut à peu près certain que ces cavaliers étaient en fait des Albes.

Sous leurs manteaux, ceux-ci portaient des armures de cuir très travaillées. Tungdil vit de longs pantalons de cuir noirs, des bottes brun foncé qui leur arrivaient en dessous du genou, et des gants rouge foncé.

L'Albe aux longs cheveux blonds tenait un épieu muni d'une mince lame, à peine plus épaisse qu'une petite stalactite de glace ; à sa gauche pendait une épée.

Son compagnon avait des cheveux noirs, tressés en une natte qui disparaissait sous sa cape. Celui-ci avait en main un arc long en accolade et portait un carquois de flèches sur le dos. Deux épées courtes étaient fixées par des sangles de cuir à ses cuisses.

Tungdil le reconnut. C'était celui qui avait tenté de pénétrer dans la chambre de l'auberge. *Vraccas, je t'en prie, fais que Friedegard et Vrabor aient échappé aux Albes*, pria-t-il en silence.

Le blond entama les négociations, qui furent tenues en langue commune. Manifestement, les Albes répugnaient à proférer les sons primitifs de la langue orc.

— Je suis Sinthoras, de Dsôn Balsur. Mon maître, Nôd'onn le Dédoublé, Maître du Pays Mort, m'envoie tendre la main aux trois princes de Toboribor en vue de conclure une alliance, dit l'Albe sans aucun effort pour paraître amical. (Il se contentait de transmettre l'offre en question, le ton de sa voix leur signifiant que c'était à prendre ou à laisser.) Nôd'onn a porté son choix sur vous, prince Bashkugg, prince Kragnarr et prince Ushnotz, pour entreprendre des conquêtes comme nul n'en a entrepris auparavant. Prenez la tête des Orcs et constituez le bras armé du Sud, dont l'épée fend le crâne des Humains.

— Qui d'entre nous aura le commandement suprême ? demanda Kragnarr, qui avait la taille des Albes mais deux fois leur carrure, tout comme les deux autres chefs.

Bashkugg lui porta instantanément un coup brutal.

— Pourquoi serais-tu au-dessus de nous ?! hurla-t-il sur un ton querelleur.

Kragnarr releva le défi ; il se retourna, écumant, vers son rival et se plaça juste en face de lui de façon que leurs larges fronts plats se touchent. Ils se dévisagèrent mutuellement, leurs mains griffues posées sur la poignée de leurs énormes épées. Ushnotz, plus malin, fit un pas en arrière, attendant de voir comment allait évoluer la dispute.

— Mon maître propose que vous ayez chacun le même rang et le même pouvoir, fit Sinthoras en élevant la voix pour couvrir les soufflements.

— Non, entendit-on immédiatement sortir de la gueule de Kragnarr, et Bashkugg grogna son approbation.

Même à cette distance, Tungdil put voir que l'Albe, qui observait la scène avec un air de dégoût, aurait préféré supprimer ces Orcs plutôt que de parlementer avec eux, mais il devait exécuter l'ordre de ce Nôd'onn. C'était la première fois que Tungdil entendait prononcer le nom du responsable présumé de tous les maux qui frappaient le Pays Sûr.

— Alors, mon maître propose que devienne Grand-Prince celui qui conquiert le plus de territoire.

Il avait beau avoir posé calmement ses doigts autour de la hampe de son épieu, la tension de son corps montrait à quel point il se méfiait de ces grossières créatures. Son compagnon aux cheveux noirs paraissait au moins aussi vigilant que lui.

— De territoire ? grogna Ushnotz. Pourquoi pas celui qui tuera le plus d'Humains ? Ce serait plus à mon goût, grogna-t-il en passant la main sur son ventre.

Les deux autres Orcs furent tout de suite de son avis.

— Non, fit l'Albe, qui n'en démordait pas. Il s'agit de conquérir, pas de tuer le plus possible.

— Pourquoi ? tonna Bashkugg. Il faut bien que les guerriers mangent !

— Contentez-vous des armées que les Humains mettront en travers de votre chemin, recommanda-t-il froidement. Vous connaissez le souhait de mon maître.

— Tu lui obéis peut-être, l'Oreille-pointue, mais ce n'est pas notre maître, à nous, fit Ushnotz, roublard. Dans le Sud, c'est nous qui commandons, pas lui.

Sinthoras sourit d'un air apitoyé.

— Mais pour combien de temps encore ? Mon maître approche, inexorable, avec les Orcs du Nord, et ceux-ci vous disputeront le Sud en moins de temps qu'il ne vous en faut pour tailler des massues dans les arbres. (Il les regarda l'un après l'autre.) Si vous optez maintenant pour l'obéissance, vos clans recevront leurs propres principautés en récompense. Toboribor n'est qu'un début, bientôt chaque clan aura son propre territoire et y fera travailler les Humains pour lui. Sinon, préparez-vous à affronter d'autres membres de votre race.

La menace de devoir combattre des parents à peau verte et noire du Nord fit son effet. Les trois Orcs se turent. Ils furent tellement absorbés dans leur réflexion qu'ils en oublièrent leur dispute.

Tungdil, qui les épiait à travers le feuillage, ne voulait en croire ni ses yeux ni ses oreilles. Ce Nôd'onn, ou quel que soit le nom de celui qui détenait le sceptre du Pays Mort, recrutait en vue de préparer une nouvelle vague de terreur, dirigée cette fois contre les royaumes du Sud. Elfes et Humains devaient s'attendre à de nouveaux cycles d'horreur dévastatrice.

— Je vais faire comme le propose ton maître, annonça Ushnotz. (Ce compromis n'était visiblement pas à son goût.) Et c'est moi qui serai le Grand-Prince.

Kragnarr le regarda d'un œil mauvais.

— Alors je fais pareil, proclama-t-il en beuglant. Le clan des Kragnarr-Shorr conquerra plus de territoire que tous vos hommes réunis, lança-t-il pour se moquer des deux autres princes. C'est moi qui serai le Grand-Prince ! De tous les clans !

— Jamais, grogna Bashkugg, irrité. Nous prendrons les villes des Sangs-Rouges plus vite que vous !

— C'est ce que nous allons voir. Séparez-vous en trois contingents, qui pousseront dans trois directions différentes, dit Sinthoras avant de glisser la main dans la bourse accrochée à sa ceinture, d'en retirer trois amulettes de cristal bleu foncé de facture sommaire et de les jeter aux Orcs. De la part de mon maître, pour vous. Ce sont des présents qu'il vous faudra porter en permanence et qui vous protégeront des sortilèges de vos ennemis.

Pendant ce temps, un Orc plus téméraire que les autres s'était approché des chevaux, en flairant d'un air inquisiteur dans leur direction.

Le crâne du moreau se retourna d'un trait, ses mâchoires s'ouvrirent pour se refermer aussitôt. Ses dents tranchantes happèrent l'épaule du monstre, lui arrachant un bon morceau de chair.

Du sang vert clair jaillit de la profonde plaie. Le blessé fit un bond en arrière en poussant un cri. Un deuxième Orc tira son épée dans un grognement pour abattre ce cheval hargneux.

C'est alors que l'arrière-main droite de l'animal fit un mouvement éclair vers l'arrière et que le sabot frappa le monstre sur sa large poitrine. Il y eut des éclairs éblouissants, et l'Orc fut projeté sur plusieurs mètres au-dessus du sol avant de s'y écraser durement.

Sans lui laisser le temps de se relever, la deuxième bête fondit sur lui et lui enfonça d'un coup ses pattes de devant dans la panse. L'armure en fut toute tordue, et la paroi abdominale éclata sous l'impact. La tête noire de l'animal piqua vers le sol, ses dents s'enfoncèrent dans la gorge de l'Orc, non protégée, et la saisirent d'un mouvement brusque.

Il y eut un crissement sonore, et les cris de peur et de douleur de l'Orc cessèrent.

Le Nain eut du mal à en croire ses yeux lorsqu'il vit la bête engloutir le morceau de gorge qu'elle venait d'arracher, tandis que le second moreau hennissait bruyamment avec une joie maligne.

L'Albe blond se retourna et cria quelque chose d'incompréhensible. Ces créatures, qui n'avaient de chevaux que l'apparence, se calmèrent instantanément et rejoignirent sagement et d'un pas lourd leurs maîtres, qui remontèrent élégamment en selle.

— Vous savez ce que l'on attend de vous. Faites vite et tenez-vous-en à notre accord, dit Sinthoras sur un ton sinistre avant de faire demi-tour.

Les Albes partirent.

Les Orcs alentour s'empressèrent de céder le passage aux moreaux et formèrent une large haie, de peur de rester à portée de leurs dents acérées. Peu à peu, ils retrouvèrent leurs voix.

Le blessé s'avança en bousculant ses camarades.

— Regarde ce qu'elles ont fait, ces Oreilles-pointues ! cria-t-il, en rage, aux oreilles de Bashkugg en lui pressant sa main griffue ensanglantée sur le visage. Elles ont tué Rugnarr ! Alors nous devons les tuer aussi !

Le robuste chef de clan s'essuya le sang des yeux.

— La ferme, triple idiot ! répliqua-t-il dans un hurlement, suivi de toute une série d'injures. Elles sont avec nous.

— Elles ?! Avec nous ?! Nous allons les manger, oui ! Tout comme les Sangs-Rouges ! continua de vociférer l'Orc, soutenu par trois autres membres de son clan.

Ainsi encouragé, il fit mine de tendre son arc court et de viser les messagers.

— Je veux savoir quel goût elles ont, elles et leurs bêtes !

Le Nain savait que les bêtes en question n'étaient pas des chevaux. Les livres de Lot-Ionan les appelaient des Démons de la Nuit, d'anciennes licornes auxquelles le Mal avait ôté l'âme pure, la robe blanche et enfin la corne pour en faire des créatures de la nuit éternelle. Ces Démons étaient carnivores et vouaient une haine intarissable envers tout et tout le monde, en particulier envers le Bien, ce qui en faisait des chasseurs redoutés.

Bashkugg en eut assez de ces stupides criailleries. Il saisit son épée grossièrement forgée et l'abattit sur le cou de l'Orc récalcitrant, puis retira violemment la lame, qui s'était enfoncée jusqu'à la moitié du corps de son congénère. Le prince saisit ensuite un autre Orc à la gorge et le décapita. Il tendit le crâne ruisselant bien en vue, poussa un long cri d'avertissement en montrant ses défenses, avant de le jeter à terre et de l'écraser du pied. L'os du crâne se brisa en de nombreux petits morceaux qui disparurent dans la masse cérébrale gris foncé. Les deux derniers rebelles périrent par la même épée. Ainsi les Orcs réglaient-ils leurs différends.

Intimidée, la horde se calma ; les guerriers retournèrent en grognant à leurs bivouacs fêter leur victoire. Leur congénère massacré par le Démon de la Nuit et les quatre autres tués à coups d'épée restèrent couchés dans la poussière, se vidant de leur sang. Personne ne s'occupa d'eux.

— Et maintenant ? s'enquit Ushnotz.

— Moi, je vais au Sud, et toi (Kragnarr désigna Bashkugg du doigt) tu vas à l'ouest. Pour toi, Ushnotz, il reste l'est. (Les autres approuvèrent d'un signe de tête.) Que faisons-nous de la ville des Sangs-Rouges ?

— Elle est tout près d'ici, dit Ushnotz, qui ne put réprimer un couinement. Je dis : attaquons-la ensemble et prenons sa chair avant de nous séparer.

Bashkugg se gratta le menton, perplexe.

— L'Albe a pourtant défendu…

— Nous sommes dans le Sud, c'est encore nous qui commandons. Et puis, notre concours n'a pas encore commencé, dit Ushnotz d'un air malin. L'Oreille-pointue a parlé de conquérir de nouveaux territoires, mais celui-ci nous appartient déjà, que je sache.

Il eut un rire ronflant.

— Et puis, ils ont empalé les têtes de mes gens sur les palissades. Je réclame vengeance, brailla Kragnarr en frappant sa large poitrine afin de faire cliqueter sa cuirasse. Et ce n'est pas une Oreille-pointue qui va m'en empêcher.

— Au lever du soleil ? demanda Bashkugg, qui récolta des soufflements affirmatifs.

Tungdil relâcha lentement les rameaux et rampa lentement à reculons. Des choses funestes se préparaient au Pays Sûr, mais d'abord, il fallait prévenir Bonsprés, et ensuite, il raconterait à Lot-Ionan ce qu'il avait entendu au sujet de Nôd'onn, l'étrange souverain du Pays Mort, sitôt revenu du Noirjoug. Le magicien saurait quoi faire et convoquerait certainement le Conseil des Mages. Ce serait même encore mieux s'il invitait tous les rois et les reines pour leur expliquer la situation.

Le Nain trouva qu'il était temps qu'Humains et Mages se dressent ensemble une bonne fois pour toutes contre le Pays Mort. Si les Humains appelaient à l'aide son peuple et que les différentes tribus qui constituaient celui-ci envoyaient des contingents, les perspectives de victoire seraient certainement très bonnes.

Tungdil attendit que la plupart des Orcs soient endormis. Malgré tout, cela n'allait pas être facile pour lui de s'échapper, dans la mesure où trois douzaines de gardes veillaient à ce que personne ne s'approche du camp en catimini.

Déterminé, le Nain choisit un endroit où l'Orc de garde paraissait particulièrement las et fatigué. Ce dernier s'appuyait sur la hampe de sa lance à moitié rouillée et semblait littéralement tomber de sommeil.

Non sans hésitation, Tungdil prit la décision d'emporter quand même avec lui ses affaires, y compris le sac aux artefacts. Avec la chance qu'il avait, ces bestioles étaient capables de découvrir ces précieux objets, qui seraient ainsi perdus à jamais, bref, le genre de bévue qu'il ne voulait en aucun cas devoir avouer à Lot-Ionan et Gorén.

Le Nain mit une petite éternité à quitter sa branche en faisant le moins de bruit possible. Un gros craquement, et une fin peu glorieuse l'attendait.

Ses mains se posèrent sur l'écorce rêche. Pouce par pouce, Tungdil se rapprocha du sol en se laissant glisser le long de la partie la moins exposée du tronc. Sa cotte de mailles s'accrocha bien à l'un ou l'autre rameau, mais chaque fois il parvint à enlever avec précaution le bout de bois de ses anneaux sans pour autant lâcher prise.

Enfin, il toucha le sol du pied et se mit à plat ventre dans l'herbe, odorante et humide de rosée. Là au moins, il ne devait plus autant subir la puanteur des Orcs.

Personne ne lui ayant jamais appris à ramper, il ne lui restait dès lors qu'à imiter les chenilles et à glisser ventre contre terre, en faisant constamment attention à ne pas trop sortir le derrière tandis qu'il poussait les sacs devant lui.

Ce qui devait être si facile dans l'esprit de Tungdil se révéla une affaire éprouvante pour les nerfs. Le manche de sa hache se coinçait sans arrêt entre ses jambes, la cotte de mailles cliquetait à chaque mouvement et les bottes glissaient sur les brins d'herbe humides faute de prises.

Non seulement je suis mauvais en escalade, mais je suis aussi nul en reptation, pensa-t-il en essuyant la sueur de ses sourcils. Les Nains étaient des créatures faites pour le combat ouvert, pour prendre les problèmes à bras-le-corps. Quand ils voulaient monter quelque part, ils construisaient des escaliers. Quand ils voulaient se rendre à tel ou tel endroit, ils y allaient sans détour. Ainsi les avait créés Vraccas.

Tungdil passa devant le garde somnolent à une distance d'à peine dix pieds. Le clair de lune lui permit de voir chaque détail de la laideur de ce monstre : scarifications décoratives et peintures de guerre multicolores se mêlaient en des motifs désordonnés mais accrocheurs sur son grotesque faciès. De la bave laiteuse s'échappait des commissures de ses lèvres pour couler le long de ses défenses saillantes et goutter sur son armure enduite de graisse. Son nez épaté produisait un grognement à chaque inspiration.

Le Nain eut une grande envie de rentrer sa hache dans ce crâne mal dégrossi, mais il n'y serait sûrement pas arrivé, et cela n'aurait guère contribué à sauver Bonsprés de l'attaque des Orcs.

Soulagé d'avoir surmonté ce premier obstacle, il continua de ramper jusqu'à ce qu'il pût se laisser glisser dans le fossé de drainage d'un champ, hors de vue de l'ennemi.

Ce renfoncement lui offrait suffisamment de protection pour gagner un petit bois non loin, où il pourrait enfin se redresser. *Voilà ce que j'appelle une aventure.* La boue qui collait à ses vêtements ne dérangeait pas Tungdil. Il avait d'autres soucis. Il se souvint que le bois était très petit et qu'il pourrait le traverser en ligne droite. Le Nain pria pour ne pas se perdre.

S'estimant assez loin des Orcs, il ne fit plus attention aux bruits de ses pas. Il lui fallait impérativement arriver à temps au village pour prévenir les Humains.

Tungdil adopta un trot soutenu et atteignit bientôt l'autre côté du plant d'arbres. Enfin, il sortit de la futaie, soulagé.

Par Vraccas ! Ce qu'il vit le paralysa, tant il ne s'y attendait pas.

À quatre cents pas de lui campait une seconde horde d'Orcs, trois fois plus importante que la première. Le champ entier était couvert de ces bêtes endormies. Celles-ci n'avaient pas allumé de feux, si bien que Tungdil ne s'était pas méfié.

Le Nain battit rapidement en retraite avant qu'une sentinelle l'aperçoive. Il eut beau regarder autour de lui à la recherche d'une issue, il n'avait d'autre choix que de se faufiler à travers l'enchevêtrement de corps ennemis endormis s'il voulait parvenir au village.

Passé un moment de doute initial, l'entêtement inné des Nains, doublé de la volonté de prévenir les Humains de ce péril imminent, reprit le dessus. Tungdil rejoignit la lisière du bois en catimini afin de chercher du regard un moyen de passer entre les corps, à l'abri derrière les buissons.

C'est alors que sa semelle marcha sur quelque chose de dur et qu'il y eut un léger déclic. Soudain, des feuilles se soulevèrent du sol, deux mâchoires de métal se refermèrent, capturant son mollet gauche, juste en dessous du genou. La terre s'ouvrit et Tungdil disparut dans un trou. Après une courte chute, il s'écrasa tête la première au fond de la fosse et perdit connaissance.

* * *

Ce fut la douleur qui le tira de son inconscience.

Les battements insupportables qui sourdaient dans sa jambe gauche avaient fini par réveiller Tungdil. Il s'assit en gémissant, et leva les yeux vers les bords noirs de la fosse, qui tranchaient avec le vert clair des arbres. Le jour s'était levé.

Ce qui se cramponnait violemment à son mollet et lui coupait la circulation ne lui était pas inconnu : les Humains en posaient de semblables pour capturer les loups. Les dents dont étaient hérissées les mâchoires d'acier du piège s'étaient enfoncées à travers son pantalon de cuir, et autour de chacune des blessures s'était formée une croûte rouge foncé. Le sang circulait difficilement dans son mollet.

Tungdil ne perdit pas de temps à essayer de desserrer les mâchoires. Il s'empara de sa hache, serra les dents et frappa sur les fines goupilles qui retenaient la détente jusqu'à les faire céder.

Chaque coup porté contre le piège se répercutait le long de sa jambe, lui arrachant un gémissement réprimé. D'un geste décidé, il retira le morceau de fer tordu, et les mâchoires relâchèrent leur pression.

Avec prudence, il libéra sa jambe de la palette, puis jeta rageusement le piège au loin. Il voulut ensuite se redresser en prenant appui sur la paroi de la fosse, mais lorsqu'il posa sa jambe blessée, une violente douleur parcourut sa cuisse, comme si un pieu y était planté. Impossible de courir dans son état. Il pouvait s'estimer heureux s'il parvenait à sortir de sa prison.

Mais son inquiétude pour les gens de Bonsprés lui donnait toute l'énergie du monde. Il commença par jeter son sac hors de la fosse, puis mit le sac aux artefacts sur son dos avant de s'agripper aux racines qui sortaient de terre. Il se hissa vers la surface en ahanant. Il mobilisa ses dernières forces pour se jeter par-dessus le rebord et s'écrouler dans l'herbe, presque à bout de souffle.

À l'avenir, je regarderai à deux fois où je mets les pieds, pensa-t-il. Au bout d'un moment, il regagna discrètement la lisière du bois, et il sut que les hordes étaient parties en humant l'air frais qu'apportait le vent printanier. Les cultures étaient désertes.

Une grande colonne de fumée noire, qui ressemblait à un nuage d'orage, trahit leur position. Tungdil se ressaisit, remit l'autre sac sur son dos et reprit sa marche, les cheveux pleins de saletés et de feuilles sèches.

Sa haine et sa rage lui faisaient oublier la douleur, lui donnant même des ailes, si bien qu'à un certain moment il se surprit à courir. S'il n'avait pas pu prévenir les habitants de Bonsprés à cause de son inattention, au moins voulait-il leur prêter main-forte.

Les avertissements que sa raison lui soufflait rebondissaient contre le mur de son entêtement. Rien ne pouvait dissuader Tungdil de rejoindre la colonie. L'épaisse et interminable colonne de fumée le faisait avancer de plus belle.

Il atteignit le sommet de la colline qui dominait la bourgade dans l'après-midi. Il était en nage.

Bonsprés était la proie des flammes. Les palissades présentaient des brèches larges de plusieurs pas et étaient entièrement brûlées à deux autres endroits. Partout gisaient les corps et les membres mutilés des défenseurs.

Tungdil découvrit les restes des mercenaires, les têtes empalées sur leurs propres lances. Celles-ci observaient d'un regard vide le brasier infernal que plus rien n'empêchait de réduire Bonsprés en tas de ruines noircies.

Tungdil n'entendit aucun appel au secours, aucun ordre visant à coordonner l'extinction de l'incendie et à sauver les maisons encore debout. Tout ce qu'il perçut, ce fut le crépitement sonore des flammes, les craquements du bois qui se consumait et le fracas des toitures et des maisons qui s'effondraient. Il n'y avait plus aucun survivant dans le village.

Il s'empara de sa hache et entra dans la colonie dévastée. *Il y a peut-être encore des Humains quelque part que je peux sauver.* Il se cramponna au manche de son arme et avança en boitant, passant la porte pour parcourir la grand-rue.

Le vent brûlant charriait une odeur de chair calcinée. Les jets de flammes s'élevaient des fenêtres, dont les vitres avaient éclaté sous l'effet de la chaleur. Rien n'était épargné par le feu.

Dans les ruelles et les allées, les villageois massacrés gisaient, entassés les uns sur les autres, comme de la vermine qu'on aurait éradiquée. Certaines femmes étaient étendues dans la boue, la poitrine et le ventre découverts, le tronc couvert de profondes griffures et de traces de morsures. Il n'était pas difficile d'imaginer ce que ces bêtes avaient pu leur faire.

Frissonnant, il enjamba les cadavres à l'affût ne serait-ce que d'un gémissement qui trahirait la présence de survivants. Mais il n'entendit rien, sinon un silence de mort.

La chaleur devenait insupportable. Les murs encore debout faisaient l'effet d'un four, qui fit augmenter tant et si bien la température ambiante que le Nain dut quitter le village à l'agonie.

Il revint sur la colline, s'assit et se força à contempler l'effondrement de la colonie. *C'est ma faute.* Désespéré, il mit son visage barbu dans les mains et éclata en sanglots. Il versa des larmes de rage et d'impuissance, et il lui fallut longtemps pour se ressaisir.

Les Orcs venaient de lui montrer la raison pour laquelle son peuple montait la garde aux différents cols : les Humains étaient tout simplement incapables de se défendre contre ces monstres. Tungdil posa un regard embué de larmes sur la bourgade. Un tel spectacle ne devait jamais plus se reproduire.

Il épongea les gouttes salées de ses joues avant de s'essuyer les mains sur sa cape. Le bas de sa jambe lui faisait tellement mal qu'il retarda son départ. Il se pelotonna donc dans sa couverture au sommet de cette élévation et suivit des yeux le jeu des flammes tandis que le soleil disparaissait à l'horizon.

L'incendie fit rage jusqu'au milieu de la nuit, puis le feu fut à court de nourriture. Les ruines rougeoyaient çà et là, rappelant au Nain les terribles yeux des Démons de la Nuit. *Tant d'horreurs, en si peu de jours,* pensa-t-il avec tristesse.

Le lendemain, il était plus que temps pour lui de revenir à sa véritable mission et de remettre enfin les artefacts. Après quoi il entreprendrait de convaincre Lot-Ionan de s'intéresser à la situation du Pays Sûr avant que les Albes et les Orcs deviennent trop puissants.

* * *

À son réveil le lendemain matin, Tungdil comprit que son vague espoir d'avoir fait un mauvais rêve ne s'était pas réalisé.

Le soleil se cachait derrière des nuages gris, annonciateurs de pluie. Bonsprés ne consistait plus qu'en décombres fumants, en murs écroulés et en bâtiments calcinés dont les restes, carcasses noires pleines de souvenirs funèbres, s'élevaient lugubrement vers le ciel.

Un banc de brouillard blanc s'éleva des champs et des vergers pour envelopper progressivement les vestiges de la bourgade. Pleurant ces Humains, la terre déposait un linceul sur ce lieu où, la veille encore, régnait la vie.

Ne pouvant supporter plus longtemps cette vue, le Nain rassembla ses affaires et reprit la route. Tandis qu'il avançait en boitant, il voulut manger un petit quelque chose de ses provisions. Le pain qu'il avait acheté avant son départ de Bonsprés lui resta presque en travers de la gorge ; celui-ci avait le goût du sang et de la culpabilité, et il le remit dans son sac.

Les plaies qu'il avait sur la jambe étaient brûlantes. S'il ne trouvait pas bientôt un remède contre l'inflammation, il risquait d'avoir de la fièvre. Dans le pire des cas, une infection se répandrait dans tout le bas de sa jambe, ce qui pourrait lui coûter le membre tout entier, et même la vie.

Son voyage se déroula sans encombre. Il traversa la frontière du Gauragar en sens inverse et fit halte le soir venu sous son chêne. Le toit de feuilles le protégea de la pluie qui se mit à tomber au beau milieu de la nuit pour ne faiblir qu'en fin de matinée.

Quatre jours plus tard, les zones autour des plaies coagulées étaient toujours aussi brûlantes au toucher et, lorsqu'il appuyait sur la peau, du pus jaune verdâtre jaillissait de sous la croûte. Tungdil serrait les dents.

Il était inutile de s'attarder en bordure du chemin en espérant de l'aide. Il se traîna le long de la route, qui sous le crachin se transformait peu à peu en bourbier. Quand il atteignit enfin une petite ferme à six bâtiments, son front était brûlant de fièvre depuis belle lurette.

Une femme aux cheveux clairs en habit simple de paysanne sortit de l'étable en portant deux seaux de lait. Elle remarqua la silhouette titubante et s'arrêta.

Tungdil, lui, ne parvenait pas à la distinguer clairement. Il ne voyait à sa place qu'une ombre floue.

— Vraccas soit avec vous, put-il encore dire avant de tomber face la première dans la boue, sans même pouvoir tendre les bras pour amortir sa chute.

— Opatja ! cria la femme d'une voix perçante en déposant son faix. Viens voir, vite !

Tungdil entendit des pas approcher. On le retourna sur le dos.

— Il a de la fièvre, dit un visage déformé, flou, dont la voix résonna fortement à ses oreilles. (Quelqu'un commença à s'affairer autour de sa jambe.) Oh, la gangrène. Emmenez-le dans la grange, doucement. (On le souleva. Il eut l'impression de planer.) Il lui faut des décoctions.

— C'est quoi, ça ? demanda une voix d'enfant. J'en ai encore jamais vu, des comme ça.

— C'est un Troglodyte, un Homme des cavernes, répondit une femme.

— Mais il marchait à la surface. Alors pourquoi est-ce qu'on dit que c'est un…

— Rentre à la maison, Jemta, et emmène tes frères et sœurs, ordonna une voix d'homme avec impatience.

Tungdil éprouva une sensation de chaleur, sentit l'odeur du foin et de la paille, et entendit des vaches meugler. La pluie cessa et il fit plus sombre autour de lui.

— Bonsprés, dit-il faiblement. Les Orcs ont dévasté Bonsprés.

— Qu'est-ce qu'il a dit ? demanda la femme d'une voix apeurée.

— C'est la fièvre, n'y prête pas attention, fit l'homme. Tiens, regarde. Il est tombé dans un piège à loups, ou alors, c'est un Orc avec une sacrée grande gueule qui l'a mordu.

De nombreux rires fusèrent.

Le Nain agrippa le bras de l'Humain.

— J'ai peut-être de la fièvre, mais je m'en souviens très bien. Ils vont bientôt arriver chez vous, dit-il pour tenter de prévenir les habitants de la ferme. Ils marchent vers le sud, l'est et l'ouest. Trois clans, trois cents Orcs…

Des pas rapides approchèrent.

— Voici la décoction de plantes, annonça une voix de fille. Ah, c'est à ça que ça ressemble, un Troglodyte !

— Ava, va rejoindre tes frères et sœurs.

L'instant d'après, le Nain eut l'impression que sa jambe était plongée dans de l'huile bouillante. Il poussa un cri, et le monde s'obscurcit.

* * *

— Sa barbe n'est pas du tout aussi longue que le prétend grand-père. (Il reconnut la voix de la petite fille, qui semblait déçue, cette fois). Même les poils de papa sont plus fournis que les siens. Sauf que ceux-là, on dirait… de la laine, mais en plus rêche.

— Est-ce qu'il a de l'or et des diamants sur lui ? (Quelqu'un approcha en rampant.) Grand-mère raconte toujours qu'ils sont très riches.

— Reviens ici ! Tu ne vas quand même pas le fouiller, ça ne se fait pas ! gronda la jeune fille.

Tungdil ouvrit les yeux. Au même moment, il entendit des enfants pousser des cris d'orfraie, puis des bruits de paille qu'on piétine tandis qu'ils détalaient. Il se redressa et regarda autour de lui.

Il était au milieu de neuf enfants, âgés de quatre à quatorze cycles, qui le regardaient avec une curiosité mêlée de crainte. Ils portaient des vêtements simples, rien qui ne coûtât plus d'une piécette.

Sa jambe était bandée. Le sang y battait toujours, mais la douleur avait disparu, et son front n'était plus bouillant de fièvre. On s'était bien occupé de lui.

— Vraccas soit avec vous, les salua-t-il. Où suis-je, et qui m'a soigné ?

— Il parle comme nous, s'étonna un petit rouquin aux oreilles décollées.

La plus âgée des filles, qui avait tressé ses cheveux bruns en deux nattes, fit un large sourire.

— Bien sûr qu'il parle comme nous, qu'est-ce que tu croyais ? (Elle adressa un signe de tête à Tungdil.) Je m'appelle Ava. C'est ma mère que tu as vue il y a cinq lunes, quand tu es tombé dans la gadoue. Et c'est Opatja et les autres qui se sont occupés de toi. (Elle envoya une petite fille blonde du nom de Jemta chercher les adultes.) Tu vas bien ? Tu as faim ?

— Cinq lunes ?

Il avait cru s'être endormi un court moment. Son ventre gargouilla.

— Oui, je crois bien que j'ai faim. Et soif.

Ce petit attroupement lui rappela son foyer, Frala, Sunja et la petite Ikana. Il sourit.

— Vous me semblez bien curieux.

Cette remarque déclencha un flot de questions intarissable.

— De quel Royaume nain tu viens ?

— Tu es riche ?

— Tu as de l'or et des diamants sur toi ?

— Combien d'Orcs tu as déjà tués ?

— Vous êtes tous aussi petits, ou il y en a des plus grands que toi ?

— C'est vrai que vous pouvez casser des rochers à mains nues ?

— Pourquoi est-ce qu'elle est si courte, ta barbe ?

— Est-ce que vous avez plusieurs noms ? Et est-ce que…

— Arrêtez, arrêtez ! (Tungdil rit.) Pas si vite, et pas tous à la fois. On va procéder dans l'ordre, mais seulement quand j'aurai dit à vos parents ce qui s'est passé à Bonsprés.

Il voulait épargner aux enfants le récit des horreurs survenues dans cette bourgade et discuter de cette affaire entre adultes.

La femme aux cheveux clairs qu'il avait vue cinq jours auparavant, avant que la fièvre le terrassât, entra dans la grange, un panier rempli de provisions à l'odeur appétissante sous le bras.

— Je m'appelle Rémsa, dit-elle pour se présenter.

— Et moi Tungdil. Vous m'avez sauvé d'une mort certaine, et je vous en serai reconnaissant toute ma vie. Mais vous devriez faire sortir les enfants à présent, dit-il doucement.

— Hein ?! Pourquoi ?! caqueta Jemta effrontément.

Il lui sourit.

— Parce que j'ai des choses graves à dire à ta maman, des choses que les petites filles ne peuvent pas entendre.

— Tu veux parler de l'attaque de Bonsprés ? demanda la femme. Tu n'as pas arrêté de divaguer à ce sujet…

— Non, elle a réellement eu lieu ! Les Orcs se sont alliés aux… Il faut que vous partiez d'ici ! Ils marchent vers le sud, l'est et l'ouest, trois hordes d'au moins cent guerriers chacune. Ils vont tout détruire dans votre ferme, et vous massacrer comme du bétail. Partez ! les adjura-t-il.

Rémsa posa une main sur son front.

— Non, ça ne peut pas être la température, tu n'as plus de fièvre, fit-elle d'un air pensif. Alors, c'est vrai ? (Elle déposa du pain, du lait, du fromage et du lard devant lui sur la couverture, afin qu'ils ne roulent pas dans la paille.) Je vais le dire à Opatja. Nous enverrons ensuite un messager à Tourhameaux. L'administration royale saura bien quoi faire.

— Mais ils vont venir ici ! insista-t-il tout en mastiquant.

Sa faim était telle qu'il n'avait pas pu se retenir plus longtemps, et il s'acharnait sur un saucisson.

— Tu es resté cinq jours allongé avec de la fièvre, Tungdil. Les Orcs seraient arrivés ici depuis bien longtemps s'ils en avaient eu après nous, estima-t-elle. Mais par prudence, nous posterons quand même un guetteur.

— Y a-t-il des courriers à Tourhameaux ?

Leurs chevaux et leurs pigeons voyageurs connaissaient les itinéraires les plus rapides pour les grandes villes du Pays Sûr. Leurs services étaient douloureusement chers, mais au moins les messages étaient-ils délivrés sans délai.

— Tu veux envoyer un message ? Je vais faire venir quelqu'un à qui tu pourras le dicter pour qu'il le…

— Merci, mais je sais écrire, dit-il en déclinant poliment son aide. (Il ne lui en voulut pas de l'avoir pris pour un illettré. Très peu de gens simples maîtrisaient l'art de l'écriture.) Du papier et de l'encre suffiront amplement. Le messager pourra donner le message à remettre dans cette petite ville. Le message est à l'attention du Mage Lot-Ionan, en Ionandar.

Elle acquiesça, et examina son bandage.

— On a bien failli perdre ta jambe. Un jour de plus et on aurait pu t'en confectionner une en bois. Le piège à loups devait être vieux et rouillé. Mange, maintenant, et repose-toi.

La fermière chassa les enfants pour le laisser se restaurer en paix, mais ils revinrent peu après en gloussant, avec du papier et une plume.

Ces petites filles et ces petits garçons ne voulurent bientôt plus le quitter. Leur connaissance des Nains se limitant à ce qu'en disaient les contes et les légendes, ils comptaient bien ne pas laisser passer une telle occasion. Tandis qu'il rédigeait sa lettre au Mage, ils suivaient du regard chacun des mouvements de sa main.

Dans cette lettre, il décrivit dans les moindres détails ce qui s'était passé non loin de Bonsprés, ainsi que ce qu'avaient convenu les Albes et les Orcs. Il révéla également que le maître du Pays Mort était un certain Nôd'onn, et bien d'autres choses encore. *Pourvu qu'elle arrive à temps*, pensa-t-il, inquiet. Il rédigea son courrier en deux exemplaires, au cas où un pigeon viendrait à s'égarer, puis s'allongea de nouveau dans la paille, fatigué.

À peine les enfants eurent-ils compris qu'il avait terminé d'écrire qu'ils se remirent à le harceler de questions, mais le Nain répondit par une autre question :

— Est-ce que vous savez, vous, où se trouve le Noirjoug ?

— Moi, je sais, piailla fièrement Jemta. C'est à un peu moins de trois cents milles d'ici. Il y a une route qui passe tout près, a dit papa. Avant, il était négociant, et il a parcouru toutes les routes du Pays Sûr. (Elle réfléchit.) Attends, je vais aller le chercher. Il saura mieux t'expliquer que moi.

Elle se leva d'un bond et sortit en trombe, pour revenir quelques instants plus tard accompagnée d'Opatja, un Humain trapu aux cheveux gris. Il tenait une chope de bière, à la grande joie de Tungdil.

— Au Noirjoug ? Drôle d'endroit, dit-il. Oui, il y a bien une route qui passe à proximité, mais il faudra te frayer un chemin à travers bois dans les derniers milles. (Il prit la carte du Nain et y traça l'itinéraire approximatif.) Cette montagne, tu ne pourras pas la manquer : on en voit le sommet plat et noir à travers les cimes des arbres.

— Un sommet plat ? s'étonna le Nain en acceptant la bière avec gratitude.

Les enfants se rapprochèrent pour écouter.

Opatja hocha la tête.

— Elle ressemble à un morceau de savon anguleux que Palandiell aurait tout simplement jeté là dans la forêt. Quatre cents pas de haut, un mille et deux cents pas de long et trois cents pas de large.

Il prit le fromage pour illustrer son propos et le coupa en rectangle. Puis il y tailla de longues stries longitudinales sur toute la hauteur pour symboliser des strates.

— C'est dû à la pluie et au vent, dit-il aux enfants.

— Je me souviens. On appelle ce genre de massif une montagne à plateau, parce que leur sommet est plat comme une table, ou comme un plateau, dit Tungdil. J'ai lu cela dans les livres de mon maître.

Il tenta d'imaginer à quoi ressemblait ce rocher en réalité. Lorsque le négociant lui décrivit la montagne, il eut l'impression d'avoir déjà lu une légende à son sujet, mais elle ne lui revint pas en mémoire. Bah, il aurait amplement le temps d'y penser pendant qu'il parcourrait les trois cents milles qui le séparaient du Noirjoug.

— Et qu'est-ce que tu voudrais faire, là-bas ?

— Il y a quelqu'un qui vit à proximité, un ermite, un ancien élève du Mage que je sers, répondit-il. Mon maître aimerait savoir comment il va. Je dois m'assurer de mes propres yeux qu'il se porte bien.

Opatja examina la blessure de Tungdil.

— Attends encore quelques jours avant de reprendre ton voyage. Nous te donnerons suffisamment de plantes pour que tu puisses soigner ta blessure en chemin.

Il prit la lettre destinée à Lot-Ionan et quitta la grange.

— Je vous suis infiniment obligé, s'écria Tungdil, reconnaissant.

— Allons, allons, dit l'ancien négociant en faisant un signe de dénégation, avant de pouffer : Cela faisait longtemps que la marmaille ne nous avait plus autant laissés en paix !

Il abandonna son hôte à ses petits inquisiteurs, qui reprirent aussitôt l'interrogatoire. Ceux-ci furent étonnés d'apprendre qu'il avait déjà soixante-trois cycles.

— Mais ta barbe devrait être beaucoup plus longue que ça, dit Jemta, soupçonneuse. Grand-père raconte que les Hommes des cavernes laissent pousser leurs barbes jusqu'à terre.

— Nous sommes des Nains, pas des Hommes des cavernes. Moi, je suis forgeron, je porte la barbe depuis que j'ai trente cycles, mais j'ai dû la raser parce que les étincelles me faisaient sans cesse des trous dedans, et parce que quelqu'un me l'a colorée en bleu.

Il avait à peine fini sa phrase que le garçon aux oreilles en feuilles de chou tendit le bras pour passer la main sur sa barbe.

— Les poils sont beaucoup plus durs que ceux de papa, statua-t-il.

— Ça oui, il en faut, des efforts, pour les peigner et y faire une ou plusieurs tresses. C'est le signe distinctif de mon peuple, dit le Nain en ricanant et en montrant comment il arrangeait sa barbe. Nous aimons bien les orner de bijoux, et il nous arrive de lancer des concours pour savoir qui a la plus longue et la plus belle barbe. Très peu de Nains portent des favoris, la moustache, le bouc ou se rasent la barbe. La plupart la portent comme moi, affirma-t-il.

Il tenait ce savoir des livres de Lot-Ionan.

En riant, les enfants se mirent à confectionner de fausses barbes avec de la paille et du foin, qu'ils se collèrent sur le visage à l'aide de petits bouts de résine qu'ils trouvaient dans la charpente de la grange.

— Est-ce que tous les Humains des… tous les Nains ont une barbe ?

— Oui. Et si vous rencontrez un Nain rasé, vous pouvez être sûrs qu'il a été châtié. Il doit alors rester à l'écart des autres jusqu'à ce que ses poils de barbe aient atteint la longueur d'un manche de hache, et vu que nos barbes poussent lentement, cela peut durer des cycles entiers.

Savoir purement livresque, compilé par des Humains. Il soupira.

Sans transition, Jemta attrapa les brins de paille que le garçon aux oreilles décollées avait sur le visage et les lui enleva d'un geste.

— Voilà, tu es banni ! Disparais !

Alors commença une bataille de fausses barbes : chacun tentait de bannir l'autre, jusqu'à ce que Rémsa vînt mettre fin à leur jeu. Sur de vives protestations, ils prirent congé de leur nouveau camarade de jeu.

La femme gratifia Tungdil d'un large sourire.

— Ils te font confiance, dit-elle. C'est bon signe. Passe une bonne nuit, Tungdil. Nous prierons Palandiell pour qu'elle te remette vite sur pied.

Ils m'aiment bien. Qui l'eût cru ? se réjouit Tungdil. Frala et ses filles se seraient certainement bien plu dans cette ferme. *J'en aurai des choses à raconter à mon retour. Elles ne me croiront sûrement pas.* Le Nain effleura le foulard de la servante et s'allongea sur sa couche, les bras croisés derrière la tête. Si toutes ces questions au sujet des richesses et des particularités des Royaumes Nains l'attristaient, c'était parce qu'il ne pouvait raconter à ces garçons et à ces filles que ce qu'il avait lu dans des livres. *Il est temps que je rencontre de véritables Enfants du Forgeron.*

Chapitre 4

Le Pays Sûr, Royaume du Gauragar,
au début de l'été du 6234e cycle solaire

Il ne fallut pas longtemps à Tungdil pour trouver une occasion de remercier les fermiers pour leurs attentions et leurs bons soins. Deux jours plus tard, sa jambe ayant cessé de le faire souffrir, il s'activait à la petite forge de la ferme. Le forgeron en titre s'était en effet cassé un bras et n'était plus en mesure d'honorer les commandes des paysans de la région. L'aide du Nain venait pour lui à point nommé.

Les enfants actionnaient le soufflet à tour de rôle, et ne tardèrent pas à se disputer cette responsabilité. Tungdil plaçait les pièces brutes dans les charbons ardents et attendait qu'elles deviennent rouge cerise.

Les enfants se tenaient autour de lui tandis qu'il martelait le fer rouge en faisant jaillir des étincelles. Chaque coup, chaque tintement était accompagné de rires ravis.

Le forgeron adressa un signe de tête reconnaissant à Tungdil.

— J'ai rarement vu un travail aussi rapide, et surtout aussi bien fait, le loua-t-il. On dirait vraiment que ce sont les Hommes des cavernes qui ont inventé la forge.

— On dit les « Nains », pas les « Hommes des cavernes ».

— Pardon, dit l'Humain en souriant pour s'excuser. Les Nains ont inventé la forge.

Tungdil sourit.

— N'empêche qu'il y a encore beaucoup à faire, ici. Même en accélérant la cadence, je n'aurai pas fini avant demain, alors je crois que je vais rester ici encore une lune avant de repartir pour le Noirjoug.

— Comment est-ce qu'on fait les clous ? s'enquit Jemta, interrompant sans vergogne leur conversation.

— Tu veux reprendre la forge, c'est ça ?

Tungdil passa sa main dans les cheveux blonds de la petite, et lui apprit comment on faisait les clous. Elle alla ensuite trouver ses parents pour leur montrer avec fierté ce qu'elle savait faire, tandis que le Nain était occupé à faire une nouvelle manivelle pour le puits.

Dans l'après-midi, Tungdil quitta la fournaise qui régnait dans la forge pour se plonger dans un baquet d'eau et se rafraîchir, tout en gardant ses vêtements, lesquels commençaient vraiment à sentir.

Je vais grésiller comme le fer rouge qu'on plonge dans le seau. L'eau du bain était glacée ; il eut le souffle coupé pendant un instant, mais il finit par apprécier cette fraîcheur. Il s'immergea complètement, pour remonter à la surface en s'ébrouant. Il était en train de se frotter les yeux lorsqu'une ombre s'étendit sur lui. Il y eut un cliquètement métallique accompagné d'une odeur d'huile.

Un Humain en armure, pensa Tungdil, qui cligna prudemment des yeux.

Un Humain à la carrure impressionnante, âgé d'environ trente cycles, était appuyé contre le mur de la forge, les bras croisés sur sa poitrine cuirassée. Il arborait nombre d'armes, mais aucun uniforme ni blason d'une armée régulière.

— Vous me cherchiez, monsieur ? demanda Tungdil en sortant de la baignoire.

L'eau s'échappait de ses vêtements en gargouillant, imbibant le sol sablonneux.

— C'est toi, le forgeron ?

— Non. Je lui prête main-forte. Mais si vous voulez faire réparer quelque chose, vous pouvez vous adresser à moi.

Le Nain resta poli, bien qu'il trouvât cet Humain d'emblée antipathique. Ce dernier le toisait de ses yeux gris et son regard était si pénétrant qu'on eût dit qu'il voulait le scruter à travers ses vêtements, jusqu'aux tréfonds de son âme.

— Nous avons deux chevaux qui ont besoin d'être ferrés. Tu sauras faire cela ?

À cet instant, Tungdil sût qu'ils ne seraient jamais amis.

— Sûr. Aussi sûr que vous savez probablement monter à cheval, sinon vous ne vous en seriez pas acheté, répliqua-t-il en faisant le tour de la cabane.

Ce faisant, il s'efforça de rester aussi digne que possible malgré la traînée d'eau qu'il laissait derrière lui, malgré ses cheveux aplatis et malgré le bruit de marécage que produisaient ses bottes à chaque pas.

Sur l'étroite route cahoteuse l'attendaient six chevaux et quatre Humains qui semblaient se rendre tout droit à la bataille. Leur bête de somme portait sur son dos deux filets enroulés, en plus de leurs gamelles et de plusieurs sacs de cuir.

Les Humains s'entretenaient à voix basse, et se turent à l'arrivée de Tungdil. Ils le regardèrent, stupéfaits, mais ne firent aucune remarque.

Le Nain chargea l'un des guerriers d'actionner le soufflet. Ce vent artificiel souffla sur le lit de charbons, les faisant rougeoyer. Des flammèches jaillirent, qui léchèrent le combustible. Tungdil reçut une vague de chaleur intense en retour. Ses cheveux et ses vêtements seraient secs en un rien de temps. Il se sentit bien.

— Vous êtes mercenaire, monsieur ? demanda-t-il à son assistant avant de choisir en toute quiétude le marteau et la pièce brute qui conviendraient pour le fer à cheval.

On amena un premier cheval, qui boitait. Tungdil appliqua rapidement le morceau de fer brut contre le sabot. Il avait bien choisi.

— Quelque chose dans le genre, dit l'Humain. Nous chassons les Orcs, et les criminels dont la tête est mise à prix.

Tungdil plaça le fer sur les charbons ardents et attendit.

— Et vous avez beaucoup de travail, monsieur ? dit-il, poursuivant son interrogatoire. Avez-vous entendu parler des Orcs qui ont ravagé Bonsprés ?

— Le Gauragar est vaste, et les troupes du roi Bruron ne peuvent pas être partout. On n'a pas à se plaindre, répondit sèchement leur chef.

Cette réponse mit fin à la conversation.

Sans mot dire, le Nain donna forme aux fers, puis ferra les chevaux. Une épaisse fumée blanc jaunâtre envahit un moment la forge. Peu après, il demanda le double du prix habituel pour son travail. Les mercenaires réglèrent la somme sans faire de difficultés et repartirent sur leurs montures. Le Nain s'empressa de les oublier.

Puis vint le jour des adieux, difficiles pour les enfants. Ils avaient fini par se prendre d'affection pour ce petit homme qui leur avait fabriqué de si beaux bijoux.

Tungdil remercia longuement ses sauveurs.

— Je suis sûr que sans votre médecine et vos soins apportés à mes plaies suppurantes, je serais mort, affirma-t-il avant de glisser dans leurs mains les pièces qu'il avait soutirées aux mercenaires.

— Nous ne pouvons accepter, dit Opatja.

— Et moi, je ne les rempocherai pas. Un Nain qui se sépare de son or, ce n'est pas tous les jours que cela arrive, insista-t-il avec une telle opiniâtreté que les pièces finirent malgré tout dans les bourses des villageois.

Rémsa lui tendit un sachet de plantes.

— Applique-les sur les plaies qui ne sont pas tout à fait guéries, le soir, pendant tes haltes. Et bientôt, toute trace de blessure aura disparu.

Ils lui serrèrent la main pour lui dire au revoir, puis il reprit sa route. Les garçons et les filles l'accompagnèrent un bout de chemin, jusqu'au moment où le ciel s'obscurcit et où la pluie menaça.

— Tu passeras nous voir sur le chemin du retour ? demanda Jemta, l'air abattu.

— Bien sûr, mon petit. J'ai été très heureux de faire votre connaissance. Si tu t'exerces avec application, tu seras une bonne forgeronne.

Il lui tendit la main, mais elle ne la serra pas, préférant se blottir contre lui.

— On est amis, maintenant, dit-elle en guise d'adieu avant d'agiter la main et de rentrer en courant à la ferme. N'oublie pas de venir nous voir, lui enjoignit-elle encore, puis elle disparut.

Lui resta planté là, la main tendue, complètement désarmé par tant de gentillesse.

— Eh bien dis donc, Vraccas, murmura-t-il tout ému. Qui aurait cru que je conquerrais un jeune cœur féminin ?

De bonne humeur, et toujours auprès des aimables fermiers en pensée, il reprit son périple d'un pas décidé.

Néanmoins, les beaux jours de printemps semblaient révolus. Le ciel resta obstinément gris et il plut de manière ininterrompue. Les bottes de cuir de Tungdil finirent par se ramollir complètement, et ses pieds par enfler et ne plus vouloir se réchauffer.

Malgré cela, il progressait plutôt bien, ce qui ne l'empêchait pas toutefois de se faire encore du souci à cause des Orcs, sans parler de l'avancée du Pays Mort dont avait parlé l'Albe.

Lot-Ionan lui avait déjà montré à quel point la terreur venue du nord avait progressé à l'intérieur du Pays Sûr. D'est en ouest, de part et d'autre du Cinquième Royaume Nain, elle s'étendait sur pas moins de six cent cinquante milles, une largeur qui se réduisait de moitié quatre cents milles plus au sud.

Lors d'une halte à l'abri d'un promontoire rocheux, il déroula la carte et imagina les puissances des ténèbres avancer lentement vers le sud, formant une flèche dont la pointe butait sur les barrières dressées par les Mages et s'émoussait progressivement.

Or il semblait à présent que Nôd'onn, le mystérieux souverain du Pays Mort, ne souhaitait pas en rester là. Malgré les champs de force magiques, ses succès étaient indéniables. À l'est, le Royaume Albe de Dsôn Balsur s'étendait, tel un ulcère, sur deux cents milles de long pour soixante-dix milles de large, en plein milieu du Gauragar. Et tant que le passage de Pierre ne serait pas refermé, les plus immondes créatures continueraient d'affluer par le col du Septentrion, écrasant tout sur leur passage.

Si en plus les Orcs de Toboribor se rangent du côté du Pays Mort, les Mages vont se retrouver en très mauvaise posture, pensa Tungdil avec inquiétude. Les Mages avaient peut-être le pouvoir d'accomplir bien des choses grâce à la Magie, mais ils ne possédaient pas le don d'ubiquité.

Au moins savent-ils à présent que les Orcs se sont ralliés au Pays Mort! Son message avait dû parvenir à Lot-Ionan, entre-temps.

Les paysages variés du Gauragar dédommagèrent Tungdil des événements qui avaient émaillé le début de son voyage. Le printemps incitait la nature à se montrer dans ses plus beaux atours en dépit de la pluie, mais le Nain ne prêtait guère attention à la magnificence et aux couleurs vives et intenses qu'affichaient collines, forêts et plaines. Bientôt, il passa au-devant d'un sanctuaire abandonné voué à Palandiell, une petite construction de couleur claire aux nombreuses fenêtres richement ornée de glyphes de protection et de fertilité.

C'était un de ces reliquaires dédiés à la déesse en laquelle croyait l'écrasante majorité des Humains. Tungdil, pour sa part, la trouvait trop douce, pas assez énergique. Il préférait s'en remettre à Vraccas, dont on ne trouvait les temples que dans les villes d'une certaine importance, c'était du moins ce qu'il avait lu dans des livres.

Si une partie des Humains adorait Elria, déesse de l'Eau, beaucoup priaient Samusin, dieu du Vent et de l'Équilibre entre le Bien et le Mal. Celui-ci protégeait aussi bien les bêtes que les Humains, les Elfes et les Nains. Tion en revanche, créateur des pires monstres, était plus haï qu'adoré. *Je ne connais personne qui professerait avoir foi en lui*, pensa Tungdil. Les domestiques de Lot-Ionan, Frala y compris, adressaient pour leur part leurs prières à Palandiell.

Il avait quant à lui érigé un petit autel dédié à Vraccas dans sa forge. Au dieu créateur des Nains, celui qui a taillé les cinq Pères dans le granit le plus dur et qui leur a insufflé la vie, il sacrifiait de temps à autre un peu d'or, qu'il faisait disparaître dans son fourneau. Il ne savait pas si les autres Nains respectaient le même cérémonial, mais il ne pensait pas se tromper en présentant en offrande à Vraccas ce qu'il y avait de plus noble.

Il contempla le reliquaire isolé. *Les Humains ne vont pas tarder à la prier plus souvent*, pensa-t-il.

Peu après, il dut quitter le chemin pour laisser le passage à une importante colonne de cavaliers cuirassés qui arboraient les armoiries du roi Bruron. Les combattants passèrent à sa hauteur dans un cliquetis d'armes et de fer, éclaboussant sa cape de boue. Il compta deux cents soldats. Feraient-ils le poids contre toute une horde d'Orcs ?

La nouvelle selon laquelle un grand nombre de bêtes parcouraient l'Idoslân s'était répandue comme une traînée de poudre. Le Nain croisait en effet toujours plus de patrouilles. Le roi Bruron du Gauragar ne voulait pas s'en remettre au seul roi Tilogorn pour défaire les Orcs, et avait en conséquence pris ses propres dispositions.

Tungdil se réjouissait que les Humains eussent pris son message au sérieux. Il se plaisait à imaginer les futurs livres d'histoire qui raconteraient comment un certain Tungdil Bolofar, Nain sans tribu ni clan, avait été à l'origine de la reconquête du Pays Sûr en ayant alerté l'administration royale de Tourhameaux de la destruction de Bonsprés.

Le Nain dormait la plupart du temps à la belle étoile, cherchant à l'occasion refuge dans une grange, et ne s'offrit qu'une seule autre fois le luxe de s'arrêter dans une auberge. Il préférait économiser ses ressources monétaires, qui fondaient à vue d'œil.

Après neuf lunes, ses plaies étaient complètement guéries. Son périple lui ayant coûté un peu de son poids, il dut resserrer sa ceinture de deux crans. Il ne soufflait plus autant qu'auparavant lorsqu'il gravissait des collines ; la marche avait un effet positif sur son endurance, et ses pieds s'étaient habitués à la marche quotidienne. Certaines nuits, il était assailli par des visions de Bonsprés en proie aux Orcs et aux flammes. Son esprit devait encore assimiler ces atrocités.

Quelques lunes plus tard, il aperçut enfin la fameuse montagne au sommet plat. Celle-ci avait effectivement l'aspect que lui avait irrespectueusement prêté Opatja en sculptant un fromage, sauf qu'elle n'était pas jaune.

Le jour éclairait les fissures larges comme des gorges qui se dessinaient sur ses flancs, véritables à-pics lisses. Ce rocher lugubre ressemblait à un caillou jeté dans le paysage et était entouré de sapins vert foncé. Vu les dimensions du Noirjoug, ceux-ci donnaient l'impression d'être petits et fragiles, alors qu'ils étaient hauts de cinquante pas et davantage.

Le Noirjoug a sûrement été une véritable montagne autrefois, haute de plusieurs milles. Peut-être qu'un dieu lui a coupé le sommet en punition, ne lui laissant plus que son pied, comme on laisse en terre la souche d'un arbre qu'on a abattu, pensa Tungdil.

Cette élévation le mettait mal à l'aise, lui répugnait, sans qu'il parvienne à en donner la raison. N'étaient les artefacts, il aurait sûrement fait un grand détour pour éviter le Noirjoug. Gorén ne devait pas particulièrement apprécier la compagnie pour adopter un tel refuge.

Décidant d'ignorer ses premières impressions, le Nain ajusta son sac sur ses épaules et suivit la route pierreuse qui menait à un demi-mille à l'est de la lisière de la forêt de sapins. Contournant celle-ci, il chercha un sentier ou une percée, mais, au coucher du soleil, il était de retour à son point de départ, bredouille.

Étrange forêt. Eh bien, je me fraierai un chemin à coups de hache demain, puisque les troncs ne veulent pas me faire de la place. Trop fourbu pour dormir dans la forêt, il installa son campement à proximité de la route et alluma un feu tout en gardant un œil sur la lisière, au cas où un prédateur en sortirait discrètement.

Peu après, il reçut de la visite : des Humains, bien contents de ne pas passer la nuit seuls. Les deux marchands ambulants arrêtèrent leur chariot bâché à côté du feu et dételèrent leurs deux mulets. Les poêles, pots et couvercles entreposés dans leur véhicule brinquebalaient et cliquetaient encore plus que les armures des soldats.

— Y a-t-il encore de la place auprès du feu ? demanda le cocher, qui fit les présentations.

Pour Tungdil, Hîl et Kerolus étaient des spécimens typiques de leur race. Chevelus, grands, hirsutes, habillés simplement et parlant toujours trop fort et sans raison. Ils plaisantaient, riaient et faisaient sans cesse tourner la bouteille d'eau-de-vie, mais leur gaieté semblait contrainte.

— Ne le prenez pas mal, dit Tungdil, mais vous avez l'air… inquiets.

Hîl cessa de rire sur-le-champ.

— Bien observé, Troglodyte…

— Nain. Je suis un Nain.

— Ah bon ? Nain, Troglodyte et Homme des cavernes, c'est pas pareil ?

— Non. « Nain » est l'appellation la plus respectueuse, de même que par respect je vous appelle « Humains » et non pas « culs-terreux » ou « grandes perches ».

Hîl eut un rictus.

— J'ai compris.

— Pour être honnêtes, nous avons peur de la montagne et des créatures qui vivent dans la forêt. Si nous faisons halte à côté du Noirjoug, c'est uniquement parce que nos mules refusaient de faire un pas de plus, avoua Kerolus, qui cassa quatre œufs dans une poêle.

C'est bien volontiers qu'il partagea son repas avec le Nain et son partenaire.

— Qu'est-ce qu'il a de spécial, ce rocher ? demanda Tungdil en sauçant son jaune d'œuf avec une croûte de pain.

Le marchand de bric-à-brac le regarda avec étonnement.

— Un Trog… un Nain qui ne connaît pas la légende ?! Ah, ben alors, je veux bien te la raconter, l'histoire de cette montagne qui n'en est plus une.

Hîl s'installa près du feu, et son partenaire commença son récit…

Autrefois, le Noirjoug était appelé le « Mont des Nuées », car son sommet s'élevait jusqu'au ciel. Il était plus puissant et plus fier que toutes les montagnes qui entouraient le Pays Sûr. Les neiges à son sommet étaient éternelles, et ses versants les plus élevés étaient en or pur.

Or nul Humain n'était capable d'atteindre une telle altitude pour arracher un peu de cette richesse. Les parois inférieures, sur lesquelles reposait le poids de la montagne, étaient trop lisses et trop dures. En outre, la neige et l'or brillaient de façon si éclatante que celui qui les regardait trop longtemps était aveuglé.

Les Humains, désirant ardemment l'or, appelèrent les Nains à l'aide.

Ces derniers envoyèrent une délégation au Gauragar afin de voir le Mont des Nuées de leurs propres yeux. Munis de leurs pelles, de leurs pioches et de leurs burins, ils attaquèrent la roche.

Comme leurs outils étaient mieux forgés que ceux des Humains, ils parvinrent à ouvrir un passage à l'intérieur du Mont des Nuées et à se frayer un chemin dans ses entrailles. Ils creusèrent la montagne et en rapportèrent l'or sans être aveuglés.

Les Humains du Gauragar virent cela d'un mauvais œil et réclamèrent aux Nains une partie du trésor. Alors que Nains et Humains se disputaient, le Mont des Nuées, revenu à la vie, trembla de rage pour chasser les pillards de ses entrailles, mais les cavités y étaient devenues si nombreuses qu'il s'effondra, ensevelissant les cupides créatures.

Ainsi la montagne perdit-elle sa beauté.

Depuis lors, elle poursuit Humains et Nains de sa haine. Au fil du temps, la montagne mutilée devint noire de méchanceté.

Le feu craqua bruyamment. Kerolus y jeta une bûche pour attiser les flammes et chasser les ténèbres.

Cette méchanceté, je l'ai tout de suite sentie, pensa Tungdil. Il ne comprenait pas que Gorén puisse être à son aise en un tel lieu. Pour le moins, cela en disait long sur le tempérament du personnage.

— On dit que dans la forêt rôdent des êtres qui mettent à mort quiconque s'y promène. C'est la montagne qui les a appelés et qui leur a promis des prises juteuses, déclara le marchand, pris de frissons. Quand la faim les tenaille trop, ils sortent d'entre les sapins pour tourmenter les villages. Ils dévorent tout, hommes et bêtes.

— Il est bon d'avoir de la compagnie, dit Tungdil avec honnêteté. (Il se préparait mentalement au désagréable louvoiement entre les troncs d'arbres. Au pire, il avait encore sa hache.) Mais je peux vous raconter une histoire, moi aussi.

Il raconta ce qu'il avait vu à Bonsprés, leur fit le récit de sa rencontre avec les Albes et de la destruction de la bourgade. Son débit était de plus en plus saccadé tandis que le souvenir de ces horreurs était ravivé.

Il mit fin à son récit, puis tenta de trouver le sommeil, mais la forêt le maintint éveillé. Apparemment, les arbres prenaient un malin plaisir à gémir et à grincer de manière audible chaque fois qu'il était sur le point de sombrer dans un sommeil plus profond.

Ce petit manège ne dérangeait pas Hîl et Kerolus outre mesure. Le Nain comprit alors pourquoi ils avaient tant fait honneur à l'eau-de-vie : celle-ci leur avait tellement émoussé les sens qu'ils n'entendaient plus rien. Les deux Humains lui confiaient ainsi généreusement la tâche de veiller sur leurs vies.

Les bruits ne cessèrent qu'au petit jour. Les marchands se levèrent, souhaitèrent à Tungdil un agréable voyage et s'en allèrent, reposés, laissant un Nain rompu de fatigue.

D'humeur maussade, il contempla fixement le sous-bois où régnait l'obscurité. Si l'histoire que lui avait contée Kerolus la veille contenait une once de vérité, Gorén devait certainement vivre dans les vestiges des galeries.

Monstres ou pas, je dois passer par là. Il tira sa hache, l'empoigna fermement à deux mains et entra d'un pas lourd dans la forêt. Il sentit immédiatement qu'il n'était pas le bienvenu. La montagne lui faisait clairement comprendre qu'elle ne voulait pas de lui dans les parages.

Tungdil ne se laissa pas démonter pour autant. Plus tôt il remettrait les artefacts, plus vite il retrouverait la sécurité de ses galeries bien-aimées en Ionandar. *Peut-être même que les Nains de la Seconde Maison ont déjà donné suite à la requête de Lot-Ionan*, se dit-il, plein d'espoir.

Sa ténacité ne tarda pas à le conduire directement au pied de la montagne, sans qu'il eût rencontré le moindre monstre. Ces derniers semblaient peu enclins à s'attaquer aux randonneurs durant la journée, et cela l'arrangeait bien.

En revanche, les parois du Noirjoug, qui s'élevaient à la verticale, lui inspiraient une telle crainte qu'il aurait préféré faire demi-tour.

Soudain, une avalanche d'éboulis se déclencha. Tungdil trouva un abri de justesse ; la dernière pierre s'écrasa à seulement un empan de lui. Vu leur taille, le plus petit de ces éboulis aurait pu le tuer. Il ne se découragea pas pour autant. Il devait trouver Gorén.

Le Nain fit le tour du pied de la montagne, sans apercevoir quoi que ce fût qui ressemblât à une cabane ou à un début de sentier. Il cria le nom de Gorén dans l'espoir qu'il se manifeste. Rien.

Avec force jurons, il contourna de nouveau les sombres parois crevassées. C'est alors qu'il découvrit des marches étroites, apparemment creusées dans la roche par des tailleurs de pierre compétents. La largeur de ces marches était suffisante pour lui, mais les Humains, avec leurs grands pieds, auraient eu des difficultés pour garder l'équilibre.

Tungdil entama donc l'ascension du Noirjoug. Il parvint à cent pas, deux cents pas, trois cents pas d'altitude. Il avançait à quatre pattes, s'agrippant aux marches, les seules prises sûres qui s'offraient.

De temps à autre, la montagne le bombardait d'éboulis et lui envoyait de petites avalanches, lui infligeant des éraflures aux mains et des égratignures au visage. Un caillou ouvrit même une plaie sur son front. Quand le vertige s'emparait de lui, il se plaquait contre la roche pour éviter de s'écraser en contrebas. Dès que le décor environnant cessait de tourner, il en profitait pour essuyer le sang qui coulait dans son œil droit puis se remettait à escalader la montagne en grommelant.

— Vraccas nous a créés à partir de la roche pour régner sur elle, alors tu vas me faire le plaisir de t'incliner devant moi ! cria-t-il. Tu ne te débarrasseras pas de moi comme ça !

Après avoir atteint son zénith, le soleil entama sa descente. Un vent froid sifflait aux oreilles de Tungdil et tiraillait les sacs qu'il avait sur le dos. Le danger croissait à chacun de ses pas, mais il refusait de redescendre. Il trouva cependant le courage de se retourner pour jeter un coup d'œil vers le Gauragar.

Les nuages et le soleil créaient un théâtre d'ombres d'un genre qu'il n'avait encore jamais vu sur le patchwork multicolore de plaines, de champs et de forêts qui s'étalait quatre cents pas en dessous de lui. Les yeux de Tungdil repérèrent des villes à des milles et des milles de distance, qui semblaient faites de petits cubes. Fleuves et rivières veinaient le paysage et l'air embaumait le printemps.

Cette vue splendide manqua de lui couper le souffle. Il se sentit tout d'un coup aussi noble et grand qu'une montagne. Il comprenait à présent pourquoi le peuple des Nains avait élu domicile dans les sommets.

Ragaillardi, il reprit son ascension jusqu'à ce qu'il atteignît une niche rocheuse, à bien cinq cents pas d'altitude. Le Nain décida d'y passer la nuit.

Avec prudence, il rampa à l'intérieur de cette anfractuosité qui lui offrait une protection contre le vent et les avalanches que déclenchait le Noirjoug. *J'y verrai plus clair demain*, pensa-t-il.

Le couchant illumina son abri de fortune. Une chaude lumière frappa les sombres parois de la montagne, donnant du relief aux différentes structures rocheuses. Plus Tungdil laissait son regard errer sur les aspérités qui ornaient les parois de sa niche, plus elles lui évoquaient des inscriptions.

Le Nain cligna des yeux. *Une illusion d'optique, peut-être?* se demanda-t-il. Il effleura la surface. Il y avait bel et bien quelque chose de gravé. Les intempéries les avaient mises à rude épreuve au fil des cycles et les avaient érodées au point de les faire presque disparaître, mais c'étaient incontestablement des runes.

Qu'à cela ne tienne! D'un geste, Tungdil ouvrit sa boîte à amadou et alluma une flammèche avec laquelle il noircit le bout du manche de sa hache. Il sortit sa carte, la retourna face vierge vers le haut et frotta prudemment le papier de son embout de bois noir de suie.

Les particules de suie adhéraient difficilement, mais elles adhéraient : grâce à ce calque improvisé, il put distinguer les vestiges d'une très ancienne écriture.

Tungdil mit longtemps à traduire les runes, sculptées avec un art consommé, en langue Naine commune et à comprendre leur formulation, très compliquée.

Bâti dans le sang,
trempé du sang.
Érigé contre les Quatre,
tombé face aux Quatre.
Maudit par les Quatre,
délaissé de tous les Cinq.
Réveillé un jour par les Trois
Contre la volonté des Trois.
Trempé de nouveau
du
sang de
tous les
enfants.

Le sculpteur avait gravé ces runes en suivant la forme d'un arbre, signe de renouveau et d'éternel retour.

Tungdil eut du mal à les dater. L'ouvrage qu'il avait autrefois déniché dans les rayonnages de Lot-Ionan sur la langue naine ne disait rien à ce sujet. Mais pour lui, ce message d'une époque révolue remontait à au moins onze cents cycles.

Il le prononça à voix haute, comme pour lui redonner vie ; il écoutait avec émotion ces sonorités inconnues et pourtant étrangement familières, radicalement étrangères aux parlers des Humains. Ces syllabes le touchèrent profondément, le bouleversèrent, même.

Or les versants et les crevasses du Noirjoug perçurent eux aussi l'antique langue : la montagne se souvint et se mit à trembler. La rancœur à l'égard des Nains revint en force, et était à présent dirigée contre Tungdil.

— Tu peux trembler, tu ne te débarrasseras pas de moi comme ça.

Le Nain se plaqua à la paroi pour éviter d'être précipité dans le vide par les secousses et les vibrations.

Mais la pierre à laquelle il tournait le dos se mit également à vibrer ; celle-ci s'écarta derrière lui dans un bruit de broyage et de concassage, dévoilant finalement l'entrée d'un tunnel. Le Noirjoug cessa soudainement de trembler.

Tungdil envisagea deux possibilités. Ou bien la montagne voulait l'attirer dans un piège et l'enfermer pour toujours dans ses entrailles, ou bien Gorén lui ouvrait la porte de son repaire.

Sans hésiter, il rassembla ses affaires et mit le sac aux artefacts sur son épaule, puis il avança dans le couloir d'un pas décidé.

Après seulement quelques pas, une nouvelle secousse parcourut la montagne. La porte de pierre coulissa, inexorablement, se mettant au-devant du ciel nocturne. Les étoiles qui constellaient le ciel du Pays Sûr scintillèrent une dernière fois en guise d'adieu, et le Nain se retrouva emprisonné dans le Noirjoug.

Le Pays Sûr, Royaume magique de Lios Nudin, au début de l'été du 6234e cycle solaire

D'un blanc éclatant, le majestueux palais s'élevait vers le ciel bleu acier ; des tours couleur sable se dressaient au-dessus des toits en coupole et resplendissaient sous le chaud soleil. Grandioses, irradiant d'assurance, elles indiquaient leur route aux voyageurs à cinquante lieues à la ronde. Seul un aveugle aurait pu manquer Porista, capitale du Royaume enchanté de Lios Nudin.

Lot-Ionan se réjouit à sa vue et à la perspective des imminentes retrouvailles avec les autres, même si le motif de leur réunion l'emplissait d'inquiétude. Il tira sur la bride de Furo et passa la porte de la ville à une allure mesurée. Récalcitrant, l'étalon renâcla : il aurait préféré continuer de galoper et sentir le vent dans sa crinière.

Le Conseil des Mages siégeait dans cet édifice somptueux, selon une vieille tradition que les magiciens respectaient depuis plus de deux mille cycles solaires, pour différents motifs : d'une part à cause de son emplacement central au sein du Pays Sûr, et de l'autre parce que Lios Nudin avait, non sans raison, la forme d'un cœur humain. Les champs magiques présents dans les cinq royaumes enchantés semblaient en émaner ; telle une source, Lios Nudin alimentait les royaumes d'Ionandar, de Turguria, de Saborie, d'Oremaira et de Brandôkai en puissance magique.

Le Mage rit et caressa l'encolure de l'alezan mécontent.

— Tu pourras galoper tout ton saoul sur le chemin du retour, lui promit-il avant de reporter son attention sur l'agitation alentour.

Les murs de Porista offraient gîte et protection à quarante mille personnes. Comme la ville se situait dans une plaine herbeuse s'étendant sur des centaines de milles, ses habitants se consacraient à l'agriculture et à l'élevage, et ils en vivaient bien. La qualité de leurs produits égalait presque celle des produits de Tabaîn, également appelé la Plaine aux Épis, au nord-ouest du Pays Sûr.

Lot-Ionan guida Furo dans les rues de la ville affairée. Il dut sans cesse éviter des carrioles et des chariots et prendre garde qu'aucun passant finisse sous les sabots de son cheval. Il ne tarda pas à regretter l'isolement de ses galeries souterraines.

Il atteignit enfin le portail du palais, où les simples gens pénétraient uniquement sur invitation du Conseil. Une barrière invisible arrêtait les téméraires qui tentaient d'escalader ses murs sans être vus ; ils y restaient collés comme des mouches sur un gluau jusqu'à ce qu'ils meurent de faim et de soif. Les entraves les relâchaient seulement une fois qu'il ne restait plus d'eux que leurs os. Pour ce délit, les Mages ne faisaient preuve d'aucune pitié, car personne ne pouvait pénétrer à l'intérieur du palais à l'exception des Six et de leur suite.

Lot-Ionan prononça la formule d'ouverture des battants du portail. Mus par des forces invisibles, ceux-ci s'écartèrent pour le laisser entrer.

Il ordonna à l'étalon de s'arrêter devant le large perron de marbre aux couleurs chamoisées et mit pied à terre. Après avoir gravi les larges marches, il arpenta des couloirs en arcade inondés de lumière et au sol couvert de délicates mosaïques. Les colonnes blanches, disposées avec soin, réfléchissaient la lumière pénétrant par les coupoles vitrées, accentuant ainsi les multiples couleurs. Lot-Ionan arriva devant la Salle du Conseil où il était attendu. Sur une formule, les portes s'ouvrirent.

Ils étaient assis là, réunis autour de l'imposante table ronde en malachite : Nudin le Curieux, Turgur le Beau, Sabora la Réservée, Maira la Gardienne et Andôkai l'Impétueuse.

Ainsi s'appelaient les puissants Six, qui disposaient de pouvoirs quasiment inimaginables. Par le biais de la Magie, chacun d'entre eux s'efforçait d'atteindre un objectif qu'il s'était fixé. Renverser les sept souverains temporels du Pays Sûr et conquérir leurs territoires leur aurait été chose facile, mais cela ne les intéressait pas. Leur but était le perfectionnement de la Magie, non la puissance terrestre.

Lot-Ionan salua d'abord Sabora puis les quatre autres Mages avant de se diriger vers la table pour prendre place entre la Réservée et Turgur. Ils répondirent à ses marques de courtoisie par de petits hochements de tête solennels.

Sabora lui prit la main, la serra brièvement et lui sourit cordialement.

— Je suis heureuse que tu sois là, Lot-Ionan. (Elle portait une robe étroite de soie jaune un peu sévère, à col montant, qui tombait jusqu'au sol. La teinte argentée de ses cheveux courts s'était intensifiée mais ses yeux gris-brun restaient vifs et cherchaient son regard.) L'Impétueuse ne supportait plus cette attente. (Elle baissa la voix, murmurant pour que lui seul entende.) Moi non plus, d'ailleurs. Mais pour une autre raison.

Lot-Ionan sourit et se sentit soudain l'âme d'un jeune homme amoureux. L'affection qu'elle lui portait était réciproque.

— Nous avons appris pourquoi tu n'avais pas réagi à notre premier appel, dit Andôkai sur un ton de reproche.

On pouvait sans hésiter qualifier sa beauté d'austère et elle était dotée d'une silhouette singulièrement musculeuse pour une Mage ; on prétendait qu'elle combattait aussi bien qu'un guerrier. Elle tressait ses longs cheveux blonds en une coiffure sévère et ses yeux bleus arboraient en permanence une expression querelleuse.

— Friedegard et Vrabor sont morts, ajouta Maira.

Maira était plus grande et plus fine qu'Andôkai. Ses cheveux roux tombaient librement sur ses épaules blanches et nues ; sa robe simple, vert clair, s'assortissait admirablement à ses yeux et aux bijoux qu'elle portait aux oreilles et autour du cou.

— La nouvelle nous est parvenue peu avant ton arrivée, Lot-Ionan. (Elle regarda Nudin.) Nous nous accordons à penser que seuls des Albes peuvent les avoir tués. Le Pays Mort a dû les envoyer pour empêcher la réunion des Six.

Lot-Ionan fronça les sourcils.

— Ce serait la première fois que la Puissance venue du nord envoie ses plus redoutables serviteurs si loin vers le Sud. Nudin m'a rapporté que nos barrières étaient sur le point de céder, répondit-il. Notre adversaire reçoit des renforts en provenance de l'autre côté du col du Septentrion – plus encore qu'auparavant. Tant que nous n'y mettrons pas fin définitivement, nous serons sans cesse contraints de nous réunir à Porista pour tendre nos filets magiques.

(Il tapa énergiquement sur la table de son index.) Il faut que cela cesse ! Détruisons les forces du Pays Mort, mes amis !

— Mais bien sûr, l'interrompit Turgur avec condescendance.

Un visage régulier, rasé de près, une fine moustache et de longs cheveux noirs bouclés ondoyants constituaient les traits distinctifs du Beau. Aucun autre Humain du Pays Sûr ne pouvait rivaliser en beauté avec le Mage ; les femmes de tous âges étaient à ses pieds, les hommes l'admiraient ou le haïssaient pour cette même raison.

— Rien de plus simple, Lot-Ionan. Heureusement que tu nous le dis. Comment se fait-il que personne n'ait eu cette idée avant toi ?

— Ce n'est ni le lieu ni le moment de se chercher des poux, le réprimanda Nudin de sa voix rauque.

Le silence retomba.

Les hommes et les femmes se souvinrent des efforts entrepris par le passé pour repousser l'ennemi invisible.

— Peu importent les formules que nous avons employées, le Pays Mort s'est étendu comme une grosse bête noire sur le Gauragar, Tabaîn, l'Âlandur, l'ancien Lesinteïl et la Plaine d'Or, devenue aujourd'hui Dsôn Balsur, déclara Lot-Ionan.

— Avec les forces que nous avons libérées, nous aurions pu faire sauter des montagnes et assécher des lacs, ajouta Andôkai, qui disposait de solides connaissances en matière de destruction. La Mage était une adepte de Samusin, le dieu des Vents, et aspirait à maîtriser jusqu'à la brise la plus infime. Son tempérament était tout aussi imprévisible que le vent et elle avait provoqué plus d'une tempête.

— Manifestement, ce n'était pas suffisant, dit Turgur. Le Pays Mort a enfoncé ses griffes dans la terre et s'y accroche.

— Non, justement ! le contredit sèchement Andôkai. Il est à l'affût et semble à présent prêt à bondir. Si nous n'entreprenons rien, il attaquera à coup sûr !

Lot-Ionan reprit la parole.

— J'ai réfléchi. L'expérience nous a montré que nos forces suffisaient pour contenir la menace. Mais si nous convoquons nos élèves à Porista pour qu'ils participent au rituel, nous parviendrons peut-être à repousser les forces ennemies. (Il adressa à la ronde un regard plein d'expectative. Il ruminait cette question depuis un certain temps. Chacun d'entre eux avait au moins trente jeunes apprentis des deux sexes aptes à la Magie.) En mobilisant les pouvoirs de plus de cent quatre-vingts magiciens contre le Pays Mort, nous devrions y arriver.

— Ou alors, la tentative échoue et nous devrons constater avec effroi que ni les puissances séculières ni celles de l'esprit ne sont à la hauteur de notre adversaire, déclara Nudin sèchement.

Lot-Ionan n'osait envisager cette possibilité, la pire de toutes. *Le Pays Sûr tomberait alors tôt ou tard aux mains des forces des Ténèbres. Dès cet instant, les hommes, les animaux et la nature seraient condamnés à mener à tout jamais une existence de morts-vivants et à suivre la volonté de la terrible puissance venue du nord.* Un frémissement d'horreur le parcourut.

— Non, cela n'arrivera pas.

Andôkai fut la première à retrouver la voix. Lorsqu'elle s'adressa aux cinq autres, ce fut avec un air très inquiet.

— Je sais que certains éprouvent des difficultés à accepter ma foi en Samusin. Mais les choses sont ce qu'elles sont. Et nous ne pouvons pas rester inactifs.

— Tu me surprends, reconnut Lot-Ionan. Je t'aurais bien crue capable de te prononcer contre l'expulsion du Pays Mort.

— Samusin est le dieu de l'Équilibre. Là où seule l'obscurité règne, même l'ombre disparaît. Nous ne pouvons tolérer que le cauchemar d'un Pays asservi devienne réalité. J'approuve ta proposition, affirma-t-elle. Si le Pays Mort est chassé, l'équilibre se rétablira de lui-même.

Ils votèrent ; tous furent favorables à la proposition de Lot-Ionan.

— Nous devrions toutefois commencer par renouveler les barrières existantes. Nous ne serons pas plus avancés si le Pays Mort franchit les barrages alors que nos apprentis sont encore en route, les mit en garde Nudin de sa voix enrouée. Je propose que nous nous reposions une heure et prenions une collation avant de passer ensemble à l'action.

Les membres du Conseil l'approuvèrent et se dispersèrent. Nudin pria Lot-Ionan de rester encore un instant et l'entraîna un peu à l'écart vers la fenêtre nord de la salle du palais.

Maintenant qu'ils étaient tout proches l'un de l'autre, le magicien remarqua à quel point Nudin était massif et bouffi. Il découvrit des douzaines de veinules éclatées dans le blanc de ses yeux, ses pupilles étaient brillantes de fièvre. *Il est gravement malade !*

Nudin fut saisi d'une quinte de toux et plaça vivement un mouchoir devant sa bouche ; de l'autre main, il s'agrippa à son bâton d'érable pour prendre appui. Il rempocha hâtivement son mouchoir.

Lot-Ionan crut y voir du sang.

— Tu devrais demander à Sabora d'imposer ses mains sur toi, suggéra-t-il, inquiet. Tu as l'air… plus que malade.

Mais Nudin refusa d'un geste, s'efforçant d'arracher à son visage boursouflé un sourire qui ne l'engageait à rien.

— Juste un refroidissement, rien de plus, dit-il pour dédramatiser. Cela ne fait pas de mal au corps de devoir mobiliser ses forces, parfois. (Il adressa un signe de tête approbateur à son vis-à-vis.) Ta proposition était excellente. Puisque tu as convaincu jusqu'à Andôkai, les autres te suivront. (Il réprima péniblement une nouvelle quinte de toux ; son visage rougit.) Nous, les Mages, nous sommes préoccupés uniquement de nous-mêmes pendant trop longtemps. Sabora exceptée, peut-être, dit-il d'une voix étouffée. Il est bon de voir qu'il existe d'autres choses pour lesquelles nous devons intervenir tous ensemble. Dommage qu'il ait fallu des circonstances aussi alarmantes pour que nous en prenions conscience.

— Eh bien ? fit Lot-Ionan, abasourdi. Ton nouveau surnom serait-il « l'Autocritique » ?

Aujourd'hui, il trouvait le magicien tout à fait supportable, parce que moins condescendant que de coutume. Si sa maladie en était la cause, il souhaitait la même à Turgur et Andôkai.

Nudin rit ; son accès d'hilarité se mua en une quinte de toux. Cette fois, Lot-Ionan vit le sang passer ses lèvres avant que le Mage l'essuie.

— Tu iras trouver Sabora, répéta-t-il en prenant délibérément un ton autoritaire. Tu auras besoin de forces pour le rituel et tu sembles en manquer cruellement.

Nudin leva la main en un geste de défense.

— Tu as gagné. J'irai la voir, répliqua-t-il d'une voix rauque. Une chose encore : où sont mes artefacts, mon vieil ami ?

Lot-Ionan aurait préféré éviter le sujet.

— J'ai oublié le sac, avoua-t-il. Tu les recevras quand mes apprentis viendront à Porista.

Nudin arbora un sourire narquois.

— Tu les as trouvés, c'est toujours ça. Ne t'en fais pas, ce n'est pas urgent. Le Pays Mort a priorité.

— J'ai bien songé à les chercher dans l'armoire de mon bureau et à les emballer, mais mon entretien avec toi m'a tellement bouleversé que j'ai tout planté là, s'irrita-t-il.

Le seigneur de Lios Nudin lui tapota l'épaule.

— Cela ne fait rien. (Il chancela légèrement.) À présent, excuse-moi. Je dois m'allonger un moment, dit-il pour prendre congé avant de se diriger vers la sortie. Son ample robe bruissa faiblement, contrastant avec le bruit de son bâton, qui heurtait violemment le sol à intervalles réguliers.

— Va voir Sabora ! lui cria encore Lot-Ionan.

Par la fenêtre, il observa pensivement les jardins du palais aménagés avec goût ainsi que les toits de la ville, puis son regard glissa vers l'horizon où le vert des champs et le bleu du ciel semblaient se mêler. D'ici, on ne remarquait aucune différence, et pourtant le Pays Mort était bien là, à quelques lieues à peine.

Au bout d'un moment, il sentit une douce main sur son épaule, respira un parfum qu'il n'avait plus senti depuis longtemps, et les battements de son vieux cœur s'accélérèrent. Il posa sa main droite sur celle-ci.

—Ma chère amie, dit-il en se tournant vers Sabora.

—Mon cher ami, répondit-elle d'un air radieux.

La vue de Sabora l'emplissait de joie chaque fois. Elle considérait l'âge de la même manière que lui, tous deux acceptaient le leur. Ne pas être le seul vieillard ridé parmi tant de visages jeunes le rassérénait prodigieusement.

Non qu'il fût vaniteux, mais lors des réunions, il se sentait toujours deux fois plus vieux qu'il l'était déjà. Malgré ses cent cinquante cycles, Andôkai en paraissait trente, et bien qu'elle eût trois cents cycles, Maira n'en faisait guère plus de cinquante et Turgur, lui, manipulait son apparence pour conserver l'aspect d'un quadragénaire de belle prestance.

Sabora semblait lire dans ses pensées.

—Eux aussi vieillissent, Lot-Ionan, ne te désole pas, dit-elle d'un ton réconfortant, et ils s'étreignirent un long moment.

—Comment va ton art ? finit-elle par demander.

—J'y travaille assidûment, mais mon assistant a détruit une précieuse formule avant que j'aie l'occasion de l'appliquer, raconta-t-il. Bientôt, je parviendrai à rendre visible la Magie présente en toute chose et en toute personne, ce qui nous fera grandement progresser dans nos recherches. Et toi ? Tes puissances curatives auront-elles bientôt évolué au point de vaincre toutes les maladies ?

Sabora lui prit le bras. Ils flânèrent ensemble sous les arcades.

— De simples blessures ne représentent plus un défi depuis longtemps. Actuellement, je m'emploie à éradiquer la peste, précisa-t-elle. Avec un succès considérable. Mais il y a toujours suffisamment de personnes atteintes de mystérieuses maladies qui viennent me trouver. Les dieux imaginent quotidiennement de nouveaux fléaux.

— Un jour, tu permettras aux Humains de vivre libérés des maux, l'encouragea-t-il. Nudin t'a-t-il déjà consultée ? Il fait peur à voir.

La Mage secoua la tête.

— Non. Il m'a croisée sans rien dire. (Un sourire malicieux glissa furtivement sur son visage.) Mais je suis impuissante face à son excès de poids. As-tu vu Turgur ? Il s'est remodelé le corps et le visage par Magie.

— Si son objectif est de rester bien fait quel que soit son âge, il doit s'en être bien rapproché. Son visage était plus irrégulier et plus ridé dans mon souvenir.

Ils firent halte dans l'un des nombreux jardins et s'assirent.

Sabora s'appuya contre Lot-Ionan.

— C'est surprenant, dit-elle à voix basse. Nous avons tous des objectifs si différents et sommes pourtant unanimes.

— As-tu cru que Maira, notre doyenne, s'y opposerait ? Elle connaît exactement les effets du Pays Mort et rassemble dans ses forêts les créatures les plus nobles et les plus pures pour leur offrir un refuge sûr face aux Orcs.

— Oui, j'ai entendu dire que les dernières licornes s'étaient réfugiées dans son royaume. Elles y sont à l'abri de ces monstres, confirma-t-elle. Bientôt, nous rendrons l'ensemble du Pays Sûr aussi préservé qu'il y a onze cents cycles. Il en est plus que temps, d'ailleurs.

Il savourait sa rare proximité et passa un bras autour de ses épaules.

— Turgur me surprend, reconnut-il. J'ai toujours pensé qu'il ne se préoccupait que de lui-même. Un aspect soigné, la beauté et l'art dominent son mode de vie. Mais là…

Sabora rit.

— Il a sans doute peur pour les plantes et les jardins parfaits qu'il a créés par Magie. Le Pays Mort serait ravi de s'emparer de ses jardins ornementaux et de ses parcs. (Elle se redressa.) J'ai entendu dire que Gorén était venu ici. N'était-ce pas l'un de tes apprentis ?

— Gorén ? Ici ? À Porista ? Mais il vit à Vertbois.

— Turgur m'a raconté que Gorén et lui-même, ainsi qu'un apprenti de Nudin, s'étaient rencontrés à l'issue de la dernière réunion.

— Si je n'étais pas mieux informé, dit le Mage sur le ton de la plaisanterie, je croirais à une conspiration. Le Beau rencontre les disciples de ses deux concurrents pour leur soutirer les résultats de leurs recherches ?

— Ce serait une étrange combinaison. La beauté magique, la perception de la Magie et… (Elle hésita.) Je ne sais même pas ce que Nudin étudie. Et toi ?

— Non, il ne m'en a pas parlé, répondit-il. Mais ce doit être très exigeant s'il n'a pas le temps de faire un peu d'activité physique entre deux expériences. (Les paroles de

Sabora avaient éveillé sa curiosité et il décida d'interroger ultérieurement Turgur au sujet de sa rencontre avec Gorén. Il prit tendrement la Mage dans ses bras et la berça doucement.) Oublions les autres pour quelques heures, Sabora, la pria-t-il doucement. Nous nous voyons si rarement.

— Bien trop rarement, confirma la magicienne aux courts cheveux argentés. Je vais proposer à Andôkai d'échanger mon royaume contre le sien pour que nous soyons plus proches l'un de l'autre.

— Ses sujets se féliciteraient certainement du changement. Dans son pays, ce serait le calme après la tempête, la taquina-t-il.

— Tu sais pourtant qu'il faut se méfier de l'eau qui dort, rétorqua-t-elle, une étincelle malicieuse dans les yeux.

Le Pays Sûr, Royaume du Gauragar, au début de l'été du 6234e cycle solaire

Les yeux de Nain de Tungdil s'habituèrent rapidement à l'obscurité. Les parois étaient parfaitement lisses, comme tracées au cordeau dans la sombre chair de la montagne. Elles avaient tout l'air d'être l'œuvre de mineurs Nains. Les Humains ne se seraient certainement pas donné cette peine.

Si impressionnante que fût la légende de la Montagne d'Or, le Nain n'y croyait plus. Le peu qu'il avait découvert lui faisait davantage penser à une habitation qu'à une mine d'or.

Tungdil descendit plusieurs escaliers pour se retrouver devant une herse levée qui se dressait juste devant une massive porte de chêne, aux ferrures épaisses, renforcées de surcroît par des plates d'acier. Si jamais il passait la herse et qu'elle retombait, il serait pris au piège.

— Ohé ! cria-t-il. Il y a quelqu'un ?! Sieur Gorén ?!

Le sourd écho de sa voix mis à part, il n'entendit rien, et au bout d'un moment tout fut de nouveau aussi calme que dans un tombeau. Il se remit en marche.

— Mon nom est Tungdil. C'est le Mage Lot-Ionan qui m'envoie, vous m'entendez ? dit-il en criant pour ne pas passer pour un intrus ou un cambrioleur.

De l'autre côté de la porte, il découvrit plusieurs leviers grâce auxquels on pouvait lever et abaisser la herse, ainsi qu'il put en faire l'expérience, curieux qu'il était. Les sons qui en résultaient étaient très bruyants. Trop bruyants.

— Je vous demande pardon, cria-t-il de nouveau avant de repartir à la recherche de Gorén.

Il s'enfonçait de plus en plus profondément dans la montagne. Tungdil avait l'impression d'avoir atterri dans un Royaume nain. Escaliers et volées de marches l'entraînaient au cœur de ce refuge de pierre, lui donnant une idée approximative de ce à quoi devait ressembler l'intérieur des montagnes qu'habitait son peuple. Il finit par aboutir dans une cuisine, une grande salle creusée proprement dans la pierre, pourvue de fourneaux qui n'avaient plus été utilisés depuis longtemps, tout comme les couverts.

— Sieur Gorén ?!

Tungdil s'assit, déposa ses affaires et attendit un moment. Un doute affreux s'insinua en lui. *Et s'il était mort?* Il décida énergiquement d'abandonner son habituelle retenue pour se mettre en quête d'indices sur l'endroit où se trouvait à présent le *famulus*.

Il franchit la première porte venue et longea un couloir qui débouchait sur une vaste grotte, de plus de deux cents pas de long sur quarante de large. Tungdil vit qu'on y avait aménagé un jardin dans toutes les règles de l'art, mais celui-ci était redevenu sauvage faute de jardinier. La lumière nécessaire était amenée par un jeu de miroirs, qui faisaient croître les plantes malgré la fraîcheur. Celles-ci étaient irriguées par la pluie, qui suintait de canalisations creusées dans la voûte de la grotte. De l'eau tombait goutte à goutte du plafond.

Tungdil ne s'y attarda pas, préférant se frayer un chemin à travers la verdure, qui proliférait. Il suivit le couloir et se retrouva dans un cabinet d'étude, dont la vue lui était plutôt familière : parchemins déroulés, papyrus couverts de gribouillis, livres ouverts entassés sur les tables et sur le sol…

— Une partie de ses notes ? s'étonna-t-il à voix haute.

D'aucuns appelleraient cela une bibliothèque. Après un moment d'hésitation, il décida de chercher des informations sur le nouveau lieu de séjour de Gorén.

Il était incapable de lire la plupart des ouvrages empoussiérés qu'il feuilletait. Ceux-ci étaient rédigés dans la langue savante des magiciens, que seuls des *famuli* de haut niveau maîtrisaient et les Mages eux-mêmes. *Richesse ? Longue vie ? Santé éternelle ? Sur quoi avait-il bien pu travailler?* Quoi qu'il en fût, il lui incombait de remettre en mains propres le sac aux artefacts.

Derrière une armoire, il trouva un paquet de lettres, dans lesquelles Gorén échangeait des vues avec deux autres érudits sur le thème de la possession : ses différentes manifestations, ses formes, connues ou plus récentes, ainsi que sur la possibilité d'être dominé par un esprit.

L'un de ces érudits devait être un Mage de haut rang, car Tungdil était tout à fait incapable de décrypter ses lettres. L'autre avait l'écriture d'un *famulus* de premier niveau, et décrivait les modifications que subissait un Humain, tant sur le plan physique que mental. Mais il ne trouva toujours pas d'indice sur le lieu où pouvait bien se trouver Gorén.

Le Nain passa au peigne fin les pièces voisines, pénétrant dans de petits laboratoires, dans des bibliothèques à demi vides, dans des dépôts d'ingrédients de sorts, s'éloignant toujours davantage du centre de la montagne.

Il reconsidéra alors sa situation. Il était tout à fait manifeste que Gorén ne vivait plus en ces lieux. Mais il avait donné sa parole d'honneur à Lot-Ionan qu'il lui livrerait les objets. Cela signifiait qu'il ne rentrerait pas chez lui tant qu'il n'aurait pas accompli sa mission. S'il y a une chose sur laquelle on peut compter, c'est bien le serment d'un Nain. *Et Jolosin devra peler encore plus de pommes de terre. Ce qui n'est pas plus mal.*

Soudain, Tungdil tomba sur des inscriptions d'origine indubitablement naine, immortalisées dans la roche devant lui. Ses membres furent parcourus de frissons d'horreur. Il s'agissait de tirades haineuses, d'une hostilité abyssale.

Celui qui avait tenu le burin était animé du plus profond mépris et du plus ardent désir de voir disparaître les quatre Maisons naines, et avec elles tous les clans qui les composaient.

Cela ne pouvait signifier qu'une seule chose. *Cette forteresse a autrefois appartenu à la Maison de Lorimbur!* Ainsi donc, en Gauragar, en pleine terre d'Humains, il était tombé nez à nez sur un chapitre de l'histoire de son peuple qui n'apparaissait nulle part dans les chroniques habituelles.

Érigé contre les Quatre, tombé face aux Quatre. Il repensa aux versets gravés dans la roche. Cela voulait sans doute dire que les Troisièmes avaient aménagé une forteresse en plein milieu du Pays Sûr. *Mais pour quoi faire? Pour attaquer d'ici les autres Enfants du Forgeron?* Ceux-ci avaient manifestement subi une défaite face à leurs parents, s'il interprétait correctement le verset en question. *Maudit par les Quatre, délaissé de tous les Cinq.* Et apparemment, une malédiction devait rendre le Noirjoug inhabitable à jamais.

Le Nain crut deviner ce qui s'était passé. Gorén avait dû par un heureux hasard apprendre l'existence des tunnels et des salles à l'intérieur de la montagne et décider d'y créer son propre refuge. Muni d'un bagage théorique suffisant pour comprendre et rompre la malédiction des Nains, il était venu nicher ici. Les vers *Bâti dans le sang, trempé du sang* ne l'avaient sans doute pas davantage dérangé.

Soudain, Tungdil entendit des chuchotements, et les cheveux de sa nuque se hérissèrent. Les murs lui parlaient, des esprits semblaient l'encercler et lui souffler des choses à l'oreille.

C'est seulement mon imagination, se dit-il.

Or ces mêmes esprits lui firent percevoir le fracas de haches, le cliquetis de cottes de mailles et les cris de combattants. Les bruits prirent de l'ampleur, le vacarme s'intensifia, les appels et les cris des blessés et des mourants devinrent insupportables.

— Non ! cria Tungdil en se plaquant les mains sur les oreilles. Laissez-moi !

Mais l'illusion ne voulut pas disparaître. Pis, elle se fit encore plus assourdissante et plus menaçante, de sorte qu'il revint sur ses pas en courant aussi vite qu'il put. Plus rien ne le retenait ici de toute façon ; tout ce qu'il voulait, c'était fuir le Noirjoug et ses esprits.

Les chuchotements, les cris et le vacarme diminuaient au fur et à mesure qu'il s'éloignait de cette partie du repaire.

Tungdil n'éprouvait que rarement de la peur, mais cette fois, la montagne avait mis son cœur à rude épreuve. Il préféra se tenir sous le plus éclatant des soleils ou sous la plus diluvienne des pluies plutôt que de passer une nuit de plus à l'intérieur de ce rocher. Maintenant qu'il connaissait en partie le terrible secret de la forteresse, il voyait les esprits de ses défunts ancêtres se tenir autour de sa couche.

Au bout d'innombrables heures de recherche, il n'avait toujours pas découvert d'indications explicites quant au nouveau lieu de séjour de Gorén. En revanche, il avait lu à plusieurs reprises le nom d'une Elfe dans des poèmes d'amour composés par le *famulus*. Or, ce dernier avait entouré tant de fois le même endroit sur de fragiles cartes du Pays Sûr que Tungdil crut savoir où se cachait Gorén : à Vertbois.

Pour parvenir jusque là-bas, trois cent cinquante milles supplémentaires vers le nord-ouest attendaient les pieds de Tungdil. Selon toute vraisemblance, le *famulus* s'était retiré dans le domaine boisé que l'on considérait comme le premier contrefort de l'Éternelle Forêt, laquelle se situait dans le Royaume elfique d'Âlandur. L'atmosphère particulière et paisible qui y régnait était légendaire ; on disait que là-bas, les feuilles tombaient et repoussaient sans cesse, faisant fi des saisons.

Tungdil ricana. *Il s'est entiché d'une Oreille-pointue, et il est parti la rejoindre chez elle.* Il se rendit compte qu'à cause de cette Elfe inconnue, il avait fait tout ce chemin pour rien, ce qui n'était pas pour lui faire aimer davantage les Oreilles-pointues.

Quelque peu découragé, le Nain voulut retourner à la cuisine pour reprendre de là-bas le couloir qui menait à l'extérieur de la montagne, mais il manqua une bifurcation, plongé qu'il était dans ses pensées. Cette erreur fut une occasion pour lui d'en apprendre encore davantage au sujet de la forteresse des Troisièmes. C'est ainsi qu'il vit que la tribu de Lorimbur avait voulu créer quelque chose d'impressionnant, sans toutefois y parvenir. Les parois n'étaient pas droites, les marches étaient irrégulières. La malédiction de Vraccas qui pesait sur eux leur avait valu de ne même pas maîtriser correctement le plus élémentaire des métiers nains.

Finalement, il se retrouva au pied d'un porche que les bâtisseurs de la forteresse avaient creusé directement dans la pierre. À peine avait-il lu à voix haute les runes gravées sur la clé de voûte qu'une jointure se dessina sur la paroi massive. Les vantaux de pierre se séparèrent douloureusement pour le mettre dehors. Tungdil eut juste le temps de franchir la porte, qui se referma sur son passage. Il eut beau tâtonner et chercher, il ne trouva aucune fente qui trahît la présence d'une porte à cet endroit. *Voilà au moins une chose que les Troisièmes savaient bien faire.*

Le court chemin à travers l'épaisse forêt de sapins lui permit de s'accoutumer rapidement à la lumière du soleil, et lorsqu'il longea enfin la route en direction de Vertbois de son pas lourd, la clarté du jour ne le dérangeait déjà plus du tout.

Pour la première fois depuis le début de son périple, Tungdil se réjouit d'entendre le bourdonnement des abeilles, de sentir l'odeur de l'herbe et d'être touché par les vifs rayons du soleil. Tout était mieux que le Noirjoug.

Chapitre 5

**Le Pays Sûr, Royaume magique de Lios Nudin,
au début de l'été du 6234e cycle solaire**

Le soir venu, les six hommes et femmes se rassemblèrent dans la salle pour effectuer leurs préparatifs. Ils retirèrent les chaises entourant la table de malachite pour tracer chacun un grand cercle de craie sur le sol de marbre et le remplir de symboles, de runes et d'inscriptions ; ceux-ci devaient permettre de capturer la Magie invoquée une fois l'invocation réussie et de la retenir un certain temps afin que son effet ne parte pas en fumée. Les énergies devaient ensuite être conduites simultanément vers la table, au centre d'un cercle plus grand.

Ces préparatifs prirent des heures. Aucune parole ne fut échangée car une conversation aurait nui à la concentration et un trait erroné les aurait obligés à reprendre tous leurs dessins depuis le début.

Lot-Ionan termina le premier et considéra la table de malachite vert sombre, qui était d'une nature particulière. Il avait jadis découvert ce meuble insolite chez un petit commerçant et décelé le potentiel de la pierre. Ses recherches avaient révélé que la mine d'où provenait la malachite vert sombre était située aux abords d'un champ de Magie. Ses expériences mirent dès lors rapidement en évidence que cette roche possédait la remarquable faculté d'accumuler la Magie et de la libérer sur commande. La malachite conservait les forces invoquées et les transformait en Magie concentrée. Plus de cent cycles solaires plus tard, cette découverte s'avéra bénéfique pour ses successeurs comme pour le Pays Sûr car, sans le cristal accumulateur, les Six ne seraient jamais parvenus à barrer la route au Pays Mort. Des générations de Mages des deux sexes avaient mis à profit cette propriété de la malachite et il devait en aller de même ce jour-là.

Turgur se releva et contempla son cercle avec satisfaction. Puis il observa Nudin.

— Quelque chose ne va pas, murmura-t-il à Lot-Ionan. Prends garde à Nudin.

— Pourquoi ? demanda le Mage, surpris. Que…

Nudin se redressa et regarda dans leur direction ; son visage bouffi prit une expression méfiante lorsqu'il remarqua les deux hommes en train de chuchoter.

— Pas maintenant. Je vous expliquerai plus tard, à toi et aux autres, déclara Turgur. M'apporteras-tu ton soutien ?

— T'apporter mon soutien ? (L'esprit du Mage à la longue barbe blanche était empli de formules magiques ; il ne savait que faire des airs mystérieux du Beau.) Mais… ?

Maira l'interrompit et les enjoignit à prendre place. La lune et les étoiles étaient hautes dans le ciel lorsque les Mages pénétrèrent dans les cercles tracés tout autour de la table. La cérémonie pouvait commencer. La voûte au-dessus de leurs têtes entra en mouvement et pivota sur le côté de sorte que seul le firmament les dominât encore.

Les Six étendirent les bras en croix et récitèrent les yeux fermés les formules d'invocation des forces magiques.

Chacun prononça ses propres syllabes. Maira en chantant, Andôkai en chuintant furieusement et en s'emballant, les formules de Turgur vibrant de l'arrogance qui était la sienne tandis que Sabora émettait un murmure à peine audible. Leurs voix se mêlaient pour former un chœur indistinct et implorant auquel la Magie ne pouvait résister.

Nudin et Lot-Ionan s'exprimaient de manière pratiquement identique. Ils récitaient leurs paroles solennellement et majestueusement, comme s'ils se trouvaient face à un roi qu'ils salueraient avec une crainte respectueuse.

Le Patient n'avait pas oublié les étranges paroles de Turgur ; il épia Nudin à travers ses paupières mi-closes et constata avec soulagement que le comportement de ce dernier n'avait rien de bien singulier.

Les symboles entourant la Gardienne se mirent à rougeoyer vivement les uns après les autres ; celle-ci se tenait dans un faisceau irisé étincelant, visible de loin, qui rayonnait verticalement en direction du ciel sombre et illuminait sa silhouette. Maira était prête.

Les cercles s'embrasèrent à tour de rôle, baignant les Mages de lumière. Les habitants de Porista devaient sûrement contempler le palais du Conseil avec enthousiasme, se réjouissant de ce rare spectacle.

La formidable énergie de la Magie emplit la pièce. Des crépitements retentirent de toutes parts. De petits feux follets bleuâtres jaillirent entre les colonnes.

La Gardienne posa les mains sur la malachite et les cinq autres l'imitèrent. Lot-Ionan vit que Turgur ne quittait pas Nudin des yeux et semblait extrêmement tendu.

La puissance invoquée les traversa et pénétra dans le cristal vert sombre, qui se mit alors à palpiter. Son éclat se fit de plus en plus vif, puis les Six retirèrent leurs doigts de sa surface froide et reculèrent d'un pas.

— Entame ton voyage et renforce le lien invisible qui entrave le Pays Mort ! s'exclama Maira en récitant la formule.

La malachite et la Magie lui obéirent ; l'énergie émergea du centre de la table sous la forme d'une lumière blanchâtre scintillante.

Mais Nudin saisit soudain son bâton et maintint son extrémité directement dans la puissance concentrée. La précieuse pierre noir et argent absorba la lumière blanche puis libéra un éclair noir qui transmit la puissance ainsi capturée au Mage ; celui-ci poussa d'horribles cris et fut pris de convulsions sous l'effet de la douleur.

— Traître !

Turgur prit son bâton magique pour faire tomber l'onyx de son embout en acier, mais un écran de protection invisible l'en empêcha.

La pierre aspira la Magie de la malachite jusqu'à la moindre particule, le plateau de la table cessa de scintiller, les cercles magiques de rougeoyer. Le rituel était terminé, la puissance ayant été invoquée, puis libérée. Nudin tituba et prit appui, épuisé, contre une colonne derrière lui.

Lot-Ionan regarda en direction de Turgur qui, manifestement, en avait su davantage sur les intentions de Nudin.

— Il nous a trahis ! s'écria le Beau hors de lui. Il est du côté du Pays Mort ! Si seulement j'avais été renseigné plus tôt.

— Qu'est-ce qui t'a pris ?! s'emporta Andôkai en courant vers Nudin.

De ses mains puissantes, elle agrippa le Mage par les épaules, comme pour le frapper.

Mais il la devança.

Son poing serré s'écrasa à une telle vitesse sur le menton d'Andôkai qu'elle n'eut pas l'occasion de parer le coup. L'Impétueuse fut projetée, vola sur une courte distance à travers la pièce et retomba sur la table de malachite où elle resta étendue, immobile.

— Tu nous dois des explications, Nudin, exigea Lot-Ionan d'un ton cinglant.

Le Mage vêtu de sombre se redressa.

— Tais-toi, vieux fou ! lui cria-t-il en tendant le bâton à l'onyx vers Lot-Ionan.

Les quatre Mages s'apprêtèrent à réagir contre une offensive magique. La maladie avait très certainement altéré sa raison ; la folie n'avait rien d'inhabituel chez les Mages.

— Qu'est-ce qui t'a pris, Nudin ? insista Sabora. Est-ce une question de pouvoir ? Était-ce une ruse pour obtenir une puissance accrue grâce au rituel ? À moins que Turgur ait dit la vérité ? Ce serait insensé. (Elle jeta un rapide regard aux autres.) Pose ton bâton avant qu'un malheur se produise.

— Le malheur s'est déjà produit, rétorqua-t-il. Le malheur, c'est l'erreur que vous avez commise pendant toutes ces années. Vous l'avez combattu au lieu de lui parler. Il a raison à bien des égards !

— Le Pays Mort ! murmura la Gardienne, horrifiée. Tu lui as… parlé ?

— J'ai suivi son enseignement, corrigea-t-il. Je vous laisse le choix. Serez-vous avec moi ou contre moi, quand je transformerai et protégerai le Pays Sûr ?

Lot-Ionan saisit son bâton. Il était inutile de demander quelle serait sa décision.

— Par l'acte que tu as commis aujourd'hui, tu t'es fait cinq ennemis, déclara-t-il avec tristesse. La soif de connaissance et la curiosité ont causé ta perte. Tu n'aurais pas dû écouter la voix du Mal.

— Il n'est pas le Mal, objecta Nudin. (Celui-ci s'apprêtait à s'expliquer lorsque de fines coulées de sang se mirent à suinter de son nez et de son œil gauche, dessinant des sillons rouge sombre sur son visage pâteux. Il s'interrompit.)

— Vois ce qu'il fait de toi, dit doucement Maira. Rejette-le, Nudin !

— Non ! s'exclama-t-il d'une voix emplie de crainte. Non, jamais ! Il sait tant de choses, plus que tous mes livres, oui, plus que tous les Humains et tous les Mages réunis. (Sa voix se fit aiguë.) Avec lui, mes rêves deviennent réalité. Essayez donc de comprendre, lui seul me permettra de progresser !

— Je vois. Tu ne peux plus revenir en arrière, parce que tu es devenu partie intégrante du Pays Mort. Et l'infime prix à payer pour cette prétendue omniscience, c'est le Pays Sûr tout entier, Humains et créatures compris, n'est-ce pas ? demanda Turgur, acerbe. J'ai connu meilleurs pactes, mon cher.

— Personne ne te soutiendra, Nudin, le prévint Sabora dans un murmure en secouant la tête. Comment as-tu pu ?

— Vous ne comprenez pas, dit-il, déçu. Il est venu pour tous nous préserver du Mal !

— Nous préserver du Mal ? (Maira donna un signal aux autres.) Non, Nudin. Il n'y a rien de pire que le Pays Mort, rien de plus terrible. Nous devons l'arrêter (elle inspira profondément) et nous devons t'arrêter toi aussi.

— Fous que vous êtes ! Vous ne ferez pas de mal à mon ami.

Nudin marmonna des paroles incompréhensibles et frappa le sol du bout de son bâton. Le marbre se fendilla, une fissure se forma qui s'étendit en direction de la pierre fine pour atteindre, un battement de cœur plus tard, le socle sur laquelle elle était posée.

La malachite craqua comme du sucre candi dans du thé très chaud avant d'éclater en milliers de petits morceaux. Andôkai s'effondra sur les dalles sans même émettre un gémissement ; les débris verts dégringolèrent et giclèrent autour d'elle.

Le contre-sort vint trop tard aux lèvres de Lot-Ionan qui, à l'instar des quatre autres, fixa horrifié les restes de la pierre extraordinaire. *Il a détruit le foyer à tout jamais !*

Tandis qu'il contemplait, pétrifié, les fragments verts étincelants, une boule de feu bleue passa à côté de lui pour anéantir le traître. Toutefois, un sort de protection fit éclater le projectile magique envoyé par Turgur.

— Tous ensemble ! s'écria Maira. Protégez le Pays Sûr d'un mal pire encore !

Son cri réveilla Lot-Ionan, assailli par la vision d'un possible avenir cauchemardesque pour son pays natal et infiniment déçu par la trahison de Nudin. Les autres avaient besoin de son soutien dans le combat insolite qui se préparait. En deux cent quatre-vingt-sept cycles, il n'avait jamais dû utiliser la Magie pour tuer ou détruire.

Les Mages attaquèrent d'abord le renégat avec des éclairs d'énergie et des boules de feu en succession rapide, puis ils concentrèrent leur Magie en une offensive unique.

La zone protectrice de Nudin se retrouva cernée de décharges et de feu, sa silhouette disparaissant au sein de cet enfer. Sabora provoqua l'écroulement de deux piliers à proximité de Nudin, si bien que le plafond du palais s'effondra en grande partie sur ce dernier ; une fine poussière se souleva, leur obstruant la vue.

Aucun des quatre n'osait prendre soin d'Andôkai. Nudin requérait toute leur attention.

— Voyons si nous avons réussi.

Maira proféra une incantation pour chasser la poussière par le toit. Lorsque le voile se dissipa, ils contemplèrent du vide – le Curieux avait disparu. Rien ne permettait de penser qu'ils l'avaient anéanti.

— C'est impossible, haleta Turgur, exténué. Il aurait dû succomber. Nudin…

Il écarquilla les yeux. Horrifié, il considéra sa main qui vieillissait à vue d'œil. La peau se rida, se couvrit de taches qui se transformèrent en plaques noires, puis elle commença à se putréfier. Le Beau proféra un contre-sort, mais en vain. La décomposition monta le long de son bras, s'empara de son torse entier et continua de s'étendre.

— Tiens bon !

Sabora vint à son secours. Sans aucune crainte, elle posa ses mains sur les parties mourantes pour les guérir grâce à ses pouvoirs, mais elle aussi échoua.

Turgur s'effondra, car plus rien ne soutenait son corps. Sa langue s'était muée en un morceau de chair fétide et il balbutiait, impuissant, achevant de perdre sa beauté, puis la vie. Le Mage s'était décomposé vivant.

Lot-Ionan tenta de surmonter sa peur naissante à l'égard du traître. Nudin connaissait des sortilèges qui n'existaient pas au Pays Sûr ; le Pays Mort lui avait déjà enseigné de terribles secrets.

Le Curieux apparut alors derrière une colonne juste à côté de Maira. La Gardienne recula à sa vue.

— Je vous avais laissé le choix, dit-il d'une voix nasillarde. (Il s'approcha des trois Mages et se tint à côté d'Andôkai.) Vous avez pris votre décision. À présent, constatez par vous-mêmes ce que cela vous coûte. Je...

Encore étendue, immobile, un instant auparavant, Andôkai bondit en tirant son épée. La lame fendit l'air avec un sifflement et transperça la poitrine de Nudin.

— En récompense de ta trahison ! lança-t-elle en poussant la lame vers le haut avec un grand cri. L'arme trancha les côtes du flanc gauche ainsi que la clavicule avant de ressortir. Nudin chancela, puis s'effondra.

Dans sa chute, le moribond brandit son bâton et le projeta en avant avec une force extraordinaire. Son extrémité traversa la poitrine d'Andôkai ; elle poussa un gémissement, tomba et ses doigts se crispèrent sur les éclats de malachite. Puis elle resta étendue sans mouvement.

— Andôkai !

Sabora fut immédiatement à son côté, et s'efforça de guérir sa blessure par la force de sa Magie.

Lot-Ionan et Maira poussèrent un soupir de soulagement en voyant le traître étendu dans son propre sang. Ils s'agenouillèrent auprès de la blessée pour lui prêter assistance, mais leurs incantations échouèrent.

— Le rituel et le combat ont épuisé nos forces, déclara Sabora en se relevant hâtivement. Veille à ce qu'elle ne perde pas trop de sang, je vais chercher un apprenti de Nudin qui s'y entend en sortilèges de guérison et qui est reposé. Ce sera mieux que rien.

Elle fit deux pas en direction de la porte et se figea en plein mouvement. Sa carnation changea pour devenir bleu pâle des pieds à la tête.

— Sabora ?

Lot-Ionan tendit la main vers elle pour la toucher. Le froid lui mordit les doigts, sa main se trouva immédiatement prise dans la glace. La Réservée s'était changée en glace !

— L'Impétueuse gît paisiblement sur le sol, le Beau a perdu sa grâce, la Réservée sera muette à tout jamais, déclara Nudin d'une voix rauque. Quel peut bien être le sort réservé au Patient ?

Nudin ?! Lot-Ionan se contraignit à se détourner de la magicienne. Des lambeaux de peau restèrent collés à la chair gelée de cette dernière et il poussa un cri. Voir son amie bien-aimée finir ainsi le mit dans une rage incroyable.

— Tu n'échapperas pas encore une fois à la mort !

Il tournoya, un atroce sortilège aux lèvres, et regarda fixement le traître qui se tenait devant lui, la robe souillée de sang et le bâton à l'onyx dirigé droit sur lui. La profonde plaie causée par l'épée d'Andôkai avait disparu ; seule l'étoffe tailladée témoignait de son agression.

Mais avant que Lot-Ionan ait pu agir, de mystérieuses forces paralysèrent son corps qui se refroidit de plus en plus, gelant pitoyablement ; sa peau se resserra et se tendit à tel point que des larmes de douleur coulèrent le long de ses joues. Seuls ses yeux conservèrent leur mobilité.

— Nudin, ne vois-tu pas qu'il te manipule ?

Maira voulut se lever mais glissa sur les débris de malachite. Nudin repassa immédiatement à l'attaque. À son injonction, les éclats de cristal de toutes tailles se dressèrent sur le sol comme des épines puis il l'assaillit d'une formule magique.

Elle repoussa l'éclair noir mais tomba sur les éclats. Leurs arêtes tranchantes déchiquetèrent ses vêtements et sa peau sensible, pénétrèrent dans sa chair et la blessèrent grièvement.

— Nudin ! Je t'en supplie…, haleta-t-elle d'une voix étouffée.

— *Personne* ne me supplie !

Le Mage se tenait au-dessus d'elle jambes écartées. Il la battit avec son bâton qu'il tenait à deux mains. La pierre précieuse noire lui taillada le visage en lançant des éclairs, Maira poussa un hurlement strident.

— Et moi non plus, je ne supplierai plus personne !

Comme un dément, il lui roua la tête de coups jusqu'à ce que son crâne éclate avec un bruit retentissant et qu'il ne reste plus rien de son visage auparavant si digne.

Nudin se redressa en ahanant ; une expression de triomphe illuminait ses yeux fous. Il regarda autour de lui et contempla les morts.

— C'est *votre* faute *à vous*, s'écria-t-il avec colère comme pour se justifier. C'est *votre* décision qui vous a tués. (Il passa la main sur son visage et découvrit le sang en train de coaguler ; dégoûté, il l'essuya sur sa robe.) *Pas* moi, dit-il un peu plus bas, *pas* moi.

Lot-Ionan pleurait de désespoir, c'était tout ce qui lui restait. Ils avaient été trahis et anéantis par un homme qui se disait leur ami.

Toute tension quitta le corps de Nudin. Il se laissa tomber sur une des chaises et contempla les étoiles.

— Je suis Nôd'onn le Dédoublé, déclara-t-il en s'adressant aux points scintillants. Nudin le Curieux n'est plus, il a rejoint les cinq autres Mages du Conseil pour ne plus jamais revenir. (Ses mains se cramponnèrent à son bâton.) Je suis deux et pourtant un, chuchota-t-il, perdu dans ses pensées ; il se releva pesamment en s'appuyant sur son bâton et se dirigea vers la sortie. Lot-Ionan le suivit du regard.

— Tu vas mourir, mon vieil ami et néanmoins faux frère, prédit-il en partant. Bientôt, tu seras entièrement pétrifié et transformé en statue. (Il tourna ses yeux rougis vers lui. Ils avaient l'air très fatigués et déçus.) Tu aurais dû t'allier à moi au lieu de rester avec ce traître de Turgur. Mais en souvenir du bon vieux temps, je te promets que tu recevras une belle place, dit-il en guise d'adieu. (Il étreignit le Mage et le tourna légèrement pour qu'il puisse voir Sabora.) Regarde-la pendant que tu t'éteins, et meurs en sachant qu'elle ne tardera pas à te suivre. Adieu. Je dois partir sauver notre pays. Seul. Puisque vous m'avez abandonné.

Il sortit du champ visuel de Lot-Ionan et les portes se refermèrent avec bruit. Le Mage se retrouva seul avec les morts dont la vue était un supplice pour son âme ; voir Sabora, figée dans la glace lui fit pratiquement perdre la raison.

Ô dieux, voulez-vous donc voir sombrer le Pays Sûr ? Si ce n'est pas le cas, je vous en conjure, faites quelque chose ! La colère, le désespoir, la haine et la tristesse s'accumulèrent en son sein et sa détresse devint telle qu'il fut incapable de cesser de pleurer.

Finalement, la Magie lui accorda grâce. Les dernières larmes se figèrent, témoignages de sa peine figée sur sa peau marmoréenne. Sa respiration s'interrompit et son cœur se pétrifia. La mort épargna au Patient le spectacle de Sabora, qui fondit sous l'impitoyable soleil estival durant la journée.

Lorsque tout fut paisible, un guerrier gigantesque surgit de l'une des fenêtres. Il enjamba les morts et s'agenouilla à côté du corps inerte d'Andôkai. Son cri inhumain résonna dans tout le palais.

Le Pays Sûr, Lios Nudin,
au début de l'été du 6234e cycle solaire

Tungdil avançait rapidement. Ses bottes avalaient une lieue après l'autre tandis qu'il se dirigeait inéluctablement vers le nord-ouest et approchait de Vertbois. Le chemin le plus court pour atteindre son objectif passait par Lios Nudin, le royaume du Mage Nudin, dit « le Curieux ».

Il ne cessait de se rapprocher des abords du Pays Mort et cela ne lui plaisait pas du tout. La partie septentrionale du Royaume magique jouxtait l'extrémité méridionale de celui-ci ; toutefois, le bois se trouvait encore à l'abri, à cent dix lieues de là. Si les Mages perdaient un jour le contrôle de la situation, Gorén devrait se faire à l'idée de quitter sa forêt.

Il découvrit un comptoir de messagers peu après avoir quitté le Noirjoug. Afin de rassurer Lot-Ionan sur sa santé ou sa position, Tungdil rédigea de nouveau une brève missive dans laquelle il décrivit ce qu'il lui était arrivé depuis son départ et l'endroit où il se rendait à présent. La commission lui coûta les dernières de ses pièces d'or bien-aimées.

Le temps lui était clément. Un soleil chaud et agréable brillait dans le ciel et le vent le rafraîchissait chemin faisant. Lorsque la température augmenta néanmoins, le Nain s'assit à l'ombre d'un arbre et attendit l'après-midi. Ses jambes lui semblaient plus vigoureuses qu'auparavant, il ne sentait plus le poids de sa cotte de mailles. Son périple était donc bénéfique à bien des égards.

Lios Nudin ne plut guère à Tungdil. Le pays était plutôt plat et les habitants du Royaume magique qualifiaient ses douces collines de « hauts plateaux » avec une crainte respectueuse. En revanche, il y avait des prés et des champs à perte de vue. Des vaches, mais aussi et surtout des moutons y ruminaient sous la garde de chiens vigilants. Les rares forêts étaient clairsemées, mais très anciennes. Les arbres semblaient vouloir rester éternellement là où ils avaient enfoui leurs racines.

Lios Nudin était dépourvu de grandes villes. Mis à part la capitale, qu'il contourna de loin par le sud, il n'y avait que Lamtasar et Seinach, où vivaient plus de trente mille Humains.

Les nombreux villages et fermes permirent à Tungdil de trouver plus aisément des travaux de forge occasionnels afin de remplir sa musette de lard fumé, de pain et de fromage en paiement de ses services ; il ne prit même pas la peine de demander de l'or aux simples paysans.

Il marchait à présent depuis quatre lunes vers l'ouest sur la route de campagne. Dès qu'il franchirait la frontière, il serait de nouveau dans le Gauragar et devrait se diriger en oblique vers le nord pour atteindre Vertbois.

J'espère que Gorén ne sera pas parti ailleurs après s'être brouillé avec son amie Elfe. Tungdil faisait des cauchemars dans lesquels il poursuivait l'ancien apprenti de Lot-Ionan pendant le restant de ses jours afin de lui rendre ces maudits artefacts. Il faisait aussi de nouvelles expériences et il s'était entre-temps accoutumé à vivre à la surface.

L'impression laissée par l'attaque des Orcs datait à présent de plusieurs semaines et le sentiment de terreur s'était peu à peu dissipé. Tungdil aimait écouter les histoires des paysans, humer les odeurs de la campagne et entendre les différents dialectes des gens. Le Pays Sûr était chaque jour source de surprise.

Durant ses heures de solitude, la sécurité du repaire souterrain, son espace restreint et clairement défini, ses couloirs protecteurs et ses pièces au plafond bas lui manquaient tout autant que les livres et les conversations avec les apprentis de rang inférieur ou avec Sunja ou Frala, dont le foulard pendait toujours à sa ceinture.

Simultanément, il ne cessait d'espérer que son peuple se fût soucié de lui, le Nain perdu, et qu'il eût envoyé une réponse à son père adoptif. Tungdil y pensait chaque jour et il priait Vraccas qu'ils veuillent bien le rencontrer.

Dans l'après-midi, les environs se firent plus boisés ; des arbres toujours plus nombreux se dressaient vers le ciel jusqu'à former une forêt claire et agréable. Il approchait de Vertbois.

D'après sa carte, il se trouvait à cinquante milles à l'ouest de Lios Nudin et à cent milles au sud-ouest de la frontière du Pays Mort – par conséquent en terrain sûr. Il aurait été surpris de rencontrer des Orcs ici.

C'est alors qu'une branche cassa dans la forêt.

Tungdil connaissait bien les bruits de la nature désormais. Il savait qu'un tel bruit ne provenait pas d'une brindille. Quelque chose de lourd avait fait craquer le bois. Il posa la main sur le manche de sa hache et guetta dans la direction présumée du bruit.

Le craquement se reproduisit.

— Holà !

Sa voix ferme effraya le chevreuil en quête d'herbes grasses entre les arbres. L'animal détala en bondissant, il vit son arrière-train blanc s'élever et retomber puis disparaître derrière un tronc d'arbre.

Il rit avec soulagement. *Un chevreuil...*

Tandis que Tungdil cheminait dans la forêt, il se sentit gagné par le calme et la sérénité. Il émanait des arbres une impression de paix dont il s'imprégnait ; le gazouillis des oiseaux semblait plus vivant, plus gai qu'auparavant. Les animaux l'accueillaient comme on reçoit un ami de retour d'un long voyage.

La route sale et poussiéreuse fit place à une bande verte, couverte d'herbe, qui s'intégrait harmonieusement à la nature. Le sol sous ses semelles était élastique, d'une douceur engageante. Même l'accablante chaleur estivale qui l'avait incommodé au cours des derniers jours était supportable à l'ombre de la voûte de feuillage. Une brise chassait l'air étouffant et il marchait avec plus d'aisance que jamais.

Il se familiarisa avec les bruits du bois, le craquement se reproduisit fréquemment. Il vit des chevreuils, des cerfs et des sangliers disparaître prestement entre les arbres sur son passage. Les animaux abondaient. Comme lui, ils semblaient percevoir l'atmosphère du bois et se sentir bien.

Je me montrerai réservé vis-à-vis de l'Oreille-pointue, pensa Tungdil. Le peuple des Nains et celui des Elfes se détestaient mais, personnellement, il ne songeait pas à haïr quelqu'un qui ne lui avait fait aucun mal. *Cela dit, je verrai bien comment elle m'accueillera.*

Une autre branche craqua. À en juger par l'ampleur du bruit, il allait sûrement croiser un cerf orgueilleux, et il pourrait contempler ses bois avec respect.

De minces troncs se brisèrent à leur tour, des branches cédèrent avec fracas, puis on jura. En langue orc.

L'harmonie du bois fut brisée comme du verre fin sous le coup d'un marteau de forge. Tungdil sentit une odeur pénétrante de sueur et de graisse rance. Un instant plus tôt, il se croyait encore en sécurité et voilà que des Orcs déboulaient des buissons et voulaient le découper en tranches.

Une Peau-Verte particulièrement hideuse déboucha sur le chemin devant lui. Elle était armée jusqu'aux crocs, qu'elle avait protubérants, entièrement cuirassée et pratiquement deux fois plus grande que le Nain.

— Foutue verdure ! Brûlons ce fatras, ce sera plus facile pour marcher.

D'un geste furieux, le monstre retira une branche de son armure. Il n'avait toujours pas remarqué la présence du Nain.

Ses compagnons qui sortirent de la forêt après lui furent plus attentifs.

— Hé, Frushgnar ! Devant toi !

Ces cris brefs suffirent à lui faire tourner la tête, qu'il avait anguleuse. Sa large gueule s'ouvrit et il poussa un hurlement d'intimidation particulièrement menaçant. Ses yeux minuscules et étincelants à la fois, profondément enfoncés dans leurs orbites, se braquèrent sur Tungdil.

— Un Nabot ! Tu arrives à point, s'écria l'Orc en tirant son épée dentelée.

— Je n'en dirais pas autant de toi.

Lorsque le Nain regarda par-dessus son épaule, son visage perdit toute couleur. Des brutes toujours plus nombreuses sortaient de la forêt. Arrivé à trente, il cessa de compter. Cette fois, le combat était inévitable. Il voulait affronter les Orcs et mourir comme un Enfant du Forgeron. Peut-être réussirait-il le tour de force d'en tuer au moins un, afin de ne pas être trop indigne de sa race une fois devant Vraccas. C'était l'intention qui comptait.

— Mais puisque vous êtes là, je vais devoir vous tuer.

— Toi et quelle armée ? grogna l'Orc, méprisant.

Tungdil laissa glisser ses sacs à dos au sol. Il fut tellement agacé à l'idée de faillir si près du but qu'il retrouva une énergie incroyable.

— Je n'ai pas besoin d'armée. Ma hache me suffit.

Plus il sentait leurs effluves et plus la haine innée de son peuple à l'égard de ces monstres se réveillait. Il revit Bonsprés détruite et les nombreux morts. Réduisant au silence la partie éduquée de son esprit, il se rua sur le premier Orc avec un cri de guerre.

Le monstre para son coup avec son bouclier, poussa un grognement de mépris et lui donna un coup de pied en pleine poitrine.

— Tu as quand même besoin d'une armée, couina-t-il en riant avant de lui assener un autre coup de pied.

Le Nain tituba en arrière, un arbre le freina. Au dernier instant, il se baissa pour éviter l'épée qui manqua sa tête de peu et alla se planter dans le tronc de l'arbre.

Tungdil vit la grosse cuisse sans protection juste devant lui et frappa sans réfléchir. La hache pénétra dans la jambe où elle laissa une plaie béante, du sang vert sombre ruisselant de la blessure et coulant le long du genou.

— Ha !

Sans se préoccuper plus longtemps de son épée, l'Orc sortit un poignard pour frapper le Nain. La lame heurta la cotte de mailles, mais la force du coup suffit à le déséquilibrer. Tungdil tenta de rester sur ses jambes, trébucha sur ses deux sacs et tomba sur le dos. *Malédiction !*

— Tu ferais mieux d'appeler ton armée, car j'en aurai bientôt fini avec toi.

La brute lança le long couteau dans sa direction mais le manqua.

Pour comble de malheur, Tungdil s'empêtra dans les sangles des sacs à dos ; il tenta de se dégager tandis que son opposant arrachait l'épée de l'arbre.

L'Orc s'approcha en boitant. Écumant de rage, il frappa, et son arme tranchante fendit l'air en sifflant.

Le Nain roula sur le côté. Le sac contenant les artefacts glissa à sa suite et atterrit de travers sur son dos, où la lame du monstre l'atteignit.

Les possessions de Gorén amortirent le coup, mais les nombreux craquements révélèrent à Tungdil qu'un artefact au moins n'arriverait pas entier à Vertbois. Pour peu qu'ils y arrivent. Cela attisa de nouveau sa colère.

— Tu te réjouis trop tôt !

Il roula sur le dos dans l'autre sens et frappa avec sa hache sitôt retourné ; son arme s'enfonça aux deux tiers dans le mollet droit de l'Orc.

— Là !

Celui-ci s'affaissa en glapissant et tomba dans l'herbe à côté du Nain. Tungdil s'éloigna de son assaillant en rampant, se releva d'un bond et lui planta la hache dans la nuque avec une telle violence qu'on put entendre un craquement.

— Je n'ai besoin d'aucune armée contre toi, haleta-t-il.

Il avait tué l'une des créatures de Tion. Il espéra que Vraccas serait content de lui, car il avait fait tout ce qu'il pouvait.

Trente autres monstres se ruèrent sur lui. Ils étaient trop nombreux pour qu'il survive à cette journée.

Mais j'emporterai encore un autre d'entre vous avec moi. Tungdil baissa la tête et agrippa le manche de sa hache. Ses ancêtres avaient dû ressentir la même chose au passage de Pierre lorsque l'immense armée des Ténèbres avait assailli le Portail. Il partagerait leur destin et mourrait la tête haute.

Lorsque les premiers adversaires se trouvèrent à dix pas de lui, un son de cor joyeux et insolent retentit, puis on entendit des claquements, des cliquetis, acier contre acier, et des Orcs pousser des cris d'agonie. Tungdil bénéficiait d'un soutien inespéré. Le Nain éprouva une reconnaissance infinie à l'égard de celui qui occupait les monstres, qui qu'il fût.

— Il n'est pas seul ! En avant, apportez-moi leur chair ! hurla le chef des Orcs.

Les Peaux-Vertes situées en première ligne firent volte-face pour se tourner vers les nouveaux adversaires qui avaient surgi derrière leur troupe.

L'Elfe m'a envoyé ses guerriers, songea Tungdil. *Je ne vais quand même pas regarder sans rien faire.* Il trotta derrière les Orcs et prit son élan pour frapper un de ses opposants par-derrière dans le creux des genoux. La brute s'écroula comme un arbre abattu.

— Encore un ! fit Tungdil avec un rire féroce.

Un Orc s'apprêtait à le combattre tandis que le reste de la horde formait un rang serré autour des guerriers de l'Elfe, lui bouchant ainsi la vue.

Le Nain ne tarda pas à remarquer que ses deux succès inattendus l'avaient rendu téméraire. Son troisième adversaire ne se laissait posséder par aucun stratagème, et l'attaquait sans répit avec une épée bâtarde.

Après cinq rudes coups, Tungdil se retrouva dans l'embarras. Un heurt violent lui arracha son arme, qui tomba lourdement dans l'herbe. Dans sa détresse, il saisit son couteau à pain.

— Amène-toi !

— Mais certainement ! (L'Orc piailla de plaisir.) Je m'en servirai ensuite pour retirer ta chair de mes dents, Nabot, hurla-t-il en s'apprêtant à frapper.

Le Pays Sûr, Royaume d'Urgon,
au début de l'été du 6234e cycle solaire

— Une armée commune ?

Lothaire, souverain d'Urgon, rit à gorge déployée. Le jeune Humain âgé de vingt et un cycles à peine rejeta ses longs cheveux blonds en arrière et fit signe à un serviteur d'apporter de l'eau fraîche.

— Contre le Pays Mort ?

Le roi Tilogorn, un Humain d'environ quarante cycles aux cheveux bruns mi-longs et au visage étroit et sérieux, acquiesça. Il s'était rendu au palais de Lothaire afin de parvenir à un accord entre les souverains. Quatre heures déjà qu'il était enfermé dans cette pièce sinistre à tenter de convaincre Lothaire. Et il avait le sentiment de n'accomplir aucun progrès. Dehors, le soleil longeait les montagnes d'Urgon, il disparaîtrait bientôt derrière leurs sommets.

— Des rumeurs circulent selon lesquelles les barrières magiques ne tiennent plus. Et si elles cèdent, nous devons être préparés à une invasion d'Orcs comme il n'y en a jamais eu. (Tilogorn désigna la carte du Pays Sûr.) Les sept Royaumes doivent s'unir, et si vous me donnez votre consentement, convaincre les reines Umilante, Wey et Isika ainsi que les rois Bruron et Nate sera plus aisé.

Lothaire sirota sa boisson, regarda par-dessus le bord de son verre et fixa son regard dans celui de Tilogorn.

— Vous êtes sérieux ?

— On ne peut plus sérieux. Notre cohésion sera décisive pour notre survie, j'en suis certain.

— Ne serait-il pas préférable de nous en remettre d'abord à la puissance des Mages avant de…

— Les Mages tentent de faire leur part, nous, nous livrons les troupes, l'interrompit-il. J'ai envoyé un messager en Lios Nudin négocier avec le Conseil le moment où nous pourrons le rencontrer. Il doit revenir bientôt.

— Croyez-vous que les magiciens s'abaisseront à parler avec nous, mortels ? Andôkai l'Impétueuse revendique une partie de mon pays, mais elle n'est jamais venue chez moi.

Tilogorn rit.

— Andôkai est une Mage exceptionnelle, mais qu'il vaut mieux éviter. Bien que nous voyions les magiciens très rarement et qu'ils se mêlent très peu de nos affaires, je suis certain qu'ils feront une exception dans ce cas. Ils sont conscients de leurs responsabilités.

Lothaire regarda le plan et considéra les frontières du Pays Mort, qui ne représentaient pas encore de menace pour lui.

— Je ne sais pas. Dans mon royaume, tout va pour le mieux...

— Mais pour combien de temps encore, prince ? dit Tilogorn en s'efforçant de prendre une voix apaisante. Votre royaume montagneux est assurément plus facile à défendre que des royaumes plats comme le Gauragar ou l'Idoslân mais les Orcs, les Albes et toutes les créatures que le Pays Mort peut bien abriter ne se laisseront certainement pas arrêter par ce genre d'obstacles bien longtemps.

— Je les précipiterai au bas de mes sommets avec leurs lourdes armures ou les noierai dans mes lacs, s'obstina Lothaire avec son arrogance tristement célèbre. Mes hommes sont expérimentés, nous combattons chaque jour des Trolls isolés qui vivent dans les montagnes. Un seul homme bien placé peut retenir cent adversaires sur chacun de mes chemins.

— Ne comparez pas les Albes avec des Trolls un peu simples d'esprit. Une flèche bien ajustée et votre homme est mort, comprenez bien cela. Leurs renforts, qui viennent du Nord, sont inépuisables ; vous, en revanche, viendriez progressivement à manquer de soldats. (Tilogorn désigna les anciens Royaumes des Elfes.) Tous ont tenu à se battre seuls et sont allés à leur perte. Cela ne doit-il pas nous servir d'avertissement ? Une immense armée capable d'affronter ces monstres, voilà ce qu'il nous faut !

— Qu'en est-il des forces du Pays Mort ? On dit que les morts se relèvent en son nom.

— J'en ai également entendu parler et je me suis dit que nous pourrions brûler les cadavres immédiatement pour qu'ils ne puissent pas revenir sous la forme de créatures sans âme. Nous organiserons quelques divisions qui longeront l'arrière des lignes et s'occuperont des morts. (Tilogorn vit dans cette question un signe que Lothaire se laissait convaincre.) Serez-vous mon allié, prince ?

— Je commanderai l'armée, annonça Lothaire aussitôt.

— Nous nous partagerons la tâche, objecta le roi d'Idoslân. Nos expériences de combat respectives se compléteront. En outre, mes hommes ne suivraient pas un chef plus jeune qu'eux. (Il lui tendit la main.) Y souscrivez-vous ?

Lothaire ne put s'empêcher de rire.

— Soit. Nous allons former une armée comme le Pays Sûr en a rarement vu. Avec elle, nous pourrions envahir Dsôn Balsur et chasser les Albes par le passage de Pierre ou les anéantir totalement, ce qui serait la meilleure chose, déclara-t-il avec enthousiasme en lui faisant part de ses réflexions. Ensuite, ce sera au tour des Orcs et nous transformerons nos royaumes en pays paisibles et sûrs. Ma foi, je m'en réjouis.

Il lui serra la main mais, l'instant d'après, son visage arborait une expression soucieuse.

— Il y a encore une chose que vous devriez savoir. Vous souvenez-vous du prince Mallen d'Ido ?

Tilogorn soupira.

— Qui pourrait oublier le dernier rejeton de la dynastie des Ido ? J'ai entendu dire qu'il vivait sur vos terres.

— Il commande mes troupes, pour être précis, corrigea Lothaire. Mais je le relèverai de ses fonctions dès que nous irons combattre les Orcs dans votre pays. Il ne sera pas dit que j'aie été responsable d'incidents sanglants en introduisant le dernier des Ido en Idoslân sous un fallacieux prétexte.

Ce n'était pas une nouvelle particulièrement réjouissante.

— Je crains que cela cause une agitation précoce au sein de l'armée. Il a certainement gagné des partisans dans les rangs des soldats.

Lothaire sirota son eau.

— Dans le fond, c'est un homme raisonnable. Pensez-vous que vous seriez à même de le convaincre du bien-fondé de notre cause comme vous l'avez fait avec moi ? (Lothaire se leva et se dirigea vers la sortie avant que Tilogorn ait pu répondre.) Je vais le faire appeler. Si vous parvenez à le convaincre, vous devriez avoir facilement raison des réticences des rois et des reines du Pays Sûr.

Il disparut.

Son hôte se pencha en avant pour considérer la carte du Pays Sûr.

— Je salue le roi d'Idoslân, dit une voix tranchante. Qui aurait cru que nous partirions un jour livrer bataille ensemble ? C'est ce que j'appelle l'ironie du sort.

Le souverain jeta un regard de côté pour observer le visage d'apparence quelconque de l'Humain d'environ trente cycles qui entrait en compagnie de Lothaire. Son armure aux finitions raffinées, arborant l'emblème des Ido, trahissait sa richesse même s'il ne s'agissait pas du dernier modèle.

— Prince Mallen d'Ido ? dit Tilogorn pour marquer son étonnement plus que pour le saluer. Vous étiez différent dans mon souvenir.

— Vous vous souvenez donc encore du sceau de la famille à qui le trône de votre pays appartient véritablement, roi Tilogorn ? fit remarquer Mallen sarcastiquement. Êtes-vous assis confortablement sur le coussin qui me revient ?

— Merci de poser la question, prince Mallen. Vos intrigues n'ont pas réussi à m'en déloger. Le peuple aime ma famille plus que la dynastie des Ido, répliqua Tilogorn laconiquement. Vous servez l'armée d'Urgon, à ce que j'ai entendu.

— Je dois bien faire quelque chose pour subvenir à mes besoins en exil.

— Vous, les Ido, avez toujours été doués pour vous battre. Contre vous-mêmes, généralement. Vous entredéchirer et faire souffrir votre peuple vous a finalement coûté votre souveraineté sur le pays. (Il se mordit les lèvres. Ce n'était pas avec de telles piques qu'il parviendrait à le convaincre.) Je suis désolé, je ne voulais pas…

— Oh, je vous en prie, roi Tilogorn. Vous n'allez pas commencer à me donner des leçons d'histoire, dit le prince Mallen de manière hautaine en se tenant devant lui.

Mais je m'entretiendrai volontiers avec vous sur la manière de revenir dans mon pays dignement et de contribuer à sa prospérité.

— Si vous voulez y contribuer, enterrez la querelle entre nos familles jusqu'à ce que nous ayons sauvé le Pays Sûr du danger, répondit Tilogorn d'une voix pressante. Je vous prie d'excuser les dures paroles que j'ai eues à l'instant, fit-il en essayant de réintroduire le sujet.

— Vous me présentez donc vos excuses. (Le visage de Mallen conservait une expression méfiante.) Eh bien, vous avez raison sur un point. Que les Orcs ou le Pays Mort règnent sur l'Idoslân ne lui sera pas bénéfique. J'y ai déjà réfléchi plus d'une fois. (Il regarda la carte.) Même si cela peut paraître inattendu, j'accepte votre offre de paix si vous m'autorisez en échange à entrer en Idoslân à tout moment.

Tilogorn hésita.

— J'aimerais simplement revoir mon pays et les rares amis de ma famille qui y vivent, expliqua l'Ido calmement. Les intrigues sont oubliées pour l'instant, je le jure par Palandiell, roi Tilogorn.

Cette fois, le roi lui tendit la main.

— Je vais accorder foi à vos paroles car j'ai lu dans vos yeux votre inquiétude pour le pays.

— Je ne vous ai pas promis mon amitié, ne confondez pas, le prévint franchement Mallen. Seuls les dieux savent comment les choses évolueront entre nous après notre guerre contre ces hordes, mais cela ne doit pas nous préoccuper pour le moment.

Lothaire, qui s'était jusqu'alors délibérément tenu à l'écart de la conversation, prit la parole.

— Eh bien, il me semble que la raison l'a emporté. Je propose donc que nous informions les autres souverains de nos intentions afin de pouvoir rassembler les troupes très prochainement.

Il les escorta personnellement le long des couloirs de son palais.

Tilogorn regarda de côté pour déchiffrer les visages des deux hommes.

Lothaire semblait se réjouir de l'imminente bataille ; l'expression de Mallen était indéchiffrable, mais laissait tout au moins supposer qu'il était lui aussi très inquiet.

Le claquement des semelles de leurs bottes retentit soudain au pas cadencé sur le sol de marbre dur.

— Entendez-vous cela ? leur fit-il remarquer. N'est-il pas étrange que les Royaumes, voisins et pourtant divisés comme jamais, n'agissent à l'unisson que face au danger ?

— Il est trop tard pour déplorer le passé, dit le souverain d'Urgon. Comportons-nous de manière exemplaire afin que les autres se joignent à nous. Ceux qui ont encore toute leur raison le feront.

Tilogorn lui adressa un signe de tête.

— Bien parlé, roi Lothaire. Car s'il y a bien une chose dont nous avons fait preuve aujourd'hui (il adressa un signe de tête à Mallen), c'est de raison.

Chapitre 6

Le Pays Sûr, Royaume du Gauragar,
au début de l'été du 6234e cycle solaire

— Grouïk, grouïk, cochon, petit cochon, lança quelqu'un d'une voix pleine d'enthousiasme en langue naine. Par ici, que je t'abatte !

Une ombre trapue glissa sous les jambes du monstre et deux haches-couperets à manches courts jaillirent brusquement, s'enfonçant profondément dans les parties molles non protégées de l'Orc.

L'homme de petite stature retira ses armes du corps de son adversaire en riant, se redressa sur ses jambes tel un acrobate malgré sa cotte de mailles et assena deux nouveaux coups. Les lames atteignirent l'Orc, qui s'était penché en avant, des deux côtés du cou. Décapité aux deux tiers, le monstre s'effondra.

— Par la barbe de Beroïn ! Comment peux-tu te laisser désarmer ? dit-il, faisant la leçon à Tungdil.

— Tu es… un Nain ? ! haleta celui-ci, sidéré, avant de se ressaisir.

— Évidemment ! Pourquoi, j'ai l'air d'une Elfe ? ! (Il se pencha, ramassa la hache et la lança à Tungdil.) Reprends-la et tiens-la fermement, cette fois. On bavardera plus tard !

Avec un rire féroce, il se jeta dans la bataille, qui faisait rage.

Outre celui qui lui avait sauvé la vie, Tungdil vit un autre Nain barrer la route aux Orcs. Celui-ci était la copie conforme du premier, et portait même une armure identique en tout point à la sienne. La seule différence entre les deux résidait dans la coiffure. Intrépide, il distribuait autour de lui des coups de bec-de-corbin, sorte de marteau de guerre muni d'un ergot long d'une coudée sur l'un des côtés de la tête.

— Alors comme ça, vous voulez nous tuer ? Mais vous n'êtes pas assez nombreux ! (Son sauveur railla les Orcs d'une voix sonore.) Votre immonde mère a dû s'acoquiner avec un Elfe pour que vous soyez aussi repoussants, dit-il, provoquant la horde. Et avec un Elfe galeux, essorillé et unijambiste, en plus ! Et même qu'elle y a pris du plaisir ! (Un des Orcs avait à peine fait un bond en grognant dans sa direction que les couperets étincelèrent et lui donnèrent la mort.) Approchez ! Vous avez encore droit à un essai !

Son frère avait renoncé aux vociférations, préférant donner des coups rageurs et précis parmi ses assaillants, les pourfendant et leur disloquant les membres.

Conséquence de leurs coups, le nombre d'Orcs en état de combattre fut ramené à quatre, les autres gisant çà et là, imbibant l'humus forestier de leur sang. Lorsque les derniers monstres décidèrent d'attaquer tous ensemble, les deux guerriers jumeaux se mirent dos à dos.

— Oh, on dirait que ça va chauffer ! s'exclama le sauveur de Tungdil, une lueur démente dans le regard.

Sans attendre les Orcs, ils rentrèrent dans leur attaque, tournant sur eux-mêmes tels de petits personnages de boîte à musique et se donnant mutuellement des indications dans leur langue.

Cette manière de combattre inhabituelle assura au duo une victoire rapide sur leurs ennemis, pourtant très supérieurs en nombre au départ. Le dernier coup fut accompagné d'un éclat de rire et d'un « Grouïk, grouïk » moqueur.

Tungdil éprouva un immense respect pour ces deux Nains qui avaient expédié la horde d'Orcs tout entière dans l'au-delà sans même en retirer ne serait-ce qu'une égratignure. Il se tenait là, sur le chemin, comme foudroyé. Il lui fallut un long moment pour se rendre compte qu'il était devenu spectateur plutôt qu'acteur.

— Puisse la flamme de vie de la forge de Vraccas brûler toujours en toi, dit l'autre Nain en guise de salut. Je suis Boëndal Cloue-de-la-Main, du clan des Haches-brandies, de la tribu du Second, et ça, c'est mon frère Boïndil Deux-Lames, encore appelé Furibard, les présenta-t-il, ses yeux bruns toisant Tungdil d'un air amical.

— Ouais, il ne semble pas vraiment faire le poids contre plusieurs faces de groin, dit son frère en riant de bon cœur. Il avait déjà bien du mal avec un seul. Mais peut-être que tu voulais étrangler ces bestioles à mains nues ? C'est pour ça que tu avais balancé ta hache ?

— Vraiment, vous êtes arrivés au bon moment, répliqua Tungdil en clignant des yeux.

Quelque chose dans l'œil de Boïndil le dérangeait ; sans doute était-ce cette étrange flamme, cette lueur fanatique dans son regard qu'il avait remarquée bien avant les présentations. Il la mit sur le compte de l'excitation due au combat.

— Laisse tomber les « vous » par-ci et les « vous » par-là, fit l'autre avec un clin d'œil ; nous autres, Nains, préférons le simple « tu », car Vraccas nous a tous créés de la même pierre.

— Bien, je note. Je vous dois la vie, dit Tungdil à la fois ému et joyeux.

C'était la première fois qu'il tombait sur des membres de son peuple. Mille et une questions se pressaient au bord de ses lèvres.

Boëndal secoua la tête, et sa longue natte remua dans son dos tel un gros serpent noir.

— Tu n'as pas à nous remercier, entre Nains, il faut s'entraider.

— Sauf si c'est un Nain de la tribu du Troisième : on l'aide, et on lui fait sa fête après, ricana Boïndil, qui essuyait le sang et autres fluides corporels ennemis de ses couperets dans l'herbe haute.

— Il nous en a fallu, du temps, pour te trouver. (Boëndal hésita.) Si ton nom est bien Tungdil Bolofar…

— Bolofar, tu parles d'un nom, grommela son frère. Encore un de ces caprices de magicien à la noix. C'est censé te protéger de quelque chose de particulier, un nom pareil ?

Tungdil était stupéfait, et cela se voyait sur son visage.

— Oui, je suis bien Tungdil, avoua-t-il, hésitant. D'où…

— Alors dis-moi comment s'appelle ton maître et où tu voulais aller.

— On l'appelle Lot-Ionan le Patient, et l'endroit où je voulais aller, malgré toute la reconnaissance que je vous dois, ne vous regarde pas, dit-il d'un ton rétif. Je ne vous connais pas encore assez bien pour partager mes secrets avec vous.

Boïndil rit aux éclats.

— Voilà qui est bien parlé. Même s'il parle un peu pour ne rien dire, comme la plupart des érudits. (Il lui mit une main sur l'épaule.) Nous savons que tu dois trouver Gorén, ton maître nous l'a dit. C'était une épreuve pour nous assurer que nous avions le bon Nain en face de nous.

— Le bon Nain ? Je ne comprends pas… (Il repensa à la lettre qu'avait envoyée Lot-Ionan à la tribu du Second.) Mais bien sûr ! Ma tribu veut me voir ! se réjouit-il. Mais pourquoi une escorte ? À cause des Orcs ?

— En fait, il s'agissait surtout pour nous de te mener rapidement dans notre Royaume. C'est le Grand-Roi Gundrabur qui nous a envoyés te chercher et t'escorter, lui confia Boëndal tout en essuyant avec application la longue pointe de son bec-de-corbin avec un morceau d'étoffe qu'il avait arraché sur un pourpoint d'Orc.

Son frère déplia un chiffon imbibé d'huile et se mit à entretenir les lames rutilantes de ses couperets.

— C'est surtout aux Orcs qu'il faudrait envoyer une escorte contre nous, gloussa-t-il.

— Le Grand-Roi, murmura Tungdil respectueusement. Que me vaut un tel honneur ?

— Nous t'emmenons à la forteresse d'Ogremort. Là-bas, tu pourras défendre ton droit au titre face à l'autre prétendant au trône.

Il dit cela comme s'il s'agissait d'une évidence.

— L'autre… prétendant au trône ? répéta Tungdil, qui n'en croyait pas ses oreilles et observait les visages ridés des jumeaux. Quel prétendant ? Et à quel trône ? Qu'est-ce que j'ai à voir là-dedans ?

— On pourrait aussi l'appeler Tungdil Aucouranderien. (Boïndil toussa de rire.) Elle est bien bonne, celle-là ! Il ne sait rien, rien du tout, ce petit ! s'exclama-t-il d'une voix retentissante. Éloignons-nous un peu des faces de groin, leur odeur me donne envie de vomir. Montons notre camp à un mille d'ici et expliquons-lui tout, frérot, dit-il en s'adressant à son sosie.

Apparemment, il ne doutait pas un instant que Tungdil approuverait sa proposition, et comme ce dernier était rongé par le désir d'en savoir davantage, il n'émit effectivement aucune objection. Le petit groupe se remit en marche, puis ils firent halte à l'écart du chemin.

— Quand même, rien ne vaut un bon repas après un combat victorieux.

Boïndil alluma un feu et se mit à faire rôtir du fromage piqué au bout d'un bâtonnet.

— Et si l'on a perdu le combat, qu'est-ce qu'on fait ? On jeûne ?

— Non, si on l'a perdu, on s'en va rejoindre Vraccas. Oh, mais c'est qu'il y en a, de bonnes choses, dans la Forge Éternelle de Vraccas, brama-t-il avant de faire tourner sa broche improvisée.

L'odeur du fromage manqua d'étouffer Tungdil.

— J'ai déjà reniflé quelque chose de similaire. C'était au tout début de mon voyage, lorsque j'ai enlevé mes bottes pour la première fois après vingt et une lunes.

— Et alors, on n'apprécie pas la bonne chère ? fit Furibard en imitant son dégoût. C'est le meilleur fromage de tout notre Royaume. Hé, Boëndal, donne-lui-en, histoire de lui faire le palais. Ses années passées parmi les Humains nous l'ont complètement gâté.

Son frère coupa du pain au jambon, pour le tendre à Tungdil en même temps que le fromage.

— Je vais faire court. Gundrabur, notre Grand-Roi, n'en a plus pour longtemps à vivre, et c'est un Nain de la Quatrième Maison qui doit bientôt monter sur le trône. Mais grâce à la lettre du Mage, le Grand-Roi a appris ton existence et ton secret.

— Ah, parce que j'ai un secret, maintenant, gémit Tungdil, qui ne pouvait toujours pas se résoudre à mettre le morceau de fromage dans sa bouche. *En ont-ils encore beaucoup, des révélations de ce genre ?*

— Il est important que tu le saches. Ce ne sont pas des Kobolds qui t'ont amené chez Lot-Ionan. L'enlèvement d'enfant était un mensonge de ce long-sur-pattes…

— Hein ?

— C'est ainsi que nous appelons les Humains, pour rire. À cause de leur taille et de leurs jambes. Mais revenons à notre magicien. S'il t'a caché la vérité tout ce temps, c'est parce qu'il attendait le moment propice pour te la révéler, lui expliqua Boëndal en lui tendant une outre d'eau. Et cette vérité, c'est que tu fais partie de la tribu des Quatrièmes.

Il se souvint de la carte.

— Je n'arrive pas à le croire. D'ailleurs, ce Royaume est situé bien trop au nord.

— Et pourtant, poursuivit le Nain avec une mine grave, tu es le bâtard de l'ancien roi des Quatrièmes. Sitôt après ta venue au monde, on te confia à une famille amie pour qu'elle s'occupât de toi. Or la reine, ayant appris ton existence, exigea ta mise à mort afin d'empêcher que le bâtard vienne revendiquer le trône une fois majeur.

— Tu mangeras ton fromage ? demanda Boïndil, interrompant son frère. Si tu attends encore, il va tomber dans le feu et il sera perdu. (Tungdil lui tendit le bâtonnet sans mot dire.) Merci.

— La famille en question éprouva de la compassion pour toi, elle traversa donc le Pays Sûr et se présenta au repaire de Lot-Ionan, poursuivit Boëndal. Elle confia au Mage le nouveau-né que tu étais pour une simple et bonne raison : jamais il ne viendrait à l'idée de la reine de soupçonner la présence d'un Nain chez un Mage.

— J'espère que tu sais au moins ce que nous autres, Nains, pensons de la Magie des longs-sur-pattes ? dit Boïndil, suspicieux.

— Tais-toi un peu ! lui lança son frère pour le rappeler à l'ordre. Laisse-moi terminer. (Il se tourna de nouveau vers Tungdil.) Voilà, maintenant, tu sais comment tu es arrivé en Ionandar et pourquoi tu as grandi à l'écart des Royaumes nains. Et maintenant que le Conseil des Maisons sait que tu existes, il a le devoir de t'accorder audience, en tant que second candidat au titre de chef suprême des Nains.

Tungdil but longuement à l'outre d'eau qu'on lui avait proposée.

— Pardonnez-moi, mais je ne crois pas un mot de tout cela, bégaya-t-il, décontenancé. Lot-Ionan m'aurait dit la vérité depuis longtemps.

— Il voulait le faire, mais seulement à ton retour de mission, lui répondit Boëndal. (Celui-ci ouvrit son sac à dos et lui montra une lettre, dont l'écriture était incontestablement celle du Mage.) Il nous l'a donnée parce qu'il pensait bien que tu ne nous croirais pas.

Les doigts tremblants, Tungdil déroula la lettre et la parcourut. C'était la vérité. *Tout* ce qu'ils lui avaient raconté était vrai !

Tout ce que je voulais, c'était rencontrer d'autres membres de mon peuple, et maintenant, me voilà tout d'un coup candidat au trône de roi de tous les clans ?!

— Je ne pourrai pas, articula-t-il avec difficulté. Je vous accompagne volontiers, mais je laisse le champ libre à mon rival. (Il rit, d'un rire malheureux.) Comment pourrais-je régner sur l'ensemble des tribus ? Je ne suis même pas un véritable Nain à leurs yeux. Aucun Nain ne me tolérerait, et…

Le bâtonnet au fromage puant flotta brusquement sous son nez.

— Arrête de geindre, grogna Boïndil. Nous avons encore un long chemin à parcourir jusqu'à la forteresse. Cela devrait suffire pour faire de toi l'un d'entre nous. (Il agita de nouveau le bâtonnet.) J'ai changé d'avis, tu vas goûter, déclara-t-il, la même lueur fanatique dans les yeux. Plus tôt tu deviendras un Nain, mieux ce sera.

Tungdil retira le morceau de fromage de la broche. Celui-ci avait un goût affreux, ses doigts allaient sûrement empester des jours durant, et sa bouche aussi.

— Impossible, répéta Tungdil, entêté. Je dois rapporter les artefacts à Gorén.

— Il n'y a plus très loin jusqu'à la colonie de Vertbois. Nous attendrons, dit Furibard avec condescendance, que tu te sois débarrassé de ce sac.

Son frère jumeau opina du chef.

— Ton Mage est au courant. Il nous a autorisés à t'emmener à Ogremort.

— Qu'arriverait-il si vous rentriez sans moi ?

Les deux frères échangèrent un rapide regard.

— Gandogar serait vraisemblablement intronisé Grand-Roi, mais il serait toujours suspecté de ne pas être le souverain légitime, dit Boëndal d'un air pensif, adressant un signe d'encouragement à son frère.

— Oui, parfaitement ! renchérit celui-ci. Cela pourrait engendrer des... frustrations au sein des tribus. Certains... pourraient mettre son règne en doute, le camp des Nains se diviserait, et... (Il chercha de l'inspiration dans les flammes. Son visage s'éclaircit.) peut-être même qu'une guerre éclaterait entre les factions, et au sein des tribus, aussi. Et tout cela par ta faute.

Il eut l'air fort satisfait de sa tirade.

Tungdil était complètement perdu. C'était trop pour un seul jour. Il venait à peine de tuer le premier Orc de sa vie qu'il avait déjà une fesse sur le trône royal. Il lui fallait réfléchir, et d'urgence.

— Il me faut un temps de réflexion.

Épuisé, il se recroquevilla près du feu et ferma les yeux.

Boïndil s'éclaircit la gorge et commença à chanter doucement. C'était une mélodie naine, dont les syllabes possédaient un pouvoir de séduction bien particulier, et qui parlait des siècles d'avant les siècles…

Les dieux naquirent, car ils virent que cela était bon.

L'un se créa lui-même d'une flamme, de lave et d'acier. C'est Vraccas le Forgeron.

L'une s'éleva de la terre. C'est Palandiell la Féconde.

L'un prit forme dans les vents du monde. C'est Samusin le Vif.

L'une se voulut aussi destructrice et créatrice que l'eau. C'est Elria la Secourable.

L'un unit lumière et ténèbres en lui. C'est Tion l'Androgyne.

Tels sont les cinq…

Tungdil n'en entendit pas davantage. Ces paroles chantées dans sa langue, qu'il entendait pour la première fois de la bouche d'un autre Nain, l'apaisèrent tant et si bien qu'il s'endormit.

* * *

À son réveil, le nez baigné du fumet pénétrant du fromage, il avait pris sa décision : il accompagnerait les jumeaux au Royaume des Seconds. L'envie de rencontrer d'autres membres de son peuple l'avait emporté sur tout le reste.

— Histoire que vous le sachiez : je ne compte toujours pas devenir Grand-Roi, leur fit-il comprendre. Si je viens, c'est seulement pour en apprendre davantage sur ma famille.

— Si tu veux, dit Boëndal, satisfait. Ce qui importe, c'est que tu viennes. (Son frère et lui ramassèrent leurs affaires et se remirent en marche à grands pas.) Nous devons gagner la colonie le plus vite possible, si nous ne voulons pas retourner trop tard à la forteresse. Nous allons les sentir passer, ces huit cents milles, croyez-moi.

— Nous allons t'accompagner jusqu'en bordure du village, ou quel que soit le nom de ce que l'Elfe a construit entre les arbres, dit Boïndil, hostile. Nous, nous ne voulons rien avoir affaire avec cette Oreille-pointue. C'est déjà bien assez grave d'arpenter un bois elfique.

Il cracha sur le premier buisson venu.

— Elle ne t'a rien fait, pourtant.

Tungdil tâta délicatement le sac aux artefacts. Il eut l'impression que certains d'entre eux n'étaient plus tout à fait intacts. Le coup d'épée n'avait sûrement pas dû leur faire du bien. Pour cela, l'Orc avait doublement mérité la mort.

— J'ai parcouru plus de six cents milles à travers le Gauragar et Lios Nudin, en évitant les Orcs pour ne pas abîmer les précieux artefacts, soupira-t-il. Et il a fallu que ce monstre déboule devant moi, à moins de quatre heures de marche de Gorén, et les détruise.

Il espérait que l'ancien *famulus* de Lot-Ionan ferait preuve de clémence.

Mais le guerrier auquel il s'adressait pensait encore à l'Elfe.

— À moi ? Non, à moi, rien. Mais ce qu'a fait son peuple au peuple des Nains…, dit-il furieusement. Les Elfes et leur arrogance, je pourrais te les…

La haine menaçant de s'emparer de Boïndil, celui-ci l'évacua en tirant d'un geste ses couperets et en administrant une pluie de coups rageurs à un jeune arbre, qui en mourut.

Le visage plissé de Boëndal demeura impassible. Celui-ci rassembla leurs affaires, rejeta sa longue natte en arrière par-dessus son épaule et attendit que cet accès de fureur se dissipât.

— Ça lui prend, parfois. Quand sa forge de vie devient plus brûlante qu'à l'accoutumée, il suffit d'une étincelle pour qu'éclate la fureur qui est en lui, expliqua-t-il à un Tungdil surpris. C'est ce qui lui a valu le surnom de Furibard.

— Une forge de vie plus brûlante, dis-tu ?!

— Vraccas seul en connaît la raison. S'il vient vers toi dans cet état, écarte-toi de son chemin et ne t'avise surtout pas de brandir ton arme, lui dit-il à titre de conseil. Sa colère retombe assez vite, une fois que son feu intérieur s'est consumé.

Le tronc fut rapidement couvert de coups.

— Voilà, ça va mieux. Maudits Elfes ! (Sans donner la moindre explication sur ce qu'il venait de faire, il essuya la résine et les copeaux de ses lames et reprit son chemin.) Il faut qu'on te trouve un autre nom, grommela-t-il tout seul. Bolofar, c'est comme si je disais Lissemiff, Podeflan, ou Ploufmanchon. C'est bête, ça ne veut rien dire, et ce n'est sûrement pas un nom de Nain honorable. On trouvera bien quelque chose en chemin. (Il regarda vers Tungdil.) Y a-t-il des choses que tu sais faire mieux que d'autres ?

— Lire…

— Lire ? Dans les livres ? s'étonna Boëndal sur un ton amusé. Ah ça, on l'avait déjà remarqué tout à l'heure, monsieur l'érudit. Mais tu avoueras qu'il y a quand même mieux comme noms honorables que Feuilleteur ou Papivore.

— Le savoir, c'est important !

— Ah oui, contre les Orcs, cela aide drôlement, comme on l'a vu, continua-t-il de le taquiner. Un verset bien choisi et ils étaient à ta merci.

Boïndil plissa les yeux.

— En tout cas, on ne peut pas encore dire que tu sois un bon combattant. Mais tu as les reins solides et les mains larges, il y aurait moyen de faire quelque chose de toi.

Tungdil soupira.

— J'aime bien la forge, et je forge bien.

— Comme beaucoup d'entre nous. (Boëndal voulut ajouter quelque chose, mais au lieu de cela, il leva le nez pour renifler, imité par son frère.) De la fumée, dit-il, alarmé.

— Et de la chair brûlée. Cela sent le raid.

Boïndil tira ses haches-couperets et se mit au petit trot. Les deux autres le suivirent.

Le sentier décrivit une légère courbe, puis les arbres s'écartèrent, libérant l'accès à une clairière qui avait abrité des maisons peu de temps auparavant. Le refuge qu'avait créé l'Elfe au cœur de l'harmonieux Vertbois était presque entièrement parti en fumée. Seules les ruines laissaient à présent deviner la beauté perdue des bâtiments à plusieurs étages. Ceux-ci avaient été construits autour d'arbres particulièrement grands ; les arcs de bois sculptés, les poutres soigneusement polies, les façades, ornées de motifs elfiques et que parsemaient çà et là des feuilles d'or, s'intégraient à la perfection à la forêt alentour.

Mais une violence aveugle était venue anéantir cette magnificence. Une fois de plus, les Orcs avaient devancé Tungdil. Celui-ci ne retrouvait plus rien de l'harmonie qui régnait à Vertbois. Ce lieu de paix avait été violé, profané, souillé.

— Par Vraccas, gémit-il, horrifié. Il faut vérifier…

— … s'il n'y a pas d'Orcs dans les parages, le coupa Boïndil, tout heureux. Les Nez-plats ont montré aux Oreilles-pointues qu'ils savaient y faire. Nous n'aurions pas fait mieux.

— En effet, fit Boëndal avec indifférence, les mains sur le manche de son arme. Ils n'ont pas fait les choses à moitié.

Ce spectacle n'émut pas particulièrement les jumeaux. En véritables Enfants du Forgeron, ceux-ci n'éprouvaient en effet guère de compassion pour les Elfes.

Il en allait autrement pour Tungdil. Celui-ci déambulait parmi les ruines calcinées, soulevant ici une planche, là une poutre, à la recherche de Gorén. Au lieu de quoi il découvrait de nombreux cadavres, dont certains atrocement mutilés. Ces visions d'horreur se mêlaient à celles qu'il avait gardées de Bonsprés ; il avait beau détourner le regard et fermer les yeux, les images ne voulaient pas s'effacer, et son imagination les rendait même plus effroyables encore.

Reprends-toi, mon vieux. Si Gorén se trouvait parmi les victimes, comment le reconnaîtrais-tu ? Et s'il était parvenu à s'enfuir, par où se serait-il enfui ? Il se tourna vers la maison principale, encore à moitié intacte. *Par là ?*

— Surveillez les environs, lança-t-il. Je veux savoir ce qui est arrivé à Gorén.

— Ah bon, alors, dans ces conditions, je veux bien entrer dans la colonie, entendit-il Boïndil dire d'un ton enjoué. Peut-être que nous rencontrerons l'une ou l'autre des faces de groin qui ont fait cela ?

Tandis que les jumeaux le suivaient dans la clairière et gardaient les ruines, Tungdil, lui, gravissait prudemment les marches de l'escalier incendié et à demi effondré de la maison principale ; celles-ci grincèrent sous son poids, mais il put quand même gagner sans dommage la plate-forme noire de suie, et entra au premier étage.

La maison avait été construite en pentagone autour du gigantesque arbre ; les passages qui menaient d'une pièce à l'autre étaient tous ouverts du côté du tronc, de telle manière qu'on pouvait voir le tronc où que l'on soit. De courts ponts suspendus menaient aux branches maîtresses, où les restes brisés de lampions multicolores se balançaient tristement.

Les premières grosses feuilles se détachaient des rameaux et tombaient tout doucement au sol, comme si l'arbre pleurait les morts avec lesquels il avait vécu en symbiose si longtemps.

Tungdil détourna le regard et fouilla dans les pièces sans trouver de survivants. En revanche, il tomba sur une lettre cachetée adressée à Lot-Ionan dans la bibliothèque, largement épargnée par les flammes, ainsi qu'un objet enveloppé de tissus.

Le Nain hésita. *Désolé, mais il y a urgence*, se dit-il avant de briser le cachet, de lire la lettre et de soupirer. *Encore des objets à remettre*. Dans la lettre, Gorén remerciait le Mage de lui avoir permis de lire les ouvrages, qu'il avait ensuite préparés pour les confier à un messager. Messager qui avait dès lors pour nom Tungdil.

Tungdil découvrit en outre une autre lettre, rédigée en langue savante celle-là, et donc incompréhensible pour lui. Seul son Mage pouvait la lire. Il mit ce nouveau fardeau dans son sac et reprit ses recherches.

Un tremblement parcourut la maison. D'abord léger, il s'intensifia jusqu'à secouer complètement les poutres. Le bâtiment semblait protester bruyamment contre son intrusion. Le tremblement cessa aussi soudainement qu'il avait commencé. Le Nain l'interpréta comme le signe qu'il fallait quitter la maison dans l'arbre au plus vite.

Sortant par l'un des passages, il fut stupéfait de voir que l'arbre avait changé de position. Ses branches dénudées s'appuyaient contre les piliers et cherchaient à les repousser, à en juger par les grincements. Le tronc se penchait vers la gauche en gémissant d'une voix ligneuse, une branche noueuse se tordit en direction de Tungdil.

— Qu'est-ce qui vous prend ?! C'est Boïndil qui a haché menu le jeune arbre, pas moi !

Mais l'arbre en colère ignora ses protestations et voulut lui porter un coup. Tungdil se baissa juste à temps. L'extrémité en forme de massue de la branche le manqua, détruisant la cloison de planches derrière lui. Il se hâta de regagner l'escalier, et se retrouva face à un véritable mur de flocons blancs. Tungdil crut d'abord à une tempête de neige, jusqu'au moment où il s'aperçut que c'étaient les plantes du bois qui perdaient toutes sans exception leurs fleurs et leurs feuilles, lesquelles tourbillonnaient autour de lui. La forêt mugissait, jetait son feuillage au loin, l'harmonie détruite se muait en haine.

La maison trembla de nouveau. Des poutres cédèrent, emportant avec elles des éléments de la maison dans leur chute. Le Nain dévala les marches pour se mettre en sécurité.

Les jumeaux étaient tout aussi étonnés que lui. Leurs armes en main, ils suivaient d'un œil méfiant la prodigieuse transformation.

— Ce doit être cette maudite Magie elfique ! hurla Boïndil pour couvrir le bruit ambiant. Ils ont monté le bois contre nous !

— Nous devons partir d'ici ! leur cria Tungdil. Les arbres veulent punir quiconque…

Il resta bouche bée. Un hêtre de Palandiell, après avoir dispersé son feuillage mort, exposa aux regards ses branches dénudées, lui révélant un affreux spectacle.

Il avait retrouvé l'Elfe. Le visage d'albâtre et les traits nobles de celle-ci contrastaient avec l'écorce de couleur sombre. Du cou jusqu'aux pieds, elle n'était plus qu'un squelette rouge sang luisant d'humidité sur lequel ne restait plus le moindre petit morceau de chair. De longues pointes avaient été clouées à travers ses os fragiles, la maintenant ainsi en position debout contre le tronc.

Cette vision donna des frissons même aux deux durs à cuire qu'étaient les jumeaux.

— Par les feux de la forge de Vraccas, qu'est-ce qui se passe ici ? lâcha Boëndal.

— Partons d'ici, l'enjoignit son frère, avant qu'il nous arrive la même chose.

— Je dois d'abord savoir ce qui est arrivé à Gorén. Je continue de chercher. (C'était plus fort que lui, il était comme attiré par ces horreurs, si bien que ses deux protecteurs étaient obligés de rester auprès de lui.) Son cadavre n'est peut-être pas loin.

Les os de l'Elfe donnaient l'impression d'avoir été littéralement rongés. Ses assassins lui avaient, en guise d'adieu, enfoncé un long clou à travers la bouche et l'occiput, la reliant ainsi au tronc. Là où il y avait sans doute eu des yeux magnifiques, on ne trouvait plus que deux orbites noires béantes.

— Regardez ça, cria Boïndil. On l'a d'abord clouée à l'arbre et ensuite, on l'a dévorée vivante. Cela ne ressemble pas du tout aux Orcs : ils auraient mangé cette Oreille-pointue sur-le-champ, et lui auraient sucé la moelle.

Tungdil déglutit et observa son visage, qui conservait sa beauté même dans la mort et les tourments. En son for intérieur, il sentait bien qu'il n'aimait pas les Elfes, mais pas au point d'éprouver du plaisir à les voir mourir de si cruelle façon.

Pendant ce temps, Boëndal fit le tour de l'arbre, trouvant d'autres cadavres et, sur le sol, des empreintes courbes et noircies.

— Des traces de sabots, dit-il, sur une terre qui semble avoir été comme marquée au fer. Que penses-tu que cela puisse être, l'érudit ?

Tungdil se souvint des deux cavaliers venus trouver les Orcs la nuit précédant l'attaque de Bonsprés.

— Des Albes, dit-il doucement. Les sabots de leurs chevaux démoniaques produisent des étincelles et brûlent le sol.

Il comprit dès lors les mutilations infligées à l'Elfe. Les Albes tiraient grand plaisir à exécuter cruellement leurs cousins.

— Des Albes ? répéta Boïndil. (Ses yeux s'enflammèrent, le feu de l'enthousiasme crépita de nouveau en lui.) Ce sera déjà autre chose que ces abrutis de faces de groin. Tu as entendu, mon frère, nous allons débiter de l'Oreille-pointue de Tion !

Tungdil, lui, contemplait de nouveau le squelette. Il revoyait en imagination les Démons de la Nuit en train de dévorer la souveraine de Vertbois clouée à l'arbre, la faisant hurler et se tordre de douleur. Il eût une envie pressante de vomir ; d'un geste rapide, il parvint à mettre la main devant sa bouche. Il ne souhaitait pas en effet que les jumeaux perdent le peu d'estime qu'ils avaient de lui.

Recroquevillé non loin de l'Elfe, un cadavre d'Humain attira leur attention. Celui-ci était étendu, hérissé de flèches, sur une petite surface de terre intacte tandis qu'une mer de flammes avait fait rage tout autour de lui, à en juger par le sol complètement roussi. À l'intérieur de ce qui était un cercle parfait, ils comptèrent sept Orcs calcinés.

Tungdil attribua ce phénomène à un sortilège.

— C'était peut-être Gorén. Il aura voulu se protéger de ses agresseurs grâce à ce feu magique.

Les doigts tremblants, il fouilla le cadavre et découvrit une petite boîte en fer-blanc contenant des sucres d'orge, et sur laquelle était gravé son nom : Gorén.

— Un bouclier lui aurait été plus utile, constata sèchement Boïndil. À trop compter sur la Magie, elle vous laisse en plan dans les moments cruciaux.

Son frère, lui, observait les arbres déchaînés qui perdaient leur feuillage en plein été.

— Ce bois elfique ne me dit rien qui vaille. Partons, ordonna-t-il. On dirait qu'ils veulent arracher leurs racines du sol pour marcher sur nous.

— Que faisons-nous des morts ? demanda Tungdil. Est-ce qu'il ne faudrait pas…

— Ils sont morts, répliqua froidement Boïndil.

Boëndal fit mine de repartir.

— C'est leurs affaires, tout ça.

Tungdil comprit qu'il était vain d'essayer de les convaincre. Aussi traversa-t-il les ruines à leurs côtés afin de rejoindre le chemin qui les emmènerait loin de Vertbois.

Cela lui faisait de la peine d'abandonner l'Elfe et Gorén comme du bétail mort, et il se tourna vers eux pour s'excuser du regard. C'est alors qu'il aperçut quelque chose d'étrange entre deux vestiges.

Un chevalet ! Celui-ci était dressé parmi les décombres d'une maison comme si le peintre avait fait une pause et était sorti un court moment. Cette vision émut Tungdil, qui imagina fort bien ce qui s'était passé. L'artiste avait été interrompu dans son œuvre par les Orcs, laissant une peinture inachevée, souvenir muet de ces atrocités.

Je me demande ce qu'il ou elle était en train de peindre.

— Je reviens tout de suite.

Il enjamba les ruines, intrigué par cet étrange tableau.

Boëndal soupira, faisant trembler les poils de sa moustache.

— Cela ne va pas être une mince affaire de le ramener.

— Non, vraiment pas, grommela Boïndil, qui prit sa natte noire pour essuyer la sueur de son visage.

Ils le suivirent donc en grommelant.

Leur protégé se tenait devant le tableau, lequel avait quelque chose d'étrange et d'illogique. *Il représente la clairière dévastée.*

Le tableau avait été peint de main de maître. L'artiste avait employé exclusivement des rouges, afin de rendre les destructions avec d'autant plus de force sur la lisse toile blanche. Chaque détail, si infime fût-il, était rendu avec une exactitude pénible : les cadavres, les restes des bâtiments, les arbres.

Tungdil observa la toile de plus près. *Cela ne ressemble pas à du lin.* Il fit le tour du chevalet et eut un sursaut d'effroi. Le verso était rouge, humide, et à peine l'eut-il touché du bout du doigt qu'il retira celui-ci d'un geste de dégoût. *De la peau !* Le peintre avait utilisé de la peau comme support pour son sujet ! À en juger par la perfection de celle-ci, il avait dû choisir la peau de la souveraine du bois. Le Nain devina que le rouge ne devait pas être du pigment ordinaire. Il appela les jumeaux.

Un peu à l'écart du premier se tenaient deux autres tableaux, plus petits. Le premier montrait le visage tourmenté de l'Elfe, les yeux luisants de peur et de douleur, tandis que l'autre figurait le corps rongé de celle-ci dans toute son exactitude. Pris de dégoût, il renversa ces œuvres sordides.

— Il n'est pas encore sec, dit Boëndal après avoir examiné de plus près le tableau sur le chevalet. Le dément qui a peint ces tableaux peut revenir d'un instant à l'autre.

— Tant mieux, qu'il vienne, gronda son frère, qu'on l'écorche vif, lui aussi.

— On n'a pas le droit de faire des choses aussi abjectes, déclara Tungdil, à qui ces peintures faisaient horreur. Bien qu'il reconnût n'avoir que rarement admiré pareille maîtrise, il s'empara du chevalet et le jeta au feu. Les deux autres tableaux l'y rejoignirent peu après.

Ils s'apprêtaient à reprendre en silence le sentier qui menait hors de la colonie lorsqu'ils entendirent un cheval s'ébrouer, de manière hostile, avant de pousser un hennissement furieux et suraigu.

À vingt pas sur leur droite, un moreau surgit de la forêt dénudée. De ses yeux émanait une lueur rouge, et chaque coup de sabot au sol faisait jaillir des étincelles qui tourbillonnaient jusqu'à la bride.

Ce Démon de la Nuit portait sur le dos une Albe élancée aux longs cheveux brun foncé, qui portait une armure de cuir noir renforcé, incrustée de morceaux de tionium polis en guise d'ornements.

— Des Troglodytes puants ?!

La poignée d'une épée dépassait dans son dos. Sa main droite tenait un arc en accolade dont les longues flèches noires étaient rangées dans un carquois de selle. Tungdil se souvenait encore très bien de ces projectiles.

— Vous avez détruit mes tableaux ! Alors il me faut du sang frais pour en peindre de nouveaux.

Elle se redressa légèrement sur sa selle pour mieux voir les Nains. Son visage et la finesse de ses traits la faisaient ressembler à s'y méprendre à une Elfe. Elle aurait fort bien pu passer pour une créature de la déesse Palandiell, si ses orbites noires ne l'avaient pas trahie.

— J'espère que votre sang n'est pas trop grumeleux. (Elle saisit de sa main libre la tige d'une flèche.) Il faut qu'il soit fluide si l'on veut bien rendre les détails.

— Oh, ça ne va pas être triste ! On va l'avoir, notre combat ! Mais d'abord, tous aux ruines, ordonna joyeusement Boïndil en langue naine. En rase campagne, cette Oreille-pointue nous tirerait comme des lapins.

Ils coururent ventre à terre se jeter à l'abri derrière une cloison.

Le premier projectile arriva sur eux en sifflant. Avec une extrême facilité, il passa à travers les planches derrière lesquelles ils s'étaient mis à couvert, rebondissant sur la cotte de mailles renforcée de Boëndal non sans produire un « ping » bien audible. La pointe noire en tionium fit une égratignure dans le métal. Le Nain jura.

Ils rampèrent donc encore davantage au milieu du champ de ruines fumantes pour échapper à l'Albe le temps de trouver un moyen de l'attaquer par surprise.

Tungdil jeta un coup d'œil à travers les ruines. Il vit la tête élongée du Démon de la Nuit ; celui-ci rôdait à la manière d'un fauve dans les décombres de Vertbois, et chaque fois que les sabots de cette ancienne créature de lumière touchaient le sol et le marquaient comme au fer rouge, on entendait un léger sifflement. Ses naseaux se dilataient, traquant leur odeur.

Le Nain sentit la peur s'emparer de lui comme jamais auparavant : la selle de l'animal était vide ! *Où est-elle passée ?* L'Albe se trouvait donc quelque part dans la colonie. Il ferma les yeux, s'interdisant de penser à quoi que ce fût qui eût un rapport avec les Albes.

Lorsqu'il ouvrit les yeux, Boëndal et Boïndil avaient eux aussi disparu, et à sa peur s'ajouta la panique.

— Où êtes-vous ? chuchota-t-il, la hache bien en main.

Comment pouvaient-ils dire de lui qu'il n'était pas un combattant et le laisser tout seul dans les ruines, traqué par deux des plus redoutables créatures du Pays Sûr ?

Quelqu'un attrapa son bras. Tungdil tressaillit et frappa immédiatement. Sa hache atteignit l'Humain à la poitrine, sous les côtes. Horrifié, le Nain garda le regard rivé sur le blessé.

— Gorén ?! Je te croyais mort ! balbutia-t-il.

Le *famulus* considéra d'un air absent la plaie qu'avait infligée le tranchant de la hache. Il en tâta les bords avant de le regarder lui.

— Je…, gémit-il, ne sens… rien. (Il retira une flèche d'Orc de son corps.) Rien, répéta-t-il, désespéré. Mais… je… hais…

Sa main empoigna une poutre, son regard éteint sembla passer à travers le Nain sans le voir.

— Gorén, non, attends, je…

Lorsque Gorén voulut frapper, Tungdil glissa sur le côté, et le bout de bois alla s'écraser à grand bruit contre la cloison.

Un bruit suffisant pour que les chasseurs l'entendent. Le Démon de la Nuit hennit, ses sabots approchèrent.

Le Nain rampa en toute hâte pour disparaître sous un plafond qui s'était écroulé.

— Je… ressens…

Gorén, chancelant et titubant comme un ivrogne, se fraya un chemin parmi les restes du bâtiment avant de regagner la clairière, tout en traînant sa planche derrière lui.

Le moreau lui bondit dessus et le piétina sans autre forme de procès. Chose effroyable, alors que la patte avant de l'animal lui avait percé la paroi abdominale dans un jet d'étincelles, l'Humain remua de nouveau !

Cette scène ouvrit les yeux au Nain. *Le Pays Mort a pris possession de Vertbois. Quiconque y meurt devient un mort-vivant.* Ce n'étaient donc pas les arbres qui pleuraient l'Elfe, non, c'étaient les puissances des Ténèbres qui s'étaient infiltrées dans le sol, s'insinuant jusque dans leurs racines.

Comment est-ce possible ? Comment ont-elles pu passer outre la barrière de protection ? pensa-t-il, décontenancé. *Il faut absolument que j'en avise Lot-Ionan avant de partir pour le Sud avec les jumeaux. Si le Mal est parvenu à franchir la barrière à un endroit, il y est peut-être également arrivé ailleurs.*

Mais encore fallait-il que les trois Nains sortissent vivants de cette forêt, ce dont il n'était pas encore sûr.

Le Démon de la Nuit avait senti son odeur et revint à la charge. Les sabots piétinèrent le refuge de Tungdil, des éclairs jaillirent, réduisant en miettes des parties du plancher. Le moreau voulait déloger Tungdil de sa cachette.

Ce dernier n'avait d'ailleurs plus d'autre choix. Il en sortit de l'autre côté en rampant, pour ensuite se jeter derrière l'abri le plus proche, mais le Démon l'en empêcha.

D'un bond immense, celui-ci franchit l'obstacle. Le cou de l'animal s'allongea, ses mâchoires se refermèrent et lui saisirent l'épaule droite. La cotte de mailles empêcha les dents acérées d'infliger de graves blessures, mais la force de préhension fut suffisante pour lui écraser l'articulation.

— Maudite bestiole, cria Tungdil, qui tenta de la frapper de sa hache.

La combativité des Nains s'éveilla en lui, prenant le pas sur la peur.

Mais le moreau ne voulait pas lâcher sa proie. Il leva la tête et secoua Tungdil comme une poupée de chiffon. Tout à coup, le cheval ouvrit la gueule, et le Nain fit un vol plané avant de s'écraser dans l'herbe devenue grise. Le Démon hennit et gratta le sol d'une jambe arrière, creusant un profond sillon. Tungdil était encore en train d'essayer de recouvrer ses esprits lorsque la créature fondit sur lui.

Soudain, les jumeaux apparurent. Au moment où le cheval passa au galop à leur hauteur, ils bondirent hors de leurs cachettes de part et d'autre du chemin.

— Viens, mon dada ! Que je te transforme en poney !

Le couperet tenu à deux mains de Boïndil traversa le genou droit du Démon de la Nuit, le bec-de-corbin de son frère disloqua le genou gauche.

La créature de Tion s'écroula en pleine course, en plusieurs culbutes désordonnées. Soulevant des nuages de cendres, le moreau voulut se redresser, malgré la douleur provoquée par ses blessures. Mais les guerriers Nains étaient déjà sur lui.

— Maintenant, on va se battre les yeux dans les yeux. (Le Démon voulut mordre Boïndil, qui lui enfonça profondément sa lame dans la gueule.) Avale ça !

La tête noire recula d'un trait, ce qui scella le destin de la créature.

Bandant les muscles des bras et du torse, bien campé dans ses bottes, Boëndal lui planta avec violence la pointe courbée de son arme pile entre les deux yeux, illustrant ainsi la raison pour laquelle on l'appelait Cloue-de-la-Main. Tirant à lui le crâne ainsi cloué du moreau, il donna à son frère l'occasion d'abattre son couperet sur la nuque de celui-ci.

— Tu veux toujours mordre, sale canasson ?

Boïndil lui infligea une véritable pluie de coups. Les cervicales cédèrent, et le Démon s'affaissa.

Boëndal posa sa botte sur la tête de la créature pour mieux en retirer le long éperon. Son jumeau ricana.

— Au tour de la petite cavalière aux oreilles pointues, maintenant. (Il désigna un endroit derrière Tungdil.) Cache-toi mieux que ça et regarde comment on se bat pour que tu apprennes.

Ils se tapirent non loin du Démon mort et attendirent. Tungdil voulut leur faire part de ce qu'il avait vu au sujet des morts-vivants, mais ils lui firent signe de ne pas bouger. Ils devaient d'abord se défaire de l'Albe.

Peu après, ils entendirent un long cri inhumain.

Boïndil arqua joyeusement les sourcils, rejeta sa natte en arrière et se tint prêt.

— Quelle douce musique à mes oreilles.

Boëndal tendit l'oreille, puis bondit hors de sa position sans crier gare ; son frère le suivit sans mot dire.

Je devrais les accompagner, au lieu de rester assis à regarder comme un lâche. Tungdil se sentit obligé de leur prêter main-forte contre cette terrible adversaire, ne fût-ce que pour faire diversion. Il saisit sa hache en soupirant et voulut se lever, au moment précis où deux mains squelettiques le saisirent aux épaules par-derrière et le mirent à terre.

— Qui es-tu ? demanda une petite voix féminine tandis que des doigts osseux malodorants et encore humides lui palpaient le visage. Tu es petit. Tu es un Troglodyte ?

On retourna le Nain sur lui-même. Il tomba nez à nez avec le visage profané de l'Elfe, autrefois si gracieux. Elle était devenue une revenante elle aussi. La souveraine de Vertbois s'était arrachée de son hêtre et errait dans la colonie, aveugle depuis que les Albes lui avaient enlevé les yeux.

— Laisse-moi, Elfe ! cria Tungdil en essayant d'atteindre son arme.

Mais celle-ci tenait si fermement ses bras qu'il ne put que dégainer son poignard. Il la frappa ; la lame cliqueta en heurtant les côtes mises à nu, sans occasionner le moindre dommage.

— Que fait un Nain dans mon bois ?! lui cria-t-elle. (Sa main osseuse se referma sur sa gorge.) Fais-tu cause commune avec les Albes ? Votre haine envers mon peuple a-t-elle crû au point que vous vous soyez acoquinés avec le Mal pour l'anéantir ?

Il surmonta sa peur et perçut une différence dans le ton de sa voix. Elle ne parlait pas comme Gorén. Au contraire, elle possédait encore manifestement un reste de volonté propre.

— Non, ma dame ! C'est Lot-Ionan qui m'a envoyé remettre des artefacts à Gorén…, parvint-il à articuler.

Ses orbites noires se fixèrent sur lui.

— Que m'arrive-t-il ? murmura-t-elle avec angoisse. Je sens que je me transforme… J'étais morte, et pourtant… mon âme… (L'Elfe s'interrompit.) C'est Lot-Ionan qui t'a envoyé ? Le mentor de mon bien-aimé ? (Son impitoyable poigne se relâcha.) Il y a un ouvrage, là, dans la bibliothèque de la maison principale. Gorén voulait le faire porter à ton maître lorsque les Albes nous ont attaqués…

— Je l'ai, l'interrompit-il.

— Il ne faut pas qu'ils mettent la main dessus ! l'enjoignit-elle. Rapporte-le en Ionandar et remets-le au Mage ! Il comprendra quand il lira la lettre que lui a adressée mon bien-aimé. (Ses doigts de squelette se resserrèrent de nouveau.) Jure-le !

Tungdil le jura sur Vraccas et sur son père adoptif en bégayant. L'Elfe squelettique parut satisfaite et s'éloigna en se traînant.

— Tranche-moi le cou, demanda-t-elle doucement. Je ne veux pas que le Pays Mort me prenne le peu d'âme qui me reste. (La souveraine de Vertbois étendit ses bras décharnés.) Vois ce qu'ils ont fait de moi. Voudrais-tu que j'erre et obéisse à tout jamais aux ordres du Mal ?

Les trous ténébreux qu'elle avait à la place des yeux le subjuguaient.

— Je…

— Tout ce qui m'était cher, ils me l'ont pris. Mon amour, ma beauté, ma maison et ma forêt. (Elle leva la main gauche, tendit son index et l'enfonça avec hésitation dans son orbite vide.) Je ne peux même plus pleurer ce que j'ai perdu. Aie pitié.

Tungdil ne put supporter plus longtemps l'infinie tristesse qui se dégageait de sa voix et de son visage. Tremblant, il se releva, fit un lourd pas dans sa direction et brandit sa hache pour frapper. Lorsque la tête coupée de l'Elfe roula dans les ruines de la maison, son squelette se désintégra. Elle était définitivement morte.

La forêt poussa un gémissement. Aux grincements et aux craquements de centaines d'arbres se mêla le bruit du combat sans merci que les jumeaux livraient encore à l'Albe.

Le Pays Mort ! Ils ne le savent pas encore ! Tungdil se ressaisit. *Il faut couper la tête des cadavres pour les empêcher de devenir des morts-vivants !*

Boëndal et Boïndil étaient aux prises avec une adversaire qui ne songeait pas un instant à se battre selon les règles des Nains. L'Albe possédait l'agilité d'un chat, elle sautillait, bondissait, se baissait pour esquiver leurs coups, sans toutefois parvenir à percer la cuirasse renforcée des jumeaux.

— Hé !

Tungdil fit un grand pas et lança sa hache sur cette coriace adversaire. Mais celle-ci vit venir le projectile et l'évita d'un agile mouvement de côté.

C'est alors que Gorén apparut soudainement derrière elle et voulut la frapper avec son morceau de poutre. Le sifflement produit par le mouvement du bois eut beau l'avertir, elle ne put éviter le coup.

La poutre l'atteignit en plein dans le dos, la catapultant vers l'avant, à l'endroit même où Boïndil venait à sa rencontre avec ses couperets, riant d'un rire dément et visant ses cuisses, dont la cuirasse était moins épaisse.

— Viens voir un peu par ici, Yeux-noirs !

Son attaque fut couronnée de succès. Grièvement touchée, l'Albe poussa un cri avant de recevoir aussitôt le plat du bec-de-corbin de Boëndal dans le ventre. Elle se tut, et ce pour de bon, lorsque les couperets lui tranchèrent la tête.

— Ce n'était pas nécessaire, magicien. On n'avait pas besoin de ça pour venir à bout de cette Oreille-pointue, dit Boïndil, vexé, à Gorén qui s'avançait vers lui en vacillant. Et d'ailleurs, comment se fait-il que tu sois encore vivant, toi ?! s'étonna-t-il dans la foulée.

— Nous sommes en Pays Mort ! Il faut le décapiter, c'est le seul moyen de le faire mourir définitivement, lança Tungdil.

— Si c'est comme ça, grommela le guerrier en évitant les tentatives maladroites du mort-vivant de le frapper.

En un éclair, un couperet s'abattit et la tête de Gorén roula sur le sol. Le magicien était mort.

— Tant qu'on y est, autant s'occuper aussi des autres, dit Boëndal en faisant signe en direction de la route.

Les dépouilles calcinées des Orcs et des habitants de Vertbois commençaient en effet à se relever, sur ordre des puissances des Ténèbres. Si celles-ci ne faisaient plus la différence entre agresseurs et victimes, les jumeaux firent, eux, preuve d'une grande circonspection. Ils placèrent les revenants en file avant de les décapiter l'un après l'autre, les délivrant ainsi de leur sort. Tungdil se contenta de les regarder faire.

— C'était trop facile, rouspéta Boïndil lorsqu'ils eurent terminé leur répugnante tâche. Mais il fallait bien cela pour exorciser ma rage. (La flamme dans ses yeux s'éteignit progressivement.) Allons-nous-en.

Ils se hâtèrent de reprendre leur route vers le sud, quittant ce qui avait été autrefois Vertbois.

Les arbres dénudés leur laissèrent le passage. Ultime faveur accordée, apparemment, à ceux qui avaient quand même tué une des Albes qui avaient apporté la mort et la désolation sur cette paisible colonie. Troncs et branches craquaient et grinçaient, s'inclinaient vers eux, se frottaient de façon menaçante, mais en restèrent là.

Les seuls bruits qu'ils perçurent encore furent le crépitement et le bruissement des feuilles desséchées sous les semelles de leurs bottes. Il n'y avait plus aucune trace des nombreux animaux de la forêt. Plus aucun oiseau n'osait élever la voix pour chanter.

— Je dois d'abord aller voir Lot-Ionan, c'est important, leur déclara Tungdil, qui leur expliqua en quelques mots la nouvelle mission dont l'avait indirectement chargé l'Elfe. Jamais nous n'aurions dû tomber sur le Pays Mort et les Orcs si loin à l'ouest. Il faut que j'en informe mon Mage et que je lui remette ces livres. Apparemment, ils sont d'une importance capitale.

— L'Ionandar ? C'est un détour de six cents milles, dit Boëndal, peu enthousiaste. Cela retardera d'autant plus notre arrivée au Royaume des Seconds.

— Il n'y a pas d'autre solution, répliqua Tungdil, toujours aussi opiniâtre. Ce que nous pouvons faire aussi, c'est nous rendre en Lios Nudin pour demander audience au Conseil des Mages.

Boïndil rit.

— Voilà, c'est bien, montre-nous que tu es une tête de mule, comme un vrai Nain.

Son frère se fit plus conciliant.

— C'est bon, allons en Lios Nudin. Le Grand-Roi a déjà vécu si longtemps, il n'en est plus à quelques lunes près. Vraccas lui accordera sûrement la longévité nécessaire.

Il prit son outre d'eau.

— Et puis, tu as fait preuve d'une grande bravoure, pour quelqu'un qui n'a jamais appris à tenir une hache, le complimenta Boïndil. Mais un Nain, note bien cela, ne jette jamais son arme s'il n'en a pas une seconde sur lui. Et il faudra aussi que tu travailles ton style de combat. Je t'enseignerai comment manier la hache, Tungdil, et bientôt les faces de groin auront aussi peur de toi que de moi.

Tungdil n'eut rien à y redire.

— Plus tôt je saurai m'en servir, mieux ce sera.

Au soir, lorsqu'ils durent faire halte, parce qu'il fallait bien qu'ils se reposent, Boëndal entonna une nouvelle chanson naine, qui parlait de la vieille inimitié entre Elfes et Nains. Lorsque son regard croisa celui de Tungdil, il se tut. Une chanson sur la mort et la désolation n'aidait pas à le mettre de meilleure humeur.

— Que savez-vous sur ma tribu ? leur demanda-t-il.

— Les Quatrièmes ? (Boëndal se gratta la barbe et sortit un morceau de fromage pour le faire griller au-dessus du feu, comme le précédent.) La Quatrième Maison compte douze clans, la plupart de ses membres sont plus petits et plus fragiles que la moyenne, un peu ramollis. Cela vient de leur métier, la taille des pierres précieuses. (Il toisa Tungdil.) Oui, tu ferais un bon Quatrième. Ils n'ont certes pas d'érudits dans leurs rangs, mais ils ont à peu près ta carrure… Quoique, non, tu es déjà presque trop costaud. Tu as les reins trop larges. (Il réfléchit à ce qu'il venait de dire.) Je ne dis pas cela pour t'offenser. C'est comme ça, c'est tout, expliqua-t-il amicalement. C'est Vraccas qui nous a faits comme nous sommes.

Tungdil ne se satisfit pas de cette réponse. Celle-ci était si générale qu'elle ne lui apprenait rien de neuf.

— Comment, c'est tout ?

Les jumeaux échangèrent des regards.

— Cela fait très longtemps que les Royaumes Nains n'ont plus de nouvelles les uns des autres, lui répondit honnêtement Boëndal. Nous ne savons pas grand-chose. Attends de les avoir rencontrés par toi-même. Mais il y a une chose que je peux te dire à propos des Seconds.

Nos dix-sept clans ont les tailleurs de pierre les plus doués de toutes les tribus. La forteresse d'Ogremort te coupera le souffle. Tu n'as encore jamais vu pareille chose ! Même le plus gros château fort des longs-sur-pattes ne soutient pas la comparaison.

Boëndal se laissait peu à peu emporter par l'enthousiasme, et vantait la magnificence des ouvrages de pierre qui rendaient les autres tribus vertes de jalousie. Tungdil était suspendu à ses lèvres, se réjouissant de pouvoir bientôt admirer de ses propres yeux les monuments érigés par son peuple.

Le Pays Sûr, Lios Nudin,
en l'été du 6234e cycle solaire

Ils marchèrent sans répit pour rejoindre la capitale et paraître devant l'assemblée des magiciens.

Boïndil avait d'abord insisté pour qu'ils longent le chemin, par sécurité. Après quatre jours dans les sous-bois, ils en eurent assez des branches qui les éraflaient, des épineux qui s'accrochaient dans leurs cottes de mailles et des rameaux qui les gênaient dans leur progression, et qui, comme par hasard, atteignaient sans cesse Tungdil au nez ou aux yeux. Ils revinrent donc sur la route poussiéreuse, se méfiant de chaque rencontre.

Les derniers événements n'avaient pas été sans laisser de traces sur Tungdil. Il fit des cauchemars, et lorsqu'il se pencha au bord d'un ruisseau en chemin pour y puiser de l'eau pour son outre, son visage lui parut plus âgé, plus mûr, et ses yeux bruns plus sévères qu'au début de son périple. Les horreurs qu'il avait vécues l'avaient bel et bien marqué.

N'ayant pas l'intention d'être victime d'un Orc, il se donnait beaucoup de peine lors des exercices de combat quotidiens avec Boïndil, et apprenait vite, presque trop vite, comme le lui fit remarquer son professeur. Chaque fois qu'ils s'exerçaient à enchaîner coups, parades et feintes, Boëndal restait assis sur le côté à observer attentivement Tungdil sans rien dire, tirant sur une petite pipe.

Quand le trio rencontrait des Humains ou tombait sur des colonies, Tungdil leur parlait des événements qui s'étaient produits à Vertbois, leur déconseillant fortement de s'approcher des limites du Pays Mort.

Ses dires étaient étayés par les convois de réfugiés en chariots qui défilaient quotidiennement sur la route, cherchant refuge en Lios Nudin. Les Orcs avaient fait leur apparition en d'autres endroits, et les Humains croyaient Nudin le Curieux plus à même de s'opposer à ces hordes que le roi Bruron.

Un après-midi, Tungdil resta quelques pas en arrière à l'approche d'un tournant, signe qu'il désirait satisfaire en toute quiétude un besoin naturel et pressant. Les jumeaux poursuivirent leur chemin sans rien remarquer.

Après que Tungdil fut revenu sur la route, soulagé, il parvint à un croisement, mais ne vit aucune trace des Nains. Comme un panneau indiquait Porista vers l'est, il se mit au trot dans cette direction.

Peu après, il aperçut une roulotte bigarrée en bois, garée de travers au bord de la route. Sur ses flancs avaient été peints des ciseaux, des couteaux, des couperets et des haches dans des couleurs vives. Les bêtes de trait avaient été dételées, le véhicule laissé négligemment sur le bas-côté.

— Ohé !

La porte de derrière ne fermant pas correctement, on pouvait entr'apercevoir l'intérieur sombre de la roulotte. Tungdil trouva cela suspect.

— Tout va bien ?

Par prudence, il mit la main à sa hache. Peut-être que le propriétaire de cette roulotte avait été victime des Orcs, et que ceux-ci étaient encore dans les parages. *Mais où sont donc passés Boïndil et Boëndal ?*

— Il y a quelqu'un ? Ohé ! lança-t-il encore avant de gravir l'étroit marchepied de bois qui menait à l'entrée.

Il poussa la porte de la tête de sa hache et jeta un coup d'œil dans le petit atelier. Les tiroirs avaient été tirés, les portes des placards ouvertes. Au fond du véhicule, dans un coin, il vit deux chaussures dépasser de sous une armoire.

Tungdil entra dans la roulotte.

— Répondez-moi. Je ne vous veux aucun mal.

Il y eut une odeur métallique, douceâtre. Une odeur de sang. Il eut le pressentiment que celui qui était étendu devant lui n'était plus parmi les vivants. À présent, il en était convaincu : les dieux avaient maudit son voyage, il n'y avait pas d'autre explication aux horreurs qui se succédaient en permanence partout où il mettait les pieds.

Il glissa son arme dans son ceinturon. Il posa les mains sur les semelles qui dépassaient, puis les secoua doucement.

— Vous êtes blessé ?

Comme il n'y eut pas de réaction, il redressa l'armoire pour libérer celui qui était coincé dessous. Il vit alors qu'il s'agissait d'un corps de Nain, mais d'un corps seulement. Car on lui avait coupé la tête. Il n'y avait aucune trace du crâne, et la plaie au niveau du cou n'était pas encore sèche. Le meurtre avait dû se produire peu de temps avant son arrivée.

— Par Vraccas, que se passe-t-il, ici ?

Dans sa peur, l'armoire lui glissa des mains et retomba sur le cadavre. Tungdil recula et tenta de mettre de l'ordre dans ses pensées. Il avait de la peine pour ce Nain nomade, victime lui et sa forge ambulante de brutes criminelles. La soif d'or et de pièces des Humains avait scellé son destin.

Je ne devrais pas le laisser ainsi, se dit-il. Il agrippa le cadavre par les pieds et le tira de dessous l'armoire, lorsque quelque chose tomba sur le plancher dans un tintement.

— Hein ?

Il observa l'objet de plus près. Il s'agissait d'un poignard souillé de sang, et si le demi-jour ne le trompait pas trop, il s'agissait de l'arme du mercenaire dont il avait ferré le cheval plusieurs semaines auparavant.

Tungdil entendit le martèlement de sabots. Il jeta un coup d'œil prudent par l'étroite fenêtre, un grossier juron nain aux lèvres. Cinq Humains en armure chevauchaient en direction de la roulotte. Il resta donc où il était, se pressant derrière la porte, contre le bois. Il ne ressortirait sans doute pas vainqueur d'un combat contre ces guerriers expérimentés, aussi devait-il se cacher s'il voulait survivre. Il ne se sentait pas encore prêt à se mesurer à un adversaire supérieur en nombre, même si cela aurait été un jeu d'enfant pour Boïndil ou Boëndal.

Des pas lourds approchèrent du véhicule, des bottes gravirent le marchepied, qui grinça, la roulotte bascula, et une ombre apparut en travers de l'entrée.

Le Nain empoigna sa hache des deux mains.

L'Humain murmura quelque chose et s'accroupit à côté du mort.

— Quelqu'un est passé par ici, cria-t-il. Le court-sur-pattes n'est pas comme on l'a laissé tout à l'heure. Couvrez-moi. (Il chercha son couteau.) Et camouflez bien le pot de miel avec la tête dedans, ordonna-t-il. Je ne tiens pas à expliquer à qui que ce soit pourquoi on y conserve une immonde tête de Troglodyte.

— C'est pourtant simple. C'est parce qu'il y a de l'or en échange, dit un de ses comparses en riant grassement.

— Ça ne regarde personne d'autre que nous, répondit le meurtrier. C'est déjà bien assez difficile de mettre la main sur ces nabots pour qu'on ait en plus des rivaux. (Il découvrit le poignard.) Ah, te voilà.

Il l'essuya soigneusement sur les vêtements de sa victime, le rengaina et se releva.

Son armure refléta les rayons du soleil qui entraient par la fenêtre latérale ; l'un des rayons vint frapper le tranchant de la hache de Tungdil, qui étincela instantanément.

— Qu'est-ce que…

Le meurtrier se retourna.

Tungdil se devait d'agir tant que la surprise jouait encore pour lui. Celui-ci bondit droit devant lui et abattit le tranchant de sa hache, perçant le cuir et sectionnant les tarses de l'Humain. Dans son excitation, il avait frappé si fort que sa hache resta coincée dans le plancher. Il tira dessus de toutes ses forces pour l'en sortir.

Le guerrier poussa un hurlement. Maintenant, ses compagnons savaient que quelque chose ne tournait pas rond, s'ils ne s'en doutaient pas déjà.

— La voilà, ta récompense.

Le Nain arracha la lame du bois et prit la fuite. Il bondit hors de la roulotte, vociférant pour effrayer les chevaux.

Les quadrupèdes firent un pas en arrière. Les Humains, qui s'apprêtaient justement à en descendre et avaient encore un pied à l'étrier, perdirent l'équilibre et mordirent la poussière.

Sans attendre, Tungdil fila vers la profonde forêt sur sa droite. Leurs chevaux ne seraient d'aucune utilité aux mercenaires vu la densité de cette forêt, et même à pied, les fourrés les empêcheraient d'avancer rapidement. Pour une fois, sa petite taille l'avantageait. De plus, sous le feuillage, la nuit tombait plus vite qu'en rase campagne, ce qui ne causait pas la moindre difficulté à Tungdil.

— Rattrapez ce salaud de Nain ! hurla leur chef. Ça nous vaudra une grosse prime !

Le Nain s'enfonçait à toute allure dans la forêt, s'arrêtant de temps à autre pour écouter ses poursuivants. Ils n'abandonnaient pas si facilement, à en juger par les branches qui craquaient et les jurons, mais ils perdaient du terrain. Au bout d'un moment, il n'entendit plus leurs pas lourds d'Humains en armures. Il les avait semés.

Haletant, Tungdil s'appuya contre un tronc d'arbre et lutta pour retrouver son souffle. L'endurance, c'était bien joli, mais courir pour sauver sa vie avec tout un paquetage sur le dos était quand même un effort plus que violent. En hâte, il contrôla s'il avait encore bien tout. Le sac aux artefacts, qui cliquetait bizarrement depuis le coup de l'Orc, était bien à sa place.

Tungdil but une gorgée d'eau tout en tendant l'oreille. *Ils chassent les membres de mon peuple pour une récompense!* Il n'en revenait pas, tant cela dépassait tout ce qu'il avait enduré jusqu'alors. Mettre la tête des Nains à prix allait à l'encontre des lois du Pays Sûr, et il ne parvenait pas à imaginer, même avec la meilleure volonté du monde, ce que l'on voulait faire de son crâne.

Après une courte halte, il fila de nouveau en droite ligne à travers la forêt pour rejoindre la première route venue. Grande fut sa surprise lorsqu'il vit Boïndil et Boëndal venir à sa rencontre.

— Ah, mais le voilà! lui dit Boïndil comme pour le saluer. Tu t'étais perdu?

— Non, c'est vous qui vous êtes trompé de chemin. Vous n'alliez pas vers Porista, dit-il en haletant.

Boëndal l'observa de plus près.

— Qu'y a-t-il, l'érudit? Des ennuis?

— J'espère que non, parce que cela voudrait alors dire que je les aurais ratés, grommela son frère. Ce n'était quand même pas un écureuil qui voulait te les...

— C'étaient des chasseurs de prime, l'interrompit Tungdil. Ils traquent les Nains pour leur couper la tête parce que quelqu'un leur donne de l'or en échange.

— Quoi?! beugla Boïndil, les yeux écarquillés; son imposante barbe trembla. Par où sont-ils partis?

— Je n'en ai aucune idée et pour être franc, je suis bien content de ne plus les avoir à mes trousses, avoua-t-il.

Ils cherchèrent une petite clairière à l'écart du chemin pour tenir conseil.

— Ont-ils dit qui les payait ? s'enquit Boëndal.

— Non. Je les avais déjà rencontrés une fois, mais ils n'avaient rien entrepris à ce moment-là. Il y avait sans doute trop de témoins à la ferme où j'étais alors. *J'ai été à deux doigts de me faire tuer.*

— Hum… C'est peut-être une nouvelle ruse des Troisièmes pour faire traquer et détruire les autres tribus. Ou alors, ils veulent que nous soyons brouillés avec les longs-sur-pattes comme avec les Elfes, et que cela provoque une guerre. (Boëndal regardait autour de lui.) En tout cas, il y aura pas mal de choses dont nous devrons parler quand nous aurons atteint le Second Royaume Nain.

Tungdil étendit sa couverture sur lui et passa la nuit sous le toit de feuilles d'un chêne. Ils renoncèrent à faire du feu, dont on aurait vu la lueur à des milles à la ronde, et même le craquement d'une brindille résonnait désagréablement dans le silence de la nuit. Il croisa les bras derrière la tête, sentit un coléoptère se promener dans ses cheveux fournis et l'en retira.

— Ce qui est étrange, dit-il en réfléchissant à haute voix, c'est que cette prime a été offerte peu après que l'on vous a envoyés à ma recherche.

Boïndil, qui se mettait à l'aise et enroulait sa longue natte noire pour en faire un oreiller, fronça les sourcils.

— Tu veux dire que ce n'est pas une ruse de Lorimbur ? Que quelqu'un en aurait après nous ?

Son frère secoua la tête.

— Non, tu n'y es pas. Notre érudit veut dire que c'est surtout après lui qu'on en a, c'est juste ?

— C'est une hypothèse un peu hardie, je sais, admit Tungdil en soupirant. Mais vous aviez évoqué un second prétendant au trône.

Boëndal saisit l'allusion.

— Jamais, dit-il catégoriquement. Un Nain digne de ce nom n'intrigue pas. Le roi Gandogar Barbe-d'Argent est à mille lieues de ce que tu insinues.

— Tu le défends comme s'il était de notre tribu, marmonna son frère avec une pointe de reproche.

— Je le défends parce que c'est un Nain. Un Nain honnête, même si je ne partage pas ses vues, dit le jumeau, campant sur ses positions. En outre, ton existence n'a été révélée au Conseil que bien après notre départ. (Il réfléchit.) Non, reprit-il fermement. Cette prime, c'est un stratagème de Lorimbur. Et c'est déjà bien assez grave comme ça. Tu imagines ? Des Nains qui comploteraient les uns contre les autres ? Ce serait la fin de tout ! Bref, ce n'est pas possible.

Ils se turent, pensifs, et se couchèrent.

Tungdil eut un rêve agité. Des bataillons entiers d'Orcs et d'Albes le poursuivaient avec du savon à barbe et des couteaux pour lui couper la barbe, qui avait entre-temps bien poussé. Ils parvenaient à le rattraper, à l'immobiliser et à le raser. C'était un spectacle humiliant et bouleversant que d'avoir le visage aussi glabre qu'un nouveau-né.

Cela le tira de son sommeil, qui était tout sauf réparateur. Il mangea un peu de ses provisions, et pria Vraccas avec plus de ferveur que d'habitude pour qu'il échappe aux chasseurs de primes du Gauragar et qu'il accomplisse sa mission.

Tu ne me facilites pas la tâche, Vraccas. Tungdil avait la nostalgie de ses galeries, et désirait ardemment revoir Frala, Sunja et Ikana. Il en était presque au point de se réjouir à l'idée de revoir Jolosin.

* * *

Ce voyage rapprochait les Nains. Chaque fois qu'ils avaient un moment de libre, Boïndil le prenait à part et l'initiait plus avant à l'art du combat.

— Alors ? lui demanda un soir Boëndal à voix basse près du feu de camp, alors que son frère était endormi. Qu'est-ce que tu penses des premiers Nains que tu as rencontrés de toute ta vie ?

Tungdil ricana.

— Franchement ?

— Je t'en prie, l'érudit.

— Boïndil est le plus emporté de vous deux, même si son cerveau met plus de temps que ses poings à se mettre en mouvement. Quand sa décision est prise, plus rien ne peut l'en détourner. Et la plupart du temps, il fait ce qui lui vient à l'idée.

— Ce n'était pas difficile à deviner. Mais encore ?

— Il ne fait aucun mystère de sa haine des Orcs et des Elfes, et rien ne vaut pour lui le combat, dans lequel il se jette avec une ardeur comme je n'en avais encore jamais vue.

— Par Vraccas ! Tu as déjà bien observé mon frère, jugea le jumeau en riant. Mais garde tout cela pour toi.

Et que penses-tu de moi ? demanda-t-il avec curiosité en lui tendant une pipe entamée.

— Toi, tu es d'un tempérament plus doux, mais d'un esprit plus vif, et tu es ouvert aux propositions d'autrui, dit Tungdil avant de tirer une bouffée. Tes yeux bruns te confèrent un regard amical, alors que l'expression de ceux de ton frère est… indescriptible.

Boëndal applaudit doucement.

— Pas mal, l'érudit.

— Comment se fait-il que vous soyez tous deux devenus des guerriers ?

— Comme nous n'étions pas particulièrement doués pour le travail du marbre et autres roches, nous avons décidé de renforcer les patrouilles de garde, dit-il en ricanant. Notre tribu est responsable de la défense de la Porte Haute, ainsi que nous appelons le ravin qui sert de passage vers le sud. C'est en fait un accès de cinquante pas de large, bordé par des à-pics de mille pas de haut, qui se rapprochent l'un de l'autre à partir d'une hauteur de huit cents pas environ. Ce n'est que lorsque le soleil est parfaitement à la verticale de la faille que la lumière pénètre dans le ravin.

— Alors, il devrait plutôt s'appeler la Porte Sombre, remarqua Tungdil.

— Jusqu'à présent, il ne nous a jamais fallu davantage qu'un petit contingent de Nains pour défendre la Porte Haute, et ce, quel que fût le nombre d'assaillants.

— Avez-vous des portails, comme les Cinquièmes ?

— Non. Nos ancêtres ont creusé un fossé de cent pas de profondeur sur une longueur de quarante mètres, flanqué d'un épais mur fortifié doté d'un pont-levis mécanique. Les ingénieurs ont peaufiné leur construction durant tout le temps que mirent les ouvriers à creuser cette dépression dans la pierre des Montagnes Bleues, dit Boëndal, rêveur, pour décrire ce chef-d'œuvre de la technique. Pour ce faire, ils ont accolé de minces dalles coulissantes à une infrastructure ultralégère, mais dure comme du granit. Dans le même temps, ils ont fait évider la fosse de façon à obtenir des colonnes de soutien supplémentaires, pour que le pont ait suffisamment de points d'appui. Le pont est relié à l'ouvrage principal de façon que l'on puisse à tout moment le rétracter au moyen de chaînes, de roues dentées et de câbles.

— C'est… (Tungdil était sans voix.) Je ne connais aucun peuple qui ait jamais construit pareil pont. Mais qu'est-ce qui se passerait si les Orcs et les Ogres parvenaient à grimper dessus ?

— Nous pouvons les en faire tomber à tout moment. La fosse est tapissée des restes des monstres de Tion qui se sont essayés à franchir cet obstacle. (Il rit doucement.) Ils ont même tenté d'envoyer leurs guerriers de l'autre côté de la fosse, voire par-dessus la muraille, grâce à des catapultes. Ceux qui survivaient à l'impact tombaient devant nos haches.

Tungdil fit écho à son rire.

— Moi, j'aurais essayé de combler la fosse. Ou bien d'y descendre, pour mieux remonter de l'autre côté, dit-il en se creusant la tête.

— Ils y ont pensé, mais c'était tout aussi vain. Une fois seulement, nous nous sommes retrouvés dans une situation analogue à celle du valeureux Giselbart et de ses défenseurs, admit Boëndal, se référant aux anciens écrits de sa tribu. Une armée d'Ogres, qui n'essaya même pas de construire un ponton ou une passerelle pour franchir la fosse, avait eu la même idée que toi. Après être descendus prudemment au fond de la fosse, ils s'enfouirent dans les ossements de leurs congénères morts depuis longtemps, avant de remonter par centaines de l'autre côté.

— Mais vous les avez repoussés ?

— La forteresse s'appellerait Nainmort et non pas Ogremort, sinon, dit Boïndil. Pourriez pas parler moins fort, j'ai besoin de dormir. (Il se retourna vers eux et plongea son regard dans le feu.) Ça va, vous avez réussi, je suis réveillé, maintenant.

Il déballa un morceau de fromage pour le faire cuire au-dessus du feu. Cette fois, Tungdil accepta le fromage qu'il lui proposa. Le goût était moins désagréable qu'il le croyait au début.

— Toujours est-il, dit Boëndal pour reprendre le fil de son récit, que ces brutes auraient bien pu franchir la muraille si le Second n'avait pas tué leurs meneurs et si les autres Ogres avaient su comment poursuivre en leur absence. Nos ancêtres firent alors une sortie surprise pour rejeter l'ennemi dans la fosse. Quand tout cela a eu lieu, nous n'étions encore que deux petits chiards. Cela fait au moins trois décennies que l'on n'a plus vu le moindre monstre au pied de la Porte Haute, conclut-il.

— Ils ont fini par savoir que c'était nous qui montions la garde, s'esclaffa son frère. Et c'est parce que tout était si calme que le Grand-Roi nous a envoyés chercher son successeur potentiel. (Il regarda à travers les flammes en direction de Tungdil, et ses yeux bruns jetèrent une lueur.) Sinon, tu avais raison : je suis né pour me battre, je n'évite pas le combat, car c'est mon destin d'être guerrier.

— C'est mon frère, je n'allais pas le laisser y aller seul. Nous sommes un astre double et nous le resterons. Pour toujours. Là où est l'un, l'autre y est aussi.

— Donc, il y a une providence qui assigne à chaque Nain une… vocation ? dit Tungdil pour résumer, impatient de savoir ce qu'il allait bien pouvoir devenir. Serai-je un simple ouvrier qui creusera des galeries, ou est-ce qu'en moi sommeille le savoir-faire d'un maître artisan ?

— Les Quatrièmes sont les lapidaires, les tailleurs de pierres précieuses du peuple Nain. As-tu un penchant particulier pour tout ce qui est bijoux ? lui demanda Boëndal.

Curieusement, Tungdil n'avait jamais été spécialement attiré par ces objets scintillants. Lot-Ionan avait bien quelques joyaux, ornés de saphirs et de rubis, de brillants et d'améthystes. Tungdil aimait à les observer parce qu'ils réfractaient la lumière de superbe manière, mais jamais il ne lui serait venu à l'idée de tailler ou de polir un diamant brut disgracieux pour le mettre en valeur.

— Je ne crois pas. À bien y réfléchir, c'est la forge qui m'attire le plus, dit-il avec une pointe de déception dans la voix.

La lueur changeante de braises que l'on croirait presque vivantes, l'odeur du fer brûlant, le tintement du marteau de forge et le sifflement du fer que l'on plonge dans l'eau pour le refroidir, voilà en quoi consistait le monde du Nain jusqu'alors.

— Eh bien, tu seras forgeron, trancha Boïndil, satisfait. Un forgeron lettré. C'est bien, ça aussi. Et très nain.

Tungdil se rapprocha du feu et médita. Il vit des montagnes de diamants, puis des étincelles orange qui remontaient le conduit de la cheminée en dansant et en tourbillonnant. La forge lui plaisait bien davantage. L'or, aussi. Il adorait le doux miroitement jaune de ce métal.

— Je collectionne aussi tous les morceaux d'or abandonnés, si petits soient-ils, poursuivit-il en murmurant. Les pièces d'or, les bijoux, et même les pépites tombées de la poche d'un chercheur d'or distrait.

Les guerriers rirent.

— Tu as dû te constituer un bon petit trésor bien à toi, alors. Si ce n'est pas nain, ça, je veux bien embrasser une face de groin, dit Furibard en hochant la tête. Et si je faisais de toi un guerrier ? lui proposa-t-il en prenant la pipe.

— Je ne crois pas que cela soit possible. Déjà, contre un ennemi supérieur en nombre…

— Il n'y a pas de surnombre, le contredit l'autre tout de go, il n'y a que des défis, plus ou moins difficiles, retiens bien cela.

— Alors, je vais le dire autrement. Je suis de plus en plus convaincu que ma place est près d'une enclume. Voilà ce qui me rend heureux.

Tungdil décida provisoirement de ne plus s'occuper l'esprit avec pareilles questions. Il tira le sac qui contenait les livres de Gorén, enveloppés dans du papier ciré et des chiffons, et les en sortit pour les déballer et les feuilleter délicatement. Les jumeaux le regardèrent faire.

— Et alors ? Qu'est-ce qu'on y raconte, l'érudit ? s'enquit Boïndil. La voilà peut-être, ta vocation ! Ingénieur, ou scribe. Nous autres, Nains, avons de grands ingénieurs.

— Je n'y comprends rien. (La déception l'envahit quand il vit qu'il ne pouvait même pas lire ce qui était écrit sur le dos.) Il doit s'agir d'ouvrages destinés à des Mages de haut rang.

Le Nain se demanda comment l'ancien *famulus* de Lot-Ionan avait seulement pu les déchiffrer.

Tungdil se frappa le front et se traita de Kobold. *L'Elfe, bien sûr ! La souveraine de Vertbois ! Elle était sûrement capable de lui inculquer les arcanes de la Magie et de l'aider à traduire ces ouvrages.*

Ses doigts parcoururent les couvertures de cuir. *Que renfermez-vous que les Albes ne doivent pas découvrir ?* les interrogea-t-il en silence. *Depuis quand les parents mauvais des Elfes craignent-ils quelques écrits ?*

— Tant pis, dit-il, faussement résigné.

Alors qu'il remettait bien soigneusement les ouvrages dans leur enveloppe protectrice, son regard tomba sur le sac aux artefacts. À en juger par le cuir épais dont il était fait, il avait déjà bien vécu. Blanchi par le soleil, il commençait à se craqueler ; des taches plus sombres se dessinaient çà et là, dues semblait-il à sa transpiration ou à des provisions grasses. Le sac portait encore le souvenir du coup d'épée de l'Orc : une ligne brun clair, véritable cicatrice infligée au cuir.

Plus Tungdil regardait le sac, plus il souhaitait jeter un œil à son contenu. Cela faisait déjà longtemps qu'il luttait contre la tentation de défaire le cordon multicolore pour regarder ce qu'il y avait à l'intérieur de ce sac.

Oh, et puis flûte. Gorén est mort, et je veux savoir ce que j'ai trimballé à travers tout le Pays Sûr.

Incapable de se maîtriser plus longtemps, il tendit le bras vers le contenant en question, le visage impassible afin de ne pas donner aux Nains l'impression qu'il désobéissait à son Mage. Il défit habilement le nœud, puis élargit le col du sac.

Instantanément, un son épouvantablement strident retentit. De petites billes de lumière fendirent l'air en pétaradant, avant de faire place à des explosions de toutes les couleurs.

— Par le marteau de Vraccas et tous les feux de sa forge !

Boïndil et Boëndal se levèrent d'un bond, se mirent dos à dos et brandirent leurs armes.

Tungdil jura et renoua rapidement le cordon. Le feu d'artifice ne cessa que lorsqu'il eut refermé le col du sac avec exactement le même nœud qu'auparavant. Ce petit système d'alarme mis au point par Lot-Ionan l'avait bien eu. Le Mage avait prévu son accès de curiosité et lui avait donné une leçon.

— Par toutes les montagnes du Pays Sûr ! Qu'est-ce que c'était que ça, l'érudit ? exigea de savoir Boïndil. Un tour de magicien ?

— Je voulais juste voir si… le piège magique fonctionnait encore, après tout ce temps, répondit-il, s'efforçant de calmer son souffle. (La frayeur lui avait tout autant coupé les bras et les jambes qu'aux jumeaux.) C'est contre les… voleurs qui voudraient prendre le sac.

— C'est cette petite chose qui a fait tout ce boucan ?! (Furibard observa le cuir, incrédule.) C'est pour quoi faire, ce feu d'artifice ? Pour que le voleur amuse l'assistance et puisse récolter des pièces d'or avec ?

— Non. Grâce à lui, je sais toujours où il est et je peux récupérer mon bien, mentit Tungdil.

Cette explication était plus flatteuse que de devoir avouer qu'il s'agissait en fait d'un dispositif contre sa propre curiosité.

— N'aurait-il pas été plus malin de jeter simplement un sort contre les vols ? grogna Boïndil, qui cracha par terre. Ah, la Magie des longs-sur-pattes ! C'est rien que de l'esbroufe.

Son frère le rejoignit dans ses récriminations.

— Ce qu'il faudrait, c'est qu'un marteau en sorte et frappe le coquin sur la tête, dit-il dans un ricanement.

— Ou bien lui écrase les mains pour lui apprendre à ne plus les poser sur ce qui ne lui appartient pas, ajouta Boïndil.

Boëndal se rassit.

— Allez comprendre les Mages. Tant de pouvoir, et ils ne pensent même pas aux choses les plus simples.

Tungdil déglutit. Il était reconnaissant à son père adoptif de ne pas avoir prévu une punition aussi brutale.

— Je lui soumettrai tes propositions, dit-il en leur adressant un signe de tête.

— Nous pouvons le faire nous-mêmes.

— Non, répliqua-t-il immédiatement. Non, c'est moi qui lui dirai. Il n'aime pas les propositions. Venant d'étrangers.

Il rougit ; par bonheur, ses compagnons de voyage ne regardaient pas dans sa direction, préférant essayer de sauver avec une baguette un morceau de fromage tombé dans le feu.

— Un boucan pareil aurait pu nous coûter la vie, à Vertbois, gronda Boïndil. Ne touche plus à ce cordon, lui dit-il avec fermeté. (En soupirant, il retira son souper des braises, trempa brièvement le morceau de fromage dans sa gamelle pour en ôter la cendre, et le mit en bouche.) Ouf, il est encore mangeable, constata-t-il.

En tout cas, cet incident fut une bonne leçon pour Tungdil. *Je ne toucherai plus à ce sac que pour le mettre sur l'épaule et le déposer le soir. Il peut bien y avoir un trésor là-dedans, ça m'est égal.*

Chapitre 7

Le Pays Sûr, Lios Nudin,
en l'été du 6234e cycle solaire

Rantja survola la foule du regard. Les cent quatre-vingts meilleurs *famuli* des Royaumes magiques attendaient d'être reçus par Nudin le Curieux dans le hall du palais. Leurs maîtres et maîtresses respectifs les avaient mandés en Lios Nudin pour qu'ils les aidassent dans leur combat contre le Pays Mort. Des murmures impatients emplissaient la vaste salle.

— Il faut vraiment que la situation soit grave du côté des barrières magiques pour que l'on mette même les apprentis Mages à contribution afin de repousser les forces des Ténèbres venues du Nord, dit un *famulus* à côté d'elle. Tu es chaque fois plus jolie, Rantja.

— Jolosin ! s'exclama-t-elle avec joie en lui tendant la main. (C'est alors qu'elle remarqua sa nouvelle robe bleu foncé.) Oh, tu es passé au quatrième niveau. Tu as enquiquiné Lot-Ionan jusqu'à ce qu'il craque, c'est ça ?

— Et toi, Nudin t'a élevée directement au cinquième niveau, à seulement trente-deux cycles ? Je suis impressionné, répliqua l'Humain aux cheveux foncés sur un ton de plaisanterie mêlée d'admiration. Est-ce que tu vas bien ?

— Très bien, sourit-elle, avant de reprendre une mine grave. J'irais encore mieux si je n'avais pas appris que le Pays Mort gagnait en puissance. (Elle remarqua de nombreuses petites coupures sur ses doigts.) Comment t'es-tu fait cela ?

Il lui fit signe de ne pas insister.

— Ce serait trop long à expliquer. Disons que je travaille sur un sort d'épluchage des pommes de terre, éluda-t-il, contrarié. Pas mécontent de pouvoir enfin quitter mes marmites et faire quelque chose de sensé. (Il jeta un coup d'œil autour de lui.) As-tu déjà vu les grands maîtres ?

— Ils viennent juste de sortir, de même que mon Mage, répondit Rantja, inquiète. En sais-tu davantage ?

— Tout ce que j'ai reçu, c'est un message selon lequel leurs cérémonies d'incantation requéraient une concentration totale, et que l'on remettrait donc les retrouvailles à plus tard, dit-il, insatisfait, avant de déposer le sac de cuir contenant des artefacts qu'il avait sur l'épaule, et qu'un cordon vert maintenait fermé. As-tu jamais vu situation plus grave ?

Rantja secoua la tête.

Les portes s'ouvrirent, et Nudin le Curieux apparut pour leur souhaiter la bienvenue. Il chancelait légèrement et paraissait exténué.

— Je vous salue, cria-t-il d'une voix rauque, presque croassante. (Sa voix semblait affectée et se faussait. L'assistance eut l'impression qu'un homme et une femme parlaient en même temps.) Aujourd'hui est un jour noir pour le Pays Sûr. Suivez-moi et voyez ce que le Pays Mort a fait.

Le Mage fit signe aux élèves de l'accompagner, et passa devant.

— J'ai déjà rencontré Nudin par le passé, et je dois dire qu'il a plutôt changé, murmura Jolosin à l'oreille de Rantja. Il a dû prendre au moins cinquante livres, et doit porter des chaussures à talons.

— Je sais. Beaucoup le croient plus grand qu'il n'est.

— Bien plus grand. Et plus imposant. Et il est exclu qu'un Humain de son âge grandisse encore. Alors, qu'a-t-il bien pu se passer ? Une expérience qui aurait mal tourné ?

Ils marchaient à présent juste derrière Nudin. Ils sentirent une odeur putride et douceâtre à la fois. L'eau de toilette du Mage devait être éventée, ce dont il ne semblait pas s'être aperçu.

Rantja glissa sur le marbre. Jolosin intervint, l'empêchant de faire une mauvaise chute.

— Merci, s'empressa-t-elle de dire.

Ils reprirent leur chemin, notamment parce que ceux de derrière poussaient. C'est ainsi qu'aucun apprenti ne vit la longue traînée rouge foncé sur le dallage. Le Mage perdait du sang.

L'extrémité inférieure de son bâton de magicien claquait à intervalles réguliers sur le sol. Nudin marchait à grands pas, les guidant à travers un labyrinthe d'arcades et de salles, jusqu'au moment où ils s'arrêtèrent devant une autre porte à deux battants. Il brandit son bâton de la main gauche, et l'onyx rougeoya lugubrement.

— Soyez forts, leur dit-il avant de prononcer la formule d'ouverture du portail.

Les battants coulissèrent. Une odeur de décomposition avancée reflua de la pièce, quelques apprentis Mages eurent la nausée. Rantja vacilla, s'appuyant contre Jolosin qui la soutint bravement, luttant contre l'envie de vomir.

Cette puanteur ne semblait pas déranger le Mage.

— Voyez, à présent, comme le Pays Sûr a besoin de vous !

Il entra le premier, puis les *famuli* pénétrèrent dans la pièce, hésitants.

Des cris d'horreur bouleversés retentirent lorsque les apprentis virent les différents restes de leurs mentors. Une statue, un tas de vêtements, des cadavres en décomposition… On ne reconnaissait même plus Andôkai tant son corps était putréfié.

— Par Palandiell, gémit Jolosin en voyant son maître changé en statue. (Malgré toute la rancune qu'il lui vouait à cause de la punition, jamais il ne lui aurait souhaité pareille fin.) Nous sommes perdus, balbutia-t-il en déposant le sac de cuir qu'il avait apporté à la demande de son mentor. S'ils n'ont rien pu faire contre le Pays Mort…

Le bâton de Nudin frappa le sol avec force, et les conversations s'interrompirent. Tous les yeux étaient tournés vers lui.

— Nous avons sous-estimé le Pays Mort d'une manière impardonnable, annonça-t-il d'une voix tremblante. Nous en étions encore à charger le cristal accumulateur et à la première phase de la cérémonie lorsque la Terreur venue du Nord a frappé. La précieuse pierre a été détruite ! Ce n'est qu'à grand-peine que j'ai survécu à cet assaut. (Il pointait l'extrémité de son bâton vers ce qui restait des Mages : tristes vestiges, restes malodorants, répliques infamantes.) J'ai perdu de bons amis. Mais vous, vous êtes leurs apprentis, les meilleurs qu'il y ait encore au Pays Sûr. (Nudin toussa, régurgitant un caillot de sang, avant de chanceler et de s'appuyer sur Lot-Ionan.) Voyez, je souffre encore de cette attaque. Nous devons nous dépêcher de recoller les morceaux de l'accumulateur, haleta-t-il avec peine. C'est seulement de cette façon que nous arrêterons le Pays Mort. Si nous échouons, les Humains sont perdus. Jamais leurs armées ne parviendraient à arrêter la progression de la Terreur venue du Nord.

Les apprentis magiciens se regardèrent, perplexes. Ses paroles, et la vue de leurs mentors anéantis les ébranlèrent jusqu'au plus profond de leur âme.

— Les Cinq, qui passaient pour tout-puissants ou presque, ont été vaincus par le Pays Mort, murmura Jolosin, abattu. Et il faudrait que nous…

— Il faudrait que nous les enterrions, dit Rantja l'air absent. Nous ne pouvons les laisser dans cet état, c'est indigne d'eux.

Elle s'interrompit et commença à trembler.

— Ressaisissez-vous ! les adjura le Mage. Il importe d'abord d'agir rapidement. Ensuite seulement il sera temps de s'occuper des morts. (Son bâton décrivit un cercle.) Mettez-vous en position. Prenez-vous par les mains les uns les autres et répétez après moi, ordonna-t-il.

Tous obtempérèrent. Rantja et Jolosin se mirent côte à côte. Ce contact leur donna du courage.

Nudin posa son bâton devant lui sur le dallage et vint se placer à côté du *famulus* de Lot-Ionan. Ses mains étaient à la fois molles et poisseuses au toucher, et Jolosin dut se faire violence pour ne pas retirer sa main d'un geste de dégoût.

— Honorable Mage, j'ai avec moi les artefacts que Lot-Ionan vous avait empruntés, dit-il en désignant ses affaires du regard.

Nudin fit un bref signe de la tête.

Puis ils entamèrent l'invocation collective de la Magie, afin de la faire venir à eux sous une forme concentrée et de la canaliser vers les éclats de malachite.

Les heures passèrent.

* * *

La journée commença par de la pluie. Une forte pluie.

L'été abandonna le Pays Sûr aux nuages pour quelques heures, afin qu'il reçoive son content d'eau après la sécheresse.

Si les plantes ne pouvaient que se réjouir de cette averse, ce ne fut pas le cas des trois Nains. Ceux-ci se blottirent sous un arbre, maussades, et attendirent.

— Voilà pourquoi nous, nous vivons dans les montagnes, se plaignit Boïndil, qui profita de l'occasion pour se raser les tempes de plus près.

Ces derniers jours, il était devenu de plus en plus agité. Son cœur de guerrier réclamait des gueules d'Orcs sur lesquelles crier, cracher et frapper. Or il était plus qu'improbable d'en rencontrer au cœur de Lios Nudin.

— Que faisons-nous s'il lui prend un accès de fureur ? chuchota secrètement Tungdil à Boëndal. Devons-nous grimper à un arbre ?

Le Nain, qui était en train d'essorer sa natte, sourit d'une oreille à l'autre.

— Tant que je suis là, tu n'as rien à craindre. J'arrive toujours à faire en sorte qu'il passe sa fureur sur des choses inanimées. Du moins, presque toujours.

Ils observèrent les charrettes et les chariots défiler sur la route, à quelque distance de là. Deux jeunes amoureux, qui se préoccupaient davantage l'un de l'autre que de leurs bœufs, étaient assis sur un siège de cocher. Les bêtes, indifférentes, continuaient de suivre la route d'un pas lourd.

À la vue de ces amoureux, le commis de Lot-Ionan fut confronté à un problème qui le travaillait depuis déjà un bon bout de temps. Un sujet délicat qu'il hésitait à aborder avec les deux autres. À force de poser sans cesse des questions sur son peuple, il avait le sentiment de paraître incroyablement sot à leurs yeux. Pendant des cycles et des cycles, il avait vécu entouré de centaines de livres, et il ignorait encore tout des Nains. *Vous parlez d'un érudit.*

Mais toutes ces tergiversations étaient inutiles, il lui fallait des certitudes. Évitant le regard de l'un et de l'autre, Tungdil demanda :

— Comment sont-elles, les Naines ?

Silence. Le crépitement des gouttes de pluie sur les feuilles de leur abri devint assourdissant. Manifestement, les jumeaux le laissaient mijoter dans son jus.

— Jolies, dit Boïndil laconiquement.

— Très jolies, renchérit Boëndal.

— Ah, fit Tungdil.

Silence.

L'averse faiblit. Le bruissement et le clapotis s'atténuèrent peu à peu pour laisser place à des gouttes qui tombaient à intervalles réguliers, sans bruit ; l'eau coulait le long des branches et des rameaux.

— Ont-elles une barbe, elles aussi ? demanda-t-il, revenant à la charge.

Silence.

Tungdil se dit que c'était fou le nombre de bruits différents que font les gouttes, quand on écoutait bien.

— Barbe n'est peut-être pas le bon mot, commença Furibard.

— Duvet serait plus exact, dit son frère en d'autres termes. Très attirant.

Silence.

Le soleil fendit la grisaille, l'été revint au Pays Sûr. Tungdil s'apprêta à poser la question suivante, quelque peu délicate.

— Les Naines et les Nains…

Les deux frères se tournèrent vers lui sans mot dire. Boëndal le toisa d'un air compatissant.

— Il est plus que temps qu'il rencontre son peuple, celui-là, constata-t-il sèchement avant de lever les yeux en direction de la cime de l'arbre. La pluie s'est arrêtée. Nous repartons.

Il se leva, suivi par son frère.

— Tu n'as pas répondu !

— Nous sommes des guerriers, pas des lettrés. De plus, ce n'était pas une question.

— Sont-elles des guerrières, elles aussi ?

— La plupart des Naines de notre tribu ne le sont pas, en tout cas, dit Boëndal tandis qu'ils marchaient de front. Elles s'occupent plutôt des affaires domestiques. Elles font paître les bêtes, veillent à ce que les garde-manger soient toujours remplis et les chopes aussi, et ce sont elles qui font nos vêtements.

— Quand l'homme et la femme combattent côte à côte, cela ne donne rien de bon, grommela Furibard sur le ton de quelqu'un qui parlait d'expérience, mais qui interdisait à Tungdil de demander des précisions.

— Garde-toi de te moquer de leurs arts. Leur fierté est tout aussi exacerbée que la nôtre. Certaines sont parmi les tailleurs de pierre et les forgerons les plus talentueux qui soient. En concours, elles manient le burin et le marteau avec une telle précision que leurs rivaux n'en reviennent pas.

— Des exceptions, marmonna Boïndil, qui ne faisait aucun mystère de son opposition résolue à ce qu'une Naine endossât les responsabilités d'un homme Nain. Leur place est au foyer. Telle est leur vocation.

Tungdil écouta tout cela attentivement.

— Donc, c'est un peu comme chez les Humains, conclut-il.

Il était de plus en plus curieux de rencontrer des Naines et se réjouissait beaucoup d'en voir une de plus près.

Enfin, ils arrivèrent à Porista. Si Tungdil fut émerveillé par les tours et les dômes du palais, les jumeaux n'admirèrent que par politesse les réalisations architecturales des longs-sur-pattes, qui n'arrivaient qu'à la cheville de celles de leur peuple.

L'espoir secret de Tungdil d'y rencontrer Lot-Ionan ne se réalisa pas. Ils apprirent en effet que les Mages étaient repartis pour leurs Royaumes respectifs depuis déjà plusieurs jours. Nudin le Curieux ne recevant plus personne, il ne restait plus aux Nains qu'à retourner en Ionandar.

Alors qu'ils passaient devant une ruelle, Tungdil aperçut dans une écurie un cheval attaché qu'il pensa avoir déjà vu quelque part.

— Attendez une minute.

Il s'approcha de la jument alezane, qu'il pensait avoir déjà ferrée par le passé. Non sans précaution, il lui prit la patte avant droite et considéra le fer. Celui-ci portait sa signature.

— Ce sont eux, murmura-t-il.

— Des amis à toi ? s'enquit Boëndal, le bec-de-corbin négligemment posé sur l'épaule.

Son frère passait les doigts sur ses tempes pour vérifier s'il y avait encore des cheveux rebelles.

— Cela m'étonnerait.

Tungdil se tourna vers les fontes archipleines, prit un seau, le retourna, monta dessus et dut tendre le bras pour attraper les rênes. Il rabattit la couverture avant de fouiller à tâtons dans la sacoche, jusqu'à ce qu'il tombe sur un grand bocal en verre, qu'il retira d'un geste.

— Vous vous souvenez du Nain ambulant que j'ai trouvé mort ?

Son intuition ne l'avait pas trompé. Il ouvrit le bocal et y vit la tête tondue d'un Nain. Les chasseurs de primes avaient coupé sans ménagement les poils de leur victime pour faire passer le crâne dans le récipient. Le miel qui entourait hermétiquement la tête coupée la préservait de la décomposition. Le peu de sang qui s'en écoulait encore dessinait des stries rouges dans le liquide doré.

— Ce sont ses meurtriers.

Les jumeaux s'approchèrent dans un cliquetis de cotte de mailles. Ils restèrent muets. Ils regardèrent fixement, horrifiés, ce qu'un Humain avait fait à un membre de leur peuple pour un peu d'or.

— Par Vraccas ! Je m'en vais les découper en rondelles ! gronda Furibard. (La fureur le traversa jusqu'à la pointe de ses cheveux, les couperets volèrent comme d'eux-mêmes dans ses mains.) Laissez…

C'est alors que s'ouvrit la porte qui séparait l'écurie de la maison. Tungdil reconnut immédiatement l'Humain, et il en fut de même pour le chasseur de primes. Celui-ci s'arrêta net et regarda fixement les trois Nains.

— Malédiction !

Le rapport des forces ne lui semblant pas assez équilibré, il tourna les talons et disparut dans la maison.

— Viens te battre, lâche ! Même une face de groin vaut mieux que toi !

Déjà Boïndil était à ses trousses. À l'intérieur du bâtiment, on entendit un combat bref, mais violent, qui se termina sur le cri d'agonie perçant du mercenaire.

L'avertissement de Tungdil parvint trop tard à Furibard le frénétique.

— Il nous sera plus utile vivant !

Mais il n'en fit pas reproche au Nain. La fureur accumulée de Boïndil ne le laissait pas revenir à la raison avant d'avoir vu le sang et le corps sans vie de son adversaire.

— Eh bien, attendons que les autres reviennent, dit sèchement Boëndal. Il y en a encore quatre, si je me souviens bien.

Tungdil acquiesça, et ils se cachèrent dans l'écurie.

Les mercenaires revinrent tôt dans la soirée ; à en juger par leurs expressions, ils n'avaient pas eu de chance et revenaient bredouilles.

Furibard se tenait derrière la porte, écumant, les couperets en main, impatient de tomber sur eux ; son frère avait choisi de se dissimuler dans la paille et était également à l'affût. Tungdil préféra rester en retrait. Rompus comme ils l'étaient au combat en équipe, Tungdil n'aurait fait que les gêner.

Lorsque les quatre Humains furent dans l'écurie et eurent mis pied à terre, les jumeaux s'adressèrent un signe de tête et chargèrent.

— Laissez une de ces canailles en vie ! leur rappela Tungdil, qui les suivit.

Un des guerriers saisit la poignée de son épée.

Il n'avait qu'à moitié sorti l'arme de son fourreau lorsque le couperet de Boïndil l'atteignit à la hanche gauche. La force du coup le précipita contre le mur. La deuxième lame le frappa à pleine vitesse en oblique de bas en haut, tranchant peau et tendons et lui disloquant le genou droit. Il s'effondra en hurlant.

Mais Furibard était déjà ailleurs. Conscient et certain de l'effet de ses deux coups, il bondissait déjà sur son prochain adversaire en riant.

Son frère s'occupait des deux autres assassins. Boëndal fondit tête baissée sur le plus avancé des deux, et dans un éclair, le bec-de-corbin s'abattit.

Le mercenaire eut juste le temps de saisir son bouclier et de le tenir en garde devant lui, mais c'était sous-estimer la force de pénétration de l'arme du Nain. L'extrémité pointue de celle-ci passa outre cette protection garnie de ferrures et traversa le bras de l'Humain de part en part. Ce n'étaient pas de la chair et des os qui entraveraient la course d'une arme qui venait à bout du bois et du métal. Le mercenaire poussa un cri.

Le Nain retira à toute force cet ergot de la ferraille, orienta son arme côté plat vers l'avant et frappa le genou, qui n'était pas protégé. L'articulation fut littéralement retournée sous l'énorme pression et se brisa dans un craquement. Le deuxième adversaire était hors de combat.

— Je vais te montrer ce qu'il en coûte d'assassiner lâchement des Nains !

Pris de fureur, Furibard couvrit son ennemi de coups de couperets rapides et bas.

Les mercenaires paraient à grand-peine les coups frénétiques de leurs assaillants, et leurs mines désespérées en disaient long sur leur situation. Là où la peur s'installe, la défaite s'invite peu après.

Boïndil faisait tournoyer ses couperets de façon à désorienter complètement le mercenaire. Pris de peur, ce dernier fit volte-face et tenta de se remettre en selle.

Il avait beau être plus rapide à la course que le Nain, il n'était pas plus leste que le bec-de-corbin lancé à ses trousses par Boëndal.

Avec un son mat, l'arme heurta son dos au moment où il voulut sauter en selle. La lourde extrémité lui brisa les côtes, compromettant ainsi d'autant sa fuite. Cela suffit à Furibard pour combler la distance.

— Tu es un peu trop grand à mon goût, le long-sur-pattes, dit-il avant de trancher les mollets de l'Humain.

Le chasseur de primes ne s'était pas encore écroulé que Boïndil le frappa de nouveau, le tuant de deux rudes coups aux clavicules.

Boïndil se retrouva ensuite face au quatrième mercenaire, tapi derrière la paille.

— À ton tour ! dit-il, les yeux fous et étincelants. (Le sang de ses ennemis tachait sa cotte de mailles en de nombreux endroits.) En quel dieu crois-tu ? Palandiell ? Samusin ?

L'Humain jeta ses armes et leva les bras.

— Je me rends ! s'empressa-t-il de crier.

Le Nain montra les dents.

— Ça m'est égal, grogna-t-il avant d'enfoncer ses couperets dans le corps de l'Humain sans défense.

Celui-ci s'écroula en geignant. Il eut une mort rapide, mais extrêmement douloureuse, à en juger par ses gémissements.

Tungdil se retourna. Leur chef, que Boïndil avait mis hors de combat au début de la mêlée, gisait dans une immense mare de sang et perdait sa force vitale à vue d'œil. Il se précipita sur cet homme.

— Qui vous payait pour cette besogne ? le pressa-t-il. Dis-le nous, et nous te sauvons la vie.

— Sinon, on te regarde patauger dans ton sang, le menaça Furibard.

— Un garrot, par Palandiell ! dit au lieu de cela le chasseur de primes, les mains appuyées sur la plaie qu'il avait à la hanche.

Vu le rouge qui jaillissait d'entre ses doigts, Tungdil douta de pouvoir tenir sa promesse s'il parlait. Lot-Ionan aurait été certainement capable de le soigner, mais un bandage était d'ores et déjà inutile.

— Dis-le, lui cria Boïndil en colère, ou je mets fin à ce que ta mère a mis au monde dans la douleur !

Mais l'Humain mourut avant qu'il puisse mettre sa menace à exécution.

Les jumeaux se retournèrent et se dirigèrent d'un pas décidé vers le dernier survivant de cette bande de meurtriers, celui dont la longue pointe de l'arme de Boëndal avait percé le bouclier et le bras.

Le mercenaire serrait les dents. La douleur d'un genou éclaté mettait à très rude épreuve sa résolution de ne pas crier.

— Grâce, je ne sais presque rien, balbutia-t-il. Nous avions juste entendu dire que quelqu'un offrait au Gauragar une récompense à quiconque lui rapportait la tête d'un Troglodyte. C'était peu après que nous avons rencontré celui-là (il désigna Tungdil) pour la première fois.

— Qui vous en a parlé ? gronda Furibard, l'un de ses couperets appliqué contre la gorge de l'Humain en armure.

— Le maître de la guilde ! Le maître de la guilde ! lâcha-t-il, apeuré. C'est lui qui nous a envoyés dans cette région. Nous collectons les têtes, et toutes les trente lunes, un messager vient chercher les bocaux. En échange, nous recevons notre part de la guilde. Trente pièces chacun par crâne.

— Quelle guilde ? insista Tungdil.

— Celle des chasseurs de primes, déclara le guerrier, qui poussa un gémissement de douleur. Laissez-moi partir. Je vous ai dit tout ce que je savais.

Tungdil le crut, mais il était certain que les jumeaux ne le laisseraient pas en vie. La cupidité de cet Humain exigeait réparation.

— Tu n'iras nulle part.

La lame de Boïndil fit son office en moins de temps qu'ils ne mirent à l'en empêcher, et le dernier mercenaire poussa son dernier soupir.

— Ne restons pas là, dit Boëndal d'une voix éteinte. Filons vite d'ici avant que la milice arrive.

Ils ramassèrent leurs affaires en hâte et quittèrent Porista pour poursuivre leur route vers l'Ionandar, craignant que des gardes de la cité les poursuivent. Mais ils ne furent pas inquiétés.

Tungdil eut mauvaise conscience.

— Ce n'était pas juste. Nous aurions dû le livrer à la garde de la ville, ainsi que le bocal, dit-il en chemin alors qu'ils pataugeaient dans les flaques et dans la boue.

Les yeux de Boïndil s'étrécirent.

— Tu me reproches d'avoir tué tous les longs-sur-pattes ? (Il essuya les gouttes de pluie de sa barbe noire.)

Qu'est-ce que cela aurait changé à leur destin ? On les aurait de toute façon condamnés et exécutés.

— La mort, ils l'avaient méritée. Seulement…

Tungdil ne savait pas comment expliquer ses remords à Furibard. Boëndal fit écho à son frère.

— Non, l'érudit. Pas de « mais » ni de « seulement » qui tienne. Ils ont tué pour de l'argent, ils ont péri à cause de l'argent. Que ce soit nous qui les tuons ou les longs-sur-pattes qui les exécutent, quelle différence ? Au moins avons-nous vengé les Nains qu'ils ont tués. C'était mieux ainsi.

Il rejeta sa natte par-dessus son épaule, signe qu'il ne changerait plus d'avis.

Tungdil était à court d'arguments. Il était encore trop érudit et pas assez Nain pour comprendre la mentalité de ses compagnons de voyage.

— Reprenons notre route. Le Conseil des Nains nous attend, dit Boïndil sur un ton plus conciliant.

La bataille ayant libéré sa fureur accumulée, il était redevenu plus sociable.

Le Pays Sûr, Lios Nudin,
en l'été du 6234e cycle solaire

— Je n'en peux plus, gémit Rantja tout bas.

— Je t'en prie, il faut que tu tiennes bon, lui murmura Jolosin. Si un seul d'entre nous quitte le cercle, c'en est fait du rituel. Je le dois à mon mentor, et tous ici, nous le devons au Pays Sûr.

La voix de Nudin changea. Le croassement fit place à un susurrement aigu qui ne lui ressemblait pas. L'instant d'après, il parlait d'une voix de basse sombre qui fit vibrer les entrailles des apprentis. Même les plus expérimentés d'entre eux ne se souvenaient pas avoir jamais entendu une telle chose.

Le rituel fut bientôt suivi d'effet.

Les débris de malachite s'illuminèrent d'une lueur vert sombre et s'élevèrent à trois pas de haut, flottant librement dans la pièce. Même les éclats encore prisonniers du corps de Maira la Gardienne se frayèrent un passage à travers la chair pourrissante pour en ressortir avec un léger bruit de ventouse qu'on enlève.

— Regarde ! (Jolosin lui serra la main.) Encore un effort et nous aurons réussi !

Le Curieux reprit son rôle de maître de cérémonie. Les hommes et les femmes présents dans la salle répétaient ses paroles, jusqu'au moment où elles devinrent incompréhensibles. Nudin semblait ânonner n'importe quoi, et ses assistants n'arrivaient plus à répéter ce qu'il disait. Le rituel risquait d'échouer.

Les débris formèrent un disque lumineux de dix pas de diamètre qui se mit à tourner autour de son axe.

— Ça te paraît normal ? demanda Jolosin à Rantja. Je n'ai encore jamais participé à un tel rituel.

Elle laissa la question sans réponse.

Les rotations se firent plus rapides, et plus les éclats de malachite prenaient de la vitesse, plus ils se rapprochaient. Progressivement, ils s'emboîtèrent les uns dans les autres jusqu'à former un seul cristal de grande taille.

— Le Curieux sait parfaitement ce qu'il fait, dit Rantja en reprenant son souffle avant de se taire, comme les autres apprentis.

Ce silence avait quelque chose de solennel. Cent quatre-vingts personnes encerclaient la pierre précieuse, qui jetait une lueur vivace et à laquelle la volonté de Nudin avait donné une nouvelle forme. Quelques apprentis magiciens soupirèrent de soulagement, se réjouissant du majestueux spectacle qui s'offrait à eux.

— Nous avons réussi, exulta Jolosin, qui voulut lâcher la main de Nudin pour prendre Rantja dans ses bras, mais le Mage le retint d'une poigne de fer.

La bouche du Curieux s'ouvrit pour ne prononcer qu'un seul mot, inconnu de tous.

Un éclat se détacha du cristal recomposé et vint se ficher comme un projectile dans la poitrine de Jolosin, sans que les autres s'en aperçoivent.

— Que…

Le jeune homme gémit. Il voulut se défaire de la poigne du Mage et tâter l'endroit où avait pénétré le morceau de malachite. Cette partie du cristal tranchante était entrée profondément en lui, il sentit le sang s'écouler de la plaie et se répandre sur son ventre, mais les doigts froids et poisseux du Mage ne voulaient plus lâcher sa main.

— Honorable Mage, gémit Jolosin de douleur. Je… suis blessé. La pierre m'a attaqué.

Nudin tourna vers lui son visage bouffi et pâle. Ses pupilles étaient tellement dilatées que ses iris étaient réduits à de minces cercles. C'est alors que le noir devint subitement terne, argenté. Une lumière brilla à travers ce voile.

— Je sais, mon garçon. Mais il le fallait. J'avais besoin de ta Magie. (Il lui serra la main pour l'encourager.) Tu n'auras bientôt plus à souffrir.

Le Curieux ferma les yeux.

Le second morceau de malachite traversa la salle à la vitesse de l'éclair et atteignit Rantja. Le cristal projeta ainsi des éclats à intervalles toujours plus réduits, et ce ne fut que lorsque la moitié des apprentis eût été victime de ces attaques que l'autre moitié se rendit compte de ce qui se passait. Ils en appelèrent à Nudin, le priant de faire quelque chose.

— Restez où vous êtes ! Vous ne voudriez pas tout gâcher ?!

Il demeura à sa place, les yeux fermés.

Les derniers étudiants à n'avoir pas encore subi ces tirs ne firent aucun cas des paroles du Mage. Ils voulurent briser le cercle et se mettre à l'abri avant de se voir infliger des blessures mortelles. En vain. Horrifiés, ils s'aperçurent que leurs mains étaient indissociablement jointes à celles de leurs voisins, et furent atteints à leur tour.

Des rayons vert foncé jaillirent de la malachite, courant sur les corps des apprentis Mages et s'infiltrant à travers les plaies ouvertes par les projectiles.

Nudin releva les paupières, les yeux brillants de démence. Il ouvrit son habit au niveau de la poitrine et prononça un second mot à voix haute.

Dans un éclair aveuglant, un éclat du cristal long d'un doigt s'enfonça dans son corps. Le rayon enfla, gagna en volume, s'animant de soubresauts tandis que faiblissaient les liens d'énergie verts par lesquels les apprentis étaient reliés à la malachite. Soudain, ils s'évanouirent.

— Parfait ! (De la bouche de Nudin sortit un puissant cri de joie, inhumain. Le Mage rit de satisfaction.) C'est parfait ! Maintenant, je peux tomber le masque et redevenir Nôd'onn le Dédoublé.

Tous les apprentis s'écroulèrent. Comme tous les autres, Jolosin et Rantja étaient incapables de parler, la pierre leur ayant brutalement dérobé leurs forces et leur Magie.

Ceux qui étaient de constitution plus faible moururent les premiers. Leurs cœurs cessèrent de battre, leur souffle s'interrompit.

Jolosin et Rantja parvinrent, avec quelques autres, à mobiliser leurs dernières réserves pour ramper vers la sortie et échapper à Nudin.

De ses doigts effilés, le Mage s'empara de l'éclat fiché dans sa poitrine. Il ressortit le fragment rouge de sang et le contempla pensivement avant de l'y remettre. Puis il se dirigea vers le disque de malachite.

— Tu as fait ton office. Va.

À peine eut-il effleuré le cristal flottant avec son onyx que le disque retomba, se brisant en d'innombrables particules.

Ne perds pas de temps. Passe au sortilège suivant. Nôd'onn se dirigea vers le sac aux artefacts, s'en empara et se hâta de gagner la sortie. Il enjamba trois apprentis en train de ramper, non sans les tuer en leur enfonçant la pointe de son bâton dans le dos. L'érable blanc se teignit de rouge.

Parvenu sur le seuil, il se retourna une dernière fois et parcourut la salle du regard. L'odeur de décomposition allait bientôt devenir bien plus forte. Cela ne le dérangeait pas. Il n'aurait bientôt plus aucune raison de revenir dans la salle des rituels, car il était à deux doigts d'avoir réalisé son objectif.

C'est alors qu'il remarqua Jolosin et Rantja. D'un coup dur et brutal, il enfonça le crâne du jeune homme ; quant à sa propre disciple, il la repoussa dans la salle à coups de bottes.

Rantja se retrouva sur le dos et tenta, en larmes, de lancer une formule d'autoguérison, mais son sort échoua.

Nôd'onn s'accroupit et caressa délicatement les longs cheveux bruns de sa disciple. Il la connaissait très bien, et la considérait comme un de ses meilleurs élèves ; elle aurait même pu prendre sa succession à la tête de Lios Nudin, mais jamais elle ne l'aurait suivi sur la voie qu'il avait choisie.

— Si tu n'y arrives pas, c'est parce que tu as cet éclat de cristal en toi et parce que tu es vidée, consommée, lui expliqua-t-il. Tu vas mourir, comme les autres, Rantja.

Les yeux sombres de la jeune femme jetèrent un regard plein de mépris à ce Mage à qui elle avait fait confiance et qu'elle avait cru connaître durant tout ce temps.

Bien qu'il l'évitât, le regard de la mourante l'emplissait de tristesse.

— Je regrette d'avoir dû anéantir toutes ces vies pour m'emparer de leur force, s'excusa-t-il. D'un autre côté, jamais vous n'auriez approuvé mon projet, à l'instar de Sabora, de Turgur, de Lot-Ionan, d'Andôkai et de Maira. Je n'avais pas d'autre choix, et cette décision ne fut pas facile à prendre, je l'avoue. C'est le destin qui m'a commandé d'agir ainsi. Il fallait sauver le Pays Sûr d'un péril plus effroyable encore, dit-il doucement en réponse à sa question muette.

— Rien n'est plus grave que la Terreur venue du Nord, le contredit-elle avec difficulté. Traître ! Les dieux te puniront !

Nudin la regarda d'un air songeur.

— Peut-être, répondit-il lentement. Peut-être bien. Je suis prêt à courir ce risque si le salut des Humains est à ce prix. (Il se releva. Les gigantesques portes se refermèrent à son signal.) Et celui-ci ne sera possible qu'avec l'aide de certains élus et du Pays Mort uniquement.

— Tu es fou, chuchota Rantja, dont les yeux se révulsèrent. Tu es…

Son corps se détendit, sa tête tomba en arrière et tourna légèrement sur le côté.

— Non, répliqua Nôd'onn, attristé. Incompris, nuance. Mais il m'avait prévenu…

Brusquement, il tourna les talons et traversa le palais en hâte pour se rendre dans des souterrains voûtés. D'un bruit sourd, les portes de ce qui allait être la dernière demeure des meilleurs magiciens du Pays se refermèrent.

Le Dédoublé descendit les marches en hâte, et parvint au point où le flux de Magie qui traversait son royaume était le plus intense. Lios Nudin possédait l'avantage d'être situé à la source de cette puissance, laquelle irriguait les cinq autres Royaumes enchantés. Mais cela allait bientôt changer.

Il avait beau avoir vaincu les Mages et leurs meilleurs élèves, il devait aussi s'occuper des apprentis qui en étaient encore aux échelons inférieurs de l'échelle du savoir.

Étant incapable d'interrompre le flux, Nôd'onn avait un tout autre plan pour priver ces apprentis du peu de pouvoir qu'ils possédaient.

Mais d'abord, je vais m'occuper de quelque chose d'au moins aussi important. Il retira le cordon de cuir vert, ouvrit le sac et le retourna en le secouant pour faire tomber les objets qu'il renfermait.

Un sablier se fracassa d'abord sur le marbre. Deux amulettes rebondirent ensuite sur le sol dans un bruit métallique, suivies enfin d'un rouleau de parchemin.

Nôd'onn fixa les objets, furieux. *Ce ne sont pas les bons!* La pointe de son bâton fouilla dans le sable. *Malédiction!*

Il s'efforça de garder son calme. Après tout, il pouvait encore envoyer les Orcs au repaire de Lot-Ionan pour qu'ils lui rapportent son bien.

Le Mage se concentra et chercha à entrer en contact mental avec le champ de Magie. Une fois établi le lien avec celui-ci, il prononça le sort que lui avait appris le Pays Mort, libérant ainsi l'énergie dérobée aux apprentis.

Chapitre 8

Le Pays Sûr, en Ionandar,
à la fin de l'été du 6234e cycle solaire

Les trois Nains se procurèrent des poneys pour aller plus vite et chevauchèrent sans relâche, ne mettant pied à terre et marchant à côté de leurs bêtes que lorsque leurs postérieurs les faisaient vraiment trop souffrir.

En chemin, les jumeaux apprirent à Tungdil quelques chansons naines communes à toutes les tribus, dernier lien unissant tous les enfants du dieu forgeron.

Ces chansons étaient simples et faciles à retenir, les Nains n'ayant en effet que peu de goût pour les mélodies compliquées. Ce qui n'empêcha pas Tungdil de les trouver quelque peu mélancoliques, peut-être en raison de l'obscurité permanente dans laquelle vivait son peuple. Ces chansons ne devenaient plus joyeuses que lorsqu'il y était question d'or et de trésors, comme dans « Ô mineur, vois-tu l'or luire » et « Diamant, brille de mille feux, froids et clairs ». Ils le firent même chanter la chanson à boire intitulée « Mille chopines pour mille copains » après que Boïndil eut acheté un petit fût de bière.

Le lendemain matin fut un de ces jours où Tungdil aurait bien voulu ne pas avoir de tête. Boëndal lui assura qu'avec de la bière naine, il n'aurait pas eu ce genre de désagréments, et que c'était le breuvage brassé par les longs-sur-pattes qui était de piètre qualité.

En chemin, un marchand ambulant qui répondait au nom de Sami, un Humain chichement vêtu et pas rasé depuis plusieurs jours, les informa d'étranges événements.

— On raconte un peu partout que les meilleurs apprentis des cinq Royaumes magiques alentour seraient partis pour Lios Nudin, dit-il tandis que Tungdil s'intéressait à un étalage de bijoux.

Il avait promis à Frala de lui rapporter quelque chose de joli, promesse qu'il souhaitait tenir avant de l'oublier complètement. Les jumeaux attendirent patiemment.

— A-t-on des nouvelles de Vertbois ?

— L'Elfe a succombé au Pays Mort, et la forêt est devenue un lieu de terreur. Le roi Bruron a parlé de mettre le feu aux arbres pour qu'aucun voyageur imprudent ne soit pris au piège et tué, raconta Sami, qui en profita pour désigner ses savons à base de plantes. Celui-là lui ferait du bien, Troglodyte.

— Nous sommes des Nains ! Est-ce à dire que nous puons ? gronda Furibard. Descends de là, que je t'en passe un, moi, de savon, espèce de grande perche.

— Mais non, pas du tout. Je croyais qu'il cherchait un article pour une dame, dit le marchand pour tenter de se rattraper.

— Mais maintenant que tu le dis, fit Tungdil, saisissant la perche qui lui était tendue. (Il lança un cube de savon grossier à Boïndil.) Attrape.

Il fit l'acquisition d'un savon au jasmin, d'un peigne orné de motifs pyrogravés, ainsi que de poupées pour Ikana et Sunja.

Boïndil renifla le savon, en gratta un morceau et le goûta.

— Du savon. Pour se laver. Pouah ! Si encore ça avait bon goût !

Il le remballa négligemment.

— Le Pays Mort continue de gagner du terrain, alors ? s'enquit son frère dans l'intervalle.

— On peut dire cela, oui. Les Elfes se sont retranchés dans la dernière poche de résistance de leur royaume d'Âlandur et la défendent contre les attaques incessantes des Albes, dit-on. On raconte aussi que les premiers Elfes ont déjà pris la fuite pour chercher refuge dans la Plaine aux Épis, dans le Royaume de Tabaîn. (L'Humain emballa les cadeaux dans du tissu grossier.) Les Albes avancent lentement, mais sûrement, à ce qu'on dit. L'Âlandur va tomber, si vous voulez mon avis, et il n'y aura bientôt plus de Royaume elfique au Pays Sûr. (Il remit le paquet à Tungdil.) Cela fait un sou d'argent, monsieur le Troglodyte.

— Le Nain, corrigea Tungdil.

— Pardon ?

— Nous sommes des Nains, pas des Troglodytes.

— C'est juste, j'oubliais, s'excusa Sami en hâte, observant d'un air méfiant Boïndil, qui inspectait ses tempes rasées dans un miroir.

Toutes ces nouvelles inquiétèrent Tungdil.

— Je suis impatient d'entendre ce qu'en dira le Conseil des Maisons naines.

— Il jubilera, dit Furibard en haussant les épaules. Une fois les Elfes liquidés, nous éliminerons d'autant plus facilement les autres Oreilles-pointues qui viendraient s'aventurer dans nos montagnes. Pour ma part, je ne tolérerai aucune Gueule-d'Elfe dans nos Montagnes Bleues, qu'elle soit Albe ou Elfe. Les réfugiés n'ont qu'à rester où ils sont.

Tungdil gratta sa barbe brune.

— Et les Orcs ?

— Oh, si ce qu'on raconte sur eux est vrai, ils sont à trois endroits en même temps, maintenant. (Sami fit une moue de désespoir.) Les routes sont peu sûres. Le roi Bruron ne parvient pas à faire obstacle aux créatures de Tion, qui continuent leurs pillages, et ce sont nous autres qui devons nous soucier de protéger nos vies et nos biens.

Boïndil afficha un regard empli de convoitise et se pourlécha. Tungdil l'entendit même murmurer « Grouïk, grouïk ».

Enfin, ils prirent congé du marchand ambulant et reprirent leur chevauchée.

Tungdil effectua quelques travaux de forge en chemin pour remplir leurs bourses de quelques pièces ; quand ils ne l'assistaient pas, les jumeaux ornaient de superbes gravures les linteaux des portes et des fenêtres des paysans et des villageois, ce qui leur valut du jambon et du fromage en quantité suffisante pour gagner leur objectif immédiat : le repaire du Mage.

— Tu as des miettes de fromage dans la barbe, fit remarquer Tungdil lors d'une halte.

— Et alors ? répondit Boïndil.

— Cela ne fait pas très… bien élevé, tenta-t-il d'expliquer diplomatiquement.

Furibard se passa simplement la main sur les joues et le menton pour en faire tomber les plus gros morceaux.

— Il y en a encore…

— Tous les autres resteront là où ils sont, déclara-t-il brusquement. Ils aident à maintenir ma barbe bien souple.

Comme pour confirmer ce qu'il venait de dire, une miette de pain vint se loger dans ses poils de barbe crépus. Tungdil imagina les poils en train de développer une vie propre et d'engloutir les restes. C'était sans doute pour cette raison qu'aucune vermine ne venait y nicher. Celle qui voulait s'y loger se faisait tout simplement dévorer.

— Mais que diraient les Naines si elles vous voyaient aussi négligés… ?

— Tu ne vas pas recommencer, avec les bonnes femmes ?

Boïndil sourit salement. Il avait de nombreuses particules de fromage coincées entre les dents. Il donna à Tungdil une tape d'encouragement dans le dos.

— Patience, l'érudit, lui conseilla Boëndal. Tu en sauras bientôt davantage sur ce sujet si tu t'y prends bien. Et comme je pense que tu n'es pas le plus laid d'entre nous, on en trouvera bien une pour toi.

— Si je m'y prends bien, dis-tu. Mais… comment ?

L'autre lui donna une bourrade.

— Tu lui fais les yeux doux. Ensuite, tu lui chantes une chanson et tu lui forges un anneau pour conquérir son cœur. Puis tu lui baises les pieds, tu la frictionnes avec son fromage préféré et tu lui fais faire quatre tours sur elle-même. C'est alors et alors seulement que s'ouvrira la porte de son Pays Sûr.

— C'est… ce n'est pas ce que j'ai lu, dit Tungdil, désemparé.

Il interrogea Boëndal du regard, dont les yeux bruns brillaient d'espièglerie. C'est à ce moment que Furibard pouffa, avant de s'écrouler de rire.

— Bande de sots. (Tungdil fit une moue.) Je ne trouve pas ça drôle, se plaignit-il, vexé. Je n'y peux rien, moi, si je ne connais pas de Naines.

Boïndil essuya les larmes d'hilarité du coin de ses yeux.

— Ne le prends pas mal, mais mon frère a toujours eu du succès avec cette méthode.

Cette fois, le rire tonitruant des deux frères s'étendit sur les douces collines d'Ionandar.

— Sois toi-même, tout simplement, dit Boëndal, un brin plus sérieux. Je ne peux pas parler pour tous les autres, bien sûr, mais j'ai appris qu'elles voient très vite si on leur joue la comédie ou pas.

— Il a toujours voulu jouer les poètes avec elles, gloussa son frère, mais ça n'a marché avec aucune. Peut-être que cela marcherait, pour toi.

— Qu'est-ce qu'elles aiment, comme cadeaux ?

— La corruption ?! Pas bête, ça ! Mais pour atteindre le cœur d'une Naine qui ne soit pas déjà promise, il n'y a pas de recette, l'érudit, fit Boëndal. Ou bien elle t'aime bien, et elle te le fera sentir, ou bien elle ne t'aime pas.

— Et ça aussi, elle te le fera savoir ! lança Furibard sur un ton enjoué.

— Et par pitié, ne demande pas comment, rit Boëndal. Si tu lui plais, il peut t'arriver n'importe quoi. Mais assez parlé d'elles.

Ils reprirent leur route. Quelques lunes plus tard, Tungdil commença à reconnaître la région, preuve qu'ils touchaient au but.

Il se réjouissait à l'avance des retrouvailles avec les apprentis et surtout avec sa chère Frala et ses filles. *Ils vont en faire une tête quand ils sauront ce que le peuple Nain attend de moi.* Il noua son foulard autour du cou pour lui montrer qu'il ne l'avait pas oubliée.

Le petit groupe parvint au bord d'un fleuve. Sur l'autre rive tanguait un bac, et sur la berge se dressait la maison du passeur. De la fumée s'élevait de la cheminée.

La main de Tungdil se tendit vers la cloche qui pendait à une branche à côté de l'embarcadère pour demander au passeur de venir les chercher.

Furibard le retint.

— Qu'est-ce que tu allais faire ?

— Appeler le passeur, répondit le Nain. À moins que tu aies appris à nager sans quitter ta monture et que tu comptes nous faire traverser le fleuve à dos de poney ?

Boïndil contempla le courant. Des vaguelettes glougloutaient et clapotaient contre la rive.

— Trouvons un autre chemin, dit-il. L'eau me semble trop profonde, ici. Nous pourrions tomber du bateau et nous noyer.

— Tu pourrais aussi tomber de cheval et te rompre le cou, objecta Tungdil, acerbe. Le gué le plus proche est à au moins deux lunes ! (À la vue des mines interdites des deux jumeaux, il comprit qu'il pouvait épargner sa salive.) C'est par là, soupira-t-il, plus en amont. Pourquoi est-ce que vous ne voulez pas traverser le fleuve ?

Boëndal lui conta une légende naine.

« La déesse Elria, qui s'était élevée d'elle-même hors de l'eau et se sentait extrêmement attachée à cet élément, éprouva immédiatement de l'aversion pour les Nains. Les Enfants du Forgeron, nés du feu et des flammes, étaient pour elle la négation incarnée de ses créatures, qui s'ébattent dans les eaux.

Pour ne pas nous laisser entrer en contact avec ses créatures, elle jeta une malédiction sur les Nains. Tout Nain quittant son Royaume pour une étendue d'eau est inéluctablement condamné à s'y noyer. »

Dès lors, les mers, les lacs, les fleuves, les ruisseaux et même les mares représentaient aux yeux des deux frères autant de dangers de mort. Ils évitaient soigneusement tout ce qui ressemblait à des étendues d'eau un tant soit peu profonde.

— En tout cas, c'est une excellente excuse pour ne pas avoir à se laver, dit Tungdil.

Ils passèrent le reste de la journée à longer le fleuve, pour atteindre enfin le gué le lendemain. Les jumeaux traversèrent très prudemment le rapide courant, qui baignait leurs cuisses si violemment qu'on eût dit qu'il voulait réellement les saisir par les jambes pour les noyer.

Vers la fin de la journée, ils n'étaient plus très loin de l'entrée du repaire souterrain dans lequel Lot-Ionan avait installé son école. Les jumeaux se sentaient de plus en plus mal à l'aise, dans la mesure où ils se rapprochaient de nouveau dangereusement de la Magie.

— Et dire que mon frère et moi, on est déjà passés par là. Ton Mage est bien gentil, mais il est et reste un moulin à formules, gronda Boïndil. Toute cette Magie, ça n'apporte rien de bon. N'importe quel Nain sait cela ! Si Vraccas avait voulu que nous maîtrisions la Magie, il nous en aurait fait don. (Il jeta un œil méfiant en direction de son protégé.) Tu comprends ce que je veux dire ? demanda-t-il avec insistance. Il ne t'a pas converti, j'espère ?

— Je ne sais pas lancer de sorts, et je n'ai jamais essayé non plus, répondit sans broncher Tungdil pour rassurer un Furibard excité. Mais ce que j'aimerais, c'est que vous continuiez à faire montre de respect à l'égard de Lot-Ionan, dit-il en les en adjurant successivement du regard. C'est lui qui m'a recueilli et sauvé. N'oubliez pas que sans lui, il n'y aurait même pas eu de prétendant au trône...

— Ma foi, je jurerais entendre parler l'érudit derechef, fit remarquer Boëndal en le singeant. Sa langue commence presque à se faire quelque peu hautaine, et il tourne ses phrases de manière fort singuyère dans ses conversations avec les autres créatures...

— Fort singulière, le reprit Tungdil en souriant. J'ai compris, pardon. Restez polis, tout simplement, ou bien ne dites rien si cela vous est plus facile. Vous pouvez aussi attendre devant les portes, je ne vous en voudrais pas.

Le soir tombait lorsqu'ils arrivèrent en vue du repaire. Malgré l'obscurité et la distance, Tungdil remarqua quelque chose d'inhabituel : la porte principale était entrouverte.

Un apprenti négligent avait dû oublier de bien refermer les portes et de les verrouiller magiquement.

Un rictus mauvais se dessina malgré lui sur son visage hâlé, et des pattes-d'oie se formèrent autour de ses yeux. Quel que fût le responsable de cette négligence, il allait le regretter amèrement. Le Nain prévoyait de flanquer une belle frousse aux apprentis et aux servantes.

— Regardez-moi ça, fit remarquer Boïndil d'un ton réprobateur lorsqu'il aperçut la porte ouverte. Par Vraccas, est-ce un appât pour prendre au piège les voyageurs imprudents ?

— Qu'est-ce qu'ils feraient d'un voyageur ? demanda son frère.

— Pour essayer sur lui de nouveaux maléfices, qu'est-ce que j'en sais… Peut-être qu'ils ne lancent leurs sorts sur eux-mêmes qu'une fois qu'ils sont sûrs de leurs effets. (Il interrogea du regard Tungdil, mais celui-ci préféra se taire par prudence. Boïndil apprêta l'un de ses couperets.) Si un de ces enrobés à chapeau pointu me regarde de travers, il va le regretter, grommela-t-il dans sa barbe noire.

Boëndal eut un rire grave.

— Ne t'inquiète pas, s'ils te changent en souris ou en savon, je te vengerai.

Il tapota la tête du bec-de-corbin d'un air qui en disait long, mais son frère ne crut pas bon de répliquer, se contentant de froncer les sourcils.

Tungdil remarqua que tous deux rentraient un peu la tête dans les épaules et que leurs mouvements s'apparentaient de plus en plus à une attitude de combat. Aussi se mit-il en tête du petit détachement par mesure de précaution.

— Un peu de silence, dit-il. Je voudrais leur faire une surprise.

Boïndil demeura sceptique.

— Tu es sûr que c'est une bonne idée ? Et s'ils nous ensorcelaient dans un accès de frayeur ? objecta-t-il. Et s'ils ne te reconnaissaient pas ?

Tungdil l'interrompit d'un signe et avança dans l'entrée du repaire, d'où émanait une odeur familière. Le papier, le papyrus et le parchemin, ainsi que la poussière de centaines de grimoires se mêlaient à l'odeur, caractéristique, de la pierre, à quoi venait s'ajouter le discret fumet du souper.

— Il doit y avoir du bouillon et du rôti au menu, ce soir.

Il jeta un coup d'œil en direction des jumeaux par-dessus son épaule. Mais ceux-ci n'avaient d'yeux que pour les parois du tunnel où ils se trouvaient, s'entretenant à voix basse de ceux qui avaient creusé ces galeries et de la façon dont ils avaient procédé.

— Ce sont des longs-sur-pattes qui ont fait ça. Cela se voit, et je l'avais déjà remarqué lors de notre première visite, déclara Furibard avec l'œil du connaisseur. Trop grossier, et aucune connaissance des propriétés de la roche. Ils se sont éreintés à creuser à même les strates au lieu de suivre les veines. (Il pointa du doigt les fines veinures qui parcouraient la pierre.) Même moi je sais cela, et je ne suis qu'un guerrier.

— La teneur en sable est très élevée. (Boëndal observait le plafond, soutenu par des poutres tous les quelques mètres.) Un agencement très audacieux, estima le Nain. Ce n'est l'œuvre ni de mineurs, ni d'ingénieurs. (Il saisit son arme et frappa prudemment le plafond, d'où tombèrent immédiatement de petits filets de poussières.) Je ne suis pas un maître en la matière, mais moi, je l'aurais entièrement fait coffrer, ce couloir. La chaleur a chassé l'humidité des couches de sable interstitielles. Résultat : le sable est tout sec. Ton Mage, il n'a aucune idée de ce à quoi il faut prêter attention quand on creuse des galeries. Encore heureux que nous soyons re…

— Mais taisez-vous donc, leur ordonna de nouveau Tungdil. Vous allez gâcher ma surprise !

— Regarde-moi ça ! Maintenant je sais pourquoi Vraccas nous a ordonné de veiller sur les longs-sur-pattes. (Boïndil roula les yeux.) Pas un garde, pas un fil d'alarme, rien. Chez nous, ce serait impensable, chuchota-t-il à son frère tout en restant suffisamment audible pour que Tungdil le comprenne. Il est plus facile de se promener ici que dans l'antre au trésor d'un dragon mort.

Tungdil avançait sur la pointe des pieds, rasant les parois. Ses yeux s'étaient rapidement habitués à la lumière faiblissante, mais il trouvait tout de même que tout était trop calme dans le repaire. Il n'entendait ni portes qui claquent, ni brouhaha. N'était l'odeur alléchante du souper, il aurait presque pu croire que le Mage et ses disciples avaient quitté les lieux.

— Peut-être qu'ils ont laissé le cuisinier ici et qu'ils ont quitté le repaire ? supposa Furibard à mi-voix. Ils ont peut-être quand même fini par remarquer la vétusté de leur tunnel.

Boëndal jeta un regard réprobateur à son frère jumeau.

— Pourquoi est-ce qu'ils auraient abandonné justement le cuisinier ?

— Parce qu'il était mauvais, ricana Boïndil. En punition, il doit rester ici et faire la cuisine jusqu'à ce que la roche s'effondre. Ou alors, ils l'ont laissé macérer dans son propre bouillon.

Tungdil les laissa à leurs conjectures et se rendit directement au cabinet de travail de son père adoptif. Il frappa à la grande porte et entra, ne recevant aucune réponse.

— On va attendre ici, pour ne pas gêner les retrouvailles, lui lança Boëndal.

Le Nain sursauta en voyant l'intérieur de la pièce. D'un côté régnait le plus complet chaos : livres, notes et autres feuillets gisaient toujours aussi épars, tandis que de l'autre côté de la pièce, tout était parfaitement rangé.

Tungdil n'avait encore jamais vu le repaire de Lot-Ionan dans cet état. Les grimoires reposaient en ordre alphabétique sur leurs étagères, les papiers étaient empilés proprement, plumiers et encriers se trouvaient dans les supports prévus à cet effet.

Il aura mis au point un nouveau sort pour l'aider à faire le ménage, se dit-il, encore sous le coup de la surprise. Il était probable qu'il ne l'ait appliqué qu'à un seul côté de la pièce pour l'essayer. *Espérons que ce sort ne l'ait pas directement enseveli sous les ouvrages.*

Il parcourut la petite pièce en tous sens dans l'espoir de découvrir quelque chose qui expliquât le silence qui régnait dans les couloirs et dans l'école de Magie.

* * *

Furibard inspira bruyamment.

— Attendre, ça me donne faim, déclara-t-il. Je vais aller à la cuisine des longs-sur-pattes. Peut-être qu'ils nous donneront quelque chose si on le leur demande gentiment.

— Nous devrions prendre Tungdil avec nous, proposa son frère. Pense que personne ne nous connaît, ici…

— Bah, alors on fera connaissance, dit Boïndil en riant avant de démarrer d'un pas lourd. (Sa faim venait à bout de toutes les objections.) Tu peux attendre ici, si tu veux. Moi, j'ai l'estomac dans les talons, si pas plus bas.

Boëndal ne voulut pas le laisser y aller seul, ne fût-ce que pour inculquer un minimum de savoir-vivre à son frère.

— Tungdil ! Nous, on va à la cuisine, je fais attention à lui, cria-t-il avant de courir rejoindre Boïndil, qui avait déjà disparu au tournant.

La pénombre et le caractère quelque peu labyrinthique du repaire ne leur posaient aucun problème. Le peuple des Nains avait reçu de Vraccas le don de savoir parfaitement s'orienter sous terre. C'est ainsi qu'ils étaient en toutes circonstances capables de sentir la moindre déclivité, de détecter les plus subtils changements de direction et de dire au degré près vers quel point cardinal ils se dirigeaient. En l'occurrence, ce n'étaient pas les astres, mais l'agréable fumet en provenance de la cuisine qui déterminait leur itinéraire.

Les jumeaux passèrent devant des salles laissées ouvertes, dans lesquelles on ne trouvait plus un seul Humain.

— Peut-être qu'ils sont tous à table pour le souper, suggéra Boëndal, qu'un mauvais pressentiment rongeait.

Ils gagnèrent de leurs pas bruyants le couloir où l'odeur de viande rôtie était la plus forte. Leurs cottes de mailles et les parties cuirassées de celles-ci cliquetaient faiblement, tandis que les épaisses semelles de leurs chaussures heurtaient le sol en claquant. Enfin, ils parvinrent devant une porte qui semblait mener au royaume des chefs cuisiniers, à en juger par les taches les plus diverses qui la constellaient.

Boëndal voulut passer devant en vitesse pour épargner aux cuisiniers une entrée par trop impolie, mais Furibard avait déjà la main sur la poignée.

La haute salle aux quatre foyers différents était visiblement aussi abandonnée que le reste du repaire. Ses occupants ne pouvaient en être partis que depuis peu : les feux brûlaient toujours, chauffant les plaques des poêles, et les grandes casseroles couvertes sifflaient et gargouillaient. Deux chaudrons ventrus, dans lesquels bouillonnaient des soupes, étaient suspendus au-dessus des flammes des deux cheminées. De petits morceaux de viande remontaient çà et là à la surface brune avant de redisparaître dans le liquide.

Luttant contre un malaise grandissant, Boëndal examina très attentivement la pièce. Toutes ces pièces vides et ces récipients remplis en même temps n'avaient aucun sens. *Qu'est-ce qui se trame, ici ?*

— Ah, tout de même, s'exclama Boïndil de bonne humeur, qui ôta la main du couperet pour rompre un pain.

D'un pas résolu, il se dirigea vers le foyer le plus proche. Il traîna un tabouret devant le poêle, souleva légèrement le couvercle et jeta un coup d'œil sur ce qui lui mettait l'eau à la bouche. Il s'agissait de petits quartiers de viande bien juteux, qui marinaient.

— Bon, eh bien, à table !

Il trempa un bon morceau de pain dans la sauce et écarta largement les mâchoires de manière à pouvoir engloutir d'un seul coup ce qui n'était pour lui qu'un hors-d'œuvre.

— Boïndil, non !

Le cri d'alarme de son frère l'arrêta en plein mouvement.

— Qu'est-ce qu'il y a encore ? demanda-t-il d'un air désagréable. (Son estomac grondait, protestant qu'on le laissât ainsi en plan.) Tu ne vois pas que je suis en train de manger ?

Boëndal se tenait à côté de la porte, le bec-de-corbin dans la main gauche, l'air de se préparer à une attaque.

— Tu vas vite perdre l'appétit. Regarde dans le coin.

Boïndil se tourna vers le coin en question. Sur le bloc de désossage et de découpe du cuisinier étaient posés de longs os qu'il ne parvenait à attribuer à aucune bête connue, et les quatre têtes écorchées d'à côté ne pouvaient avoir appartenu qu'à des longs-sur-pattes.

Il lui fallut un moment pour se rendre compte de ce qu'il avait failli avaler. Saisi de dégoût, il jeta le pain au loin et descendit de son tabouret d'un bond tout en tirant ses couperets.

— Quand je mettrai la main sur ce Mage, ses petits tours ne lui serviront à rien, jura-t-il, écœuré.

— Je n'ai encore jamais entendu dire que les Humains ou même les sorciers faisaient ce genre de choses, fit observer Boëndal. Il y a de nouveaux habitants dans ce repaire, si tu veux mon avis. Si la porte était ouverte, c'est qu'on l'aura forcée. (Il tendit l'oreille en direction de la porte.) Il faut immédiatement retrouver notre érudit.

Dos à dos, ils parcoururent les lugubres couloirs déserts pour regagner la sortie.

* * *

Tungdil était assis sur le tabouret qui se trouvait au pied du fauteuil à oreilles de Lot-Ionan, attendant patiemment le retour de son père adoptif. Il en profita pour secouer le plus gros de la poussière qu'il avait sur les vêtements. Il était impatient d'entendre ce que lui dirait le Mage de tout ce qu'il avait à lui rapporter. Ayant décidé de commencer par le plus important, il lui remettrait sans plus tarder les ouvrages de Gorén, avec l'espoir que le magicien l'initie au moins en partie aux secrets que recelaient ces mystérieux grimoires.

Des pas légers approchèrent dans le couloir. Ce n'étaient pas Boïndil et Boëndal. Plutôt un homme ou une femme sans armure.

Tungdil se leva et se glissa rapidement derrière la porte pour s'y cacher et faire une frayeur au *famulus*. Il pouvait au moins s'accorder ce petit plaisir. Il laissa son sac à dos et le sac aux artefacts à leur place, risqua un coup d'œil de derrière la porte pour guetter ce qui venait et attendit, tout excité.

Un jeune homme aux cheveux noirs et courts entra dans la pièce. Il portait une robe couleur malachite, celle des apprentis de Nudin le Curieux, et fouilla dans les papiers et les affaires personnelles de Lot-Ionan avec un sans-gêne incroyable.

Par Vraccas, mais que fait-il, là ? Le Nain préféra rester dans sa cachette et observa ce long-sur-pattes en train de trier et de classer les notes du Mage. Il en déduisit que c'était à lui que l'on devait d'avoir rangé les affaires dans la pièce. Installé au bureau du Mage, il examinait papiers et ouvrages d'un regard critique, avant de les empiler sur différents tas et d'en noter les titres sur une liste.

Mais que viennent faire les disciples de Nudin ici ? s'étonna Tungdil. *Et surtout : qui leur a permis de se conduire de façon aussi inconvenante ?* Si Lot-Ionan avait eu besoin que l'on range son cabinet, il aurait eu suffisamment de domestiques pour le faire. Mais ces écrits, et le Nain en était sûr, faisaient partie des affaires que son père adoptif considérait comme on ne peut plus personnelles. Si ses propres apprentis n'avaient pas le droit de les consulter, il ne voyait pas pourquoi il en irait autrement pour ceux d'un autre.

Quelqu'un qui traînait des pieds franchit le seuil de la pièce. Le *famulus* leva les yeux, irrité qu'on vînt le déranger.

— Qu'est-ce que c'est ?

Tungdil pressa son visage tout contre la porte pour jeter à travers le mince entrebâillement un coup d'œil sur le nouvel arrivant, dont il ne put voir que le large dos, revêtu d'une simple chemise.

— J'ai fini ce que j'avais à faire à la cuisine, dit une voix traînante et grave.

Le Nain la reconnut immédiatement. C'était celle d'Eiden, le valet d'écurie du Mage.

— Bien. Assieds-toi dans n'importe quel coin et cesse de me déranger, lui ordonna le *famulus* d'un ton bourru.

Eiden ne bougea pas. Celui-ci resta, pétrifié comme une statue, dans l'encadrement de la porte.

— J'ai faim, dit-il d'une voix monocorde.

— Va à la cuisine sucer quelques os, mais on ne touche pas à la viande. Elle est pour nos gardiens, lui signifia-t-on durement. Allez, va-t'en. Disparais.

— Je veux de la viande, insista l'Humain d'une voix sourde.

— Sors d'ici !

Le *famulus* saisit le coupe-papier et le lança sur Eiden. Hasard ou pas, la pointe de celui-ci se planta dans la poitrine du valet, qui poussa un gémissement avant de se retourner pour quitter la pièce.

Le Nain aperçut le visage cireux d'Eiden, entièrement défiguré, caricature grotesque d'Humain à qui un coup de massue avait enfoncé le côté droit du crâne.

Tungdil eut le souffle littéralement coupé. L'étoffe autrefois blanche de la chemise d'Eiden était tachée de sang séché par pans entiers, taches sans doute dues aux deux plaies béantes qu'il avait au-dessus du cœur et de la clavicule, et dont les bords présentaient déjà les premiers signes de décomposition. Son corps brillait d'une lueur pâle et livide sous le tissu en lambeaux.

Tungdil repensa immédiatement aux événements de la forêt de la dame Elfe et aux morts-vivants. *Mais ce n'est pas possible ! Les barrières érigées contre le Pays Mort tiennent toujours !* Lot-Ionan et les autres Mages étaient censés avoir rechargé les barrages magiques d'une énergie nouvelle, contenant ainsi toute avancée du Pays Mort. De plus, le repaire était à quatre cent cinquante milles de la limite sud du territoire conquis par la Terreur venue du Nord. *Qu'a-t-il bien pu se passer ici ?*

Une bourrasque traversa la pièce. À côté du *famulus* apparut une vision tremblante et bleuâtre, qui prit la forme et les contours d'un Humain. Nudin le Curieux.

Son *famulus* se leva et s'inclina devant la réplique d'origine magique.

— Je cherche toujours, honorable Mage, dit-il pour le saluer. Je n'ai pas encore trouvé les objets que vous aviez réclamés. (Il releva la tête pour regarder le visage bouffi de son maître.) Ces galeries sont vastes. Le vieil homme avait de nombreux laboratoires et bibliothèques, s'excusa-t-il par précaution. C'est une tâche difficile pour un seul homme, honorable Mage.

— Raison pour laquelle je vais bientôt venir te tenir compagnie, croassa ce dernier.

Le Nain ne bougea plus d'un pouce et ne fit plus le moindre bruit pour ne pas se faire repérer. Vraccas semblait l'avoir destiné à écouter les conversations sans y être convié. Il n'avait vu Nudin qu'une seule fois dans sa vie, mais il avait le souvenir d'un Mage moins laid, moins bouffi, et surtout plus amical. Ce Nudin-là faisait figure de pâle imitation qu'un envieux aurait confectionnée pour se moquer du magicien.

— Lot-Ionan m'a dit à Porista qu'il avait oublié mes artefacts dans une armoire, poursuivit le Mage, tournant lentement sur lui-même pour inspecter minutieusement la pièce. (Sa voix était sombre et haut perchée à la fois.) As-tu déjà regardé attentivement autour de toi ?

— Non, Maître, s'excusa le disciple. Je pensais que vous vouliez d'abord les livres, aussi avais-je commencé par les chercher en premier.

Nudin se dirigea vers le grand meuble d'où Tungdil avait pris le sac aux artefacts.

— Il n'est pas certain que ces ouvrages soient parvenus à mon vieil ami. Les Albes m'ont rapporté qu'une troupe de guerriers est intervenue à Vertbois et a dérobé les livres de Gorén après que les Orcs ont conquis la colonie. Ils disent que ces guerriers étaient des Nains.

— Comment !? laissa échapper le jeune homme. Ne leur aviez-vous pas ordonné…

— Les Albes sont de bons alliés. (La réplique du Mage avait atteint l'armoire. Elle posa son bâton contre le mur, ses doigts boudinés enserrèrent les poignées. Insistant un peu, elle parvint à ouvrir le meuble.) Mais dans leur zèle, ils n'agissent pas toujours selon des critères humains. Cela fut fatal à leur messagère.

Il se pencha un peu et retira un sac de cuir en tout point pareil à celui de Tungdil.

— Il semble que nos efforts soient enfin couronnés de succès, dit-il en parlant pour son apprenti.

Il dénoua le cordon, et le contenu, cinq rouleaux, tomba à terre dans le désordre. Nudin pesta. Ce n'était manifestement pas ce qu'il cherchait.

Tungdil sortit la tête de derrière la porte. Ses affaires étaient cachées par le fauteuil à oreilles, mais quelque chose lui disait que Nudin serait très heureux de les découvrir.

Soudain, lorsqu'il vit les deux sacs l'un à côté de l'autre, il se rendit compte d'une chose : son sac à lui était fermé par un cordon bleu, alors que Lot-Ionan lui avait bien dit de prendre le sac muni du cordon vert ! *Je me suis tout bonnement trompé de couleur ! Je n'avais pas les bons artefacts sur moi.*

Même s'il avait retrouvé Gorén vivant à Vertbois, il aurait fait tous ces milles pour rien. Ce qui, finalement, n'était pas plus mal, vu les circonstances.

Le Nain ne parvenait toutefois pas à saisir le sens des paroles qu'il venait d'entendre. S'il n'arrivait toujours pas à s'expliquer pourquoi Nudin et son apprenti se conduisaient comme s'ils étaient les nouveaux maîtres du repaire, en revanche, le fait qu'Eiden fût toujours vivant malgré ses graves blessures, que son comportement fût tout sauf habituel, et que Nudin considérât les Albes comme des alliés éveilla un terrible soupçon en lui. Pour d'obscures raisons, le Curieux semblait avoir changé de camp.

Il lui fallait absolument savoir ce qu'il était advenu de son père adoptif et des autres disciples, et ce, sans tomber entre les mains de Nudin.

— Ce n'est pas tout, dit le *famulus*. (Après quelques instants de recherches, il sortit deux lettres d'une pile. C'étaient les nouvelles que Tungdil avaient fait parvenir à son mentor.) Lot-Ionan a reçu des lettres d'un dénommé Tungdil, qu'il avait chargé de retrouver Gorén.

Il tendit les feuilles à son maître, qui les parcourut de ses yeux injectés de sang.

— Cela me dit quelque chose. Bien sûr ! Le vieil homme avait un Nain de ce nom sous sa protection. Il y a des chances pour que ce soit lui qui soit en possession des grimoires et des artefacts. (Nudin jeta la lettre sur la table.) Je vais lancer les Albes à ses trousses, ils trouveront sa trace et me le ramèneront, mort ou vif. Un Nain au Pays Sûr, ce n'est pas chose courante, dit-il en adressant un signe de tête au jeune apprenti magicien. Très bien, *famulus*, même si l'idée t'est venue un peu tard. Tu recevras ta récompense à mon arrivée. Continue de chercher, peut-être trouveras-tu d'autres informations qui pourraient nous être utiles.

La réplique vacilla, devint translucide, puis disparut.

Avec tout ce qu'il avait déjà vécu, Tungdil pensait jusqu'alors qu'il en fallait beaucoup pour lui faire perdre sa contenance. Il eut néanmoins toutes les peines du monde à rester de marbre lorsqu'il entendit prononcer son arrêt de mort.

Le *famulus* s'assit, et l'on put lire sur son visage une grande satisfaction. Il avait réussi à impressionner son maître, s'assurant ainsi un peu de sa bienveillance tant désirée. Il se replongea dans les papiers.

Alors qu'il trempait sa plume dans l'encrier pour compléter sa liste, ses yeux tombèrent fortuitement sur le fauteuil à oreilles. Il aperçut une des courroies du sac à dos.

— Mais qu'est-ce que… ?

Il se leva lentement, et traversa la pièce pour voir de plus près cet objet qui ne se trouvait pas là l'heure d'avant. Il se pencha pour ramasser le sac aux artefacts.

Tungdil empoigna sa hache, conscient qu'il devait frapper le magicien avec la rapidité de l'éclair s'il ne voulait pas lui laisser le temps de jeter un sort. Ses muscles se tendirent.

Au moment où il s'apprêtait à fondre sur lui, des hurlements et des bruits retentirent dans le couloir qui les firent tressaillir tous les deux.

* * *

Cette fois, les jumeaux s'efforcèrent de ne pas faire de bruit. Quelles que fussent les créatures qui erraient dans les couloirs, ils ne tenaient pas à les avertir qu'ils comptaient leur tomber dessus pour les découper en rondelles. Une créature qui mange des longs-sur-pattes ne refuserait sûrement pas du Nain, mais un bec-de-corbin et une hache-couperet dans le gosier devraient suffire à lui faire perdre l'appétit.

Quelqu'un venait à leur rencontre d'un pas lourd.

Sur un signe de Boïndil, ils s'arrêtèrent et attendirent au tournant ce qui se traînait dans le couloir en gémissant. Soudain, il y eut une odeur de vieille viande avariée, et un Humain apparut, titubant.

Une créature vivante normale ne pourrait plus se tenir debout sur ses jambes avec de pareilles blessures, mais l'Humain avançait, imperturbable. À la vue des Nains, il poussa un hurlement de joie. Ses mouvements se firent soudainement beaucoup plus rapides, aiguillonné qu'il était par son désir de chair fraîche. Mais celui-ci ne lui fut d'aucune utilité face à l'expérience des deux guerriers.

Boëndal plongea sur le côté, lui assenant un coup au genou pour lui faire perdre l'équilibre.

Dans sa chute, Eiden se jeta sur Furibard, qui l'accueillit d'un cri de guerre nain, les armes brandies, prêtes à l'attaque.

Il esquiva le corps et ses lames firent un bref mouvement vers l'avant, tranchant l'avant-bras gauche du long-sur-pattes. Eiden poussa un cri rageur, et continua d'avancer en rampant vers les frères, toutes dents dehors.

— Regarde-moi ça ! Il n'abandonnera pas ! Sa haine doit être sans limites.

Boïndil lui trancha la tête, et le calme revint instantanément dans le reste du corps.

Les jumeaux coururent le long des tunnels pour venir en aide à Tungdil. Ils étaient certains que ce monstre n'était pas seul et que le prétendant au trône courait le plus grand danger.

En arrivant devant la porte, ils jetèrent un coup d'œil dans la pièce et découvrirent un jeune Humain vêtu d'une robe couleur malachite qui se tenait près du fauteuil à oreilles avec dans les mains le sac aux artefacts de leur protégé.

Celui-ci, alerté par le bruit du combat contre le mort-vivant, s'attendait à les voir arriver.

— Vermines ! Je m'en vais vous brûler vifs !

Sa bouche s'ouvrit, son bras droit se mit à gesticuler en direction des Nains, et la porte claqua.

Les frères s'interrogèrent du regard.

— Il lui a fallu un sort, pour ça ? s'étonna Boïndil.

— Les Mages sont vraiment des êtres étranges. Moi, je n'aurais pas eu besoin de tout ce tralala pour fermer la porte.

— Eh bien, rouvrons-la !

Boïndil enfonça son épaule dans le bois et se précipita, hurlant, dans la pièce.

Le long-sur-pattes était étendu sur le dos dans l'armoire et ne bougeait plus. Plusieurs étagères avaient quitté leurs supports et s'étaient écroulées sur lui ainsi que leur contenu. Les planches et les objets empilés dessus lui avaient infligé une plaie ouverte.

Tungdil se tenait devant lui et se frottait le crâne.

— Maintenant je sais pourquoi on met un casque quand on veut rentrer sa tête dans le ventre de l'adversaire, dit-il en souriant.

— Ne t'avais-je pas dit qu'elles serviraient, mes leçons ? dit Furibard, laudateur. Tu es en très bonne voie de devenir un Nain.

— Et maintenant explique-nous ce qui se passe ici. Qu'est-ce que c'est que ce Mage qui fait traîner des zombies dans les tunnels et cuire de la chair humaine ? demanda Boëndal.

— Ce n'est pas Lot-Ionan.

En toute hâte, Tungdil leur résuma la conversation qu'il avait surprise entre l'apprenti magicien et Nudin. De leur côté, les frères racontèrent ce qu'ils avaient vu dans la cuisine. Il résultait de ces récits la triste certitude que le Curieux avait conquis le repaire et y avait anéanti toute vie.

Morts ? Le chagrin et la stupeur s'emparèrent de Tungdil, qui dut s'asseoir. Tous ces gens, les servantes, les apprentis, Frala, Sunja et Ikana auraient été victimes du Curieux devenu fou ? Il refusa l'idée que le puissant Mage qu'était Lot-Ionan eût pu périr ainsi. *Il est vivant. Il le faut ! Il aura certainement pu s'échapper, et rassembler les meilleurs élèves pour combattre Nudin. Je dois le retrouver.*

— Nous partons immédiatement, décida Boëndal. Ces événements sont de la plus haute importance, et nous devons en aviser le Conseil des Nains.

— Non, dit Tungdil, toujours aussi opiniâtre. Je dois savoir ce qui est arrivé à Lot-Ionan… (Il regarda le *famulus* inconscient.) Lui, il va nous le dire.

À peine avait-il prononcé ces mots que déjà Tungdil était agenouillé auprès de lui et lui administrait des gifles à la volée pour le réveiller. Le jeune homme battit des paupières.

Boïndil gardait la porte, tandis que son frère plaçait la pointe d'acier du bec-de-corbin pile entre les sourcils du prisonnier.

— Ne pense même pas à un sort, ou je t'enfonce ce bon acier dans la cervelle, le prévint-il avec rudesse, et un regard plus que féroce. Je fais craquer les os comme toi les coquilles d'œufs vides.

— Où est Lot-Ionan ? voulut savoir Tungdil, à la fois excité et craignant la réponse.

— Les Nains de Vertbois ?! haleta-t-il, hébété. Vous… Je pensais que vous étiez…

— Où est Lot-Ionan ? demanda Tungdil en le secouant. (Boëndal appuya un peu plus fort sur la pointe du bec-de-corbin, s'amusant à lui percer la peau ; du sang coula, sans que le métal réduisît sa pression sur son front.) Parle. Ou meurs.

— Non, je vais tout vous dire ! Nôd'onn l'a tué, fit l'Humain terrifié.

— Le Maître du Pays Mort ?

— Il les a tous tués, à Porista.

Et c'est ainsi qu'ils apprirent l'incroyable vérité sur ce qui s'était passé en Lios Nudin. Nudin était désormais sans rival.

— Nôd'onn a modifié les champs de Magie de manière à ce que lui seul puisse les utiliser, balbutia le *famulus*.

Un poing glacé s'empara du cœur de Tungdil.

— Le Curieux, c'est Nôd'onn ?! C'est lui le Maître du Pays Mort ? (Il connaissait la vérité depuis des semaines et ne s'était douté de rien. Il eut envie de crier, mais aussi et surtout de planter sa hache dans la tête du prisonnier.) Le grimoire et les artefacts, à quoi servent-ils ? lui cria-t-il. Parle !

— Je n'en ai pas la moindre idée ! Nôd'onn les cherche, c'est tout ce que je sais, affirma-t-il.

Tungdil le frappa à la tête du plat de sa hache, le renvoyant ainsi dans l'inconscience. Puis ils le ligotèrent avant de l'enfermer dans l'armoire. Ils se consultèrent sur le sort qu'il fallait lui réserver avant de repartir. En principe, et les trois Nains étaient d'accord sur ce point, ils étaient obligés de le tuer. Une personne du camp adverse qui maîtrisait la Magie représentait un danger. Et tant qu'ils pouvaient la mettre hors d'état de nuire aussi facilement, ce serait une sottise impardonnable que de la laisser en vie.

La tension de Tungdil fit place à la douleur d'avoir perdu ses proches. Des larmes roulèrent sur ses joues pour finir dans sa barbe. Il s'essuya les yeux avec le foulard de Frala ; le talisman de celle-ci était devenu un souvenir. *Je vous vengerai, toi et tes filles*, promit-il d'un air sinistre à sa grande sœur.

Une odeur familière lui monta aux narines ; il releva la tête et interrogea les frères du regard. Tout comme lui, ceux-ci avaient senti cette odeur de fartage acide et répugnante que seuls des Orcs pouvaient dégager. Tungdil saisit sa hache et se redressa.

— Voyons si j'ai bien assimilé mes leçons, dit-il d'un air rude en se dirigeant vers la sortie.

Le Pays Sûr, Royaume nain du Second Père, Beroïn, en la fin de l'été du 6234e cycle solaire

Le bruit courait que le Grand-Roi était mourant. Pis, on supposait même que Gundrabur avait déjà été écrasé par le marteau de Vraccas et emporté dans la Forge Éternelle.

Il n'était pas difficile de savoir qui avait répandu pareilles nouvelles. Celles-ci provenaient des clans de la Maison de Goïmdil, qui n'en pouvaient plus d'attendre de voir leur roi sur le trône de marbre. La guerre contre le Royaume elfique d'Âlandur devait avoir lieu, peu importe qu'elle eût un sens ou non.

Partout où plusieurs Nains étaient réunis au même endroit, on trouvait Bislipur. Le mentor boiteux de Gandogar n'avait apparemment pas besoin de sommeil, et battait les fers tant qu'ils étaient encore chauds. Il s'accordait aussi peu de répit que Balendilín, le conseiller du Grand-Roi, en qui il voyait son pire ennemi.

— Puisse Vraccas le frapper de son marteau, jura Bislipur en pénétrant dans la chambre qui lui avait été attribuée par les Seconds.

Cela n'avance pas, s'énerva-t-il en s'asseyant sur son lit. Les membres de ses propres clans qui doutaient du bien-fondé de la campagne contre les Elfes étaient de plus en plus nombreux. *Balendilín est en train de tout gâcher. Il faut que je m'occupe de lui.*

— Maître, j'ai des nouvelles pour vous, fit une voix grêle sous sa couche, même si c'est à contrecœur que je reviens vers vous. En fait, je ne voulais pas revenir du tout.

Le Nain se leva et donna un coup de pied au châlit.

— Sors de là, Gnome !

Swerd était à peine sorti de sa cachette en rampant que la main calleuse de son maître le saisit par la peau du cou pour le relever. Bislipur le secoua dans tous les sens comme un chat le ferait d'une souris, avant de l'envoyer voler dans un coin de la pièce.

— Et ne t'avise plus de t'introduire dans ma chambre !

Le Gnome se releva avec peine, avant de rajuster sa veste rouge.

— Je ne me suis pas introduit, maître. Comme vous n'étiez pas là, je vous ai attendu en un lieu où l'on ne me découvrirait pas, ainsi que vous me l'aviez ordonné.

Il tira sur sa chemise de jute pour recouvrir son imposante bedaine bistre tirant sur le vert, sur laquelle proliféraient des poils noirs. Ses oreilles pointues se dressaient à la verticale, donnant l'impression que c'étaient elles qui maintenaient son bonnet bleu sur la tête. Cette espèce se faisait rare au Pays Sûr.

— Voulez-vous entendre ce que j'ai à vous rapporter, maître ? demanda Swerd avec de grands yeux innocents. (Son pantalon et ses chaussures à boucles étaient abîmés et couverts de poussière. Le Gnome avait dû parcourir de nombreux milles à pied.) Et pourrai-je disposer ensuite ?

— Tu t'en iras quand je n'aurai plus besoin de toi, le tança Bislipur, la main sur le fil d'argent qui lui permettait de modifier magiquement la longueur du collier que portait le Gnome. Parle, avant que je te prive d'air.

— Ooh, qu'est-ce qui m'a pris de m'introduire dans votre salle au trésor, gémit le Gnome, larmoyant. Je le regrette tellement.

Il interrogea Bislipur du regard, espérant vainement déceler un signe de clémence sur le visage impitoyable du Nain.

— Pas étonnant que ton espèce ait pratiquement disparu. Vous êtes faibles, et repoussants.

Le mentor du roi était aussi froid que les nombreux anneaux et boucles précieux qu'il portait. Il tira sur le petit collet d'argent, rétrécissant ainsi encore un peu le collier de cuir que son esclave avait autour du cou.

Les doigts de Swerd enserrèrent le lien magique pour l'empêcher de s'étrécir, mais il échoua, comme chaque fois depuis quarante-trois cycles. Il s'effondra sur la pierre en râlant, et le Nain relâcha la pression avant qu'il s'évanouisse par manque d'air.

Le Gnome toussa.

— Mille mercis, maître. Vous m'offrez un jour radieux de plus à vos côtés, dit-il, haletant, avant de se hisser sur une chaise. Votre plan démoniaque a échoué. Le prétendant au trône est encore en vie, ai-je appris. En revanche, nos chasseurs de primes ne le sont plus. Dans la hâte, je n'ai pu rassembler d'autres Humains désireux de perpétrer votre lâche attentat. Les temps ont bien changé, au Pays Sûr.

Bislipur ne prêta pas attention aux pointes de son homme de main. Swerd lui parlait ainsi depuis qu'il était à son service dans l'espoir qu'un jour son maître le tue dans un accès de colère, mais ce dernier ne lui ferait pas cette faveur. Il devait souffrir.

— Que s'est-il passé ?

— Je l'ai suivi, lui et les deux jumeaux, jusqu'à l'antre de Lot-Ionan, où ils sont tombés sur des Orcs…

Le Pàys Sûr, Ionandar,
à la fin de l'été du 6234e cycle solaire

Le cliquetis et le bruit des armes et des armures trahissaient la présence de ces brutes à cent pas à la ronde. Leurs voix repoussantes couinaient pêle-mêle : elles avaient découvert le mort-vivant qu'ils avaient tué.

Au moment où les Nains tournèrent au coin du couloir, ils se trouvèrent nez à nez avec leurs ennemis de toujours. La sortie était à trois cents pas et il sembla à Tungdil que le tunnel était rempli d'Orcs jusqu'à la porte. Une forêt d'armes se dressait entre eux et la liberté.

— Magnifique ! se réjouit Furibard, qui baissa agressivement la tête. Regarde, mon frère, comme le couloir est étroit. Comme ça, on n'en ratera aucun. (Il fit tournoyer ses couperets.) Grouïk, grouïk ! Par Vraccas, c'est Jour gras, aujourd'hui !

— C'est ton premier combat avec nous, l'érudit, dit Boëndal d'un ton grave au prétendant au trône. Mets-toi dos à nous. Ton postérieur doit constamment sentir nos arrière-trains, c'est ainsi que nous nous couvrons mutuellement. (Ses yeux bruns cherchèrent le regard de Tungdil.) Aie confiance en nous comme nous te faisons confiance. Tu vas y arriver, tu es un Enfant du Forgeron.

Le cœur battant la chamade, Tungdil se mit en position. Il sentit leurs corps dans son dos. *Confiance*, se redit-il. *Que Vraccas soit avec moi*. Il déglutit, et sa peur s'estompa. *Pour Lot-Ionan, Frala et le Pays Sûr!*

— Arrêtez de parler! jubilait Boïndil, un scintillement fou dans les yeux. Fendons plutôt des têtes et broyons des genoux!

Les frères ouvrirent la danse macabre. Tungdil suivit le mouvement, un peu gauche, pour ne pas les perdre et laisser s'ouvrir la garde.

* * *

Au début, après les trois, quatre premières rotations, Tungdil pouvait encore très bien percevoir les détails. Il distinguait les différentes gueules d'Orcs, les différents types d'armures par lesquels ils cherchaient à se protéger des armes naines, les étais et autres poutres de soutien du couloir au milieu de la forêt de jambes, quand il ne voyait pas rapidement passer l'une des deux longues nattes noires dans son champ de vision.

Or la situation ne tarda pas à s'embrouiller, à évoluer incroyablement vite. Son esprit se concentra sur les épées, dagues et massues à esquiver ou à parer qui s'abattaient sur lui. Sa hache rencontra plus d'une fois de la résistance, mais comme le tranchant de celle-ci finit par se colorer de vert, il supposa que dans ce maelström, il avait bel et bien blessé l'un ou l'autre adversaire.

Les jumeaux adoptèrent la même tactique qu'à Vertbois. Ils avancèrent en tournoyant comme une toupie, étouffant dans l'œuf les attaques adverses, frappant et se retrouvant un battement de cils plus tard à un autre endroit pour empêcher leurs ennemis d'ajuster leurs coups.

Tungdil était content d'avoir sa cotte de mailles. Ne disposant ni de la routine ni de l'expérience de ses compagnons, il reçut plus d'un coup de taille ou d'estoc, mais aucun ne traversa sa chemise de fer. Les contusions, les ecchymoses, et peut-être même les fractures étaient supportables, du moment qu'il restait en vie et que les livres et les artefacts ne tombaient pas dans les griffes de Nôd'onn.

Il entendait le rire féroce de Furibard, toujours suivi d'un cri orc. Boëndal, en revanche, économisait sa salive et son souffle.

Les bras de Tungdil se firent peu à peu de plus en plus lourds. Non seulement l'ennemi leur barrait la route, mais ceux qui n'avaient pas été victimes des armes naines continuaient de les harceler. La situation devenant critique, une idée lui vint.

— En zigzag ! hurla-t-il pour attirer l'attention des frères et couvrir le bruit des armes. Aux étais !

— Bien vu, l'érudit ! cria en retour Boëndal, parant un coup de son bec-de-corbin et blessant un Orc du plat de celui-ci.

Peu après, sa puissante arme s'écrasait avec fracas sur l'étançon de bois.

Instantanément, l'entretoise se sépara du plafond, faisant s'abattre une pluie de cailloux et de saleté. Tous trois répétèrent cette manœuvre encore quelques fois, jusqu'à ce que la roche s'effondre derrière eux, privée de soutien. Les monstres de Tion disparurent sous des tonnes d'éboulis. Le couloir bloqué par l'avalanche assurait les arrières des trois guerriers.

De peur d'être également ensevelis, les Orcs s'enfuirent vers la sortie, poursuivis par un Boïndil déchaîné qui en tua encore quelques-uns. Il s'arrêta à quelques encablures de la porte pour attendre les deux autres Nains.

— Allez, haleta-t-il, heureux. Il y a encore au moins une vingtaine de ces petits cochons qui nous attendent dehors. Ce serait dommage qu'ils ratent la fête.

Les deux autres le rejoignirent. Malgré toute la haine qu'il leur vouait, Tungdil espérait que les adversaires restants avaient pris la fuite ; il doutait de pouvoir lever ses bras épuisés plus haut que la boucle de son ceinturon.

Ils reprirent leur formation en trèfle et quittèrent le repaire. Les étoiles les saluèrent de leur scintillement argenté, qui éclairait également les Orcs. Les yeux verts luisant dans la pénombre de ces bêtes à l'affût leur indiquaient où et combien elles étaient. Celles-ci devaient être encore une centaine à leur faire face, reniflant, grognant et grondant doucement.

— Une vingtaine, hein ? marmonna Tungdil, découragé.

— J'avoue qu'il y en a un peu plus que ce que j'avais prévu, admit Boïndil, que le rapport de forces ne semblait pas inquiéter outre mesure. Bon, eh bien, nous avons là l'un de ces grands défis dont je t'avais parlé.

— On les passe par la gauche ou par la droite ? demanda Tungdil pour connaître la marche à suivre.

— On fonce dans le tas, gronda Boïndil. Comme ça, ils se gêneront mutuellement et nous aurons de meilleures chances d'en sortir à peu près indemnes. Je prends leur chef. Ensuite, on pourra les attaquer sur les flancs et les terminer.

— Tungdil n'est pas encore prêt, fit observer Boëndal. Notre mission n'est pas de tuer de l'Orc, mais de le ramener sain et sauf dans nos montagnes, mon frère.

Tungdil, qui n'aurait pas osé émettre d'objection pour ne pas décevoir les jumeaux, fut très heureux de ce soutien. Boëndal était une personne réfléchie, dont l'œil avisé avait sans doute déjà noté son degré d'épuisement.

— Bon, ben, alors on foncera juste dans le tas, dit Boïndil à demi vexé, et on laissera leurs flancs tranquilles.

Sitôt adopté, leur plan fut mis en pratique sans plus attendre pour éviter que les Orcs saisissent leurs arcs. Leur tactique éprouvée de la toupie sembla fonctionner. Elle aurait même pu les sortir d'affaire si leurs ennemis n'avaient pas reçu un soutien inattendu.

Les rangs adverses s'éclaircirent soudainement. Les Orcs reculèrent, leur cédant visiblement le passage.

— Halte ! Revenez, bande de résidus de fausses couches d'Elfes grabataires ! (Boïndil exprimait bruyamment sa déception devant la défection des monstres.) Vous n'échapperez pas à mes couperets !

En lieu et place des Orcs se tenait à présent face à eux un Humain, seul, de forte stature. Tungdil le reconnut immédiatement : il avait vu sa réplique parler au *famulus* dans le cabinet de Lot-Ionan. Cette silhouette bouffie en robe vert foncé n'était autre que celle du Mage renégat qui avait assassiné son père adoptif.

L'Humain réel était encore plus repoussant que son image. Des larmes de sang coulaient sur ses joues, la peau pendait mollement de son visage, déformant ses traits. Il puait comme quelqu'un qui avait pataugé dans une fosse de déchets en décomposition.

— Vous avez fait un long voyage, dit-il d'une voix susurrante. Mais il est terminé, maintenant. Il se tourna vers Tungdil et lui tendit sa main enflée. Donne-moi le sac de cuir aux artefacts et les grimoires que tu as volés à Vertbois, et je te laisserai partir.

Tungdil saisit sa hache, peu enclin à collaborer.

— Non. Ces affaires appartiennent à mon maître, et il n'a jamais dit qu'elles devaient te revenir.

Nôd'onn rit.

— Écoutez-le parler, ce brave Nain. (Il avança d'un pas.) Ce que tu transportes est ma propriété. Je ne discuterai pas plus longtemps.

Il enfonça son bâton en terre, pointant l'extrémité à l'onyx légèrement vers l'avant.

Soudain, le sac aux objets magiques et le sac à dos s'animèrent, tirant sur les épaules de Tungdil pour se libérer de lui. Celui-ci se cramponna aux courroies pour les retenir, mais les forces mises en œuvre par le Mage étaient trop puissantes. Les bretelles cassèrent et lui filèrent entre les doigts. *In extremis*, il posa son pied sur un coin de sac.

Sans hésiter, il brandit sa hache.

— Je vais détruire les artefacts, menaça-t-il.

— Vas-y. Cela me facilitera la tâche, lui enjoignit Nôd'onn.

Celui-ci leva la main droite, raidit ses doigts et serra brusquement le poing.

Une force énorme projeta les sacs, que Tungdil ne put retenir. Ils tombèrent dans les bras d'un Orc gigantesque qui les serra contre lui en grognant.

Soudain, le Mage toussa ; un filet de sang s'écoula de son nez, qu'il s'empressa d'essuyer d'un mouvement rapide.

— Retournez dans votre Royaume, Nains, et faites savoir à votre roi que j'ai besoin de son pays. Il peut me le laisser sans effusion de sang, ou forcer mes troupes et mes alliés à venir le prendre par la force. (Il désigna Tungdil.) Celui-là, vous pouvez l'emmener avec vous. Je n'ai plus besoin de lui.

Les deux frères ne dirent rien ; ceux-ci tenaient leurs armes avec une détermination de fer et attendaient une occasion propice pour attaquer le Mage. Dès que quelque chose viendrait le distraire, ils le frapperaient de toutes leurs forces. Mais il leur fallait encore attendre cette diversion qui détournerait l'attention et du Mage et des Orcs.

Soudain, un peu à l'écart, l'agitation gagna les monstres, qui se poussèrent, se bousculèrent, lâchèrent leurs premières insultes. Un spécimen particulièrement musclé et impressionnant tira son épée et l'enfonça jusqu'à la garde dans le ventre de son congénère le plus proche en poussant un grognement. En l'espace de quelques battements de cils, une sanglante escarmouche éclata au sein de la horde.

Furibard baissa insensiblement la tête – signe certain qu'il allait attaquer le Mage. Les yeux bruns du Nain se rivèrent sur le genou de Nôd'onn.

— Toi, tu lui romps son bâton, ordonna-t-il à Tungdil en langue naine. Ce serait bien la meilleure si nous n'arrivions pas à le vaincre.

Des mots comme « présomption » ou « doute » semblaient inconnus de Boïndil.

— Non. Nous n'y arriverons pas avec des armes conventionnelles. (Tungdil loucha en direction du monstre en armure qui tenait le sac à dos et le sac aux artefacts.) Il nous faut ces objets. S'il veut les détruire, c'est qu'il les craint, pour une raison ou une autre, chuchota-t-il.

— Alors tu sais ce qu'il te reste à faire, Tungdil. Attendez mon signal, marmonna Furibard.

Or les trois Nains n'eurent pas le temps de passer à l'attaque, car quelqu'un les devança.

De la colline jaillit un rayon lumineux aveuglant qui vint frapper le Mage renégat au flanc. L'homme ahana avant de vaciller sur sa droite, et ses doigts relâchèrent le bâton.

Un autre javelot de Magie pure fendit l'air et désintégra dix Orcs, n'en laissant plus que des restes puants de métal et de chair. Les bêtes restantes beuglèrent, cherchant du regard le nouvel assaillant. Elles remarquèrent bientôt une mince silhouette perchée au sommet de la colline, et prirent d'assaut la légère élévation.

Nôd'onn se retourna brusquement et ouvrit la main droite. Son bâton vola vers lui.

C'était le moment qu'attendaient les Nains. Boïndil fondit sur lui à toute allure en hurlant et lui planta ses couperets dans les jambes. Boëndal, qui tenait son arme au-dessus de sa tête pour obtenir l'élan nécessaire, plongea profondément son bec-de-corbin dans le large dos du Mage. Il tira sur le manche de son arme pour l'amener à terre, et Nôd'onn s'effondra sous l'effet de cette double attaque.

Les Orcs qui entouraient le Mage n'avaient d'yeux que pour leur nouvel ennemi, lequel savait se défendre. Comme surgis de nulle part, de noirs nuages apparurent au-dessus des têtes des monstres pour former un orage accompagné de roulements de tonnerre.

Lorsque les premiers assaillants furent à deux doigts d'atteindre le sommet de la colline, l'orage se déchaîna de toute sa puissance. Des éclairs jaillirent en crépitant, frappant les brutes qui éclataient comme des saucisses dans l'eau bouillante. Ces traits de lumière éblouirent les autres Orcs, de sorte que l'assaut de la crête faiblit.

Un vent violent se leva, balayant comme autant de fétus de paille les monstres, qui heurtèrent de plein fouet leurs congénères, s'écrasèrent sur les arbres en tournoyant ou se firent littéralement écorcher vifs par les bourrasques.

D'un bond, Furibard rejoignit son frère, qui avait empalé Nôd'onn et le maintenait au sol. Quatre fois il abattit ses couperets, jusqu'au moment où les vertèbres cédèrent et où la tête du Mage roula devant eux. Un liquide rouge, noirâtre et nauséabond jaillit de la blessure pour se répandre dans la boue.

— Les artefacts ! dit Boëndal à son frère qui s'apprêtait, hilare, à ouvrir son pantalon pour faire subir au cadavre un dernier outrage en l'arrosant d'eau-de-Nain.

Pendant ce temps, Tungdil s'était jeté avec la dernière énergie sur l'Orc qui détenait son sac et les objets. Ne réfléchissant pas trop à ses attaques, il mania sa hache à l'instinct, combinant ses propres mouvements à ceux qu'il avait appris. Le monstre tomba plus rapidement que prévu. Il fut presque surpris de sa victoire. *Je sais aussi me battre sans l'aide des deux autres !* se dit-il avant de ramasser en vitesse les deux sacs.

— Eh bien, il semble que nous ayons débarrassé le Pays Sûr de son pire ennemi.

Boëndal se plaça à côté de lui, la natte pendant par-dessus son épaule comme un serpent vivant.

Son frère, qui le couvrait, expédia encore deux Orcs dans l'au-delà.

— Cela n'aura pas été difficile, de le… (Il jeta un coup d'œil sur le côté et poussa un soudain cri de rage.) Non ! Par Vraccas, nous l'avons pourtant…

Nôd'onn se releva. Son corps sans tête se redressa, puis tendit la main. Flottant dans les airs, la tête vint se poser d'elle-même sur le cou, où ne subsistait plus rien du travail des couperets, pas même une cicatrice. Il ne semblait nullement dérouté lorsqu'il ameuta les Orcs restants contre les Nains, avant de se retourner vers la colline pour se préparer à anéantir son adversaire inattendu.

— Apportez-moi les artefacts et les grimoires, cria-t-il. Tuez les Nains !

La pierre précieuse de son bâton se mit à rougeoyer. Nôd'onn tendit les mains en direction de la colline et le terre se mit à trembler. Sa Magie creusa un profond sillon dans la terre, se dirigeant droit vers la silhouette qui se tenait au sommet de la crête. Les éclairs qui jaillissaient des nuages dans sa direction s'arrêtaient à une coudée de lui grâce à un sort de protection.

Je m'en doutais. On ne peut pas le vaincre avec des armes ordinaires. Tungdil héla ses compagnons.

— Par ici, haleta-t-il. La route du Sud est par ici.

Les trois Nains se hâtèrent de fuir. Pour échapper aux Orcs, ils se jetèrent dans un fossé et ils purent entendre les ennemis qui s'étaient rués à leurs trousses sauter par-dessus sans les remarquer.

— Nous aurions dû continuer le combat, se plaignit Boïndil en chuchotant.

— Alors, nous serions morts. As-tu vu Nôd'onn se relever ? Sans tête ? (Tungdil se pressa contre la terre chaude.) Il est encore plus dangereux que le Pays Mort. (Son regard s'arrêta sur le petit sac aux artefacts qu'il avait sauvé.) Mais la clé de sa destruction est là-dedans.

— C'est toi l'érudit. Trouve comment faire, dit Boëndal. Nous allons retourner chez les Seconds et leur dire ce que le Mage compte faire. Les Royaumes nains sont en danger, et le pouvoir d'arrêter ce magicien est entre tes mains, à ce qu'il semble.

— Je n'y arriverai pas tout seul.

Au moment où le sommeil s'empara de lui, ses pensées tournaient autour de l'adversaire de Nôd'onn, cet autre magicien qui l'avait attaqué et leur avait vraisemblablement sauvé la vie. *Vraccas, je t'en prie, fais que ce soit Lot-Ionan*, souhaita-t-il.

Le Pays Sûr, Royaume nain du Second Père, Beroïn, à la fin de l'été du 6234e cycle solaire

— … et c'est alors que je voulus les suivre dans la forêt, mais ils disparurent subitement, dit le Gnome pour terminer son récit. (Il tira sur le collier, qui avait imprimé une strie sombre sur son cou, pour l'assouplir un peu.) J'ai donc pris mes jambes à mon cou afin d'échapper aux Orcs.

Bislipur était plongé dans ses réflexions. Toutes ces nouvelles l'obligeaient à remanier ses plans et à revoir ses projets.

— Donc, ils viennent par ici, se dit-il à mi-voix.

— Les Orcs, ou les Nains ? (Bislipur ne fit pas attention à Swerd.) Ne devriez-vous pas avertir les clans que cet Humain projette d'entrer tôt ou tard en guerre contre les Nains ? Êtes-vous vil au point de garder cela pour vous ?

Bislipur se dirigea en boitant vers la sortie.

— Attends ici et ne te montre pas avant que je te le dise, lui ordonna-t-il en quittant la pièce.

— Mais certainement, mon terrible maître, soupira le Gnome, qui balança les jambes et attendit.

* * *

Bislipur frappa à la porte de la chambre de Gandogar.

— Ouvre, lui dit-il, il faut qu'on parle.

Gandogar apparut sur le seuil et regarda son mentor avec étonnement.

— Dehors, Bislipur ?

— Une promenade nous fera du bien à tous les deux. D'autant que l'on jase déjà sur mon compte. Je passerais trop d'heures enfermé, j'ourdirais un complot contre le Grand-Roi, dit-il amèrement. Cette fois, c'est nous qui nous montrons à eux.

Gandogar passa une légère cape par-dessus son armure et suivit Bislipur à travers les labyrinthes de pierre d'Ogremort.

Ils passèrent devant les sculptures des Seconds. Leurs clans avaient réussi, en partant de la simple pierre, à donner forme à des œuvres et des figures qui possédaient un immense pouvoir d'attraction, précisément dû à leur beauté toute simple. Leur savoir-faire avait fait d'un décor quotidien quelque chose d'extraordinaire. Les paroles de son compagnon empêchaient Gandogar de les contempler.

— Je disais, répéta Bislipur tout bas, qu'une longue attente peut nous être fatale. L'attitude du Grand-Roi n'est que pur caprice, rien de plus.

— Et que proposes-tu ?

— J'ai parlé à de nombreux autres clans entre-temps. Ils sont d'accord pour que nous attaquions et anéantissions enfin les Elfes, avant que le Pays Mort le fasse à notre place.

Gandogar tiqua.

— Serait-ce si grave ? Nous n'aurions dès lors plus à nous soucier d'eux.

— Non. La situation empirerait plus qu'autre chose, expliqua-t-il. Pense au pouvoir de la Terreur de transformer en morts-vivants tous ceux qui meurent par sa faute. Notre peuple aurait alors à combattre contre des Elfes morts-vivants pratiquement invincibles. Les pouvoirs du Pays Mort sont gigantesques. (Il claudiquait à côté de son roi, sa cotte de mailles cliquetant légèrement.) Ou bien, les Elfes trouveraient refuge en un lieu où il nous serait impossible de les retrouver pour leur infliger le juste châtiment qu'ils méritent pour tous leurs crimes contre les Nains, et tu pourrais faire une croix sur ton serment de venger la mort de ton père et de ton frère.

Bislipur parlait doucement, mais avec insistance. La plupart des Nains qu'ils croisèrent durant leur promenade pensaient qu'ils fourbissaient leurs arguments pour la prochaine assemblée.

— Tu dois monter sur le trône et gagner les autres tribus à ta cause contre l'Âlandur, l'adjura Bislipur. On dit que le Pays Mort ne va plus rester très longtemps sans agir. S'il devait se réveiller, nous devrions rester dans nos forteresses à attendre que l'orage passe.

— Tu as entendu le Grand-Roi. Il s'en tient aux lois de nos ancêtres, lui fit remarquer Gandogar. Et c'est ce que je compte faire aussi.

Ils parvinrent dans une splendide vallée baignée de lumière, aux pentes d'un vert intense où paissaient chèvres et moutons. Des sommets abrupts se dressaient de part et d'autre. Le roi eut l'impression qu'ils s'enfonçaient jusque dans les nuages, les empêchant de poursuivre leur course.

— Regarde comme tout est paisible, ici, soupira-t-il en s'asseyant sur une pierre. Si seulement nos assemblées pouvaient se dérouler aussi tranquillement.

— C'est une bonne analogie. (Les yeux froids de Bislipur parcoururent les plaines en pente raide.) Les autres Nains se comportent comme des moutons. Ils rentrent, se bêlent mutuellement après jusqu'à ce que leurs gamelles et leurs chopes soient remplies, et retournent satisfaits dans leurs réduits. (Il posa une main sur l'épaule du souverain.) Tu es un roi, Gandogar, qui ne mérite pas d'attendre plus longtemps un hypothétique prétendant, venu d'on ne sait où. Exige du Conseil qu'il prenne une décision, et laisse-moi m'occuper de convaincre la majorité des clans.

— Tu me demandes beaucoup.

Gandogar se leva. Ils reprirent leur chemin et retournèrent aux couloirs souterrains qui les menaient plus profondément dans la dure chair du massif.

Ils empruntèrent des ponts en arc, déambulant le long de leurs extrados gravés au-dessus de puits dont ils ne purent distinguer le fond. Il s'agissait de puits désaffectés, de filons épuisés. Les Nains y avaient prélevé toutes les richesses de la montagne, dont les profondeurs portaient encore les stigmates de cette exploitation.

Bislipur marchait au côté de son seigneur sans mot dire, lui laissant le temps de réfléchir à ses paroles.

— Un nouveau scrutin, dit Gandogar, abîmé dans ses réflexions. Réclamer un nouveau vote revient à fouler aux pieds les lois de notre peuple et à contester la décision du Grand-Roi.

— Pour cela, il faut bien du courage, et la conviction de faire ce qui est juste. Tu possèdes l'un et l'autre, l'adjura une fois encore Bislipur. Monte sur le trône. Maintenant.

Ils parvinrent dans une de ces nombreuses carrières où l'on extrayait le marbre le plus fin en grosses plaques. Une rivière serpentait sur la droite. Depuis un pont, à bien cent quatre-vingts pas d'altitude, ils observèrent les ouvriers au travail.

— Et si Gundrabur meurt subitement ? Resterons-nous assis à attendre que cet inconnu veuille bien se montrer ? demanda Bislipur pour provoquer une décision. Et si le Pays Mort attaque à un moment où les clans n'ont personne pour les conduire à la bataille ? Qui dirigera la défense et la contre-attaque ? Tu veux que je te dise ce qui se passera ? Les Nains se disputeront, et les Nains périront !

Gandogar fit mine de ne pas écouter Bislipur, bien que les paroles de ce dernier fissent mouche. Lui aussi se posait ces questions, sans en connaître la réponse. *Ce sont les lois que nous a données Vraccas. Mais se peut-il qu'à force de vouloir les respecter, elles nous soient néfastes ? Pouvons-nous nous permettre de laisser passer des occasions uniques à cause d'elles ?* Il contempla les ouvriers pour penser à autre chose. Bien qu'il s'agît de pierre, d'un matériau inanimé, ceux-ci procédaient avec la plus grande circonspection à son égard, et leurs efforts en disaient long sur la taille de la prochaine plaque de marbre. À coups de pioche, de marteau et de burin, ils s'efforçaient d'arracher un morceau de chair du corps de la montagne. Les lames des énormes scies à pierre étaient mues par des roues à eau.

De la poussière grise était en suspension dans l'air, et les Nains s'en protégeaient grâce à des tissus sur le nez et la bouche. D'épaisses couches de poussière de roche recouvraient les outils utilisés plus rarement.

Gandogar éprouva une immense fierté d'être bientôt le Grand-Roi des Nains, qui ne constituaient qu'un seul peuple et étaient pourtant si différents. Seuls les unissaient l'origine, le sang et leurs ennemis communs.

Se peut-il que nos propres lois jouent contre nous ? Il vit les visages de son père et de son frère, tués par les flèches elfiques. *Sans aucune raison.* Il serra les poings, fronça les sourcils.

Gandogar en avait assez vu et avait pris sa décision.

— Tu as raison, Bislipur, nous devons agir. C'est moi, et moi seul, qui unirai de nouveau les Enfants du Forgeron. Et pour cela, je ne vois rien de plus adéquat qu'une guerre victorieuse contre notre ennemi commun, dit-il en pesant ses mots. Un triomphe sur les Elfes ressoudera les Maisons et fera oublier toutes les réserves, les querelles et les conflits passés.

— Et ton nom sera inséparable de cette splendeur retrouvée, ajouta avec satisfaction son mentor, dont les continuels sermons semblaient avoir enfin porté leurs fruits.

— Il faut en finir avec cette attente. Je vais exiger de Gundrabur qu'il convoque dans les trente prochains jours une assemblée de confirmation définitive de mon accession au trône.

— Et s'il meurt avant ? Il est vieux, et fragile…

Gandogar répondit sans hésiter.

— Alors je monterai sur le trône, que cet imposteur soit arrivé ou pas, déclara-t-il, déterminé. Rentrons. Je suis fatigué, et j'ai faim.

L'esprit de Bislipur fignolait déjà les détails de la nouvelle mission que venait de lui confier tacitement et inconsciemment le roi.

Il peut se passer bien des choses en trente jours, pensa d'un air sombre le Nain à la barbe gris brun. Celui-ci était déjà allé plus loin encore que le meurtre pour appuyer l'accession au pouvoir de Gandogar, et ce n'était pas une vilenie de plus qui allait changer quoi que ce fût. Mais cette fois, son projet requérait une planification absolument parfaite.

— J'arrive, mon roi ! s'exclama-t-il.

Bislipur se pencha par-dessus le rebord du pont pour regarder dans le trou béant qui semblait sans fond en contrebas. *Quiconque tombe dans pareil abîme est perdu pour toujours.* Swerd allait bientôt avoir de nouveau à faire.

Le Pays Sûr, l'Ionandar,
à la fin de l'été du 6234e cycle solaire

— Debout, l'érudit. On est repartis, susurra quelqu'un à son oreille.

Des poils de barbe lui chatouillèrent le cou, mettant fin à son rêve d'un monde meilleur. Tungdil se redressa et se frotta les yeux.

Les jumeaux guettèrent depuis leur fossé pour voir s'il ne restait pas encore des Orcs rôdant entre les arbres, mais ces bêtes semblaient parties à leur recherche dans une autre direction. Aussi purent-ils quitter les lieux sans crainte pour se rendre dans le Royaume des Seconds, vers le sud.

Quelle aventure, pensa Tungdil, attristé. Jamais il ne se serait imaginé plus atroce périple. Il était parti pour remettre quelques objets à un Humain, et voilà qu'il se retrouvait soudainement prétendant au trône du Royaume des Nains, en pleine guerre, menée contre le Pays Sûr par un Nudin devenu fou. Tous ceux qu'il avait connus et aimés autrefois étaient morts, il ne restait plus que lui, fuyant en compagnie de deux autres Nains le Mage dément qui voulait leur ôter la vie et reprendre les objets qu'ils transportaient avec eux. *Et je n'ai toujours pas la moindre idée de ce que je dois en faire.*

Tungdil retira quelques petits restes de brindilles et de feuilles de ses cheveux et de sa barbe. Nudin avait déclaré la guerre à tout le Pays, à tous les rois, à tous les Elfes, et ne reculait pas même devant l'idée de menacer les Nains à leur tour.

— On dirait que tu te fais du souci, dit Furibard, qui lui tendit un morceau de pain avec du fromage avant de désigner la forêt. Viens. Tu peux aussi manger en chemin.

Tungdil obéit au guerrier.

— Il faut vraiment que Nudin ait tout préparé depuis très longtemps et qu'il soit très sûr de son fait pour qu'il ait voulu faire de nous ses émissaires, réfléchit-il à haute voix.

Boïndil se mit à rire.

— Seulement, il n'avait pas prévu qu'on lui couperait la tête.

— Ce qui ne l'a pas dérangé plus que ça, ajouta son frère, maussade. Tu en sais beaucoup à ce sujet, l'érudit ?

Est-ce que tous les Mages sont capables de ressusciter comme cela ?

Le Nain secoua la tête.

— Non. Les Mages sont des mortels ordinaires, sauf qu'ils vivent plus longtemps que le commun des Humains, mais ils saignent, et peuvent être blessés comme tout le monde. Moi-même j'ai vu un jour Lot-Ionan se couper avec un couteau. Après qu'il s'est soigné grâce à un sort, je lui ai demandé s'il pouvait également faire ressusciter…

Il revit les visages familiers de son père adoptif et de Frala ; le chagrin s'empara de lui, et il se tut. Ses compagnons n'insistèrent pas.

— Ils ne peuvent rien contre la mort, dit-il, abattu.

Malheureusement.

— C'est ce que tu crois, ajouta Boëndal. Nôd'onn s'est bien relevé. Même avec mon bec-de-corbin dans le dos et sa vilaine tête en moins !

— Rien de bien étonnant à cela, fit Furibard avec mépris. C'est sûrement un don du Pays Mort.

Tungdil ne trouva pas d'explication à cela. Il supposa d'abord que Nudin était devenu mort-vivant, mais la résurrection du Mage suffisait à faire voler en éclats son hypothèse. Dans le pire des cas, si le renégat était parvenu à percer les secrets de la vie éternelle, cela signifierait que d'éternelles ténèbres menaçaient de s'abattre sur le Pays Sûr.

— Nous aurions dû le découper en mille morceaux et les brûler ensuite, grommela Boïndil.

— Cela ne vous aurait pas servi à grand-chose, fit une voix claire d'entre les arbres. Nôd'onn ne peut plus être détruit par les armes des mortels, ni l'épée, ni la hache, ni la Magie ne le peuvent. J'ai moi-même essayé et j'ai échoué.

Les Nains empoignèrent leurs haches, couverts par Boïndil.

— Ce ne peut être les Orcs, chuchota Boëndal à Tungdil.

— Nous verrons bien ce que c'est, répondit son frère. Petit ou grand défi ?

De l'abri qu'offraient les verts sapins sortit une silhouette qui coupa littéralement le souffle à Tungdil. Jamais il n'aurait cru possible que les Humains puissent atteindre pareille taille. Celui-ci était haut comme au moins deux Nains et sa poitrine était aussi large qu'une barrique.

À part dans ses livres, il n'avait jamais vu d'armure aussi imposante. Le plastron à gorgerin haut, les brassards et les jambières étaient en tionium précieux et avaient été forgés de manière que leur porteur donne l'impression d'être tout de muscles d'acier. Les anneaux d'une cotte de mailles dépassaient de sous les plates de métal, procurant à cet homme un surcroît de protection. Afin d'éviter que son habit d'airain cliquette trop, il portait un gambison léger entre ces couches de métal.

Ses pieds, gigantesques, étaient chaussés de bottes ferrées, et un heaume à la visière richement gravée en forme de démon enserrait sa tête, elle-même ceinte au niveau du front d'un cercle de pointes chacune aussi longue qu'un doigt qui faisait penser à une couronne.

Sa main droite tenait une hache à deux tranchants avec la même aisance que si c'était un bout de bois, sa main gauche un bouclier. À sa ceinture pendaient encore une petite massue et une épée, qui sur ce guerrier avait l'air d'une simple dague. Et comme si le poids de cet arsenal ne suffisait pas, il portait sur le dos un espadon.

Boïndil avait à peine jeté un rapide coup d'œil par-dessus son épaule pour se faire une idée du nouvel arrivant qu'il ne pouvait déjà plus quitter cet Humain des yeux.

— Laisse-moi passer devant, supplia-t-il son frère. Tu n'as qu'à protéger toi nos arrières pendant que je m'occupe de cette montagne de fer. (Ses yeux lançaient des éclairs.) Voilà ce que j'appelle un grand défi. Il vaut sûrement mieux que les faces de groin.

— Tais-toi, dit Boëndal en le remettant vertement à sa place. Nous ne savons même pas ce qu'il veut.

— Il a une voix plutôt haut perchée pour un type grand comme un arbre, s'étonna Tungdil.

Une femme aux cheveux blonds tressés en natte et au visage sévère vint se placer auprès du guerrier.

— Ce n'était pas sa voix. (Elle toisa le trio de ses yeux bleus.) Mais la mienne.

Tungdil réfléchit pour voir s'il la reconnaissait, mais les traits marqués de celle-ci ne lui disaient rien, tout comme sa manière de s'habiller. Son corps athlétique était couvert d'une robe de cuir brun foncé, fendue aux jambes de façon à laisser la plus grande liberté de mouvement possible. En outre, elle portait de hautes bottes noires et des gants. Elle enserrait la poignée d'une épée de la main droite. Plus il l'observait, plus il repensait à une anecdote que lui avait racontée son père adoptif.

— Vous êtes Andôkai, celle que l'on appelle l'Impétueuse ? demanda-t-il, hésitant.

La Mage hocha la tête.

— Tout à fait. Et toi, tu es Tungdil, qui a réussi à échapper à Nôd'onn avec ses amis. (Elle désigna le géant à côté d'elle, qui la dépassait de presque cinq têtes et qui restait sur place, immobile, telle la statue d'un dieu de la Guerre.) Et lui, c'est Djerůn, mon fidèle compagnon.

— Et qu'est-ce que tu nous v…, commença à demander Boëndal d'un air suspicieux, mais Tungdil lui coupa la parole d'excitation.

— Qu'est-il arrivé à Lot-Ionan ? Vit-il toujours, honorable Mage ?

Andôkai l'observa, la douleur et la colère assombrirent son visage.

— Il est mort, Tungdil. Comme Maira, Turgur et Sabora. Nôd'onn leur a ôté la vie pour mieux régner sur le Pays Sûr.

Le Nain baissa la tête. Cette confirmation fut douloureuse à entendre, le chagrin causé par la perte définitive de son père adoptif lui arracha un morceau de son être, laissant un grand vide en lui.

— Les meilleurs élèves ont suivi les Mages dans la mort, si bien qu'il est devenu le maître incontesté, poursuivit-elle implacablement.

— Alors c'est toi qui l'as attaqué à coups d'éclairs ! As-tu réussi à lui infliger plus de dégâts que nous ? demanda Furibard à la volée.

— Il les a tous parés, dit-elle. Je l'ai attaqué en mettant en œuvre tout mon savoir, et pourtant il a résisté. Nous avons eu la confirmation de nos craintes lorsque nous avons constaté que même la décapitation était sans effet.

— Ah, ces longs-sur-pattes, grommela Boëndal de façon désobligeante. On s'arrache la barbe et les cheveux à les protéger des hordes de Tion qui rôdent à l'extérieur du Pays Sûr, et que font-ils ? Ils œuvrent à leur propre destruction de l'intérieur. Vraccas aurait mieux fait de vous donner une nourrice ou une gouvernante pour vous taper sur les doigts chaque fois que vous faites une bêtise.

— Tu as peut-être raison. (La Mage s'approcha d'eux.) Si je vous ai cherchés, c'est pour savoir ce que vous voulait Nôd'onn, dit-elle pour expliquer sa présence auprès d'eux. (Elle s'accroupit devant Tungdil.) Tu dois posséder quelque chose qu'il veut absolument avoir. C'est ce que nous avons pu voir depuis la colline. Quelle est cette chose ?

— Non, ce n'est rien. Ce sont juste des souvenirs de mon maître, mentit-il. Nudin devait sans doute le haïr, et a réclamé ces objets pour les détruire.

— Au contraire, ils s'entendaient très bien, autrefois. C'est plutôt moi que ton maître n'aimait pas, lâcha-t-elle en souriant.

Tungdil se souvint. C'était à cause de ses convictions religieuses, et notamment de sa foi en Samusin, son dieu. *Si les deux autres apprennent qu'elle tolérait les Orcs dans son royaume, nous risquons d'avoir un combat inégal.* Non seulement en raison des pouvoirs magiques de la femme, mais aussi de la puissance présumée de son compagnon, qui semblait capable de déraciner un arbre – ce qu'il était tout à fait disposé à croire.

— Moi non plus, je ne t'aime pas, lui dit ouvertement Boïndil. Passe ton chemin et laisse-nous en paix. Nous avons d'autres soucis.

— D'autres soucis ? répéta Andôkai d'un air moqueur en se redressant. Des soucis, vous n'en aurez plus aucun, une fois que le Mage aura en sa possession l'ensemble des Royaumes. Les pays nains tomberont, tout comme les territoires des Humains et des Elfes. Nôd'onn et le Pays Mort, avec qui il a conclu un pacte, veulent le pouvoir. Un pouvoir sans limites. (Andôkai adressa un regard plein de mépris à Boïndil.) Allez-y, courez vous réfugier dans vos montagnes. Mais je te le dis : les créatures de Tion vont bientôt attaquer vos forteresses des deux côtés.

— Qu'allez-vous faire ? demanda Tungdil.

— Partir d'ici, lui répondit-elle franchement. Je n'ai pas la sottise de croire que je pourrais arrêter le Pays Mort. Aucune armée ne pourrait d'ailleurs quoi que ce soit contre Nôd'onn, quoi qu'en disent les rois. Qu'aurais-je à gagner à rester ici ? Revenir comme morte-vivante après ma mort ? Samusin m'en garde. (Elle observa les Nains.) Et vous ? Comptez-vous rejoindre le Royaume des Seconds ? Si c'est le cas, je me joins à vous, je passe la Porte Haute et vous ne me reverrez plus jamais. Jusque-là, soyons alliés.

Les Nains délibérèrent brièvement et décidèrent de donner bonne suite à sa proposition, contre l'avis de Furibard. Tungdil et Boëndal, qui avaient retenu la leçon, voulaient ainsi s'assurer les services de la magicienne afin de parer à toute éventualité durant leur voyage.

Boïndil eut beau protester, il dut s'avouer vaincu face à Tungdil, car il était davantage lutteur que rhéteur.

— Maintenant, leur jura-t-il, si jamais ça tourne mal avec eux, vous allez m'entendre.

— Vous pouvez vous joindre à nous, annonça Tungdil.

— Mais c'est nous qui décidons de la marche à suivre, enchaîna Boïndil, qui jaugea du regard l'Humain en armure. (Il était aisé de voir qu'il aurait bien aimé se mesurer à ce géant.) Tu sais parler ? Ohé ! Est-ce que tu nous entends, seulement, depuis là-haut, avec ce seau sur la tête ?

— Djerůn est muet, s'interposa la Mage d'un ton sec. Laisse-le tranquille et fais-moi le plaisir de rester poli, sans quoi je pourrais faire des remarques sur ta taille et ton odeur.

— C'est moi qui décide quand je suis poli, répliqua le Nain, vexé, en rejetant sa natte par-dessus son épaule. Et toi, ne te mets pas en travers de mon chemin, dit-il en s'adressant au guerrier avant de se mettre en tête du groupe. Les Orcs sont à moi. Toi, tu attendras ton tour.

Le groupe se mit en route. Tungdil marchait derrière Andôkai. *Je m'entretiendrai avec elle au prochain feu de camp*, décida-t-il. Il souhaitait la questionner sur des sujets qui n'étaient pas censés tomber dans les oreilles des jumeaux.

* * *

— Comment est mort Lot-Ionan, honorable Mage ? demanda Tungdil à la magicienne, qui était assise sur son manteau un peu à l'écart du feu en contemplant les flammes.

Il avait choisi la langue des lettrés simplifiée pour lui montrer qu'il avait reçu une éducation et lui signifier qu'il était plus qu'un simple Nain.

Il lui avait fallu longtemps pour rassembler son courage et s'approcher d'elle afin de lui parler seul à seul.

Le guerrier était accroupi à côté d'elle, adossé à un arbre. Ses armes étaient étendues de part et d'autre, soigneusement disposées par ordre de taille et à portée de main immédiate. Il était impossible pour le Nain de dire s'il dormait ou s'il montait la garde sous son heaume.

—Lot-Ionan ne t'a pas laissé dans l'ignorance, à ce que je vois, répondit-elle lentement sans détourner le regard. Un Nain lettré, c'est rare, au Pays Sûr. Plus rare encore qu'un Nain tout court. (Elle se tut.) Dois-je nous faire souffrir tous les deux en te racontant ce qui s'est passé le soir où Nudin nous a trahis ? Que t'importe d'apprendre comment ton maître est passé de vie à trépas ?

—J'essaie de comprendre pourquoi Nudin a changé.

—Moi aussi, Tungdil. (Andôkai tourna son visage sévère vers lui.) Mais je n'y arrive pas.

Elle lui raconta comment les choses s'étaient passées pour elle ce soir-là :

—Nudin m'a attaquée par surprise et m'a fait perdre connaissance avec un sort. (Elle se passa la main sur le menton.) Je l'ai pourfendu d'un coup d'épée, mais cela ne lui a rien fait, et il m'a transpercée de son bâton en retour. Ensuite, je ne me rappelle plus que des bruits que j'ai perçus à demi cette nuit-là, malgré mon inconscience. (La femme inspira profondément, allongea les jambes et releva la tête pour observer les étoiles.) Ils ont dû se défendre jusqu'au bout. Jamais je n'oublierai leurs cris d'agonie. Je sentais mon sang s'écouler sans pouvoir entreprendre quoi que ce soit.

— Comment avez-vous survécu ?

Elle regarda d'un air attendri le guerrier impassible.

— Djerůn. Nôd'onn avait oublié que je l'avais amené avec moi au palais. C'est lui qui s'est introduit dans la salle après le départ de ce fou et qui a soigné ma blessure. J'étais trop affaiblie pour m'opposer encore à ce traître. Djerůn a ensuite pris un cadavre dans un cimetière de la ville, l'a habillé avec mes propres vêtements et l'a déposé à ma place à côté des autres morts pour faire croire à Nôd'onn que je ne représentais plus aucun danger pour lui. (Elle tendit le bras pour saisir une branche et la jeter dans le feu. Les étincelles s'élevaient en crépitant et en dansant vers le ciel noir.) D'ailleurs, même vivante, je ne suis plus une menace pour lui, dit-elle, abattue.

— Et… Lot-Ionan ? demanda Tungdil.

— Quand Djerůn m'a emmenée, ton maître avait été changé en pierre, répondit-elle doucement. Nôd'onn l'a transformé en statue.

Une larme de rage impuissante coula du coin de son œil.

— Une statue, chuchota le Nain tandis qu'il se rapprochait du feu. Est-il possible que ce sort… ?

La femme blonde secoua la tête, renonçant à fournir d'autres explications. Ils restèrent assis l'un à côté de l'autre, muets, plongés dans leurs pensées. Les étoiles tournaient au-dessus d'eux, le temps suspendit sa course.

— Vous voulez quitter le Pays Sûr ? Pour aller où ? Qu'adviendra-t-il de votre Royaume ? demanda Tungdil, fatigué.

Ses yeux lui brûlaient, car il n'avait pas cillé depuis un moment pour observer le jeu changeant des couleurs du feu de camp. La chaleur des flammes faisait s'évaporer ses larmes, et le sel lui irritait la peau.

— Vous pensez que cela irait mieux pour vous si vous partiez au loin, honorable Mage ?

— Il n'est pas intelligent de vouloir faire obstacle à une avalanche quand on est seul, répliqua-t-elle à voix basse. Je répugne à prolonger les souffrances inutilement, aussi est-ce volontairement que j'ai abandonné mon Royaume. Que gagnerais-je à résister ? Je vais me rendre au-delà des montagnes. Le Pays Sûr ne mérite plus son nom. (Elle fit sentir à Tungdil qu'il était temps qu'il se retire.) Je voudrais dormir, maintenant.

— Encore merci, honorable Mage.

Tungdil retourna auprès des jumeaux et leur raconta les événements qui avaient agité la capitale de Lios Nudin.

— Alors comme ça, les autres magiciens sont vraiment morts ? s'étonna Furibard tandis qu'il faisait griller un petit bout de fromage issu de son stock, qui semblait pratiquement inépuisable. Et dire qu'on racontait les choses les plus fantastiques sur leurs pouvoirs.

— Contre le poignard d'un traître, même le plus solide des boucliers ne sert à rien, dit son frère, qui se mettait du pain grillé sous la dent. Triste peuple que les longs-sur-pattes. Ce ne devait pas être un bon jour pour les dieux quand ils les ont créés, dit-il en mâchant. Mais ce qui est encore plus triste, c'est qu'ils entraînent tout le Pays avec eux dans leur chute.

Tungdil accepta le fromage qu'on lui proposait et l'enfourna dans sa bouche. Il en venait presque à aimer ce goût pour le moins étrange. Il réalisa alors à quel point il commençait à devenir un authentique membre de son peuple.

Boïndil lui donna une bourrade, la brochette pointée vers l'étrange couple de l'autre côté du feu.

— Regarde, il a toujours sa casserole sur la tête, dit-il en riant. Il a dû grandir avec, c'est sûr, et maintenant il ne peut plus la retirer.

Boëndal fit montre d'un peu plus de respect.

— Je n'ai encore jamais vu pareil long-sur-pattes, déclara-t-il. Bien sûr, je n'ai pas vécu bien longtemps parmi les Humains, mais c'est de loin le plus grand spécimen que j'aie jamais croisé. Il ferait peur même à un Orc.

— Tu veux dire que ce n'est peut-être pas un Humain du tout ? Un jeune Ogre, peut-être ? craignit son frère. Il pourrait y avoir n'importe quoi sous cette armure. (Et aussitôt, il fit mine d'aller l'interroger.) Si jamais c'est une Peau-Verte ou une autre bestiole, il meurt sur-le-champ, annonça-t-il. Et sa maîtresse avec. M'en fiche, que ce soit une magicienne, les longs-sur-pattes n'ont plus besoin d'elle de toute façon.

Tungdil en fut littéralement pétrifié. Après tout, il était tout à fait possible que le compagnon de la Mage fût une créature de Tion. *Il faut absolument que j'empêche Boïndil de lui chercher querelle. Si jamais il se bat contre le guerrier, Andôkai prendra le parti de Djerůn, et cela pourrait mal finir.*

— Non, attends, c'est un Humain, lui dit-il avec insistance pour le rassurer. Il y a des Humains au Pays Sûr qui atteignent cette taille. J'ai lu qu'ils se rassemblaient en armées indépendantes qui forcent le respect même des Orcs.

Le fait de mentir à des membres de son peuple lui donna des sueurs froides, mais après tout, c'était à des fins louables.

— Et comment est-ce que tu expliques leur taille ?

Boïndil n'en démordait pas. Il jouait avec son couperet, espérant toujours trouver une raison de chercher querelle au guerrier en armure pour se mesurer à lui.

— Leurs… mères… (Tungdil cherchait fiévreusement une explication, qui ne devait pas forcément être logique) attachent… des cordes au tronc et aux jambes des nouveau-nés sitôt après leur naissance… et les étirent en longueur. Elles font cela tous les jours, matin et soir, improvisa-t-il. Et cela fonctionne, comme vous pouvez le constater. Leur réputation de guerriers n'est plus à faire. Ils grandissent dans ces armures, et ils en sont inséparables.

Les frères le regardèrent, stupéfaits.

— Il y a des Humains qui font ça ? (Furibard n'arrivait pas à y croire.) C'est plutôt cruel, non ?

— C'est ce que j'ai lu dans les livres.

Boëndal observa le combattant vêtu d'airain.

— J'aimerais bien savoir combien il pèse et combien il peut porter.

Les trois Nains observèrent cet Humain, ne sachant toujours pas s'il dormait ou pas. Le visage démoniaque et grimaçant de la visière réfléchissait la lueur du feu et semblait se moquer d'eux.

Boëndal haussa les épaules.

— Il faudra bien qu'il mange tôt ou tard, marmonna-t-il. Alors on verra bien à quoi ressemble son visage.

Chapitre 9

Le Pays Sûr, Royaume du Gauragar,
à la fin de l'été du 6234e cycle solaire

Cela faisait des millénaires que le Pays Sûr n'avait pas vu un groupe de voyageurs aussi peu communs, lequel parcourait l'Ionandar depuis plusieurs lunes et approchait à présent du Gauragar.

La tête des Nains ne dépassait pas encore du sommet des douces collines que la vue de l'impressionnant plastron du guerrier provoquait bouches bées et cris d'affolement parmi les paysans occupés aux champs.

Les jumeaux ouvraient la marche, comme à l'accoutumée, Tungdil marchait au milieu, et la Mage et son guerrier suivaient à quelque distance ; Djerûn avançait à tout petits pas pour ne pas sans cesse devancer la femme et les Nains. Contre une somme exorbitante, Andôkai avait acheté à un métayer un cheval, qu'ils avaient chargé de leurs bagages et d'une partie des armes de l'Humain.

Tungdil n'avait pas cessé de se demander s'il devait parler à la magicienne des livres qu'il transportait avec lui. Les secrets que renfermaient ces écrits semblaient inquiéter Nôd'onn tout autant que les artefacts, d'où l'espoir que nourrissait le Nain de pouvoir encore lui faire obstacle.

Mais si j'échoue, Andôkai devra abandonner ses projets de fuite. C'est la dernière des Six. Il espérait instamment pouvoir la convaincre. Aussi ralentit-il un peu l'allure pour se retrouver à sa hauteur.

— Il y a quelque chose qui me préoccupe, lui dit-il. Comment se fait-il que vous puissiez encore employer la Magie ? Nudin… Nôd'onn l'a pourtant accaparée à son seul profit.

— Pourquoi veux-tu savoir cela ? répliqua-t-elle.

— C'est important.

— Pour toi ou pour moi ?

— Pour le Pays Sûr.

— Oh, si c'est ça, je vais répondre, bien sûr. (Andôkai eut un léger sourire.) Samusin, mon dieu, est le dieu de l'Équilibre, il aime les ténèbres autant que la lumière, et de ce fait, je peux les utiliser indifféremment. Le fait que la Magie ait été retournée pour servir le Mal ne me dérange pas plus que cela. J'ai juste davantage de difficultés à l'invoquer et à l'accumuler. Le traître ne s'attendait pas à ce que je survive. Mais qu'importe, je ne compte plus, à présent. (Elle mit sa main en visière et scruta l'horizon.) Nous devrions bientôt atteindre une forêt qui nous dispensera un peu d'ombre. Ce soleil est à la limite du supportable.

C'est maintenant ou jamais. Tungdil prit son courage à deux mains.

— Honorable Mage… Si l'on vous disait qu'il existe une possibilité d'arrêter le traître, essaieriez-vous d'en savoir davantage ? demanda-t-il sans détour.

Andôkai continua de marcher, imperturbable, le laissant mijoter.

— Tu veux parler de ce que tu transportes avec toi, petit homme ?

— C'est ce que nous avons pu récupérer à Vertbois, chez Gorén, lui dit-il en pensant à leurs mésaventures dans cette forêt. Des Albes et des Orcs étaient à leur recherche, mais nous les avons devancés.

— Puis-je y jeter un coup d'œil ?

Tungdil hésita. Mais au point où il en était, cela ne faisait plus grande différence. Tungdil les déballa soigneusement, avant de les tendre à la Mage.

Andôkai les feuilleta délicatement, sans rien laisser paraître.

Le Nain sentit monter une grande déception en lui. Il s'attendait en effet au moins qu'elle fût étonnée de les voir. Il interpréta comme un mauvais signe le fait que la magicienne demeurât aussi calme.

— Est-ce tout ? s'enquit-elle au bout d'un moment en lui rendant les ouvrages.

— De quoi parlent-ils ? répondit-il par une autre question, ne se laissant pas démonter.

— Ce sont des recueils traitant d'êtres légendaires, des histoires d'armes fabuleuses, et un mystérieux récit de voyage d'une troupe d'exploration, qui partit autrefois pour l'Outre-Pays en empruntant le passage de Pierre. Un seul Humain revint, mortellement blessé, à ce qu'il est écrit dans la préface. C'est lui qui rapporta les faits qui ont servi de base à ce livre. Je ne vois pas pourquoi Nôd'onn y attache tant d'importance, à moins qu'il ait retrouvé sa vieille soif de connaissance.

— Rien d'autre ? s'étonna Tungdil tandis qu'il remballait les ouvrages.

— Rien d'autre.

— Mais… à cause d'eux, il a fait attaquer et détruire une colonie entière. Il a lancé ses Orcs à nos trousses pour mettre la main dessus. (Il la regarda, l'air révolté.) Vous vous trompez, honorable Mage. Je suis sûr qu'il y a un secret dans ces grimoires qui vous a échappé.

— Qui m'a éch… ? (La souveraine du Brandôkai rit à gorge déployée.) Tu entends cela, Djerůn ? Je voyage sur une route poussiéreuse à côté d'un Nain qui prétend être plus savant que moi.

Le guerrier continua de marcher à petits pas, impassible.

— Je ne suis certes pas plus savant, mais sûrement moins suffisant et hautain que vous, lui fit remarquer Tungdil. Êtes-vous sûre de ne pas avoir du sang d'Elfe dans les veines ?

— Oho, le Nain montre les dents, dit-elle d'un ton amusé. On voit que c'est Lot-Ionan qui t'a élevé. (Elle désigna les deux jumeaux.) Eux auraient depuis longtemps sorti une hache et essayé à leur manière de mettre fin à l'entretien. (Andôkai redevint soudainement plus sérieuse.) Ce soir, je parcourrai de nouveau ces ouvrages, Tungdil, bien tranquillement, en prenant tout le temps nécessaire. Peut-être s'y cache-t-il vraiment plus que ce que je pensais de prime abord.

— Merci, honorable Mage.

Le Nain lui adressa un signe de tête et partit au trot rejoindre les frères à l'avant.

— On va peut-être bientôt savoir pourquoi le Mage voulait avoir nos livres, leur annonça-t-il.

— Tu n'en as quand même pas parlé à la longue-sur-pattes ? demanda Boïndil, qui n'en revenait pas.

— Je les lui ai même montrés.

Son interlocuteur secoua la tête d'un air réprobateur.

— Tu es vraiment un brave érudit, toi. Quand vas-tu cesser de te comporter en humain et devenir l'un des nôtres ?

— Ah bon ? Et qu'est-ce que j'aurais dû faire ? Lui fendre le crâne, c'est ça ? répliqua Tungdil, irrité.

— Ce serait un début, rétorqua Boïndil, non moins renfrogné.

Boëndal s'interposa entre les deux coqs.

— Assez ! Gardez votre colère pour les Orcs que nous allons certainement rencontrer, dit-il avec insistance. Il a bien fait de le lui demander. Je n'aime pas que l'on me pourchasse à cause de quelque chose dont je ne sais rien.

Son frère marmonna quelque chose d'incompréhensible, et força l'allure.

— Je n'ai jamais prétendu que ce serait facile de voyager avec nous, l'érudit, dit Boëndal avec un rictus.

Tungdil ne put s'empêcher de rire.

Ils firent halte le soir venu. Les nuits étaient déjà sensiblement plus fraîches ; il y avait une odeur de terre et d'herbe mêlées, et les grillons les gratifiaient d'un concert.

Pendant que les Nains engloutissaient leurs dernières réserves – ils avaient en effet repéré les premiers sommets de leur imposant massif montagneux à l'horizon et comptaient bien goûter à des délices nains tout frais sous peu –, Andôkai se penchait sur les livres comme promis, étudiant leur contenu.

Tungdil la laissa tranquille pour ne pas la déranger, ce qui ne l'empêcha pas toutefois de se rendre auprès de Djerůn et de lui apporter son repas. Comme les soirs précédents, il lui déposa une assiette garnie d'une miche de pain, d'un demi-fromage et d'un bon morceau de viande.

Mais cette fois, il allait attendre le moment où le guerrier prendrait son repas. Jusqu'à présent, personne encore ne savait à quoi il ressemblait sous son casque d'acier.

— Djerůn prendra le premier tour de garde, dit Andôkai sans lever les yeux de son livre. Vous pouvez vous coucher.

— C'est pas de refus, marmonna Boïndil, qui lâcha un rot sonore. (Il secoua sa barbe pour faire partir le plus gros des miettes, enroula sa natte pour en faire un confortable oreiller et s'allongea près du feu.) Mais s'il y a des faces de porc qui se pointent, le long-sur-pattes, tu seras gentil de bien vouloir me réveiller, histoire qu'ils tâtent de mes couperets, dit-il au combattant qui restait assis, immobile, comme toujours.

Les frères saisirent cette occasion de dormir les premiers. Peu après, leurs ronflements résonnaient à travers toute la forêt, faisant trembler les brindilles.

À bout de nerfs, la Mage referma son livre.

— Voilà pourquoi ils prenaient toujours le premier tour de garde, s'exclama-t-elle. Il faut déjà être profondément endormi pour supporter un bruit pareil.

Tungdil rit doucement.

— Et encore, ils ne sont que deux. Vous imaginez le bruit, quand tout leur Royaume s'y met ?

— Je n'y resterai pas assez longtemps pour répondre à ta question, répliqua-t-elle, de mauvaise humeur, avant de s'étirer.

Les muscles de ses bras gonflèrent, ce qui lui valut un regard admiratif de la part de Tungdil. Même les servantes qui effectuaient les travaux les plus pénibles au repaire n'auraient pu rivaliser en force avec elle.

— Avez-vous trouvé…

Tungdil se mordit la lèvre. Il avait en effet pris la ferme résolution de ne pas lui parler des livres.

Elle plia les jambes, s'accouda dessus et enfonça son menton dans ses paumes. Ses yeux bleus cherchaient son regard.

— Tu penses que je changerais d'avis si je trouvais dans ces livres un moyen d'agir contre Nôd'onn ?

— Votre dieu est le dieu de l'Équilibre. Vous devriez vous faire un devoir de restaurer l'harmonie entre la lumière et les ténèbres au Pays Sûr, lui dit-il pour en appeler à ses convictions, le sens de l'honneur ne semblant pas signifier grand-chose pour elle : comment expliquer autrement la facilité avec laquelle elle avait abandonné son royaume ?

Andôkai posa une main sur le dos du gros ouvrage relié de noir qu'elle tenait.

— Si la formule d'un sortilège par lequel mettre Nôd'onn à genoux s'y trouvait, alors oui, je serais disposée à me dresser contre lui, admit-elle d'un air pensif. Mais je n'ai rien trouvé de tel. Des descriptions fleuries d'êtres fabuleux, des contes, des légendes… rien de plus.

— Ce qui veut dire que vous avez toujours l'intention de quitter le Pays Sûr ?

— Toutes mes années d'expérience ne comptent pour rien face à la puissance dont dispose Nôd'onn. J'étais surtout préoccupée de lui échapper saine et sauve. (Elle ouvrit une page au hasard.) S'il existe une énigme dans ces syllabes, alors je n'en trouve pas la clé.

Il décida de tout révéler à la Mage, et lui tendit la lettre rédigée dans la langue des lettrés.

— Elle était jointe aux livres, dit-il. Peut-être en tirerez-vous quelque chose.

— Est-ce enfin tout, ou est-ce que tu as d'autres secrets à me révéler ?

— Non, vous savez tout, maintenant.

Andôkai prit le papier, le plia et l'inséra entre les pages de l'un des pavés. Puis elle se frotta les yeux.

— La lumière du feu ne convient guère pour l'étude. Je reprendrai demain.

Elle remit les ouvrages dans leur tissu protecteur, les empila pour s'en faire un repose-tête et s'allongea pour dormir.

— Demain ?

Tungdil, qui avait espéré qu'elle lirait la lettre sans tarder, poussa un gros soupir. Cette femme était du genre difficile à vivre. Avant de se glisser auprès du feu, il jeta un regard en direction de Djerůn.

L'assiette du guerrier était vide, et celui-ci avait son heaume de nouveau vissé sur la tête. Voilà qu'à cause de la conversation avec la Mage, Tungdil avait manqué l'occasion d'observer son compagnon de route, dont l'armure n'avait pas fait un traître bruit. Il commençait à trouver ce combattant plutôt inquiétant.

Le Pays Sûr, Royaume nain du Second Père, Beroïn, à la fin de l'été du 6234[e] cycle solaire

Balendilín n'avait plus un instant à lui. À peine venait-il de regagner sa chambre qu'il reçut un message l'informant que deux Nains de la délégation des Quatrièmes souhaitaient lui parler.

C'est bon signe. Et ce ne sont pas les premiers. Les clans de Gandogar reviennent à la raison. Il se rendit immédiatement au point du rendez-vous, fixé non loin des pâturages.

Le conseiller du Grand-Roi était de bonne humeur. Ces dernières semaines, sa tâche avait principalement consisté à dissiper les rumeurs au sujet du mauvais état de santé de Gundrabur. Et de fait, le chef suprême des Maisons naines jouissait d'un cœur solide et d'une volonté de fer qui lui avaient permis de faire patienter les Nains jusqu'à ce que le second prétendant au trône arrive enfin. À terme, on parlait même d'intensifier les contacts sporadiques qu'entretenaient entre eux les Royaumes nains.

Tout se passe presque trop bien, se dit Balendilín au sortir d'un couloir, avant de se retrouver à l'extrémité d'un pont à arcs de cinquante pas de long qui surplombait de deux cents pas les ruines d'une mine de cuivre. Il emprunta le pont, absorbé dans ses pensées.

Ses contre-feux seraient plus efficaces si Bislipur n'était pas sans relâche occupé à attiser les flammes de l'enthousiasme que suscitait l'idée d'une guerre contre les Elfes. *Les idées de Gandogar sont en réalité les siennes. C'est lui qui souffle au jeune roi ce qu'il doit dire.*

Soudain, il vit quelque chose bouger du côté opposé au pont. Comme s'il avait lu dans ses pensées à travers l'épaisseur des parois rocheuses de la montagne, Bislipur se tenait dans le couloir droit devant lui, la main gauche posée sur la tête de sa hache. Tout dans son attitude donnait l'impression d'une menace informulée. Balendilín s'arrêta, puis resta où il était, dans l'expectative.

— Qu'est-ce que tu veux ?

— Certains appellent cela « la querelle des estropiés », lui lança Bislipur depuis son couloir, dont les parois firent écho. Le boiteux contre le manchot. Penses-tu qu'ils ont raison ?

Balendilín tendit l'oreille pour vérifier si d'autres Nains se trouvaient dans les parages, en vain. Il était entièrement livré à lui-même.

— « Querelle » est un terme malheureux, répondit-il. Nous avons des divergences d'opinion et essayons de gagner la majorité à nos causes respectives. (Il fit un pas en avant, puis un autre, et Bislipur fit de même.) Eh bien, que veux-tu ?

— Le bien de notre peuple, répliqua le Nain, courroucé.

— Que veux-tu *de moi*, voulais-je dire.

— Ce que je veux, c'est que tu voies que Gandogar et moi sommes l'avenir des tribus et des clans nains. Comment t'en convaincre ?

— Aussi longtemps que tu réclameras une guerre contre les Elfes, tu ne parviendras pas à faire de moi l'avocat de ton roi, répondit honnêtement Balendilín, qui ne bougea pas.

Bislipur fit de même. Quinze pas les séparaient encore.

— Alors il y a bien un différend entre nous, dit froidement l'autre Nain. Tant que le nouveau Grand-Roi n'aura pas été désigné, je te considérerai comme un ennemi, une menace pour les Maisons naines. Et je veillerai à ce que les autres clans soient du même avis que moi.

Balendilín poursuivit son chemin ; Bislipur l'imita, jusqu'à ce qu'ils ne fussent plus qu'à une coudée l'un de l'autre.

— Et moi, je veillerai à ce que le roi qui est sous ton influence retrouve toute sa clarté d'esprit.

Les deux se tenaient maintenant si près l'un de l'autre qu'ils pouvaient presque se toucher du bout de leurs nez.

— C'est toi qui parles de retrouver ses esprits ?

Balendilín lut de l'aversion dans le regard de Bislipur, et y décela une insondable hostilité à son égard.

— Ce que je te dis, c'est que j'empêcherai cette guerre contre l'Âlandur, mon frère Nain, dit-il pour ne pas donner l'impression qu'il avait peur. (Il paraissait pourtant plus dangereux que jamais). Tes propres clans commencent à se poser des questions.

— Tu ne nous empêcheras pas de monter sur le trône, Gandogar et moi, lui prédit Bislipur d'un air sinistre.

Il émanait de ce Nain une aura de violence et de brutalité contenues qui menaçaient d'exploser sous peu.

— Gandogar et toi ? Qu'est-ce que toi, tu viendrais faire sur le trône ?

Chacun se tenait immobile sur le pont, sans qu'aucun détourne le regard. Mais tout d'un coup, l'attitude menaçante de Bislipur se dissipa.

— Je te souhaite bonne chance dans ton entreprise désespérée et que Vraccas te bénisse, dit-il, sans trop y croire, avant de faire un pas de côté pour éviter Balendilín.

Le conseiller du Grand-Roi ferma les yeux un court instant et déglutit. Il s'attendait tellement à devoir livrer un combat singulier qu'il n'en revenait toujours pas d'être arrivé indemne de l'autre côté du pont. Il entendit Bislipur siffloter un petit air, que l'écho amplifia pour en faire un canon.

Au moins Balendilín savait-il à présent à quoi s'en tenir. C'est avec soulagement qu'il se retrouva sur le plancher des vaches, et il se hâta de gagner le point de rendez-vous avec les Nains de la Quatrième Maison.

Il venait à peine de tourner dans le couloir que le sol trembla légèrement sous ses pieds. Un Humain aurait été incapable de détecter pareilles vibrations, mais son peuple avait appris à sentir les mouvements de la montagne. Quelque chose de lourd approchait par le tunnel dans lequel il se trouvait.

Puis il perçut le tremblement de nombreux sabots et des mugissements nerveux. Quelque chose devait avoir fait paniquer les vaches de sa tribu sur le chemin menant aux étables.

Malédiction. Balendilín eut beau regarder autour de lui, il ne trouva nulle part de niche ou d'anfractuosité capable de le mettre à l'abri des cornes du bétail. Il ne lui restait plus qu'une seule possibilité : retourner au pont et enjamber le parapet.

Sans plus tarder, il tourna les talons et se mit à courir à toute allure. Il entendit le fracas des sabots et des cornes frotter contre les parois de pierre sculptées, ce qui lui donna des forces supplémentaires. Haletant, il atteignit le bout du couloir et vit le pont salvateur ; il pouvait presque sentir le souffle des bêtes sur sa nuque.

En pleine course, le Nain sauta par-dessus le parapet sur le rebord extérieur du pont pour se retrouver en équilibre sur l'étroite bande de pierre. Son élan risquait de le faire basculer en avant, et donc dans le vide, mais il réussit quand même cet exploit. Le troupeau traversa le pont en trombe dans son dos.

Merci à toi, Vraccas.

Un grincement sonore parcourut l'édifice. Les premières lézardes apparurent sur le parapet.

Balendilín se souvint que ce pont n'était d'ordinaire pas utilisé pour faire passer les vaches. Il avait été construit pour les Nains, pas pour leur bétail. Le troupeau et ses nombreuses tonnes en avaient sollicité trop durement la structure. Les effets des vibrations issues du passage des bêtes étaient désastreux.

Le pont céda en son milieu, à l'endroit le plus fragile ; puis ce furent les culées qui cassèrent net, annonçant l'étape suivante de la catastrophe.

Un tronçon de quatre pas de long s'affaissa, entraînant dans l'abîme les bêtes qui se trouvaient dessus. Pan par pan, le pont allait s'écrouler. Les vaches disparurent au fond du précipice, leurs meuglements étant de moins en moins audibles, sans que le Nain entende pour autant de bruit d'impact.

Sauve-toi ! Balendilín se trouvait en grand danger : en effet, le point de rupture approchait toujours davantage, tandis que derrière lui le troupeau mourait et devant lui les ténèbres de la mine sans fond le guettaient.

Enfin les animaux cessèrent leur course, et le Nain tenta un bond au milieu de leurs rangs.

Mais la fortune ne voulut plus lui sourire. À peine eut-il touché le sol que la roche céda sous son poids. Il agrippa au vol une pierre saillante et s'y cramponna de toutes ses forces.

Si Balendilín avait encore son second bras, c'est sans effort qu'il se serait hissé sur le pont ; mais là, il se balançait au-dessus du précipice, sans personne pour l'aider. Ses muscles et ses tendons ne pourraient pas résister éternellement.

— Ohé, vous m'entendez ? cria-t-il pour attirer l'attention. (Il mit tous ses espoirs dans l'arrivée imminente des bouviers.) Hé, je suis là !

Les vaches se calmèrent, répondant à ses cris par de faibles et simples meuglements. Deux des bêtes s'aventurèrent près du bord, reniflèrent sa main et la lui léchèrent. Leur salive formait une petite mare qui rendait la roche encore plus glissante.

Balendilín avait l'impression de peser autant que trois Orcs adultes. Son bras devenait de plus en plus long et sa voix de plus en plus rauque, jusqu'à s'enrouer.

Soudain, les vaches se mirent à remuer : quelqu'un se frayait un chemin parmi elles.

— Par ici ! cria-t-il, soulagé, car ses doigts menaçaient de lâcher prise. J'ai besoin d'aide !

Il y eut un bruit de pas traînants, de la poussière tomba, s'incrustant dans sa barbe et ses cheveux. Le Nain aperçut le visage vert sombre du Gnome, sur l'imposant nez duquel trônait une verrue qui était plus imposante encore. Les gros yeux de celui-ci le toisaient avec envie, et les doigts griffus palpèrent son bras.

— Ah, mais il est là ! (Swerd se pencha au-dessus du bord, puis il s'affaira autour de la ceinture du Nain.) Encore un instant, j'y suis presque, dit-il pour rassurer l'infortuné Nain.

Il y eut un déclic, la boucle de ceinture se défit, et Swerd se retira, tout content. Il tendit à Balendilín la bourse et la précieuse boucle de ceinture qu'il venait de lui dérober.

— Voilà, tu peux lâcher, maintenant, fit-il dans un rire moqueur avant de prendre le large.

— Attends ! Reviens ! hurla le Nain, qui n'en revenait pas. Tu ne peux quand même pas me…

Ses doigts glissèrent. Toutes ses tentatives pour s'agripper furent vaines, car la mare de salive poisseuse lui interdisait toute prise. Le gouffre l'aspira.

C'est alors qu'une hache surgit du parapet. La courte pointe d'acier s'enfonça dans le maillage de sa cotte et y resta accrochée. Puis on le hissa. Son sauveur inconnu le remonta avec son arme comme on remonte une ancre.

Balendilín s'écroula au sol pour reprendre son souffle auprès de son sauveteur, qui haletait également en raison de l'effort fourni.

— Gandogar ?!

La surprise se lisait sur chaque pli du visage de Balendilín ; il s'attendait à tout sauf à cela.

— Nous sommes peut-être adversaires, mais pas ennemis à ce point-là, déclara Gandogar avec un sourire en coin. Nous sommes un seul et même peuple, les Enfants du Forgeron. Nos ennemis sont les créatures de Tion, pas nos propres tribus et clans. Voilà au moins une chose que notre brouille n'a pas réussi à me faire oublier. (Il se redressa, puis aida le manchot à se relever.) Que s'est-il passé ?

Le Nain saisit la main tendue avec gratitude. Après pareil geste, il ne doutait plus un instant que le prétendant au trône parlait et agissait en toute sincérité.

— Le troupeau a dû s'emballer et échapper à ses bergers, supposa Balendilín.

Il ne voulait pas en dire davantage. Il lui fallait des preuves tangibles s'il voulait accuser Swerd, et donc aussi Bislipur, d'être à l'origine de cet accident – qui était le fruit de tout sauf du hasard. L'arrivée un peu trop rapide de Swerd sur les lieux l'avait persuadé que le mentor de Gandogar avait voulu attenter à sa vie, car Swerd ne faisait jamais rien sans l'assentiment ou l'ordre de son maître.

— Je te dois la vie, dit-il gravement. Je serai toujours aussi intraitable au sujet de la guerre contre les Elfes, mais je te suis obligé de tout mon être.

— Je n'en attendais pas moins de toi, répondit amicalement Gandogar. Tu aurais fait la même chose pour moi en pareille situation.

— N'en sois pas si sûr, répliqua Balendilín avec un sourire amusé. Moi, j'aurais eu une très bonne excuse si je t'avais laissé tomber dans ce gouffre.

— Ah tiens ?

— Comment aurais-je pu te hisser avec seulement un bras ? dit le Nain avec un rire qui gagna également le roi après un court moment de surprise.

Balendilín regretta beaucoup qu'ils fussent adversaires. *Sans Bislipur,* lui souffla son intuition, *Gandogar serait le candidat idéal au trône.*

De retour dans ses appartements, il était désormais certain d'avoir été victime d'un piège depuis le début. Les Quatrièmes qui souhaitaient le rencontrer n'avaient jamais existé.

En revanche, sa boucle de ceinture et sa bourse étaient posées devant sa porte. Le Gnome s'était visiblement ravisé, de peur de fournir des preuves de sa culpabilité dans cet ignoble attentat. Balendilín ramassa ses affaires. *En tout cas, il n'y aura pas de seconde fois.*

Le Pays Sûr, Royaume de Sangreîn,
au début de l'automne du 6234e cycle solaire

L'automne montrait à la petite troupe qu'on ne plaisantait pas avec lui, du moins la nuit. Le groupe avait beau avoir atteint le Sud et les premiers contreforts arides du pays désertique de la reine Umilante, il faisait très froid, et le sable fin que le vent soufflait sans relâche à leurs visages n'arrangeait rien.

Dès que le soleil avait terminé sa course pour faire place à l'obscurité, la température baissait sensiblement, au point qu'Andôkai insistait pour faire un grand feu à chaque halte, contre la volonté des jumeaux. Boëndal était d'avis que cela attirerait les Orcs et autres ordures. Il ne voulait plus prendre le moindre risque si près d'arriver au Second Royaume Nain, et ne souhaitait en aucun cas risquer la vie du prétendant au trône. Même Boïndil donnait raison à son frère, quoique de mauvaise grâce. Mais toutes ces objections n'empêchaient pas la Mage d'allumer des feux, quitte à devoir les alimenter elle-même en bûches.

À environ huit lunes de route de la forteresse, ils s'offrirent une nuitée dans un village situé près d'un paisible petit lac. Le commerce y était actif, et même florissant.

De nombreux marchands de retour de la forteresse d'Ogremort, où ils faisaient du troc avec les Nains, s'accordaient ainsi qu'à leurs caravanes une dernière petite pause avant de traverser les vastes étendues désertiques du Sangreîn. Passée cette colonie, ils ne rencontreraient plus que des pierres, ou des bandits de grand chemin.

— N'ayez crainte. Les Humains par ici apprécient les Nains. Car nous sommes pour eux synonymes d'articles solides et de qualité grâce auxquels on peut faire de gros bénéfices sur les autres marchés, expliqua Boëndal.

Tungdil nota que la seule chose qui attirait l'attention des Humains était Djerûn, qui les accompagnait telle une tour de fer ambulante. Les gamins émerveillés encerclaient le guerrier, qui supportait cette agitation avec un calme infini. Il n'avait que trop conscience de l'effet qu'il produisait.

Les voyageurs pouvaient trouver des tentes pour la nuit au bord du lac. Celles-ci, faites de bois et de lin, étaient extensibles à loisir, selon les besoins du voyageur ; et grâce à des planchers intermédiaires, il était même possible d'ériger des structures à deux étages dignes d'une maison.

Le garde du corps de la Mage ne pouvant entrer sous aucune tente conventionnelle, ils en érigèrent une à deux niveaux sans plancher intermédiaire. Ils se retirèrent à l'abri du vent frais derrière les parois de toile et lancèrent un petit feu dans une niche pour se faire du thé.

— Je suis tout content et tout excité, avoua Tungdil tandis qu'il sirotait cette boisson brûlante. Je vais bientôt rencontrer ma tribu et mon clan.

— Je peux te comprendre, dit Boëndal, qui lui lança un regard amical. Le Conseil des Nains doit mourir de curiosité, maintenant. Cela fait longtemps que tu es attendu.

— Du thé ! s'écria son frère avec dégoût. Par Vraccas ! Ce breuvage ne passera pas par moi ! déclara-t-il avant de se lever. Je vais aller faire un tour dans ce village où il n'y a même pas de vrais murs, voir s'il n'y a pas moyen de dénicher une bonne chope de bière.

Ce qu'il fit.

— Qu'as-tu de si particulier qu'il faille t'envoyer une escorte pour t'amener au Royaume du Second ? demanda Andôkai, qui ruminait au-dessus des livres ouverts.

La lettre, dépliée, était posée sur sa cuisse. Jusqu'à présent, elle ne s'était pas encore souciée de savoir quelle était la mission des jumeaux et pourquoi Tungdil était recherché par son peuple. Il hésita.

— C'est pour me demander quelque chose, répondit-il, éludant la question. Mais que vous importe ? Vous allez quitter le Pays Sûr, de toute façon.

La Mage releva la tête, surprise de sa fermeté.

— Comptes-tu m'en faire grief éternellement ? Cela dit, si c'était une tentative d'éveiller mon sens de l'honneur pour m'inciter à rester, alors épargne ta salive. Tu perds ton temps.

Boëndal leva les sourcils, perplexe.

Tungdil était irrité par l'indifférence de la Mage. Cependant des préoccupations bien plus graves l'attendaient. Il allait retrouver son peuple, mais pour probablement mieux sombrer avec lui si jamais l'on ne trouvait rien dans les livres de Gorén qui soit en mesure d'arrêter Nôd'onn. Au moins mourrait-il parmi les siens...

On entendit un tapotement contre les parois de la tente. La pluie se mit à tomber. Les gouttes déposaient la poussière sur la toile des tentes où elles dessinaient des lignes confuses. Rien que de très ordinaire en automne dans les contrées désertiques du Sangreîn. Sécheresse et humidité alternaient, ce qui aurait parfaitement convenu pour la culture de céréales, mais rien ne poussait sur ces terres arides. Plants et arbres ne sortaient de terre qu'à quelques rares endroits, jalousement gardés par leurs propriétaires.

Sans crier gare, on écarta violemment la toile qui fermait l'entrée, et une silhouette encapuchonnée s'invita dans leur logis.

Djerůn sortit de son apparente torpeur telle une statue qui viendrait à la vie. Sa main gauche gantelée de métal avait à peine saisi l'épée à deux mains, la main droite la rejoignant sur la poignée, que déjà le guerrier avait adopté une position de combat agenouillée ; la lame de son épée siffla, filant droit vers la gorge de l'intrus.

— Non ! s'écria la Mage, et le guerrier s'immobilisa instantanément.

— P-pardonnez-moi, balbutia l'Humain, tremblant de peur, qui portait un fût des deux mains. Je devais vous apporter ceci. Je ne voulais en aucun cas vous déranger.

Il s'inclina, déposa le fût en hâte et détala sans plus attendre.

— Pas mal, dit à Djerûn le jumeau resté dans la tente. Pour un Humain en armure, il est si rapide que c'en est presque louche.

Le guerrier se rassit en tailleur sur le sol. Ni lui ni sa maîtresse ne réagirent à la remarque du Nain.

Mais celui-ci n'abandonna pas.

— Mon frère et moi, nous ne nous sommes pas plus souciés que cela de ce géant jusqu'à présent, mais s'il désire passer la Porte Haute avec vous, il devra montrer son visage aux gardes.

— Voilà de bien singulières consignes, déclara Andôkai. En quoi cela intéresse-t-il les Nains de voir les visages de ceux qui veulent quitter le Pays ? (Sa voix était celle de quelqu'un qui en avait assez d'être interrompu sans cesse.) Occupez-vous de sa défense, plutôt que de ceux qui veulent en sortir.

— Aucune créature de Tion n'entrera vivante au Royaume du Second, répliqua le Nain avec emphase. D'où qu'elle vienne.

— Mais c'est un Humain, à qui l'on a étiré…, tenta d'ajouter Tungdil.

— Si j'ai joué le jeu jusqu'ici, c'était pour que nous puissions voyager en paix. Mais nous serons bientôt aux Montagnes Bleues. C'est la loi de notre peuple, à laquelle tout voyageur doit se plier. Personne ne t'empêche cela dit de chercher un autre passage à travers les montagnes, mais tu n'entreras pas dans notre Royaume si sous ce heaume se cache quelque chose qui pourrait être notre ennemi, affirma Boëndal, courroucé.

— C'est ce que nous verrons, dit la Mage en hochant la tête.

— Est-ce à dire que c'est un rejeton du Mal qui t'accompagne ? Qui nous accompagne ? s'écria-t-il, stupéfait.

— Ce n'est pas ce que j'ai dit. Mais si c'était le cas ? Mon dieu Samusin ne me l'interdit pas.

— Samusin ? Ce dieu ne me dit rien qui vaille. (Le visage du Nain s'assombrit. Lentement, il se leva, et posa la main sur le manche du bec-de-corbin.) Qu'est-ce qui se cache derrière cette visière ?

— Assez ! lâcha Andôkai en refermant brutalement son livre. Même si c'était Nôd'onn en personne qui se cachait sous cette armure, ou un esprit malin ou un jeune Ogre, cela ne te regarderait pas, Nain ! (La Mage illustrait maintenant pourquoi on l'appelait l'Impétueuse.) C'est mon compagnon de voyage, et contrairement à toi et ton frère, sa conduite est irréprochable ! Lui au moins n'empeste pas le bouc ! (Ses yeux bleus lançaient des éclairs ; elle rejeta en arrière la mèche de cheveux blonds qui lui était retombée sur le visage d'un mouvement véhément.) Il montrera son visage quand il le jugera utile, et tant pis pour toi s'il ne te convient pas. (Elle fit un signe en direction de sa droite.) Du reste, il y a des bains, par là, au cas où tu ne le saurais pas. C'est un miracle que les oiseaux ne tombent pas morts du ciel partout où vous passez.

Elle le gratifia d'un regard froid avant de prendre un livre et de l'ouvrir d'un geste énergique.

Dans le silence qui s'ensuivit, ils entendirent des pas rapides s'approcher de leur tente et, peu après, Furibard fit irruption.

— Des Oreilles-pointues ! Il y a des Oreilles-pointues ici ! leur signala-t-il, hors de lui. Ils viennent de l'Âlandur, m'a dit le marchand, et… (Son attention se tourna vers le fût de bière qui était étendu là, un peu perdu, devant lui.) Il n'y a donc personne qui ait soif ? s'étonna-t-il, et il prit un de ses couperets pour enfoncer le couvercle. (Il y plongea un plein hanap, vida celui-ci d'un trait, et lâcha un gros rot.) Pas mauvaise, se réjouit-il, avant de retremper le récipient dans le fût.

— Des Elfes, corrigea Andôkai d'un ton sec avant qu'il pût se consacrer entièrement à la bière.

— Parfaitement, confirma Boïndil, qui s'assit sur un tabouret recouvert de cuir. Je venais d'acheter ce fût lorsque le marchand m'a demandé si j'avais entendu les dernières nouvelles de l'Âlandur et si je voulais fêter la défaite de mes ennemis. D'après lui, les Elfes sont à deux doigts d'abandonner leur Royaume. Et maintenant, leurs éclaireurs cherchent de nouvelles contrées où s'établir.

— Et ces éclaireurs auraient fait tout ce chemin jusqu'au Sangreîn ? dit la Mage, incrédule. Il n'y a rien ici qui puisse plaire aux Elfes. Pas de forêts, rien que de la poussière, des pierres et du sable. Je trouve cela très curieux.

Tungdil regarda Boëndal et s'aperçut que la même idée leur traversait l'esprit.

Son frère eut un éclair de lucidité comparable après une autre gorgée de son breuvage, comme souvent.

— Tu veux dire que ce sont des Albes ? demanda-t-il enfin.

— Nôd'onn ne compte pas renoncer aux livres, répliqua Tungdil. Et nous sommes facilement repérables sur la route. Voilà pourquoi ils arrivent justement maintenant dans cette oasis, expliqua-t-il. De plus, la nuit, ils ressemblent trait pour trait à des Elfes.

— Mais il pourrait tout aussi bien s'agir d'authentiques Elfes, si l'on suit ton raisonnement, l'érudit, fit observer Boëndal. Nous allons répartir les tours de garde. Si ce sont des Albes, c'est après nous et les livres qu'ils en ont. Je ne saurais m'expliquer autrement leur visite. Quoi qu'il arrive cette nuit, personne ne quitte la tente. Laissons-les attaquer.

— Pourquoi ne pas les prendre de court ? grogna Boïndil, qui avait envie d'en découdre, depuis le temps qu'il ne s'était pas battu. Si ce sont des Albes, ils méritent la mort. Si ce sont des Elfes, ils méritent aussi la mort. Une bonne Oreille-pointue est une Oreille-pointue morte.

Andôkai suivit la conversation sans mot dire, puis elle fit à Djerûn un bref signe de la main et se coucha.

— Non, mon frère, nous allons les laisser tranquilles, répliqua Boëndal en accentuant chaque mot. Nous risquerions de nous mettre toute la colonie à dos. Nous ne sommes pas encore dans notre Royaume. Modère ton ardeur. Je prends le premier tour de garde.

Tungdil bâilla et but encore un hanap de bière avant de s'étirer sur les tapis qu'il avait empilés. Il serra le manche de sa hache, ce qui lui procura un sentiment de sécurité. Il souhaitait presque une attaque des Albes. Celle-ci achèverait de convaincre la Mage de l'importance de ces livres.

* * *

Tungdil commençait seulement à somnoler lorsqu'un cri d'alarme strident retentit à travers l'oasis. Les Nains furent immédiatement sur pied, prêts au combat. Même Andôkai était debout l'épée au clair, surveillant l'entrée et les parois de la tente en alternance.

Djerůn s'agenouilla devant l'entrée, armé de sa hache et tenant son bouclier à la verticale pour former une barrière infranchissable. La visière en forme de gueule de démon s'illumina, et semblait presque vivante à la lumière du feu faiblissant. Tungdil crut voir pendant un très court instant une lueur violette derrière les fentes de vision.

Boëndal éteignit le feu pour éviter que le contre-jour trahisse leur présence. Les trois Nains se mirent dos à dos, la femme s'immobilisa à un pas à côté d'eux.

Le silence régna un moment, mais bientôt d'atroces cris d'agonie s'élevèrent dans la nuit. C'est alors que le camp s'anima. Les Humains quittèrent leurs tentes, parlant tous à la fois et s'enquérant de la raison de toute cette agitation. Peu après, ils virent défiler à toute vitesse les ombres et les silhouettes déformées des marchands sur la toile de leur tente et entendirent les cliquetis d'armures et de cuirasses revêtues à la va-vite, ainsi que des boucliers ou des fourreaux heurter doucement les mâtures de tentes. L'oasis se réveillait à une heure inhabituelle et s'armait.

— Diversion, ou véritable assaut ? murmura Tungdil. Qu'en pensez-vous ?

Quelque part dans le camp, quelqu'un hurla, horrifié :

— Des Orcs !

Juste avant que des épées s'entrechoquent. Le combat avait commencé.

Dès que les brutales créatures, qui avançaient à pas feutrés, surent qu'elles étaient découvertes, elles cessèrent tout effort de furtivité. Tungdil entendit leurs grognements et leurs couinements. Sans le vouloir, il repensa à Bonsprés, au repaire, à tous les morts...

Il était tiraillé. Une partie de lui voulait sortir aider les Humains à se défendre, mais l'autre savait que les Albes étaient à l'affût, n'attendant que le moment où ils se montreraient.

— Qu'est-ce qu'on fait ? s'enquit-il nerveusement auprès des jumeaux, plus expérimentés.

— On attend, lui renvoya Boëndal, tendu, dont la main enserra encore un peu plus fort le manche du bec-de-corbin.

Le choc des armes se faisait de plus en plus violent ; on entendait à présent le bruit du combat et les cris des blessés et des mourants dans toute la colonie. Les Orcs avaient dû encercler l'oasis et attaquer de tous les côtés à la fois pour empêcher les Humains de s'échapper.

Les passes d'armes se rapprochaient à présent de leur tente. Comme au théâtre d'ombres, ils pouvaient suivre le déroulement des combats opposant Humains et Orcs sur les parois de toile de leur habitation.

Boïndil délibéra un court moment avec son frère.

— On y va, annonça-t-il. Les faces-de-porcs sont bien partics pour l'emporter, et toi, Tungdil, tu es trop important pour qu'on te mette en danger. Nous...

C'est alors qu'un Orc armé surgit dans la tente en grognant, pour se heurter aussitôt de plein fouet au bouclier de Djerůn, qui se campa tel un mur de fer.

Hébété et saignant du nez, la bête fit un pas de côté en titubant, puis la hache du guerrier s'enfonça en oblique dans sa clavicule gauche. Pièces d'armure et os cédèrent sous la violence du coup ; coupé en deux moitiés obliques, le monstre s'écroula. Son sang et ses viscères se répandirent sur le sol, et il y eut une sale odeur.

— Hé, le long-sur-pattes ! Je t'avais dit qu'ils étaient à moi ! se plaignit immédiatement Boïndil. Le suivant, tu le laisses passer, compris ?!

Un second adversaire entra en trombe dans la tente. Andôkai lança quelque chose d'incompréhensible à Djerůn, et le bouclier bascula instantanément sur le côté. L'Orc fonça aveuglément droit devant lui, avant de remarquer le corps de son congénère sur le sol puis le gigantesque guerrier à côté de l'entrée.

— Je n'y crois pas ! Il l'a laissé passer ! se réjouit le Nain, qui se rua sur le nouveau venu et le tua sans difficulté. Ses couperets firent leur office, et le monstre mourut dans un couinement.

— Boïndil, assez d'enfantillages ! lui ordonna Boëndal sur un ton sérieux, avant de percer une fente d'observation dans la paroi du fond et de jeter un coup d'œil à l'extérieur. Tout est encore calme par ici, dit-il.

Le bec-de-corbin acéré se joua du tissu. Le Nain se glissa rapidement hors de la tente, vérifia que les alentours immédiats étaient sûrs, avant de donner aux autres le signal de le suivre.

Le groupe n'avait pas fait plus de quelques pas qu'une longue ombre élancée se dressa devant Boëndal et attaqua celui-ci sans prévenir.

Ce fut son casque qui empêcha l'épée ennemie de lui fendre le crâne ; mais le coup fut rude, et suffit à le mettre à genoux.

— Elfe ou Albe, tu vas mourir pour ce que tu viens de faire !

Son frère accourut en poussant un cri sauvage et repoussa son adversaire.

Lorsque celui-ci laissa glisser sa cape sur le côté, ils aperçurent une armure de plates noires qui lui descendait jusqu'aux mollets. Le visage gracieux du mystérieux assaillant et ses oreilles pointues les renseignèrent sur l'identité de celui qui voulait déjouer leurs plans d'évasion.

Djerûn était également confronté à un Albe ennemi, auquel il livrait déjà un violent combat. Dans la main d'Andôkai apparut une boule noire clignotante qui lança un éclair grésillant contre un troisième Albe, qu'elle avait pris pour cible.

Tungdil pensait voir l'Albe se consumer sur place, mais il n'en fut rien. L'Albe brandit un cristal en direction du rayon d'énergie qui arrivait sur lui en sifflant. Il absorba entièrement la décharge magique, laissant absolument indemne son porteur. La Mage poussa un juron et tira son épée.

Le Nain regarda autour de lui pour voir s'il ne restait pas un quatrième adversaire quelque part. À sa grande frayeur, un autre Albe sauta d'un chariot pour atterrir juste devant lui. Gants rouges, long épieu acéré et cheveux d'or… *Sinthoras!* L'un des deux Albes qu'il avait espionnés au milieu des Orcs devant Bonsprés. Celui-ci s'adressa à lui.

—Articule, lui enjoignit Tungdil d'un ton revêche.

La peur céda le pas au caractère proverbialement récalcitrant de son peuple, le Nain refusant de capituler face à cette créature.

—Regarde-moi. Ta mort a pour nom Sinthoras, dit l'Albe blond d'une voix flûtée. Je vais t'ôter la vie, comme je l'ai ôtée à tous les Troglodytes que j'ai rencontrés.

—Tu te trompes. Vraccas va me venir en aide, comme à Vertbois où nous avons tué l'une des vôtres, répliqua férocement Tungdil. Pour Lot-Ionan et Frala! cria-t-il avant de se ruer sur lui afin de l'empêcher de prendre l'initiative.

Sinthoras rit et esquiva adroitement les coups de hache zélés mais peu réfléchis. Il comprit immédiatement qu'il avait affaire à un combattant inexpérimenté, et s'offrit donc le luxe de tourmenter sa victime avant de l'achever.

L'épieu à la longue et fine pointe se fraya un chemin aussi douloureux que peu profond entre les anneaux de la cotte de mailles et à travers les vêtements, atteignant Tungdil à l'épaule gauche. Ce coup d'estoc ne fit qu'irriter davantage le Nain. Avec rage, il s'en prit à l'Albe sans s'apercevoir que son adversaire ne faisait que jouer avec lui.

Dans le même temps, Sinthoras l'attirait de plus en plus loin de ses compagnons, l'entraînant dans le labyrinthe des tentes. L'Albe sautillait entre les piquets et par-dessus les cordes tendues là où Tungdil trébuchait et avait toutes les peines du monde à garder l'équilibre.

Les attaques à l'épieu de Sinthoras étaient trop rapides pour être parées avec une hache. Le sang s'écoulait de nombreuses petites plaies, qui brûlaient terriblement.

Tungdil ne comprit son erreur qu'au moment où, cherchant du regard ses compagnons, il s'aperçut qu'il les avait perdus de vue dans cet enchevêtrement de coupes de tissu et de mâts. Il prit soudain conscience qu'il avait également perdu toute trace de Sinthoras ; l'Albe adorait pratiquer son jeu mortel.

Les Humains de l'oasis combattaient avec l'énergie du désespoir et la certitude de ne devoir attendre aucune grâce de la part des Orcs, tandis que ces bêtes faisaient tout pour mettre la main sur les biens des marchands, et se mettre leurs chairs sous la dent.

Les premières tentes s'effondrèrent et prirent feu. Les eaux du lac reflétaient les flammes et les atrocités de manière déformée, jusqu'au moment où trop de vaguelettes vinrent en rider la surface.

— Où es-tu ? *Bon sang, c'est plus difficile que contre un Orc.*

Tungdil décida de rejoindre les autres en empruntant le chemin le plus direct, pour peu que l'Albe le laissât faire, ce qui ne fut pas le cas.

— Tu m'as appelé ?

Comme surgi du néant, celui-ci apparut dans le dos de Tungdil et lui rentra son épieu avec force et violence dans l'épaule droite.

Le Nain crut sentir quelque chose se déchirer dans son bras ; puis il eut l'impression de n'être constitué que de feu liquide. Sa main s'ouvrit, et sa hache heurta le sol.

Son adversaire balaya ses jambes de façon à le faire tomber face contre terre avant de se percher sur lui. Quelques anneaux de sa cotte tintèrent faiblement lorsque l'Albe lui enfonça la longue pointe de son épieu dans le dos, à hauteur du cœur.

— Je t'ai fait la promesse d'être ta mort, chuchota-t-il à l'oreille de Tungdil. Vous n'en seriez pas là si vous aviez laissé les livres à Vertbois.

— Qu'y a-t-il dans ces livres ? dit Tungdil dans un gémissement de douleur. Dis-le-moi avant de me tuer.

L'Albe rit.

— Vous ne savez même pas ce que vous avez transporté durant tout ce temps ? Par Tion, il n'y a que les Troglodytes pour être aussi simplets. (Il réfléchit.) L'un d'entre eux est incroyablement précieux. Pour une syllabe du secret qu'il renferme, tu pourrais demander un sac d'or et devenir ainsi la créature la plus riche du Pays Sûr. Ou encore, tu pourrais faire usage toi-même de ce secret et te hisser au rang d'un héros tel que ce monde n'en a jamais connu. Tu avais en main la clé de la gloire. (La pression de l'arme augmenta.) Je trouve l'idée de te tuer après t'avoir appris cela on ne peut plus excitante, dit-il d'une voix douce, mais pleine de cruauté.

Sinthoras passa en langue albe et marmonna des paroles que Tungdil ne comprit pas, mais qui lui donnèrent la chair de poule. Dans un instant, la lame allait lui traverser le cœur et mettre fin à sa vie.

C'est à cet instant qu'une ombre gigantesque s'étendit sur eux. Tungdil eut à peine le temps d'entendre un lourd objet fendre l'air en sifflant que l'Albe quitta le sol, sans élégance aucune cette fois, pour s'abattre tête la première sur une paroi de tente, qu'il déchira.

Djerůn passa à hauteur du Nain, poursuivant Sinthoras, et utilisant le bas de son bouclier comme un hachoir. Il abattit l'arête inférieure du bouclier en alternance avec son énorme hache dans le tas de tissu jusqu'à ce que la toile se colore de rouge et que plus rien ne bouge en dessous. Puis il faucha sans coup férir trois Orcs qui voulaient intervenir.

Tungdil ne voulut pas en croire ses yeux.

Le guerrier, qui lui tournait le dos, se pencha en ouvrant sa visière, d'après ce que le Nain crut voir au mouvement de son bras ; puis il arracha un morceau de chair du corps d'un des Orcs et porta le lambeau dégouttant de sang à hauteur du visage.

Mais que fait-il ? Dans un gémissement, le Nain se releva en utilisant sa hache comme appui et appela Djerůn.

Le combattant se redressa, surpris, puis se retourna tout en rabattant sa visière.

À la faveur des flammes, Tungdil eut juste le temps d'apercevoir une moue grimaçante, osseuse et décharnée, de larges mâchoires aux canines proéminentes et des yeux bridés. D'un clic, la visière arriva en butée, et de nouveau, on vit cette lueur violette derrière les fentes du masque démoniaque.

Le morceau de chair d'Orc arraché avait disparu ; seuls les gantelets, brillants du sang vert foncé poisseux de son adversaire, et le cadavre mutilé de l'Orc prouvaient qu'il venait de se passer quelque chose de louche.

Qu'est-ce que c'est que ça ? Ce n'est même pas un Orc, un Ogre ou quoi que ce soit de comparable !

Djerůn indiqua de sa hache d'où il était venu et aida le Nain à retrouver son chemin dans le dédale de tentes. Faisant le chemin en sens inverse, Tungdil laissa le soin au guerrier de tuer les Orcs qu'ils croisaient, tant ses blessures étaient douloureuses.

À mi-parcours, Furibard accourut à leur rencontre l'air inquiet. Voyant le sang sur la cotte de mailles du prétendant au trône, il pinça les lèvres et serra les mâchoires. Le Nain devina que sans Djerůn, les choses auraient mal fini pour son protégé.

En retournant auprès des autres, ils virent Andôkai. Elle venait tout juste de décapiter un Albe blessé qui rampait sur le sol. Sans plus attendre, elle s'empara de l'amulette de cristal grâce à laquelle il avait paré ses attaques magiques. Elle respirait si fort que sa poitrine menaçait de faire craquer son armure de cuir. La Mage semblait physiquement à bout de forces.

Djerůn, les jumeaux et elle avaient abattu trois Albes. Elle adressa un bref signe de tête à Tungdil avant de se tourner vers le sud et de prendre la tête du petit groupe.

Du sang s'écoulait lentement le long du cou de Boëndal, sans que cela le dérange outre mesure. Les Nains étaient du genre à encaisser.

Tungdil, lui, serra les dents et se traîna d'un pas lourd derrière ses compagnons. Il serait toujours temps de panser ses plaies ; pour l'instant, ils devaient d'abord échapper aux acolytes de Nôd'onn, mettre les livres en sûreté et gagner le plus vite possible la forteresse naine.

Ils gravirent une dune de sable, sur laquelle Djerůn s'en prit à trois Orcs qui montaient la garde.

— Maintenant, ça suffit !

Furibard se mit immédiatement à ses côtés pour participer au combat contre les Orcs, plein d'ardeur. Il mit dans ses coups toute la colère qu'il éprouvait contre lui-même et contre sa propre négligence, parvenant ainsi à terrasser deux des Peaux-Vertes.

— Tu vois ? lança-t-il à Djerůn. Je suis plus rapide que toi !

Les rumeurs de combat faiblirent dans le camp en contrebas. À en juger par les couinements et les hurlements triomphants, les hordes avaient remporté leur sanglante victoire sur les marchands et les défenseurs de l'oasis. D'autres tentes s'embrasèrent, on découpa les cadavres en morceaux pour les emporter sur des chariots. Une troupe d'Orcs repéra les fugitifs au sommet de l'élévation et se lança à leur poursuite. Bientôt, deux douzaines de monstres se précipitaient sur eux.

— Ils n'en ont toujours pas eu assez.

Andôkai attendit et les laissa s'approcher encore un peu, puis elle étendit les bras vers le ciel et prononça une formule.

Un vent fort se leva soudainement, formant bientôt un tourbillon de quatre pas de diamètre, qui s'agrandissait à chaque syllabe sortant de la bouche de la Mage. Aspirant le sable, les éboulis et les cailloux, il se jeta ensuite sur les Orcs déconcertés, sur ordre de sa maîtresse.

Le vent et les fines particules de pierre les écorchèrent littéralement. Poussant de grands cris perçants et plaintifs, les Orcs tentèrent d'échapper au tourbillon dévastateur.

– Passez devant, ordonna-t-elle aux Nains. Je les occupe encore un peu et je vous rattrape.

Les Nains s'exécutèrent. Peu après, la Mage était de nouveau parmi eux. Djerůn fermait la marche, veillant à ce que personne ne les suive.

Mais cette fois-là, les Orcs en avaient eu pour leur compte. Contrairement aux Albes, ils n'étaient pas préparés à affronter la Magie. Et leur assaut de cette nuit leur avait rapporté bien assez de butin, de toute façon.

CHAPITRE 10

Le Pays Sûr, Royaume nain du Second Père, Beroïn, au début de l'automne du 6234e cycle solaire

— J'exige que l'Assemblée des Maisons prenne une décision aujourd'hui, dit Gandogar bien haut afin que tous dans la grande salle l'entendissent. (Il avait revêtu son armure et son casque incrusté de diamants pour faire impression sur les clans.) Nous avons patienté trente lunes, sans résultat…

L'assistance écouta en silence la suite de son discours.

Le Grand-Roi Gundrabur était assis sur son trône, le marteau posé transversalement sur les accoudoirs de pierre, et écoutait attentivement l'orateur, les yeux fermés. Balendilín, son conseiller, suivait le discours avec une mine renfrognée. Il n'était toujours pas parvenu à réunir des preuves contre Bislipur ou Swerd, son Gnome de main, et, comble de malchance, les clans étaient de plus en plus las.

— Nous tous avons vu les colonnes de fumée qui se sont élevées non loin d'ici. (Gandogar leur fit face pour que tous puissent le voir et pour regarder en face les Nains dont il cherchait à gagner la confiance.) Selon nos informateurs, il s'agissait des Orcs ! L'engeance de Tion quitte son royaume pour attaquer ouvertement le Pays Sûr. Notre peuple a besoin d'être rassuré. Qui sera le successeur de Gundrabur ? Chaque jour qui passe apporte de nouvelles difficultés. Les marchands parlent d'événements étranges en Âlandur et dans les Royaumes magiques. On raconte que les Elfes cherchent une nouvelle demeure où s'établir. Nous ne pouvons attendre plus longtemps !

— De partir en guerre, ou d'élire un successeur au trône ? demanda quelqu'un dans les rangs des délégués.

— Les deux, tonna Bislipur à la place de Gandogar. (Tous ces bavardages faisaient bouillir son sang de Nain incapable de supporter plus longtemps ces discours qui n'en finissaient pas.) Nous devons attaquer et anéantir les Oreilles-pointues avant qu'elles disparaissent pour de bon dans des forêts inconnues. (Il ferma les poings.) Les nôtres qu'ils ont assassinés réclament vengeance !

La plupart des personnes présentes clamèrent leur approbation. Seule une petite fraction demeura muette ou exprima son désaccord par des mouvements de tête et des expressions renfrognées.

Le regard de Gandogar tomba sur le Nain qui portait l'oreille d'Elfe coupée en pendentif. La campagne contre les Elfes semblait chose acquise. Ce qu'il lui manquait encore, c'était le titre de Grand-Roi, auquel le vieillard chenu qu'était Gundrabur se cramponnait de toutes ses forces.

Les yeux fatigués du souverain de toutes les tribus s'ouvrirent lentement.

— Silence ! fit-il sur un ton de commandement. Vous vous comportez comme des bêtes voraces à l'odeur de la chair fraîche, les réprimanda-t-il. (Il désigna de sa main noueuse le délégué qui portait le macabre trophée autour du cou.) Retire cela.

Le Nain hésita, et ses yeux se tournèrent vers Gandogar comme pour lui demander son aide.

Gundrabur saisit le marteau, se leva du trône et descendit les marches pour se dresser devant les insoumis. Les doigts plissés et ridés se fermèrent sur la chaîne et la rompirent ; l'oreille d'Elfe tomba sur le dallage.

— Que je sache, c'est encore moi le Grand-Roi, tonna-t-il, et c'est encore moi qui préside aux destinées des tribus Naines. Nous attendrons que...

— Nous n'attendrons pas plus longtemps, l'interrompit Gandogar. Je suis las de rester assis dans la montagne à parler, alors que les Elfes s'enfuient et que les Orcs rôdent.

Balendilín descendit les marches à son tour et se mit devant le roi des Seconds, la main sur sa boucle de ceinturon en pierre.

— C'est au Grand-Roi, souverain des Seconds que tu t'adresses, le rappela sévèrement à l'ordre Balendilín, sans égard pour son titre.

— Je m'adresse à un Nain trop vieux pour assumer sa charge et prendre encore des décisions lucides, répliqua Gandogar, très en colère. Je ne compte pas me soumettre à un tel entêtement et regarder passer une occasion unique de venger les affronts faits à notre peuple sans la saisir. La donne est en train de changer complètement, il nous faut agir, agir plutôt que de nous perdre en discussions ou de nous gorger de bière à en tomber saouls sur nos couches dans le seul but de reprendre les bavardages et la beuverie le jour suivant !

Balendilín pencha légèrement la tête en avant.

— Ce que tu t'apprêtes à faire, roi Gandogar, ne me plaît pas. Qui es-tu pour enfreindre les lois de notre peuple ? (Son bras tendu pointait vers les tables sur lesquelles étaient gravés les textes en question.) Quiconque les ébranle brise les fondations et avec elles les derniers vestiges de notre communauté. Si telle est ton intention, alors prends ton marteau et brise ces tables ! Écris tes propres lois, mais l'Histoire n'oubliera ni ton nom ni tes actes.

Bislipur se mit à côté de Gandogar, la main sur la hache. La tension monta de manière inquiétante dans la salle, un déchaînement de violence se préparait.

C'est alors que les portes à battants furent repoussées avec force et fracas.

— Non, pas de bière ! Pas maintenant ! cria Gandogar rouge de colère, pensant que l'on se proposait d'apporter de nouveaux tonneaux de cervoise.

Au lieu de quoi un messager cria :

— Le second prétendant au trône est arrivé !

Les têtes des Nains se tournèrent d'un seul coup vers l'entrée. Les silhouettes de trois Nains, d'une longue-sur-pattes et d'un colossal guerrier s'y dessinèrent. Des murmures montèrent.

— Je veux lui parler d'abord, dit Gundrabur, soulagé, pour lui souhaiter la bienvenue. Seul à seul.

Il retourna sur le trône avec l'aide de Balendilín et attendit que les envoyés des différents clans aient quitté la salle.

En sortant, ceux-ci jetèrent des regards empreints de curiosité à ce Nain qu'ils ne connaissaient pas et qui se tenait entre les jumeaux, mais n'osèrent pas lui adresser la parole. Sauf Bislipur.

Celui-ci se planta devant Tungdil d'un air menaçant.

— Tu n'es pas des nôtres ! lâcha-t-il sur un ton méprisant. Retourne chez Lot-Ionan et laisse les Nains régler eux-mêmes leurs affaires. Nous n'avons pas besoin de toi, nous avons déjà un successeur.

— Et nous, on vient en apporter un meilleur, répliqua froidement Boëndal en s'imposant devant son protégé. Tu as entendu Gundrabur. Dehors, Bislipur.

Furibard se mit à côté de son frère en ricanant au nez du mentor de Gandogar.

— Si c'est la bagarre que tu cherches, le Quatrième, fais-le moi savoir. Je te rafraîchirais la barbe avec mes couperets, dit-il en lui adressant un clin d'œil. Bislipur souffla bruyamment du nez et s'en fut. Les portes se refermèrent, laissant au passage Andôkai et Djerûn seuls avec les autres à l'extérieur de la salle.

Le Grand-Roi leur fit signe d'approcher. Son conseiller et lui regardaient Tungdil d'un air amical.

— Le fils prodigue est revenu parmi les siens, déclara-t-il pour le saluer, et il se leva pour lui mettre la main sur l'épaule. Loué soit Vraccas de nous avoir permis de te retrouver.

Saisi d'émotion, Tungdil baissa la tête. Il fut incapable d'articuler le moindre mot, car la nervosité rendait sa gorge sèche. Il se sentait sale et tout en sueur, ses blessures le faisaient encore souffrir malgré les soins prodigués par Boïndil, et la poigne du Grand-Roi avait touché un point sensible. Somme toute, ce n'était pas très convenable de sa part de paraître dans pareil état devant le souverain de toutes les tribus, mais ce dernier était enclin à fermer les yeux sur son aspect dépenaillé.

Gundrabur s'adressa aux jumeaux.

— Vous avez fait plus qu'honneur à votre réputation, les félicita-t-il. Soyez assurés de ma gratitude. Allez, maintenant, mes meilleurs guerriers, et reposez-vous.

Furibard baissa les yeux, ne pouvant accepter ces félicitations. Depuis l'oasis, il ne cessait de se faire le reproche d'avoir failli : sans Djerůn en effet, le prétendant au trône serait mort. Cette idée le rongeait terriblement. Avec son frère, il quitta la salle.

— Raconte-nous ce qui vous est arrivé en chemin, avant que je t'explique tout, lui enjoignit Balendilín.

Tungdil surmonta sa nervosité ; il était soulagé et plein de gratitude de pouvoir faire le récit de son périple. Au fur et à mesure que son récit avançait, il retrouvait son calme. Même si les gigantesques salles, les remparts monumentaux, les statues, tous ces ouvrages nains tout autour de lui menaçaient d'avoir raison de sa contenance.

— Avant que je commence, je souhaiterais que l'on procure à Andôkai et Djerůn tout ce dont ils pourraient avoir besoin. Ils m'ont été d'un précieux secours durant ce voyage.

Inconsciemment, il avait de nouveau adopté une façon de parler plus châtiée. Cela était sans doute dû au contexte.

Tungdil eut la promesse du manchot, et il entama donc son récit. Il leur parla de Lot-Ionan et du temps qu'il avait passé parmi les Humains, de sa mission, qui l'avait mené au Noirjoug et à Vertbois, de la trahison de Nudin, ou plutôt de Nôd'onn, de la prime offerte pour la tête des Nains, des mystérieux grimoires et des Albes qui tenaient absolument à s'en emparer, et enfin de l'intention de Nôd'onn de conquérir les Royaumes nains, ainsi que le reste du monde connu.

Le temps passa, durant lequel il narra ses aventures, les joues brûlantes, s'efforçant toujours de ne rien embellir inutilement.

Son récit ne se fit hésitant qu'à un seul moment, mais pour une raison très compréhensible. La porte s'ouvrit, laissant entrer trois Naines qui leur apportaient à manger et à boire. À partir de ce moment, Tungdil eut toutes les peines du monde à quitter des yeux ces créatures, dont il avait rêvé de nombreuses fois et qu'il avait tant souhaité approcher. Celles-ci étaient un peu plus petites que lui, un peu moins bien bâties mais tout à fait robustes, d'après ce qu'il put voir en dépit des sortes de robes qu'elles portaient. Leurs visages arrondis étaient recouverts d'un mince duvet, à peine perceptible, mais qui devenait plus visible au fur et à mesure que l'on descendait des pommettes vers les mâchoires. Ces poils, de la même couleur que les cheveux, avaient l'air tout sauf drus, rien à voir avec les poils des barbes dont les hommes Nains tiraient fierté. C'était sans doute ce duvet qui était à l'origine de la légende selon laquelle les femmes des Nains portaient elles aussi la barbe. Tungdil le trouva en tout cas très plaisant à regarder.

Lorsqu'en plus, elles lui sourirent, avec retenue mais tout à fait amicalement, son cœur se mit à battre la chamade. Ce ne fut que lorsque les trois Naines eurent quitté la salle qu'il put retrouver le fil de son récit. Gundrabur et Balendilín ne firent aucun commentaire, même si le manchot ne put réprimer un rictus.

Tungdil termina son rapport par l'attaque de l'oasis, en saisissant l'anse d'un hanap d'où émanait une odeur de bière. Il la goûta, la bouche sèche, et eut le goût malté du puissant breuvage noir sur la langue. Il ne lui fallut pas plus que cette timide gorgée pour savoir qu'il aurait volontiers embrassé le maître brasseur sur-le-champ. Les Humains auraient toujours beau s'évertuer : ils ne faisaient pas le poids face aux Nains. C'étaient bel et bien les Nains qui possédaient les meilleures recettes. Il en reprit une grosse gorgée.

— Tu n'apportes pas de bonnes nouvelles, Tungdil, dit le Grand-Roi d'un air pensif. Comme nous voulons être honnêtes avec toi, c'est donc à notre tour de t'en dire plus sur le Conseil des Maisons. (Une tâche qui échut au conseiller du souverain, lequel lui fit sommairement état des querelles qui déchiraient le Conseil.) Ce que tu nous as raconté me prouve que nous n'arriverons à quelque chose contre le Pays Mort et ses alliés que si Humains, Elfes et Nains agissent de concert.

Tungdil inspira profondément.

— Cette alliance ne changera rien si nous ne perçons pas le secret des livres et des artefacts, leur dit-il. Ils renferment un moyen d'agir contre Nôd'onn que celui-ci craint beaucoup. Mais sans Andôkai l'Impétueuse, nous avons les mains liées. Tout dépend d'elle, mais elle compte tourner le dos au Pays Sûr. Or, sans son savoir, nous sommes littéralement livrés au Pays Mort, comme les autres Royaumes.

— Qu'il est cruel de devoir contempler, impuissant, le Mal qui approche si rapidement, murmura Gundrabur avec peine et les yeux fermés. Je vais parler à la Mage et tâcher de la convaincre.

Tungdil ne dit rien, sachant déjà qu'il pouvait économiser sa salive. La magicienne avait d'autres critères de jugement que les Nains. Tandis qu'il pensait à Andôkai, il s'aperçut que Djerůn et elle-même étaient entrés dans la forteresse sans que le géant ait dû retirer son masque. Cela lui était complètement sorti de l'esprit. Les jumeaux n'y avaient pas non plus pensé, ni les gardes de la forteresse. Les Nains avaient laissé entrer ce gigantesque guerrier sans le moindre contrôle ! *Elle a sûrement dû recourir à la Magie*, se dit-il. Il décida de n'en parler à personne, et encore moins à Furibard, qui ne manquerait certainement pas, à moitié fou comme il l'était, d'éclater de rage et de défier le guerrier en combat singulier.

Mais il était également temps de régler un autre problème.

— Ne me prenez pas pour un ingrat, je suis très heureux d'avoir enfin retrouvé mon peuple, mais je ne monterai pas sur le trône, dit-il pour refuser d'emblée toute idée de régence. Il y a déjà un successeur, bien plus apte que moi. J'ai grandi parmi les Humains et je dois tout mon savoir sur les Nains à des livres, lacunaires, de surcroît. Tout ce que je souhaite, c'est annoncer le retrait de ma candidature au trône et retourner vivre parmi les Quatrièmes. Ce dont les Nains ont besoin, c'est d'un Grand-Roi reconnu de tous.

— Tes paroles t'honorent, Tungdil, mais tu n'as jamais été candidat au trône, lui révéla Gundrabur. Cette histoire au sujet de tes origines, c'est nous qui l'avons inventée. C'est également nous qui avons demandé à Lot-Ionan de jouer le jeu tout en gardant le secret. Nous ne savons même pas, à vrai dire, si tu es bien un Quatrième.

Cette nouvelle glaça Tungdil jusqu'à la moelle.

— Mais alors pourquoi... m'avoir convoqué et fait faire tout ce chemin ?

— N'était-ce pas une bonne idée ? Au moins avons-nous eu l'occasion d'en apprendre davantage sur le Pays Mort, répliqua Balendilín. Sinon, tu serais déjà mort, tué par les Orcs à Vertbois.

— Sûrement, mais... (Les mots lui manquaient.) Les délégués, l'assemblée des tribus et des clans, tous ces cycles passés à attendre que j'arrive... et je ne suis même pas candidat ?

Il eut l'impression que le monde s'écroulait autour de lui. Après tous ces efforts et toutes ces terribles épreuves, il se sentait enfin chez lui, et voilà qu'on le renvoyait dans l'incertitude.

— Comprends-nous. Si le nouveau Grand-Roi a pour nom Gandogar, il va partir en guerre contre les Elfes, expliqua Gundrabur. C'est justement cela que nous voulons éviter, et c'est pour cela que nous avons retardé aussi longtemps que possible son élection, le temps pour nous de faire voter le Conseil contre cette guerre. Ayant reçu la lettre du Mage, nous avons inventé cette histoire d'origines nobles comme manœuvre dilatoire.

— Nous espérions trouver entre-temps une solution, un passage dans les textes de loi ou autre chose, enchaîna Balendilín. Personne ne gagnera quoi que ce soit à cette guerre, mais personne ne veut le reconnaître. Si nous conspirons et mentons comme des Kobolds, c'est pour une seule et unique raison : empêcher notre peuple de se nuire.

Tungdil renonça à répondre, de peur que ne sortent que fiel et méchancetés de sa bouche. Il reprit de la bière et vida son hanap d'un trait.

— Êtes-vous parvenus à vos fins, au moins ?

— Non. Ou du moins, en partie seulement, avoua le Grand-Roi. Raison pour laquelle nous comptions te demander de prendre part à notre conspiration et de te présenter quand même comme candidat au trône contre Gandogar.

— Pourquoi cela ? (Tungdil haussa les épaules.) Jamais je n'aurai la majorité des voix.

— Bien sûr. Mais j'ai encore la possibilité d'opposer mon veto à la décision du Conseil si je suis d'avis que mon successeur est incompétent.

— Et alors ? Ce serait le début d'une guerre fratricide, dit Tungdil. Est-ce préférable à une campagne contre les Oreilles-pointues ?

— Cela n'ira pas jusque-là. Nos ancêtres ont édicté une loi qui permet dans ce cas d'affronter son rival en combat singulier. La seule chose dont le rival a besoin est le soutien d'une partie des clans, expliqua Balendilín. Ces dernières semaines, j'ai réussi à gagner environ un tiers des délégués à la cause de la paix. Cela suffira.

— Et après, Gandogar me coupe en deux au beau milieu des délégués réunis ? grommela Tungdil, de mauvaise humeur. Je ne saisis toujours pas ce que cela apporte à notre peuple.

Les deux Nains échangèrent un rapide regard.

— Il faut que tu nous jures de n'en parler à personne, exigea Balendilín d'un air grave. (Tungdil s'exécuta.) Nous cherchons un moyen d'éloigner Bislipur et Swerd de Gandogar, lui confia-t-il. Bislipur est obsédé par l'idée d'anéantir les Elfes, idée dont il a infecté son protégé. Il le monte contre les Elfes du matin au soir, au point que Gandogar n'a même plus le temps d'avoir une idée à lui. (Balendilín eut un regard féroce.) Je sais même qu'il a essayé de m'éliminer. Mais je ne suis pas en mesure de le prouver. Pas encore.

— Quand bien même tu y arriverais, est-ce que cela suffira pour que Gandogar abandonne son projet ? demanda Tungdil, dubitatif.

— Nous lui ouvrirons les yeux sur la bassesse de celui qui se prétend son ami et sur la fausseté de ses conseils. Gandogar n'est pas un mauvais Nain, il a juste choisi un mauvais conseiller, répliqua Balendilín. Mais j'ai besoin de temps. Un temps que tu peux nous faire gagner grâce à notre petite supercherie.

Il fixa le Nain droit dans les yeux.

— Voilà qui serait rendre service à ton peuple, même s'il ne t'en serait reconnaissant que plus tard, dit Gundrabur. Dans les livres d'histoire, il sera écrit que Tungdil, Nain prodigue, apparut comme taillé dans la pierre pour sauver de sa main les Enfants du Forgeron de la discorde et de la ruine.

— D'accord, j'y consens, affirma Tungdil. Mais j'aurai besoin de tout votre soutien.

— Il t'est acquis, mon cher Tungdil. Je ne connais nul Nain qui agirait aussi honorablement, le loua Balendilín. Pardonne-nous de ne t'avoir accordé aucun répit en te convoquant auprès de nous sitôt arrivé, mais il fallait absolument clarifier la situation avant toute autre chose. Repose-toi, à présent ! Nous t'accordons une journée de récupération. Ensuite, le Conseil t'attendra pour entendre tes prétentions au titre.

Le manchot lui adressa un sourire d'encouragement.

— Fais-nous gagner du temps, Tungdil, lui dit le Grand-Roi pour prendre congé, afin que nous puissions avoir un avenir meilleur, sans Bislipur. (Il prit le marteau de cérémonie et le tendit en direction du Nain.) Jure sur ce marteau, par lequel Vraccas nous a créés, que tu ne diras rien de tout cela à qui que ce soit !

Tungdil en fit le serment et se dirigea vers la sortie. Lorsqu'il quitta la Salle du Conseil, Andôkai et Djerůn l'attendaient toujours.

— On nous a proposé de rester un peu, déclara-t-elle d'un ton indifférent. Cela tombe à pic. Ces derniers jours de voyage en ta compagnie furent très pénibles.

— Pour moi aussi, rétorqua Tungdil avec un rictus, jouant de l'ambiguïté de sa remarque.

Un Nain les conduisit à leurs appartements. Le chemin qui y menait ébahit le prétendant au trône. Les tailleurs de pierre avaient travaillé les parois avec une minutie et une méticulosité tout bonnement époustouflantes, tant au niveau des paysages, en relief, que des textes, gravés au ciseau. Des symboles ornementaux nains avaient été recouverts de métaux précieux aux reflets d'or, d'argent, rouges et jaunes.

Mais ce n'était pas tout. Les escaliers qu'il connaissait étaient anguleux, lisses, de facture simple.

Ici, non. Il n'y avait pas deux marches identiques. Les girons étaient ornés de motifs, tandis que les contremarches étaient pourvues de syllabes frappées dans la pierre.

Le sens de celles-ci lui échappa tout d'abord, mais lorsqu'il mit les lettres bout à bout au fur et à mesure qu'il gravissait les marches, il s'aperçut que chaque escalier racontait une histoire. C'est de cette manière que les Seconds se rendaient plus douces les pénibles montées d'escaliers. Tungdil nota à l'expression de curiosité des yeux d'Andôkai qu'elle avait remarqué la même chose et qu'elle les lisait elle aussi.

Il y était question d'aventures toutes plus glorieuses les unes que les autres, remontant à l'âge d'or du peuple nain. Tungdil prit plaisir à lire chaque contremarche, jusqu'à ce qu'ils parviennent à leurs appartements.

La Mage disparut si vite dans sa chambre qu'il n'eut pas l'occasion de l'interroger de nouveau au sujet des livres. Peut-être y avait-elle découvert quelque chose, ou peut-être était-elle sur la piste d'une solution. Il ne trouvait pas d'autre explication à sa brusque saute d'humeur.

Pourvu que Gundrabur arrive à mieux la raisonner que moi, espéra-t-il en pénétrant dans sa chambre, fatigué.

* * *

— Ce qu'il y a de bien quand on est en terrain ami, c'est qu'on n'est pas obligé de verrouiller sa porte, dit une voix sombre qui réveilla Tungdil.

Encore à moitié endormi, il se redressa sur son lit et aperçut Bislipur, qui se tenait juste à côté de sa couche.

— Bonjour, Tungdil, le salua ce dernier sur un ton pas forcément amical. Même si nous allons nous refaire face devant le Conseil, j'ai pensé que ce serait une bonne idée que nous discutions un peu avant cela. Qu'en dis-tu ?

— Que cela vient un peu à brûle-pourpoint, répondit le Nain.

L'entrée inopinée du conseiller de Gandogar n'était pas vraiment du goût de Tungdil. En y pensant, il la trouvait même on ne peut plus impertinente. La sympathie qu'il avait initialement éprouvée pour un frère Nain et qu'il avait conservée malgré l'hostilité affichée de ce dernier dans la salle du trône diminuait à vue d'œil.

Bislipur s'assit sur le lit et l'observa de très près.

— Alors comme ça, tu désires devenir l'un des nôtres ? demanda-t-il, moqueur. Toi, un enfant trouvé qui a grandi auprès d'un Mage. Et de sang royal, à ce que j'ai entendu dire. À peine croyable. (Il se pencha en avant.) D'ailleurs, je n'y crois pas. Je suis prêt à parier ma tête que tu es un imposteur. Où sont les preuves de ta filiation ?

— Tu les verras en temps utile, répliqua Tungdil, agacé.

N'avait été la conversation avec Balendilín et le Grand-Roi, il aurait certainement opiné du chef et aurait immédiatement déclaré à son interlocuteur et adversaire qu'il retirait sa candidature. Peu avant de s'endormir, il se demandait même encore s'il lui fallait jouer le jeu ou pas, mais le comportement de Bislipur dissipa toutes ses hésitations.

— Cette histoire d'enfant perdu ne dit rien à personne chez les Quatrièmes.

— Et toi, bien sûr, tu connais personnellement des milliers de Nains de la Maison du Quatrième, tu sais parfaitement où chacun d'entre eux habite dans les montagnes, et tu es informé du moindre petit malheur de chacun ? riposta Tungdil en se levant. (C'est à ce moment qu'il sentit clairement que toutes ces longues soirées passées dans la bibliothèque, toutes ces lectures et toutes ces controverses avec Lot-Ionan, à qui il devait ses capacités rhétoriques, n'avaient pas été vaines. Se sentant nu sans cotte de mailles et sans arme, il enfila le treillis d'anneaux de métal et mit le ceinturon qui tenait sa hache. Immédiatement, il reprit confiance en lui.) Attends de savoir ce que j'ai à te dire et tu verras.

— Je ne crois pas. Que dirais-tu de ne pas paraître du tout devant le Conseil ? lui glissa Bislipur à titre de proposition. Renonce à ton projet, et nous t'accueillerons comme membre de notre tribu. Nous te donnerons tout ce dont tu as besoin, toute ta vie. En échange, tu soutiens Gandogar, au lieu de le combattre.

— Ou bien ?

— Je vois que tu m'as compris. (La large main de Bislipur se posa sur la tête de son arme.) Sinon, tu verras ce qu'il en coûte à un membre de la Quatrième Maison, si tant est que tu en sois un, de s'opposer à son roi. Aucun d'entre nous ne te suivra. Jamais tu ne seras un Grand-Roi légitime.

Tungdil entendit à sa voix maîtrisée à grand-peine que ce n'étaient pas des paroles en l'air que proférait le Nain à la barbe gris brun.

— L'Assemblée seule décidera, pas toi, le remit-il à sa place, s'efforçant de sonner quelque peu comme un souverain potentiel. Va-t'en, lui ordonna-t-il.

— Ou sinon ? demanda le Nain à la large carrure, singeant la question du prétendant au trône.

— Tu m'as très bien compris. Sinon, je te mets à la porte. J'ai déjà vaincu des Orcs et des Albes, alors je ne vais pas me gêner pour éconduire un Nain qui entre dans ma chambre comme un voleur et me tire de mon sommeil, tempêta Tungdil, dont la sympathie s'était transformée en hostilité avouée. Dehors !

Bislipur sembla tenté par une épreuve de force, mais en décida autrement, au grand soulagement de Tungdil, et quitta la pièce sans le saluer.

— Tu aurais dû m'écouter, lança-t-il encore.

— Il y a bien des choses que j'aurais dû faire dans ma vie.

Tungdil mit les mains sur les hanches, pencha la tête un peu en avant et s'observa dans le miroir qui se trouvait à côté du lit. Il adopta une mine résolue et s'habilla. En d'autres circonstances, il se serait recouché pour disparaître sous sa couverture. Mais pas cette fois.

Au moment où il était en train de retirer sa chemise de nuit, la porte s'ouvrit de nouveau après qu'on eut brièvement frappé. Une Naine en jupe et chemisier de cuir entra, lui apportant une pile de vêtements frais qu'elle déposa sur la commode en pierre. Elle gloussa en voyant Tungdil rester planté là comme une souche. *Qu'est-ce que je fais, maintenant ?* pensa-t-il, désespéré. Mais celle-ci disparut rapidement de sa chambre avant qu'il pût ouvrir la bouche.

— Il faut croire que je ne suis pas un bourreau des cœurs, se dit-il.

Il continua à s'habiller, lentement, l'esprit assailli par le doute.

Tout ce flou autour de ses origines le chagrinait. Il se trouvait au beau milieu de son peuple, et était pourtant le Nain le plus seul du Pays Sûr. Même parmi les Humains, il avait connu somme toute des jours meilleurs. Auprès de Lot-Ionan et au sein de l'école de Magie, il était à sa place, au moins.

Or, voilà que dans les Montagnes Bleues, il devait en plus se faire passer pour un Quatrième et faire celui qui se réjouissait d'avoir enfin réintégré sa tribu. Tungdil, bien qu'il eût de nobles intentions, avait le sentiment d'être doublement un imposteur.

Histoire de penser un peu à autre chose, il lut la lettre du Mage défunt, gravant dans sa mémoire chaque détail ayant trait à ses origines fictives afin de pouvoir répondre aux questions dont le Conseil ne manquerait pas de l'assaillir. Après quoi plus rien ne le retenait dans sa chambre, et il erra le long des reliefs raffinés des couloirs rocheux, l'estomac gargouillant.

Il croisa ainsi de nombreux Nains, des ouvriers des carrières, à en juger par leur apparence et par la poussière qui collait à leurs tabliers de cuir. Ceux-ci le saluaient amicalement, et il leur rendait leur salut par un signe de tête.

Un messager l'intercepta pour le mener à son petit déjeuner, ce qui surprit Tungdil tout d'abord ; mais lorsqu'il se retrouva assis en face de Balendilín peu après, il comprit qu'on voulait lui donner les dernières instructions avant de comparaître devant l'Assemblée.

— Nous avons tout préparé, ne t'inquiète pas, le rassura le conseiller. (Tungdil fut fasciné par les barrettes, boucles et autres agrafes ornementales de pierre qui pendillaient dans les mèches de barbe de son interlocuteur.) Trois des Quatrièmes sont de notre côté. Ils ont écouté la voix de la raison et feront comme s'ils avaient déjà entendu parler d'un enfant perdu, lui confia-t-il. Avec la lettre de ton Mage, cela suffira temporairement pour te donner un semblant de crédibilité. Tu devras aussi prononcer un discours…

— Un discours ? fit Tungdil en écho, détournant son regard des fromages odorants, des différents saucissons secs et de la mousse grillée.

Il y avait également du jambon, et aussi du gruau et du pain, mais l'idée de devoir faire un discours eut des effets extrêmement négatifs sur la faim qu'il éprouvait juste avant.

— Inutile d'en faire un long. Tu n'auras qu'à y mettre ce que tu sais du Pays Mort et ce que tu as vu. Tu perdras au vote, mais cela ne fait rien. Après l'élection de Gandogar, nous passerons à la phase suivante de notre plan. (Balendilín cligna de l'œil.) Ne t'inquiète pas, lui dit-il de nouveau.

— Facile à dire, soupira Tungdil, qui prit un peu de tout sur son assiette en bois tout en lui racontant ce qui s'était passé avec Bislipur.

— Cela lui ressemble bien, dit Balendilín, presque blasé. Sais-tu ce que cela signifie ? Que nous sommes sur la bonne voie. Que ce grincheux soit venu te trouver est plutôt bon signe.

Tungdil était d'un avis légèrement différent. Il se souvenait encore très bien avoir entendu Balendilín parler d'un attentat, et il croyait Bislipur tout à fait capable de commettre pareil acte contre sa personne.

— Autre chose, ajouta le manchot, la magicienne nous a quittés, elle et son guerrier.

— Hein ? fit le Nain, horrifié. *Elle a bel et bien abandonné la partie et quitté sans hésitation son pays !* Quand est-elle partie ?

— Ce matin, aussitôt après le lever du soleil. Nous l'avons laissée traverser le pont, parce qu'il n'y avait aucune raison de la retenir. Et d'ailleurs… comment retenir une magicienne ?

— En n'essayant pas du tout.

Tungdil fit claquer sa langue de déception. Andôkai partie, le dernier espoir d'affronter Nôd'onn à armes à peu près égales s'envolait. Andôkai en était sans doute arrivée à la conclusion qu'elle ne saurait décrypter les ouvrages de Gorén, et était partie chercher une nouvelle demeure dans les régions sauvages, en quête de nouveaux champs de Magie. *Pourquoi Maira ou Lot-Ionan n'ont-ils pas survécu ? Eux seraient restés et nous auraient aidés à combattre le renégat*, pensa-t-il, abattu.

— C'est maintenant à ton tour d'arracher leur véritable signification aux vers des érudits humains, l'encouragea Balendilín. Les rouleaux de nos collections sont à ta disposition, s'ils peuvent t'être d'une quelconque aide.

— Mieux vaut laisser cela à vos propres érudits, murmura Tungdil.

Balendilín secoua la tête.

— Ils ne comprennent pas la langue des magiciens. Personne ne connaît les Mages aussi bien que toi. (Il jeta un regard compréhensif au Nain désespéré.) Le poids que nous te mettons sur les épaules est lourd, mais notre reconnaissance n'en sera que plus grande. Et d'ailleurs, nous te sommes dès maintenant redevables.

— J'essaierai, répondit-il en mâchant bravement, avant d'étouffer un renvoi.

C'était le fromage, mais son estomac s'habituait peu à peu à manger beaucoup, gras et vite. Il but avec cela un peu de lait caillé, dans lequel il avait mis une cuillerée de miel pour le sucrer un peu. Il aimait la cuisine naine.

Il prit congé de Balendilín et retourna dans sa chambre. Cette fois, il ne quitta pas le dallage du regard, se concentrant sur chacune des beautés gravées dans la pierre. Tungdil prépara mentalement un discours, qui reprendrait tout ce qui l'avait ému ces dernières semaines.

* * *

D'un trait, Tungdil vida le hanap de bière noire et forte, s'essuya la bouche et se tourna vers les délégués. Ceux-ci avaient patiemment écouté sa lecture de la lettre de Lot-Ionan, de même que ses tentatives de prouver qu'il était un membre de la tribu des Quatrièmes, et de sang royal.

Comme convenu, les Nains des clans des Quatrièmes qui avaient été mis dans la confidence se souvinrent avoir entendu des rumeurs au sujet de cette histoire, ce qui leur valut d'être immédiatement traités de menteurs par Bislipur.

— Vous voulez connaître les raisons pour lesquelles je revendique le titre, dit Tungdil en élevant la voix pour couvrir le brouhaha. (La cervoise lui avait ôté le trac, en même temps que les inhibitions qui l'empêchaient de prendre la parole devant les nombreux représentants des Maisons naines.) C'est parce que je sais mieux que vous de quelles horreurs est capable le Pays Mort, et je sais que si notre peuple doit s'unir, ce n'est pas pour se laisser entraîner dans une guerre à courte vue contre les Oreilles-pointues. Les Elfes sont peu nombreux, mais savent encore bien se battre.

— Nous n'avons pas peur d'eux ! l'interrompit Bislipur, furieux.

— Alors ce serait sans peur et sans reproche que nous mourrions contre eux. Nous serions certes tous unis, mais dans la mort, répliqua Tungdil avec véhémence. Cela fait des centaines de cycles qu'ils se battent contre ces créatures perfides que sont les Albes. Croyez-vous que nous serions une menace pour eux ? Les Elfes sont les meilleurs archers du Pays Sûr. Nous serions encore à trois cents pas d'eux qu'ils nous cribleraient de leurs flèches.

— Comme si nous allions nous annoncer d'abord, objecta encore Bislipur.

— Et tu crois que nous arriverons à cacher aux Elfes qu'une armée de plusieurs milliers de Nains marche sur eux ? Clans ! Cette guerre nous mènerait droit à la défaite ! les adjura-t-il. La tâche que Vraccas nous a donnée est de défendre le Pays Sûr. Le Mal a réussi à pénétrer au cœur de ce pays. C'est à nous qu'il incombe maintenant de terrasser Nôd'onn, les Orcs et toutes les autres créatures des Ténèbres. Avec les Oreilles-pointues et les Humains, s'il le faut !

— On croirait entendre le Grand-Roi, dit Gandogar avec mépris. Ce n'est pas toi qui parles. Quelqu'un t'a enfoncé ce discours dans la tête.

— Au moins sommes-nous deux à entendre la voix de la raison. Dans ta tête, c'est plutôt l'entêtement qui s'est installé, et qui a fait sortir ton intelligence par les oreilles, répondit Tungdil, récoltant quelques rires étouffés.

— Les Elfes, tonna Bislipur, furieux et se redressant de tout son long, doivent être châtiés. Vous avez entendu les lignes qui révélaient leur bassesse lors de la bataille du passage de Pierre. C'est une trahison pour laquelle ils doivent enfin rendre des comptes !

— Pour que Nôd'onn nous anéantisse encore plus facilement, parce que la bataille nous aura affaiblis ! (Tungdil frappa une colonne du poing.) Tenons-nous tant que cela à faciliter encore la tâche de celui qui a trahi tout le Pays Sûr ? Pourquoi ne pas ouvrir tout de suite les portes à ses hordes ? Nous pourrions même leur demander s'ils ne veulent pas se joindre à nous contre les Elfes ! (Il attendit que le brouhaha retombe.) J'ai en ma possession des ouvrages du Mage auprès duquel j'ai grandi, qui décrivent comment vaincre la Terreur venue du Nord, affirma-t-il témérairement. Tout ce que je dois encore faire, c'est les traduire, et alors notre peuple sera en mesure d'en finir avec Nôd'onn ! Pensez à la gloire qui rejaillirait sur nous, les sauveurs du Pays ! Cette action d'éclat serait pour les Elfes une humiliation bien plus cuisante qu'une défaite contre nous sur-le-champ de bataille.

L'assistance était à présent en pleines messes basses. Un moyen d'en finir avec le Pays Mort, en voilà une nouvelle !

— Tout cela n'est que mensonges éhontés ! s'emporta Bislipur. La Magie ne nous a jamais apporté autre chose que malheurs et désolation. Jamais ce sorcier n'aurait atteint une telle puissance sans elle.

— Moi je dis qu'il faut combattre les Elfes et nous retirer dans nos montagnes le temps que les Humains aient réglé eux-mêmes cette affaire, ajouta Gandogar, qui avait bondi de son siège. (Il se rua au milieu de l'hémicycle pour attirer à lui les regards des délégués des différents clans.) N'écoutez pas ce Nain venu d'on ne sait où, qui ne nous connaît, nous et notre mode de vie, que par des livres ! Comment pareil individu pourrait-il nous comprendre ? (Il lâcha un rire sonore.) Lui, Grand-Roi ? Ridicule !

— Il faut croire que ce n'est pas si ridicule que ça, vu comme tu t'énerves ! fit remarquer ironiquement Tungdil, qui entendit de nouveaux rires contenus.

Lot-Ionan serait fier de lui, même si la bière lui déliait dangereusement la langue. *Il faut que je fasse attention*, se dit-il.

Gundrabur en avait assez entendu. Il saisit son marteau, dont la lourde extrémité heurta durement les dalles de marbre.

— Assez ! Le Conseil a entendu les candidats et doit maintenant prendre une décision. Que ceux qui souhaitent voir Gandogar Barbe-d'Argent du clan des Barbes-d'Argent, roi des Quatrièmes, me succéder au trône de Grand-Roi lèvent leur hache !

À la vue des armes brandies, Tungdil fit de grands yeux. Les partisans du souverain des Quatrièmes représentaient à présent tout juste les deux tiers de l'assemblée, le challenger récoltant nettement plus de voix que prévu. Balendilín, reconnaissant, lui adressa un signe de tête.

Mais son succès d'estime ne changeait rien à l'issue du vote. La majorité des délégués présents voulaient Gandogar, et ainsi la guerre. Bislipur se dressa de toute sa hauteur. Il se voyait toucher au but et ne cachait pas sa satisfaction.

— Gandogar serait ainsi le prochain Grand-Roi, trancha Gundrabur, si je l'en jugeais digne. Or moi, Grand-Roi en titre, le déclare indigne de cette charge, en raison de son obstination à vouloir mener les Maisons et les clans à leur perte. C'est pourquoi je propose à sa place Tungdil comme héritier du trône. Ai-je le soutien des délégués des tribus ?

Gandogar et Bislipur n'en revinrent pas de voir se dresser les haches du tiers des membres du Conseil, constituant ainsi une minorité de blocage.

Gundrabur frappa de nouveau le sol de son marteau.

— Il est donc décidé que les deux candidats se mesurent dans le cadre d'un concours, afin que seules leurs capacités les départagent. Chacun d'entre eux proposera une épreuve. L'Assemblée en proposera deux autres, la cinquième sera tirée au sort. Les épreuves commenceront dans sept jours, proclama-t-il solennellement. Les débats sont clos.

* * *

Tungdil déambula comme hébété au milieu de la petite haie de Nains qui lui tapaient sur l'épaule et lui souhaitaient bonne chance, ainsi que la bénédiction de Vraccas. Les visages, les barbes et les armures les plus diverses se succédaient en sarabande rapide devant lui, tandis que la bière, inhabituellement forte pour lui, et l'enthousiasme suscité par son relatif succès commençaient à produire leurs effets. Il avait réussi à convaincre maints délégués du bien-fondé de sa requête, même si cela ne lui faisait pas oublier que son succès reposait sur un mensonge.

Balendilín avait promis à Tungdil de faire des recherches sur ses origines, quand bien même ce projet n'avait que peu de chances d'aboutir à un résultat probant, selon son propre aveu. Le conseiller avait eu beau ne pas en parler explicitement, on subodorait encore que Tungdil pût être un enfant des Troisièmes, la tribu de Lorimbur. Ce que Tungdil contesta avec force, se sentant très lié aux Nains et ne nourrissant pas le moindre soupçon de ressentiment à leur égard. Mais tout cela devait attendre. Pour l'heure, il importait de parfaire la formation de Tungdil au combat pour le cas où la proposition de Gandogar consisterait en une épreuve guerrière. Lui-même ne savait pas encore quelle épreuve choisir.

Le tirage au sort de la cinquième et dernière épreuve demeurait source d'incertitude. Chacun d'entre eux avait pu proposer quatre épreuves de son choix sur de petits papiers qu'ils avaient jeté dans un sac, et le résultat final était entre les mains de Vraccas…

Lorsque Tungdil pénétra dans sa chambre, les livres de Gorén et le sac aux artefacts étaient posés sur son lit. *Andôkai les a quand même examinés !*

Il vit les restes de deux carafes argentées et en examina les gravures aux motifs compliqués. *Quel dommage.* Une seule goutte d'un liquide, pouvait-on y lire, et celles-ci en étaient instantanément remplies. Entre deux morceaux de verre scintillaient les bris d'un miroir à main dans lequel se reflétait, déformé, son visage barbu. *Sept ans de malheur.* Il prit un éclat en main et y rit de son humour macabre. *Comme si cela changeait quoi que ce soit pour moi.*

Ensuite, il scruta deux morceaux de bois, longs d'une coudée environ, aux reflets gris métallique et dont il ne pouvait dire de quel arbre ils provenaient. Leurs nervures partaient confusément dans toutes les directions. *Des gourdins ? Pour quoi faire ?* Il les rejeta négligemment sur le lit.

La Mage avait également laissé un message à son intention, qu'il ne voulut d'abord pas lire car il éprouvait une colère noire à son égard, considérant son départ et le fait qu'elle avait fouillé dans ses affaires comme une véritable trahison. Mais bientôt la curiosité l'emporta de nouveau.

Le mystère est en grande partie élucidé.

Les livres recelaient bel et bien toutes les indications nécessaires pour anéantir Nôd'onn. Malheureusement, c'est une entreprise irréalisable. D'où mon départ.

Dans l'ouvrage qui traite de l'Outre-Pays, il est question de créatures démoniaques qui habitent une région appelée les

Terres Désolées et prennent possession des Humains, tout en leur donnant des pouvoirs incommensurables. Le possédé n'est alors plus animé que par le désir de soumettre toutes choses et de détruire le Bien partout où il le rencontre.

L'autre ouvrage traite d'une arme, une hache, forgée par les « Chtoniens » pour détruire ces démons possesseurs.

La lame est faite de l'acier le plus pur et le plus dur, les crochets opposés sont en pierre, le manche en bois de sigurdacia, les incrustations et les runes sont faites de tous les métaux précieux que l'on peut trouver dans les montagnes, le tranchant étant pour sa part garni de diamants.

Cette arme passe pour avoir été forgée dans le brasier le plus brûlant qu'un fourneau puisse allumer. La Lame de Feu est son nom.

C'est avec elle qu'il faut tuer le possédé. Le tranchant de la Lame de Feu traverse chair et os de l'Humain pour frapper au cœur le Démon qui l'habite, et le détruire. Tout le mal qu'il a causé est alors annulé.

Un passage ayant refusé de me livrer ses secrets, il reste dès lors une part d'incertitude, ce qui rend tout espoir vain.

Je sais à présent pourquoi Nôd'onn voulait le sac aux artefacts. Il cherchait les morceaux de bois, qui proviennent d'un sigurdacia.

Il n'existe plus de sigurdacias au Pays Sûr. Leur bois était trop dur et trop lourd pour être travaillé avec les outils habituels. Les Humains le crurent enchanté par les dieux, et l'utilisèrent comme combustible sacré, en raison de l'odeur intense et des flammes rouge sombre qu'il dégage, jusqu'au jour où l'espèce s'éteignit. Moi-même, je n'ai jamais vu qu'un seul spécimen dans mon Royaume, auquel on mit le feu lors d'une fête en l'honneur de Palandiell, et encore était-ce il y a une centaine de cycles.

Même si l'on parvenait à la forger, il faudrait encore pouvoir s'approcher suffisamment de Nôd'onn pour le tuer de cette arme miraculeuse. Or c'est impossible, une chimère, un rêve fou.

Si les Nains ont encore toute leur raison, qu'ils quittent les montagnes et se mettent en quête d'une nouvelle demeure dans l'Outre-Pays. Peut-être les Chtoniens les accueilleraient-ils.

Pour ma part, plus rien ne me retient ici.

Tungdil lut le message plusieurs fois, jusqu'au moment où il se rendit compte qu'il était bel et bien encore possible d'agir contre le meurtrier de Lot-Ionan. *Tout est là. Nous avons même le bois !*

Il courut à toute allure retrouver Balendilín dans sa chambre, éclairée par de petites lampes à huile. Comme partout ailleurs, le mobilier avait été soigneusement sculpté dans la pierre. Les artisans avaient même extrait le lit et les placards de la pierre avec une telle minutie qu'on aurait dit que la montagne avait aménagé une chambre spécialement pour Balendilín.

Tungdil lui tendit la lettre de la Mage.

— Il existe des rouleaux qui traitent de parents de notre peuple vivant de l'autre côté des montagnes, murmura le conseiller d'un air pensif après être tombé sur le terme « Chtoniens ». Il semble qu'on ait là-bas plus d'expérience avec le Pays Mort qu'ici.

— Rien d'étonnant alors à ce que Nôd'onn ait fait la chasse aux livres et aux artefacts, mais c'est trop tard, maintenant.

Balendilín, nous connaissons son point faible ! Nous devons en aviser les Royaumes des Humains pour qu'ils ne perdent pas espoir et tiennent bon le temps pour nous de forger la Lame, dit Tungdil avec enthousiasme. Tout ce dont nous aurions besoin, c'est que les armées des Humains le retiennent jusque-là.

Songeur, Balendilín lut le passage sur la composition de la Lame de Feu.

— Nous aurons besoin des Quatrièmes. Leurs clans ont les meilleurs tailleurs de diamant. Notre peuple pourra aligner les tailleurs de pierre, mais il nous manquerait encore les meilleurs forgerons.

— Borengar ?

— Tout juste. Les Cinquièmes aussi étaient passés maîtres dans l'art de la forge, autrefois, mais ils ne sont plus. Quant aux neuf clans de la Première Maison, ils n'ont pas répondu à notre convocation. (Le visage de Balendilín s'assombrit.) Et ce n'est pas le seul problème. La plus brûlante forge à avoir jamais rougeoyé au Pays Sûr se trouvait dans le Royaume des Cinquièmes. On l'appelait Dragonhaleine, et on y faisait fondre même le métal le plus dur. Or cela fait plus de mille cycles que le Pays Mort y règne en maître. (Il plongea son visage dans sa large main.) La magicienne avait raison. C'est impossible.

— Moi, je n'abandonnerai pas. Réunissons le Conseil et laissons-le décider, exigea Tungdil. Nous devrions au moins aller trouver les Premiers pour leur demander leur aide. Ensuite... (Il se tut.) Je vais parcourir les anciens écrits. Peut-être y découvrirai-je d'autres passages qui pourraient nous être utiles.

— Bonne chance, alors.

Le Nain sortit de la chambre de Balendilín pour se rendre sous les voûtes où les Seconds avaient rassemblé tout leur savoir. À l'allégresse initiale succédait la désillusion, le sentiment cruel de ne rien pouvoir faire ou presque pour sauver les Nains de la ruine, et ce, malgré les révélations d'Andôkai.

Moi, je n'abandonnerai pas. Tungdil était devenu d'autant plus opiniâtre que la situation était désespérée.

Avec l'entêtement et la ténacité proverbiaux de son peuple, il se mit à lire les écrits et les grimoires de la Seconde Maison. Tungdil jura de ne pas relâcher son effort avant d'avoir trouvé une solution.

* * *

Tungdil allait et venait avec empressement dans les couloirs voûtés sculptés dans la pierre, avec dans ses bras d'anciens grimoires, rouleaux de parchemin et tablettes, et les empilait sur une table où il pourrait les étudier en paix.

Lot-Ionan avait dû pressentir que j'aurais un jour besoin de tout ce savoir. Maints écrits étaient devenus trop fragiles, se déchirant, se brisant ou tombant en morceaux au simple contact du Nain. Ah, s'ils avaient pu tout graver sur des plaques de marbre. Celles-ci au moins pouvaient durer une éternité, pour peu qu'on ne les laissât pas tomber.

Après avoir parcouru bien des écrits, il trouva confirmation des vagues affirmations de Balendilín. Il semblait bien exister, de l'autre côté de la montagne, des Nains que l'on appelait les « Chtoniens ». Il ne savait dire s'ils avaient été créés ou non par Vraccas, mais ils ressemblaient fort à ceux de son peuple, maîtrisaient l'art de la forge à la perfection et partageaient le même amour des fourneaux et des braises que les Nains.

Quatre lunes après avoir commencé ses recherches, il perça le secret de l'alimentation et de la chaleur de Dragonhaleine. Sa confiance en lui en fut quelque peu ébranlée.

Avant de le tuer et de s'emparer de son trésor, les Cinquièmes étaient parvenus à arracher sa flamme blanche à Branbausíl, le Grand Dragon qui avait autrefois vécu dans les Montagnes Grises. Sa femelle, Argamas, se réfugia dans un lac de feu, une petite mer intérieure de magma bouillonnant située au plus profond du royaume, pour ne plus jamais réapparaître.

Grâce à Dragonhaleine, les forgerons parvinrent à obtenir des températures encore jamais atteintes jusqu'alors et à allier des métaux qui passaient pour infusibles. Même le tionium, ce métal noir créé par le dieu Tion, capitula devant Dragonhaleine, et dut s'allier au palandium, le métal blanc et pur de la déesse Palandiell.

Dans des écrits plus récents, on racontait que la flamme s'était éteinte avec la chute du Royaume des Cinquièmes ; les Albes et autres créatures de Tion, ne sachant que faire de cet étrange feu blanc, avaient fini par le laisser mourir.

Le seul espoir de Tungdil reposait donc sur la femelle du dragon qui avait échappé aux haches des Cinquièmes. Il avait besoin d'elle pour sa flamme, comme il avait besoin des Premiers pour forger la Lame de Feu qui terrasserait Nôd'onn.

— Il va encore falloir partir en voyage, soupira-t-il. *Trouver les Premiers et, de chez eux, pousser directement vers le royaume perdu des Cinquièmes, en plein cœur du Pays Mort. Mais comment y parvenir ?*

Cette question, il la posa également à Gundrabur et Balendilín, à qui il fit état de ses découvertes autour d'un hanap de bière ; les Nains échangèrent des regards rapides.

— Il existe un moyen, lui révéla Gundrabur. C'est un secret, tombé dans l'oubli au fil des cycles et que m'avait confié mon prédécesseur. (Il alluma une pipe et tira dessus avec des bruits de bouche.) Il remonte à l'âge d'or de notre peuple. En ces jours bénis, les voyages n'avaient rien de pénible, et pour cause : les Nains utilisaient des tunnels souterrains qui sillonnaient en tous sens le Pays Sûr et reliaient les Royaumes entre eux.

— Des tunnels… Alors nous pourrions passer inaperçus. En prenant des poneys…

— Pas besoin de poneys. Ces tunnels sont carrossables.

Il rajusta son habit et se fit amener une couverture supplémentaire pour se réchauffer. Sa flamme de vie continuait de se refroidir.

Tungdil fronça les sourcils.

— Je ne comprends pas…

— Tu connais ces wagonnets à l'aide desquels on remonte le minerai des puits et galeries de mine ?

— Bien sûr, dit-il en hochant la tête. C'est avec ces wagonnets qu'ils parcouraient les tunnels ?

Gundrabur sourit.

— Exactement. Grâce à eux, ils pouvaient se rendre de chez Goïmdil droit chez Borengar, et partout ailleurs s'ils le voulaient. Pas de marécages, de régions sauvages, de pluie, de neige pour leur compliquer la tâche. Il leur était ainsi possible de garder les principaux chemins creux et points de passage du Pays Sûr avec des troupes en nombre toujours suffisant. En l'espace de quelques lunes, des armées entières pouvaient se déplacer sous terre sans qu'Humains, Elfes et Mages n'en sachent rien.

— Ces tunnels sont notre salut ! s'écria Tungdil, tout excité. S'ils sont un tant soit peu praticables, nous pouvons réussir à forger la hache qui pourrait abattre le traître avant qu'il écrase les armées des Humains, et l'ensemble de leurs Royaumes.

— J'ignore si l'on peut encore les emprunter, avoua Gundrabur. Les anciens écrits qui font mention de ces canaux disent que de larges portions du réseau se sont effondrées ou sont inutilisables. Balendilín, apporte-les-nous, s'il te plaît.

— Et comment se fait-il que l'on n'ait pas redécouvert ces tunnels avant ?

— Un jour, des vapeurs de soufre envahirent l'entrée du réseau et les Nains s'en retirèrent. Ils ne retournèrent plus dans cette zone, et l'on oublia peu à peu les tunnels, répondit Gundrabur.

Peu après, Balendilín apporta deux vieilles cartes, l'une représentant le réseau de tunnels des Seconds, l'autre reprenant les accès à ce réseau qui parcourait les Montagnes Bleues jusque dans leur cœur. Les tunnels comme les accès étaient bien cachés, bien protégés, et de nombreux dispositifs et pièges mécaniques empêchaient les intrus de les utiliser. Autant de facteurs qui obligeaient le Mal à conquérir le Pays Sûr par voie de terre plutôt que de l'investir par surprise par le sous-sol.

— De cette façon, nous pouvons y arriver, dit Tungdil aux deux Nains. Je suis prêt.

— Très bien, se réjouit Balendilín, qui se resservit de la bière. C'est à toi que reviendra l'honneur d'avoir redécouvert ce savoir perdu. Cela fera impression sur les clans.

Sur quoi ils trinquèrent et vidèrent leurs hanaps.

* * *

— Si Vraccas m'a fait mettre la main sur ce savoir perdu, c'est pour que nous revienne la tâche de libérer le Pays Sûr du Mal, dit Tungdil pour terminer son discours enflammé. Pour quelle autre raison m'aurait-il fait retrouver ces engins ?

— C'est sur les vestiges d'une grande époque que tu es tombé, dit Gandogar. Mais je n'y vois pas pour autant de vérité qui nous soit utile. Forger pareille lame à l'insu de tous, en plein Pays Mort, dans un fourneau qui doit être allumé par le souffle d'un dragon, ce n'est pas possible ! C'est un conte, une légende qui s'est immiscée par mégarde dans les chroniques des historiens.

— D'innombrables Humains sont morts pour ces informations, le coupa Tungdil. On a même voulu me tuer à cause d'elles. Si Nôd'onn en a peur, c'est qu'elles sont vraies ! Mettez sur pied une expédition, au moins ! Vraccas est de notre côté.

— Et n'oubliez pas de bien l'équiper. Vaincre un dragon n'est pas une mince affaire. À moins que tu lui racontes ton histoire pour le faire mourir de rire, objecta sarcastiquement Bislipur.

Tungdil renonça au vote à hache levée. Les rires au sein du Conseil lui signifiaient qu'il n'aurait pas la majorité. La raison se refusait toujours aussi obstinément à pénétrer dans les têtes de bois des délégations.

— Si nous sommes réunis ici, c'est pour désigner l'héritier du Grand-Roi, rappela Gandogar, impatient. (Il jeta son manteau, son armure richement décorée scintilla un instant. Son conseiller lui tendit bouclier et hachette, un autre lui arrima son casque étincelant sur la tête.) Je me vois donc obligé de faire le premier pas et de choisir la première épreuve. Et j'ai décidé de provoquer mon rival en combat singulier. Le premier à blesser ou à mettre à terre son adversaire marque le premier point.

Boïndil et Boëndal vinrent immédiatement aux côtés de Tungdil pour le harnacher. Comparée au harnois rayonnant de Gandogar, sa cotte de mailles avait l'air terne et de mauvaise facture.

— Méfie-toi de son bouclier, lui souffla Furibard. Il va sûrement l'utiliser pour te bousculer ou te frapper. (Il serra les poings.) Ah, si seulement je pouvais être à ta place. Je lui ferais mordre le marbre, à ce Quatrième, gronda-t-il.

— Vous avez été de bons maîtres, tant durant notre voyage que ces derniers jours, dit Tungdil pour remercier les jumeaux tout en ajustant sa mentonnière. Si je perds, ce ne sera pas de votre fait.

Les deux adversaires entrèrent dans l'hémicycle, entre trône et tribunes. Balendilín, qui faisait office d'arbitre, jeta un coup d'œil amical à Tungdil pour le rassurer.

— Combattez avec bravoure, et honneur, finit-il par lancer avant de reculer pour libérer l'arène.

Gandogar lança immédiatement une série d'attaques, heurtant l'une après l'autre le bouclier de Tungdil, qu'entamaient encore un peu plus les diamants aux reflets changeants dont était garnie sa lame. Tungdil guettait par-dessus le rebord métallique, attendant de voir le prochain endroit sur lequel le tranchant, déjà quelque peu émoussé, de son adversaire allait s'abattre. Mais à force de reculer, il finit par sentir une colonne dans son dos.

Au coup suivant du roi, il plongea, pour placer aussitôt une attaque remontante inattendue. Sa hachette racla avec un bruit désagréable le bouclier remonté en hâte, et rebondit sur la bordure inférieure du casque. Étourdi, Gandogar recula de deux pas en vacillant.

— Ne le lâche pas ! hurla Boïndil, qui suivait fébrilement le déroulement du combat.

Se réjouissant de son succès et encouragé par son professeur, Tungdil bondit fougueusement vers l'avant.

Jamais. Bislipur vit que le combat prenait une mauvaise tournure pour son protégé et décida d'agir. Il donna une bourrade à Swerd, qui se tenait à côté de lui, et la tête du Gnome entra en collision avec le hanap d'un Nain. De la bière s'échappa du récipient pour se répandre sur le sol de l'arène dans un claquement.

La flaque ainsi formée fut fatale à Tungdil. Dans sa hâte, celui-ci ne vit pas le liquide sur les dalles de marbre, qui transformait le sol en véritable patinoire à cet endroit. Son pied droit glissa vers le côté, il fit un faux pas qui lui fit manquer Gandogar.

— Stupide Gnome !

Bislipur réprimanda tout de suite Swerd pour sa maladresse de manière bien audible, le menaçant de lui infliger une copieuse correction.

— Il l'a fait exprès ! s'emporta Boëndal.

— Non, je ne l'ai pas fait exprès. Mais soyez rassurés, je vais le battre comme plâtre, dit Bislipur, simulant des regrets pour cette bévue.

Ce qui n'apportait évidemment rien à Tungdil. Gandogar se reprit rapidement, et frappa à l'instant même où son adversaire passait devant lui en glissant. La lourde hachette atteignit durement Tungdil au dos ; la violence du coup acheva de lui faire perdre l'équilibre. Dans un juron, Tungdil chuta, perdant ainsi la première épreuve.

Quelques clans de la Quatrième Maison et autres partisans de Gandogar jubilèrent et se moquèrent de Tungdil, qui se remettait avec peine sur ses jambes. Il n'avait pas imaginé que le combat se terminerait de cette façon.

— À mon tour, s'écria-t-il soudainement. Aussitôt, les huées cessèrent.

— Dans quelle discipline allons-nous nous mesurer, maintenant ?

— Nous allons recopier un texte. Le plus rapide gagne.

— Quoi ? fit son vis-à-vis, surpris. Je vais devoir composer un poème sur mon accession au trône ?

— J'ai dit recopier, pas composer. Un bon roi doit savoir lire et écrire. Comment feras-tu, sinon, pour édicter les lois ? répliqua Tungdil du tac au tac. À toi de montrer que tu sais manier aussi bien la plume que la hache.

Sans ajouter un mot, il s'assit à un pupitre et attendit que Gandogar l'imite.

— Et si je refuse ?

— Tu perds cette épreuve, et vous serez à égalité, dit Balendilín, prenant la parole. Ce seront alors les épreuves suivantes qui désigneront le successeur de Gundrabur.

— Ce qui ne serait pas un signe de grand courage, intervint méchamment Boëndal. L'érudit s'est prêté à ton jeu. Eh bien maintenant, prouve-nous qu'une chose aussi fragile et légère qu'une plume ne te fait pas peur, roi des Quatrièmes.

Cette remarque acerbe provoqua de nombreux rires. Gandogar déposa son casque et son bouclier, et s'assit à côté de Tungdil.

L'arbitre fit apporter des rouleaux et en choisit un au hasard dans la pile.

— Commencez.

L'érudit, comme l'appelait Boëndal pour le taquiner, commença presque instantanément à écrire, au contraire de Gandogar, qui fixa rageusement les runes avant de gribouiller quelque chose sur sa feuille. Un certain temps s'écoula, durant lequel les Nains écrivirent avec application.

— J'ai fini, annonça Tungdil le premier.

On examina son texte pour voir s'il contenait des fautes. En vain. Gandogar mit plus de temps, et fut loin d'être aussi méticuleux que son challenger. Balendilín déclara Tungdil vainqueur.

Les jumeaux poussèrent des cris de joie, ravis de voir que leur protégé avait réussi à égaliser par une ruse permise.

— Hé, Bislipur, y a encore des efforts à faire de ce côté-là ! lui lança Boïndil dans sa bonne humeur.

Balendilín ordonna aux délégués des clans d'inscrire à présent leurs propositions, puis collecta les bulletins. Gandogar tirerait en premier l'épreuve qui allait suivre, puis ce serait au tour de Tungdil.

— La prochaine épreuve, annonça leur arbitre, consistera à forger une hache du plus mauvais fer qui soit, puis à en donner dix coups sur un bouclier sans qu'elle se brise.

Tungdil se sentit plus à l'aise, ne croyant pas que Gandogar puisse le surpasser à la forge ; il avait trop longtemps travaillé dans celle de Lot-Ionan pour cela. Balendilín ordonna une pause le temps de faire apporter des foyers et des outils dans la Salle du Conseil. Peu après, le chant métallique du marteau et de la pince de forgeron retentissait dans la vaste salle.

Tungdil fut bientôt lancé. Au rythme de ses coups de marteau, il chantait une chanson naine que les jumeaux lui avaient apprise. Sans attendre, Gandogar lui emboîta le pas, avant de chanter une autre chanson à tue-tête et de frapper de plus en plus fort.

— Voilà qu'ils font aussi un concours de chant, maintenant, ricana Boïndil avant de rajuster son ceinturon. Quant à savoir si cela plaît à Vraccas…

— C'est Tungdil qui chante le mieux, dit son frère. Vraccas lui viendra en aide.

Les deux concurrents chantèrent jusqu'à ce que les haches fussent prêtes. Balendilín leur fit emboîter les têtes de leurs armes sur des manches de fer. Ensuite, chacun prit la hache de l'autre et se plaça devant les boucliers dressés. On pouvait être ainsi certain qu'ils allaient frapper avec toute la force qui leur restait. Au signal, ils commencèrent.

— On va maintenant voir si le roi est aussi un roi de la forge, dit Tungdil en nage avant d'abattre sans ménagement l'arme de son rival sur le bouclier.

Dans la semi-obscurité de la salle, la tête de sa hache, qui rougeoyait encore légèrement, dessina un demi-cercle orange foncé avant d'atteindre l'obstacle. De petites étincelles jaillirent, mais le fer tint bon.

— Un meilleur forgeron que toi, en tout cas, répliqua Gandogar, dont le coup n'eut rien à envier à celui de Tungdil.

Mais la hache forgée par Tungdil résista également à la violence du choc.

Au septième coup, Tungdil entendit craquer légèrement l'arme forgée par Gandogar, et sut alors qu'elle ne résisterait pas au huitième.

— Regarde ce que je fais de ton ouvrage, lui lança-t-il.

Le fer éclata en mille morceaux. Tungdil jeta le manche au sol, pantelant, le bras tendu vers une outre d'eau.

Un murmure parcourut le Conseil des Maisons. Le roi banda ses muscles et mit tout son poids dans le coup suivant. Le bouclier résonna à l'impact et céda même sous la violence de celui-ci, mais le tranchant tint bon.

— On dirait qu'un forgeron a trouvé son maître, beugla Furibard. Et deux à un pour Tungdil. C'est le chant, sa voix a dû assouplir le fer.

Gandogar baissa sa hache et la reposa pour féliciter son adversaire.

— Je n'aurais jamais cru possible qu'on puisse forger une si bonne arme à partir d'un métal aussi mauvais. Tu es un véritable maître, mais il t'en faudra davantage pour monter sur le trône. La prochaine épreuve, c'est moi qui vais la remporter.

— Eh bien, essaie.

Balendilín déplia le bulletin suivant sans leur laisser le temps de souffler.

— La quatrième épreuve est une course. Chacun reçoit un gobelet d'or liquide et doit courir d'ici au premier pâturage, jusqu'à la grande porte et retour. Tous deux auront leur cotte de mailles et un sac à dos de quarante livres sur eux. Le vainqueur est celui qui revient le premier, sans avoir rien renversé.

Il envoya ensuite deux observateurs au pré à vaches en question et deux autres à l'entrée.

Voilà une épreuve à mon goût, pensa Tungdil tandis qu'il enfilait son sac à dos. Il était habitué à la chaleur étouffante des fourneaux, et le droit de transporter le métal jaune le réjouissait davantage encore. Quant au poids du sac, vu ce qu'il avait porté durant son long périple, ce n'étaient pas ces quelques livres sur son dos qui allaient le déranger.

Un Nain leur tendit les récipients en question, d'épaisses timbales à large paroi de sable pressé contre une fine paroi de fer. La température de l'or fondu était meurtrière et devait bien être de quelques centaines de degrés. Une goutte renversée sur la main suffisait à infliger une grave brûlure.

— Partez ! cria Balendilín, donnant le signal de départ de la course.

Gandogar ne daigna pas regarder sa timbale, se concentrant sur le parcours. Tungdil, lui, faisait exactement l'inverse, tant la vue de l'or fondu le mettait en joie. Ses pieds trouveraient d'eux-mêmes le chemin, comme ils l'avaient déjà fait durant son long voyage.

Le roi prit rapidement de l'avance et disparut de la salle. Tungdil le suivait, mais sans précipitation. Balendilín avait dit expressément que le vainqueur serait celui qui reviendrait le premier sans rien renverser. Il préféra ainsi prendre son temps et tout ramener plutôt que de renverser une goutte de ce précieux liquide. Lorsque la chaleur était trop forte et risquait de lui brûler les mains, pourtant endurcies par son métier de forgeron, il déposait la timbale un instant.

Il était à peine entré dans le pré que Gandogar en revenait déjà.

— Ce n'est pas comme ça que tu me vaincras, Tungdil, le salua-t-il d'un air de défi en passant.

Tungdil sentit une odeur de corne braisée ; le roi ne voulait pas reposer son récipient pour ménager ses doigts, mais n'avait encore rien renversé.

Tungdil se retrouva à l'air libre, reposa encore la timbale et reprit sa poursuite. *Malheur, j'ai trop compté sur une erreur de Gandogar*, s'en voulut-il.

Ses bras commençaient peu à peu à trembler. L'épreuve de forge lui avait coûté une bonne partie de son énergie, mais il devait continuer. Il atteint la porte, où il croisa un Gandogar qui transpirait et jurait. Celui-ci n'avait toujours rien renversé, et afficha même un sourire victorieux lorsqu'il vit Tungdil.

— Je vais égaliser, et c'est la dernière épreuve qui tranchera, promit-il.

En disant cela, il attisa l'ambition et l'entêtement de son concurrent. *C'est ce que nous allons voir*, pensa Tungdil, qui pressa le pas pour rattraper Gandogar le plus vite possible.

C'est à ce moment qu'une petite silhouette vint se fourrer dans ses jambes, lui faisant faire un faux pas.

— Par Vraccas, qu'est-ce que… ?

L'or liquide s'agita, ondoya dangereusement, mais il n'était pas question pour Tungdil de laisser tomber quoi que ce soit, pas même en rêve. Lorsqu'une vaguelette déborda et coula sur le dos de sa main, il serra les dents et n'émit pas un son, alors que la douleur était atroce. Furieux, il regarda autour de lui dans le couloir pour voir qui lui avait fait un croc-en-jambe, mais il ne vit pas âme qui vive.

Cet incident lui fit rejoindre la Salle du Conseil après Gandogar, mais il avait déjà perdu de toute façon à partir du moment où il avait renversé de son or. Gandogar paya sa victoire par d'énormes cloques aux deux mains, qu'une Naine soignait avec de l'eau glacée.

Cette fois-ci, c'était au tour de Tungdil de féliciter son adversaire, ce qu'il ne fit que verbalement, afin de ménager les mains du roi. Puis il plongea lui aussi sa main abîmée dans l'eau glacée.

— Tu as tenu la promesse que tu m'as faite quand on s'est croisés.

— J'ai aussi promis de remporter la dernière épreuve, répliqua Gandogar avant de se retirer.

Tungdil examina sa blessure. L'or figé ne voulait plus quitter sa peau et avait formé une tache de la taille d'une pièce de monnaie.

Boïndil s'aperçut que la main droite de Tungdil scintillait à la lueur des braseros.

— Regarde, frérot, ce qu'il a fait !

— Voilà enfin un nom honorable pour l'érudit, dit Boëndal en blaguant. Tungdil Main-d'Or, ce n'est pas mal, je trouve. On le lui proposera plus tard.

— Ce sera toujours mieux que Bolofar, approuva Furibard, opinant du chef.

— Écoutez, clans et tribus ! Les deux candidats sont à égalité, proclama Balendilín. La dernière épreuve sera donc d'une importance capitale, tant pour les prétendants au trône que pour l'avenir de l'ensemble des tribus.

Il ordonna aux deux Nains de coucher sur papier leurs propositions.

En quoi est-ce que je pourrais bien le battre ? Tungdil hésita et réfléchit, puis il eut un rictus. *Mais bien sûr !* Une épreuve bien particulière lui était venue à l'esprit.

Ils plièrent leurs bulletins de manière parfaitement identique et les jetèrent dans le sac de cuir que tenait ouvert devant eux le conseiller du Grand-Roi. Ensuite, Balendilín noua le cordon du sac pour le fermer, le secoua pour mélanger les bulletins et longea les rangs des délégués.

— Afin de me laver de tout soupçon de favoritisme, j'aimerais que ce soit toi qui effectues le tirage au sort, Bislipur, mon ami.

Balendilín lui tendit le sac.

Le Nain, qui n'avait pas que les traits de grossiers, lui arracha le sac plus qu'il le lui prit, et dénoua le cordon, fixant son vis-à-vis de ses yeux cruels.

Sans regarder dans le sac, il y plongea la main, retourna encore une fois les petits papiers et en prit un. En retirant son bras, le papier lui glissa entre les doigts, l'obligeant à recommencer. Sans mot dire, il tendit le morceau de papier à Balendilín. Tungdil ne put voir s'il s'agissait d'un des siens.

— Non. C'est toi qui as tiré au sort, c'est toi qui lis, refusa l'arbitre.

C'est seulement à ce moment-là que Bislipur baissa les yeux. Après avoir déplié le papier, il le parcourut du regard.

— Ah, mais ce n'est pas le bulletin que j'ai tiré en premier, dit-il l'air innocent, et il voulut mettre encore une fois la main dans le sac.

— Tiens-t'en aux règles. (Balendilín lui reprit le sac.) Tu as choisi, alors annonce la cinquième épreuve.

Bislipur pinça les lèvres, comme pour empêcher que ce qu'il allait dire parvienne aux oreilles des clans. Il prit une inspiration. La lecture du papier lui coûtait, ce qui rassurait Tungdil.

— Une expédition. La prochaine épreuve consistera à conduire une expédition dans les Montagnes Grises, d'en revenir avec la Lame de Feu, proclama-t-il, furieux, et de mener le combat contre Nôd'onn grâce à cette arme.

Gundrabur laissa échapper un gros soupir de soulagement. Balendilín plissa les paupières et se permit un léger sourire.

Ironie du sort, c'était maintenant à Bislipur de freiner les ambitions de son protégé. À cet instant, il devint évident que la plupart des Nains présents avaient sous-estimé l'habileté du second prétendant au trône. L'assemblée se tut. La surprise paralysait les langues.

Avant que quelqu'un prenne la parole ou que s'élèvent des protestations, Tungdil s'avança.

— J'accepte cette épreuve, vu que c'est moi qui l'ai écrite, s'exclama-t-il avant de lancer un regard interrogateur à Gandogar.

Le roi trembla.

— J'accepte cette épreuve moi aussi, gronda-t-il.

— Attendez ! Ce papier n'est pas valable, dit Bislipur, tentant d'infléchir le résultat du tirage au sort. (L'épreuve de longue haleine qui s'annonçait menaçait de ruiner ses projets de guerre contre les Elfes.) Ce n'est pas le premier que j'ai tiré, vous l'avez vu !

Balendilín demeura inflexible.

— Comme ni toi ni moi ne savons lequel des bulletins tu as laissé retomber dans le sac, nous nous en tiendrons à ce résultat. Les deux candidats ont accepté l'épreuve ; c'est celui qui remplira sa mission qui succédera donc à Gundrabur.

— Il va falloir attendre de nombreuses lunes avant de connaître le vainqueur, continua de protester Bislipur.

— Pas avec les tunnels. Je me dépêcherai, promit poliment Tungdil, récoltant de nouveaux rires. À présent, si vous voulez bien m'excuser, je dois m'occuper de mes préparatifs, pour partir le plus tôt possible, dit-il pour prendre congé. (Le Nain fit signe à Boïndil et Boëndal de l'accompagner.) Je serais très heureux de pouvoir compter sur votre savoir-faire, leur dit-il. Vous m'avez amené en un seul morceau à la forteresse. Maintenant, accompagnez-moi jusqu'aux Montagnes Grises et aidez-moi à en revenir sain et sauf.

— Oh, tu entends, mon frère ? C'est de nouveau l'érudit qui a parlé. (Furibard lâcha un rire tonitruant.) Ce sera un honneur pour nous, affirma-t-il. Mais seulement si tu arrêtes de parler pour ne rien dire avec des mots compliqués. En plus, je dois encore laver un affront depuis l'oasis, ajouta-t-il tout bas et de façon moins détendue.

Tungdil mit la main sur son épaule, ainsi que sur celle de son frère.

— Ne t'inquiète pas, Boïndil. Je suis sûr que tu auras l'occasion de me sauver plus d'une fois en chemin.

Le Nain ricana, son frère se contentant d'un hochement de tête.

— Au fait, tu t'es fait un nom, aujourd'hui. (Boëndal désigna la couche luisante qui s'était formée sur sa peau.) Tungdil Main-d'Or. Qu'est-ce que tu en dis ?

— Main-d'Or, répéta Tungdil en observant sa main droite. Oui, je crois que cela me plaît.

Tungdil s'efforça de sourire, malgré la douleur. *Main-d'Or. Un vrai nom de Nain.*

* * *

Le Conseil s'étant dissous, et Bislipur et Gandogar étant sortis en trombe pour faire en hâte leurs préparatifs, il ne restait plus au final que Balendilín et Gundrabur dans la vaste salle.

— C'est toi qui lui as conseillé cette épreuve ? demanda Gundrabur, qui se saisit de sa pipe.

Son conseiller eut un petit rire.

— Non, sûrement pas. Même dans mes pires cauchemars, il ne me serait pas venu à l'idée de proposer une entreprise aussi démente. Ce Nain a dû nous être envoyé par Vraccas lui-même. (Il gravit les marches qui menaient au trône pour se mettre à côté du chef suprême des Nains.) Tungdil a vraiment l'étoffe d'un Grand-Roi. Chacune de ses idées vaut de l'or.

— C'est une sage décision qu'il a prise là, approuva le Nain âgé. Quel que soit celui qui revient en premier, notre peuple et le Pays Sûr ne pourront qu'y gagner. Quant à nous, nous allons veiller à ce que rien de fâcheux dans notre Royaume n'arrive dans l'intervalle, mon vieil ami.

— Il va te falloir entretenir encore un peu ta flamme de vie, et tu le sais, dit Balendilín, soucieux.

Dans un gémissement, Gundrabur se releva du trône et mit sa pipe entre ses dents.

— Vraccas me sera clément et attendra encore un peu avant de me frapper de son marteau, répliqua-t-il, confiant, avant de se retirer.

Le conseiller suivit du regard le Grand-Roi. Puis il prit place au pied du siège royal pour inspecter le contenu du sac et retrouver le papier que Bislipur avait tiré en premier. Balendilín savait parfaitement de quel papier il s'agissait, car celui-ci était légèrement corné à son sommet. Mais il avait préféré se taire devant le comportement de Bislipur à la lecture du second petit papier.

Et il avait eu raison. Si Bislipur n'avait pas ouvert les doigts par mégarde, Tungdil aurait dû affronter Gandogar dans une épreuve de taille de pierres précieuses au lieu de partir en expédition. *Il aurait certainement perdu, et le titre de Grand-Roi serait revenu à Gandogar.*

Lorsqu'il eut déplié les autres petits papiers, il ne put s'empêcher d'éclater de rire. Gandogar avait inscrit quatre fois la taille de diamants comme épreuve, tout comme Tungdil avait noté quatre fois l'expédition dans les Montagnes Grises.

Vivent les mains tremblantes de Bislipur! pensa-t-il, un sourire de soulagement aux lèvres.

Achevé d'imprimer en avril 2016
Par CPI France
N° d’impression : 3017201
Dépôt légal : mai 2016
Imprimé en France
81121713-1